Editora Charme

NAMORADO POR Acaso

ALINE SAN

Copyright © 2019 de Aline Sant' Ana
Copyright © 2019 por Editora Charme
Todos os direitos reservados.

Nenhuma parte desta publicação pode ser reproduzida, distribuída ou transmitida por qualquer forma ou por qualquer meio, incluindo fotocópia, gravação ou outros métodos eletrônicos ou mecânicos, sem a prévia autorização por escrito do editor, exceto no caso de breves citações em resenhas e alguns outros usos não comerciais permitidos pela lei de direitos autorais.

Este livro é um trabalho de ficção. Todos os nomes, personagens, locais e incidentes são produtos da imaginação das autoras.
Qualquer semelhança com pessoas reais, coisas, vivas ou mortas, locais ou eventos é mera coincidência.

1ª Edição 2019.

Produção Editorial: Editora Charme
Capa e diagramação: Veronica Goes
Modelo da capa e miolo: Rodiney Santiago
Revisão: Sophia Paz

CIP-BRASIL, CATALOGAÇÃO NA PUBLICAÇÃO
SINDICATO NACIONAL DE EDITORES DE LIVROS, RJ

Sant' Ana, Aline
Namorado por Acaso / Aline Sant' Ana
1. Romance Brasileiro | 2. Ficção Brasileira
ISBN: 978-85-68056-92-9

CDD B869.35
CDU B869. 8 (81)-30

loja.editoracharme.com.br
www.editoracharme.com.br

Editora
Charme

NAMORADO POR *Acaso*

ALINE SANT'ANA

Este livro foi criado para quem não tem medo de se entregar às paixões avassaladoras e ardentes.
Criado para quem crê na conexão entre duas pessoas, independente do tempo.
Criado para aproveitar a experiência, sem dramas, sem reviravoltas, apenas a vida.
Criado para você reviver o amor dentro de você.
Criado para vivê-lo. Sinta, experimente e embarque.
E prepare-se: o seu coração vai acelerar bastante.

Besos,

Aline Santt Ana

Capítulo 01

"Não me lembro do que aconteceu
Mas minha cabeça está doendo."
Maluma feat Prince Royce - Hangover

Hugo

Acordei de repente. Daquele jeito que a gente desperta quando sai de um pesadelo. Meu coração deu um salto no peito. Porque, francamente, com trinta e quatro anos, eu não estava mais acostumado a fazer as mesmas merdas de quando tinha vinte.

Já sentado, olhei para baixo, dando de cara com uma perna feminina em cima do meu pau. A perna gostou de mim, porque se aconchegou, esfregando a coxa *nele*, me deixando duro às...

Vi o relógio no meu pulso.

Oito da manhã.

A dona da perna resmungou algo sobre comer uma salada de frutas.

Ah, ótimo.

Tirei delicadamente a coxa dali e olhei para a desconhecida. Cabelos bagunçados e escuros, boca suja de batom rosa e uma baba escorrendo.

Não tinha planejado acordar com uma amnésia pós-farra antes do casamento. Eu me lembrava de pouca coisa. O que sei é que, basicamente, saí beijando umas bocas na despedida de solteiro e trouxe mulheres para minha suíte. Evidências: vaso quebrado perto da mesa de centro; duas mulheres em cima do sofá que eu não fazia ideia de quem eram; garrafas de uísque e vodca no piso de madeira; e a outra mulher, que estava no chão, perto da porta, de costas e bunda virada para cima...

Parei um pouco para olhá-la. *Que visão.* Certo... a gente deve ter se divertido pra caralho.

Perto de mim, a desconhecida sussurrou de novo sobre a salada, e voltou a dormir. Decidi levantar e criar um pouco de vergonha na cara. *Porra, que dor no corpo...* Senti todos os músculos pinçarem, como se tivesse corrido uma maratona, e a minha coluna estalou. Um brinde aos trinta anos. É, pelo visto, precisa de certa desenvoltura para dar conta de quatro mulheres. Irritado com o que fiz, encarei meu reflexo no espelho, passando os dedos pelo cabelo, resmungando um palavrão. Eu estava uma merda: grudado de suor, cheirando a álcool e sexo.

NAMORADO POR *Acaso*

Precisava tomar um banho.

Andei pelo quarto imenso. A paisagem da varanda do Moon Palace, resort cinco estrelas em Cancun, me fez parar e aproveitar aquele segundo. Sério, a viagem para o México valeu a pena. A vista era uma coisa de louco. As ondas chegavam até a areia branca, despreocupadas, o céu muito azul de um dia perfeito de verão. A brisa salgada tocou meu corpo, arrepiando-me.

Abri um sorriso de lado.

Fechei as portas de vidro e caminhei até o meu celular, jogado no chão. Estava com 20% de bateria e com o Instagram aberto.

— Eu devo ter postado na internet — resmunguei para mim mesmo.

Fui direto para os stories. O primeiro vídeo era da festa e o segundo, de uma música dançante e uma mulher rebolando. O terceiro era essa mulher beijando minha boca em uma selfie. O quarto, outra mulher me beijando. O quinto, eu bêbado, me gravando sem camisa, cantando em espanhol uma música do Maluma. No sexto vídeo, três mulheres passavam a mão no meu corpo. Alguém gravou esse; deve ter sido Diego ou meus primos. O sétimo e último era uma foto das quatro mulheres que passei a noite, só de calcinha e sutiã, de costas para mim, e o meu reflexo no imenso espelho atrás delas.

Porra.

Fui correndo apagar, até perceber que havia uma faixa vermelha embaixo de todos os vídeos, avisando que não foram publicados por falta de conexão. Deletei de vez e coloquei o celular para carregar. Quando pensei em ir até o banheiro, pela visão periférica, percebi que tinha alguma coisa estranha com a poltrona. Dei passos lentos para trás. Meus olhos foram diretamente para a caixinha de veludo vermelha.

Aberta.

As alianças.

Corri até a caixinha, abrindo-a e fechando, o coração batendo mais forte.

Abri de novo, só para me certificar...

Vazia.

No chão e na poltrona não tinha nada. Revirei tudo embaixo, em cima, em volta. Peguei a poltrona e levantei-a, virando de ponta-cabeça.

Nada.

Fodeu.

Fui até as garotas, acordando-as enquanto olhava em seus dedos. Nenhuma peça de ouro reluzindo. Elas resmungaram, ainda bêbadas da farra e do sexo. Minha cabeça girou e parei de respirar.

— *Vámonos, mujeres!* — Metade do meu sangue espanhol correu com força, sobrepondo o lado americano.

Peladas, deram uns gritos femininos, rindo e caçando suas roupas, sem fazerem ideia da seriedade do meu problema. Enquanto andavam pela suíte, encarei cada centímetro do chão.

Nada dos anéis. Eu estava oficialmente ferrado.

— *Papi...*

Olhei para a mulher das pernas safadas.

— Eu perdi as alianças.

— Mentira!

— É sério.

— Às vezes, não era para ser — Pernas Safadas filosofou.

Rolei os olhos.

Tinha que ser. Não havia hipótese de não ser e eu *precisava* achar as alianças.

Estava quase expulsando as garotas quando a loira me parou, segurando delicadamente no meu braço.

— Você vai me ligar, *papi*?

— Ligar? Eu moro nos Estados Unidos. Vocês são daqui.

— Mas você fala espanhol. — A garota da bunda, a terceira, ergueu uma sobrancelha.

— Eu sou meio espanhol.

— E não mora no México? — A quarta cruzou os braços.

— Eu disse que era meio espanhol, não meio mexicano. — Sorri.

— Esquecemos de perguntar na noite passada — Pernas Safadas reclamou. — Ah, que pena, você é tão gostoso para uma noite e nada mais. Tchau, *papi*.

As quatro se despediram de mim com acenos e rebolando. Se eu não estivesse preocupado, acompanharia o andar delas, mas tive que fechar a porta e encarar a realidade.

O casamento ia acontecer... E eu perdi as alianças.

Revirei o quarto, tirando até o tapete do chão. Mexi em cada uma das almofadas, encontrando minhas roupas. A cada canto que olhava, o medo de ter feito uma merda surreal crescia.

Meu celular tocou e, quando vi quem era, praguejei. *Porra!* Corri até o banheiro e liguei o chuveiro com o aparelho ainda vibrando na minha mão.

— Não posso falar, estou no banho — atendi, e quase colei o celular na água, tomando cuidado para não molhar.

— Hugo, eu quero conversar com você — a voz feminina disse do outro lado.

— Bom, eu não quero. — Desliguei.

Respirei fundo e apoiei o celular sobre a pia, olhando a água caindo do chuveiro e me convidando para entrar. Por mais que aquele telefonema me irritasse, eu tinha problemas maiores para me preocupar. O que diabos ia fazer sobre as alianças? Ligar para o hotel e perguntar se, por acaso, alguém deixou lá um par de anéis de ouro? Quem achasse, se fosse de má índole, jamais devolveria.

Ainda assim, eu tive que tentar.

— Desculpe, senhor De La Vega. Não foi deixado nada na recepção desde ontem de manhã. Quer que eu avise aos seguranças para ajudá-lo a procurá-las? Sei sobre o casamento e...

— Não! — quase gritei. *Mierda.* — Ninguém pode saber disso. Mas obrigado, eu vou procurar sozinho.

— Tem certeza de que não precisa de ajuda?

Eu precisava desesperadamente de ajuda.

— Tenho, mas, mais uma vez, muito obrigado.

Desliguei e tentei pensar no que fiz. Eu tinha chegado há uns dias no México e, na noite anterior, foi a despedida de solteiro. Eu não ia, mas fiquei puto e acabei decidindo encontrar os caras na festa... achei as garotas e as trouxe para o quarto. Mas eu tinha *levado* as alianças? Talvez, para me exibir. É típico, cara. Homem fica com o ego inflado quando bebe. Acha que pode fazer tudo, ser dono do mundo. E, se eu transei com quatro mulheres, sim, é bem provável que eu tenha mostrado as alianças e as perdido no meio do caminho.

Talvez, se eu voltasse para a tal lugar da despedida de solteiro, e perguntasse se alguém viu...

Mas, antes, eu precisava mesmo tomar um banho.

Capítulo 02

"Eu não sou do tipo que vai tirar satisfação
Não há ninguém além de você
Que me faça passar por esse estresse, você sabe."
Nick Jonas feat Tinashe - Jealous

Victoria

Eu não conseguia tirar da cabeça o que vi na noite passada...

Saí da minha suíte às três da manhã, sem sono. Precisava escrever sobre o que vi do resort Moon Palace e pensar se ele poderia ou não servir para a família Hills. Como consultora de viagens, eu tinha que estar pronta para qualquer lugar do mundo, e o México, dessa vez, foi a escolha. Queriam um país exótico, com praias, um resort encantador e espaço para as crianças. Cancun brotou nas minhas pesquisas e agora era minha responsabilidade decidir se o Moon Palace era a melhor escolha. É, eu *deveria*, mas a inspiração para listá-lo não veio, muito menos a decisão de incluí-lo ou não na lista. Pensei em ir para a piscina, molhar os pés e observar a noite do México.

Poderia funcionar.

O problema foi que, assim que abri a maldita porta, vi um vulto de pessoas. É assim que posso descrever, porque era uma galera. Eu vi um homem, mas não consegui ver o rosto dele, sua boca estava ocupada beijando uma loira estilo modelo internacional. Enquanto isso, outras *três mulheres* tiravam sua roupa.

Cinco pessoas quase transando.

No corredor.

Só percebi que ele tinha uma pele bronzeada e um ótimo porte físico, ainda assim, não vi muito, porque o homem foi coberto por mãos e bocas, enquanto ria entre o beijo da loira.

Fiquei tão chocada que nem me mexi.

Na cabeça dele, uma tiara com chifrinhos de diabo piscando denunciou que era um dos convidados do casamento que aconteceria no resort. Todos os homens que participaram da despedida de solteiro estavam com os chifres. Encontrei vários indo e voltando da festa.

Até aí, tudo bem.

A camisa dele foi jogada no chão e, quando a calça caiu, um par de alianças rolou pelo carpete, quase aos meus pés. Mas os cinco estavam ocupados demais para olharem quando as peguei. As peças de roupa, pelo menos, foram lembradas. Uma das meninas tirou-as do chão, enquanto trabalhava em alguma parte do corpo do cara.

Pensei em virar as costas e devolver as alianças no dia seguinte. Ele deveria ser o padrinho, ou qualquer coisa assim. Estava quase caindo fora quando uma menina, com pernas longas e sensuais, disse para ele:

"*Hombre caliente...* Você está com o coração partido por causa da sua noiva, mas não fique assim, *papi*, a gente vai cuidar de você."

"Vem, cuida de mim e me faz esquecer esse casamento", ele rosnou, e abriu a porta do quarto de frente para o meu, se enfiando lá dentro com seu harém.

Ele não era o padrinho, nem um convidado.

Era *o maldito* noivo.

Esqueci o meu trabalho e voltei para o quarto, segurando os anéis, vendo a frase gravada ali, que dizia algo sobre o para sempre.

Como as pessoas ainda acreditavam no amor?

Essa era a vida real.

Em seguida, vieram os gemidos. As quatro vozes femininas gritando ao mesmo tempo *papi, ¡Ay, bendito!* e *dios mio* enquanto o traidor fazia todas felizes. Como ele fez isso, sem um pingo de dor na consciência, eu não sei. O pior de tudo: vi a preparação lá embaixo, as pessoas se organizando para criar um conto de fadas... e eu sabia que o noivo era o pior tipo de homem possível.

Eu não consegui dormir, muito menos escrever sobre o Moon Palace.

Por culpa de um canalha.

De um cretino.

Safado.

Caliente, ri, lembrando do adjetivo que deram para ele... Até parece. Era o próprio diabo, isso sim, e os chifres reluzentes na cabeça vieram bem a calhar.

Então, assim que ouvi a porta do quarto dele se abrir na manhã seguinte, junto com risadinhas e vozes femininas, esperei as garotas saírem, juntei toda a raiva que tinha e fui até lá.

Bati na porta.

Mesmo com o sangue fervendo, mesmo com meu ego feminino sendo massacrado na noite passada, mesmo eu odiando quem quer que estivesse por trás dela.

À luz do dia, sem um monte de mulheres em cima dele, consegui vê-lo. Encarei o cretino responsável por tantos gemidos e por trair a noiva com quatro mulheres. Eu queria odiá-lo, queria gravar na memória o rosto dele, para nunca ficar com um cara que tivesse aquela aparência.

— Perdeu alguma coisa?

— Como? — Ele franziu a testa.

— As alianças do seu casamento! — Entreguei de qualquer jeito. Minha mão tocou na dele e eu senti algo quente e molhado, mas estava tão possessa... — E nem adianta negar, porque eu vi todo o show. Você beijando quatro mulheres, enquanto suas alianças rolavam pelo chão, caídas da sua calça.

Reconhecimento passou por seu semblante.

— Uou, então foi isso que aconteceu...

Ele ficou chocado, olhando para as alianças na palma de sua mão. Ia abrir a boca para dizer mais alguma coisa, mas eu não quis ouvir. Só precisava desabafar, por todas as mulheres, por qualquer uma que tivesse visto o mesmo que eu.

— Olha, espero realmente que a noite tenha sido ótima, e que pese tanto na sua consciência que você nunca mais consiga dormir. Ou, na melhor das hipóteses, que você seja um pouco *homem*, pelo menos uma vez na vida, e termine esse circo que você chama de casamento, antes que sua noiva seja infeliz pelo resto da vida. Porque, transar com um monte, francamente... isso não é ser homem para mim.

Ele parou de olhar as alianças e me encarou, o cenho franzido.

— Eu não sei por que vocês perdem tempo pedindo alguém em casamento se vão fazer uma coisa dessas — continuei. — Na despedida de solteiro ainda? Você alugou um resort, quartos para os convidados, um casamentão... no México. E é sério? Você vai trair a sua futura esposa embaixo do nariz dela? Tem que ser muito cretino mesmo!

— Mas, eu...

— Não dormi por sua causa, sabia disso? *Papi, dios mio e ay bendito* chegaram a um volume absurdo. Parabéns por ter dormido com gralhas ao invés de mulheres.

Ele soltou uma risada rouca e balançou a cabeça, negando.

— Moça...

Cretino!

— Tá orgulhoso? Imagino que sim. Espero que você pague cada coisa que quebrou no hotel. Eu vou fazer questão de ligar para a recepcionista e dizer que um tornado passou pelo quarto 606.

Ele deu um passo à frente e tocou meu braço.

O noivo me denunciaria para a polícia se eu desse um tapa na cara dele?

— Não me toca.

— Eu te conheço?

— Não, claro que não! Estou no resort por outro motivo. Deus me livre ter no meu círculo social um homem como você. Aliás, vocês são todos iguais. Todos iguais!

Mas aí, subitamente, a névoa saiu dos meus olhos, e eu pisquei de novo.

Porque aquele homem não era *nada* como os outros.

Ele escorregou a visão por mim, até voltar a me encarar mais uma vez. Passou os dedos pelo cabelo molhado, jogando-o para trás.

A água respingou um pouco no meu rosto.

— Tudo bem, você teve uma noite péssima e eu nunca vou poder te agradecer o suficiente por ter encontrado as alianças... — a voz rouca começou.

Deu uma pane no meu cérebro, eu não consegui ouvir porque... Os cabelos dele eram tão escuros quanto a noite, cheios e lisos, em um corte mais comprido em cima e pouca coisa mais curto nas laterais. Os olhos eram âmbar, quase um tom de mel, contrastando e muito com o escuro das sobrancelhas, e eles eram suavemente puxados, perigosos. O noivo semicerrou o olhar, aqueles pontos castanhos se escondendo entre os cílios pretos. *Que olhar.* O nariz era reto e havia uma barba sombreando o maxilar e o queixo. Para piorar, os lábios: cheios, largos, lindos, se movendo, falando, os dentes brancos e retos aparecendo quando ele sorria. Uma gota caiu do seu queixo e eu me dispersei do rosto perfeito.

Porque ele tinha acabado de sair do banho.

O homem tinha um e noventa de altura e as gotas desciam naquele infinito de pele bronzeada. Para onde eu olhava, a água escorria por ele, dançando em suas tatuagens. Desde os ombros largos, deslizando pelo peito forte que possuía um imenso dragão, viajando por sua pele. A água continuava a descer, brincando com a barriga trincada, os gomos profundos. Ele deveria ser proibido de olhar porque, cada vez que eu descia a visão, ficava pior. Muito pior. O umbigo, que dava em um caminho estreito de pelos, não permitiria que qualquer mulher parasse por ali. Era uma trilha a ser explorada. O profundo V descia, convidando, e acabava em uma toalha vermelha, que cobria alguma outra tatuagem que ele tinha.

— E eu acredito que... — A voz, com um sotaque sensual misturado ao inglês, fez meu coração parar de vez, enquanto ele continuava a falar sabe Deus o quê.

Ele cheirava a hortelã, canela e mel.

O homem abriu um pouco mais a porta, como se quisesse me convidar para entrar e explicar direito, mas a maçaneta enroscou em algum lugar.

Meus olhos automaticamente foram para o chão, que foi coberto por algodão vermelho.

A toalha caiu?

Puta merda.

Virei o rosto muito rápido, automaticamente cerrando as pálpebras, não querendo ver nada. Respirei fundo. Calor cobriu minhas bochechas, vergonha tomando todo o meu rosto.

Ouvi a movimentação dele ao se abaixar para pegar a toalha, em silêncio. O cheiro masculino veio com mais força conforme ele se mexia. De olhos fechados, tudo o que pude fazer foi sentir. Um arrepio cobriu minha nuca quando ele pigarreou baixinho.

— Pode abrir os olhos agora.

Vi em seu rosto um sorriso surpreendentemente envergonhado. Ele umedeceu a boca, e ia dizer alguma coisa, mas o interrompi quando uma ideia atingiu meu cérebro.

— Você fez de propósito?

Semicerrou as pálpebras.

— O quê?

— Você quer que eu seja a quinta da festinha, é isso mesmo?

Ele riu.

Minhas bochechas ficaram mais quentes.

— *Mujer, eres completamente loca.*

Uh, ele falava espanhol... Daí vinha o sotaque, então. Decidi mostrar que entendia o que tinha me dito, e abri um sorriso.

— Eu não sou louca.

— Tudo bem. Obrigado pelas alianças. — A voz veio com aquele sotaque sexy. — Desculpa pela noite passada. Se quiser entrar, posso te explicar com mais calma.

Recuperei a sanidade.

— E tem o que explicar? Olha, preciso ir. E espero que sua consciência fale mais alto.

O noivo franziu as sobrancelhas.

— Você não ouviu uma palavra do que eu disse?

Fiz uma pausa.

— Se eu estivesse de toalha, nua e molhada, você me escutaria?

Sua boca abriu um pouquinho, choque tomando seus olhos. Mas a abertura deu vez a um sorriso de canto de boca, as íris mel acompanhando a diversão. Ele umedeceu os lábios e olhou para o meu corpo, analisando cada centímetro.

— Não — respondeu, quando o olhar perigoso se fixou no meu.

Virei as costas e comecei a caminhar para fora dali.

— Ei — me chamou.

Olhei-o por cima do ombro.

— Qual é o seu nome?

Fechei a porta do meu quarto, sem responder.

Capítulo 03

"Eu sei que, nesse momento, não dá para perceber
Mas fique por aí e talvez você veja
Um outro lado meu."
Matchbox Twenty - Unwell

Hugo

— Porra, Diego. É sério! Por um segundo, eu perdi as alianças.

— Mais que um segundo, né? — Meu irmão gargalhou.

— Algumas horas.

Diego cruzou os braços e se recostou mais confortavelmente na cadeira.

— Se você perdesse as alianças e desse tempo de avisar, poderíamos comprar outras em algum lugar. Gravaríamos depois, em outra oportunidade. Não ia ser um problema, Hugo. Mas me conta aí como perdeu e encontrou.

Estava no sangue dos De La Vega ver o problema ao lado de uma solução e, como eu e meu único irmão éramos bons nisso, estudamos e abrimos um escritório de advocacia criminal, o De La Vega Advogados Associados. Tínhamos diferença de apenas dois anos. Eu me formei primeiro e, logo em seguida, veio Diego com o diploma e pronto para exercer. Perdemos nossos pais nessa época, porém, eu sabia que, onde quer que estivessem, estavam orgulhosos de nós. Fizemos o nosso sobrenome valer em Nova York, não éramos bilionários nem nada do tipo, mas, por exemplo, já tínhamos grana suficiente para fazer um casamento foda em Cancun e morávamos em um dos melhores bairros de Nova York. Eu estava orgulhoso do que conquistamos, mas, especialmente, orgulhoso de Diego. O De La Vega que deu certo na vida em todos os aspectos.

— Eu bebi umas tequilas ontem, antes até de ir para a despedida de solteiro, *hermano*. Acabei levando as alianças no bolso da calça. Bêbado e puto, fui com quatro mulheres para a suíte. Honestamente, eu não me lembrava antes, mas agora sei de uma coisa: elas tiraram a minha calça no corredor e as alianças caíram. Eu te falei, despedidas de solteiro são a porta de entrada para o inferno.

— Quatro, hein? — Diego pareceu impressionado.

— Cala a boca, você sabe que fazia muito tempo que eu não transava.

— Mesmo assim, quatro... *uau*.

— Eu estava muito louco de bebida. — Abri um sorriso.

Diego riu e eu também.

— Aí, no dia seguinte, quando elas foram embora...

— O que seria hoje de manhã...

— Uma mulher bateu na minha porta, com as alianças na mão. Ela é do quarto em frente ao meu, e disse que viu toda a bagunça. Disse que assistiu ao show que demos no corredor e, quando as alianças caíram, ela pegou. O que importa é que estão comigo, apesar de eu ter sido xingado pra caralho.

— Por quê? — Diego franziu o cenho, ainda sorrindo.

— Aparentemente, a vizinha da frente acha que eu sou o noivo e que, na minha despedida de solteiro, eu traí a noiva. Quando, na verdade, o máximo que fiz foi te ajudar com o lance do resort e organizei a despedida de solteiro, que eu nem queria ir. Agora, como a menina chegou à conclusão de que vou casar, eu não faço ideia. Porque, dessa parte do corredor, especificamente, não lembro de muita coisa.

Diego riu tão alto que precisei mandar ele calar a boca mais uma vez.

— Você explicou? — Diego perguntou, ainda rindo.

— Tentei, mas ela não me ouviu.

— Como?

— Sei lá, eu tinha acabado de sair do banho. Acho que ficou impressionada.

— Ah, o sangue De La Veja. — Diego bateu sua taça de champanhe na minha. Eu bebi um gole. — É bonita?

Não. Era muito mais do que isso. A mulher era a mistura perfeita de sensualidade e beleza. Rosto de boneca, furinho no queixo que dava vontade de beijar, lábios cheios e desenhados, olhos azuis como o mar de Cancun. Era tão pequena, mas parecia tão altiva e poderosa. Porra, e a voz? Caralho, só de ouvir a voz dela... levou um segundo para eu imaginar como seria fazer sexo por telefone com aquela mulher. Era muito feminina, mas rouca, e, quando ela veio me atacando, falando tantas coisas, eu só queria que ela falasse mais.

— *Hermano*, acho que nunca vi alguém como ela. *Muy* linda.

— Pegou o telefone?

Eu ri.

— Com ela me chamando de todos os nomes possíveis? E depois de ter me visto com quatro? Cara, foi a primeira impressão que teve de mim. Um filho da puta que trai a noiva... Como você vai disso para: "me dá o seu telefone"? Ela acredita que sou um traidor comprometido.

— Mas e o nome da desconhecida? Nem isso?

— Eu perguntei, mas ela fechou a porta e não me respondeu.

— Bem... o que sabemos? — Como se Diego estivesse estudando um caso, sussurrou: — Você sabe que ela está no quarto em frente ao seu. Pode passar lá para se explicar.

Era uma ideia.

Talvez ela batesse a porta na minha cara de novo, mas pelo menos não ia pensar que eu era o pior tipo de homem que já pisou nesse planeta.

— Como estão os preparativos para o casamento? — perguntei, mudando de assunto.

— Tudo perfeito. — Diego deixou a taça de champanhe sobre a mesa. — Elisa está o dia inteiro se cuidando. Até SPA já fez. Ela fica me enviando mensagens de meia em meia hora. — Abriu um sorriso idiota. — Estou ansioso.

Diego se apaixonou por Elisa no decorrer do tempo. Eram amigos desde os doze anos, e eu sempre soube que ia dar nisso, embora Diego tenha relutado. Não havia outra mulher que o faria feliz, não como Elisa faz. Por um segundo, só fiquei admirando o meu irmão. Apoiei os cotovelos sobre as coxas, me inclinando em sua direção, e pus uma mão em seu ombro.

— Estou muito honrado de ser o seu padrinho. Chegamos até aqui, *hermano*.

— Chegamos até aqui, *hermano* — ele repetiu uma frase que era nossa, sorrindo.

Nossa infância não foi a melhor do mundo, enfrentamos muitas dificuldades, o que nos obrigou a crescer mais rápido. Nosso pai ficou desempregado na Espanha e nos mudamos para os Estados Unidos, o país da nossa mãe, quando ela recebeu uma proposta de emprego. Já em Nova York, com mamãe empregada e o nosso pai também, um tempo depois, a vida começou a andar. E nisso, eu e Diego nos unimos como muitos irmãos não conseguem. Quando a coisa apertava, falávamos um para o outro: chegamos até aqui. E isso nos moveu a vida inteira. Nos livros e nos estudos, eu e Diego nos encontramos. Nos dedicamos, porque não queríamos passar pelo mesmo que enfrentamos quando éramos moleques, uma dificuldade sem igual. Quando nossos pais faleceram, esse elo se fortaleceu. Éramos os únicos De La Vega na América.

Sim, nós chegamos até aqui. Cada vez mais longe. E, agora, em um resort em Cancun, porque meu irmão vai se casar.

O telefone dele tocou, dispersando-me dos pensamentos. Ele atendeu, com um sorriso no rosto.

— Oi, princesa.

Mas Diego não pôde dizer mais nada, porque ouvi a voz da minha futura cunhada gritando loucamente em meio às lágrimas do outro lado da linha. Ela vociferou um monte de palavrões.

Diego arregalou os olhos para mim, desesperado.

— O que está dizendo, Elisa? Você não quer mais casar comigo? Mas, porra, eu não fiz nada! — Diego fez uma pausa. — O quê? É um mal-entendido!

Quase puxei o telefone de Diego, mas ele me impediu, segurando meu braço.

E... sorriu.

Que porra?

Diego pareceu aliviado, ainda que minha futura cunhada estivesse gritando.

— Amor, escuta...

Ela continuou falando. Diego riu.

— Não estou rindo de você, princesa. Me escuta, Elisa, estou indo com o Hugo... já até sei de quem você está falando. Espera, Elisa! Eu posso explicar...

Ele desligou o telefone, balançando a cabeça, e já se levantando.

— Como assim Elisa não vai mais casar? — Prendi a respiração.

— Acho que você não vai precisar bater na porta da desconhecida. Ela encontrou a Elisa e disse que o homem que ela vai se casar passou a noite com quatro mulheres.

Me levantei em meio segundo.

— Porra! Como ela encontrou a Elisa?

— Pelo visto, no elevador.

— Puta merda, ela realmente não ouviu uma palavra do que eu disse. Vamos lá explicar de vez esse mal-entendido.

— Não tenho culpa no cartório, tô limpo... Mas quero ver a cara da desconhecida quando ela descobrir que está falando de um noivo que, na verdade, não está noivo.

— Ela errou de De La Vega.

— Um erro justo. — Diego abriu a porta.

Problema e solução... Eu disse que éramos bons nisso.

Capítulo 04

"Se você não gosta do jeito que eu falo
Então por que eu estou na sua cabeça?"
Dua Lipa - Blow Your Mind

Victoria

A mulher estava aos prantos, mas o que eu poderia fazer? Antes que pensem que sou uma amargurada que gosta de estragar a vida dos outros... Eu não fui atrás. Ela apareceu no elevador do hotel, cantarolando sobre seu casamento com uma desconhecida. Uma desconhecida que *viu* o seu noivo transando com quatro mulheres. Elisa se apresentou, disse que o casamento que aconteceria no resort era seu, que o futuro marido era um deus grego, e que era também um príncipe encantado, e a chamava de princesa. A cada coisa que a menina dizia, eu ficava mais agoniada e enjoada. Achei que era o destino me testando sobre fazer o que era certo e o que era fácil. Então, muito calmamente, eu levei a noiva para um lugar reservado, na sauna desligada próxima à piscina, e contei o que vi.

Lágrimas e xingamentos mais tarde, ela ligou para o noivo, dizendo que não haveria mais casamento.

Enquanto dizia que ele era a pior espécie de homem que conheceu.

Eu me senti mal, porque não queria destruir os sonhos de uma garota tão doce e que parecia ter gastado uma fortuna em um casamento no México, mas ela tinha que conhecer e saber quem era o homem por trás do conto de fadas. Em minha defesa, mulheres têm que ser unidas, e eu esperava que o universo retribuísse o que fiz por uma desconhecida.

A quantidade de vezes que fui traída e que também fui a última a saber me fez criar uma imensa empatia por Elisa.

— Sinto muito, Elisa... — sussurrei, acariciando suas costas. — Sei que ouvir isso de uma desconhecida é terrível, e você tinha todos os motivos para desconfiar...

— Você o descreveu exatamente, até o sotaque e o corpo... E sei que não o conhece. Eu cuidei da lista de convidados, conheço todos os rostos. — Ela chorou mais um pouco. — Sei que foi uma terrível coincidência vê-lo daquela forma. Droga, eu realmente acreditei que ele era um ótimo homem. O pior é saber que nenhuma das minhas madrinhas, se tivesse visto, me contaria. Todas falsas! Só vieram porque são secretamente apaixonadas pelo irmão do meu... do meu... Ah, que ódio!

— Respira, Elisa...

A porta se abriu em um rompante. O traidor se ajoelhou aos pés de Elisa, tocando o rosto dela, por mais que Elisa não quisesse deixar. Enquanto reparava na interação dos dois, algo me fez estreitar os olhos. O corte de cabelo... era um pouco mais curto do que eu tinha visto. A pele era a mesma, os olhos idênticos, mas o nariz era maior... Que coisa estranha. Eu tinha achado ele diferente da primeira vez que o vi.

Franzi a testa.

— Elisa, foi um mal-entendido.

— Você é um cretino, Diego!

— Olhe bem nos meus olhos. Eu vou te mostrar. — Então, o homem se virou para mim. Eu abri a boca, sentindo o coração bater forte no peito.

Ele era diferente.

Não era o mesmo homem que vi.

Quer dizer, era muito parecido, mas...

Havia algo tão distinto e...

Meu Deus.

— Foi a mim que você viu na noite passada? — perguntou, olhando-me com um sorriso.

Elisa me encarou com expectativa.

Senti a presença de outra pessoa na sauna e, pela visão periférica, sabia que tinha alguém na porta, mas não conseguia parar de olhar para a cara do tal Diego. O noivo era outro noivo? Havia dois casamentos acontecendo no mesmo resort? Gente, o que diabos estava acontecendo aqui?

— Foi a mim que você viu? — o homem repetiu.

— Não foi... — Encarei a noiva. — Elisa, meu Deus, eu sinto muito, mas... não parece a mesma pessoa.

— Fui eu que você viu noite passada. E estou solteiro — uma voz ecoou por toda a sauna vazia e fria.

E aí eu olhei para o homem que estava parado na porta.

Não havia como esquecer aquele rosto, aquele corpo. Era *ele* o homem que vi noite passada, se amassando com quatro mulheres.

Mas o modo como ele falou do casamento...

E da noiva...

Aline Sant'Ana

Balancei a cabeça, sem acreditar.

— Elisa, na noite passada, Hugo perdeu as alianças quando levou algumas mulheres para o quarto, e essa moça muito gentil encontrou e as devolveu, mas ela achou que Hugo era o noivo...

Diego, aparentemente, o noivo verdadeiro, começou a explicar para Elisa o que aconteceu. Meu rosto ficou vermelho enquanto meu vizinho de quarto se aproximava de mim. Se estivéssemos em um desenho animado, meu queixo estaria no chão. Ele se sentou ao meu lado, despreocupado, abrindo um botão da camisa social branca, como se quisesse ficar à vontade.

— Eu fico me perguntando o quanto de estrago uma coisinha tão pequena como você consegue causar.

— Mas, meu Deus... você disse...

— O que eu disse na noite passada que te levou a crer que eu era o noivo?

Olhei para Elisa, que parou de ouvir Diego para me encarar.

Eu queria sair dali, do meio daquela família que quase destruí. Queria me esconder embaixo da terra, cavar um buraco ou viver em uma gruta pelo resto da vida.

— Eu...

— Pode falar, a gente não vai te julgar — a voz de Hugo soou.

Engoli em seco.

Hugo... Nossa, que nome... bonito.

Seus olhos âmbar estavam perigosos, semicerrados para mim.

— Em um primeiro momento, eu realmente achei que você não era o noivo. Achei que era o padrinho ou um convidado. Mas aí suas roupas caíram... — Ele abriu um sorriso. — Então, peguei as alianças, e pensei em devolver no dia seguinte. Só que uma das moças disse que você estava de coração partido por causa da *sua* noiva, e que não era para você ficar daquele jeito, porque elas iam cuidar de você.

Hugo ergueu uma sobrancelha.

— Eu realmente sou o padrinho.

— E aí depois... — me apressei a acrescentar. — Você disse exatamente: Vem, cuida de mim e me faz esquecer *esse* casamento. Ou seja, você deu a entender que sua noiva e o casamento eram um fardo. E como estava acontecendo a despedida de solteiro... As alianças rolando pelo carpete... Eu pensei, eu realmente pensei...

Todos ficaram em silêncio. A expressão de Hugo demonstrou que ele tinha tudo sob controle, como se lidasse com situações malucas o tempo inteiro. Alívio percorreu seu rosto, quando ele pareceu me entender.

— Eu não estava falando do casamento do Diego — sussurrou —, estava falando do meu, que não vai acontecer hoje, que nunca irá, na verdade.

Minhas bochechas ferveram.

— Oh...

— Não deu certo, mas já faz um tempo. Eu devo ter contado a história para elas e por isso disseram que cuidariam de mim e... enfim, tudo o que você ouviu.

Jesus.

— E eu te expliquei, quando você foi ao meu quarto, e aparentemente estava ocupada demais me secando, que eu não era o noivo.

— Eu não te sequei. — Ele sorriu e eu rolei os olhos. — Tudo bem, eu te sequei.

— Você secou.

— Mas eu não ouvi mesmo a parte da explicação — adicionei, morrendo de vergonha. E olhei para os noivos, sem saber o que dizer. — Eu sinto tanto, de verdade, por todo o mal que causei. A partir de agora, jamais vou acreditar em tudo que vejo... Nossa, que vergonha.

Elisa soltou um suspiro de alívio.

E, para minha surpresa, ela me abraçou.

— Eu nasci de novo!

Arregalei os olhos.

— Menina, você viu algo e me contou porque acreditou realmente naquilo. Não se culpe. Se fosse verdade, eu ia querer saber. — Ela finalizou o abraço e admirou o noivo. — Fica esperto, Diego. Mulheres têm olhos por todos os lados.

— Ah, eu sei disso — respondeu Diego.

Encarei Hugo.

— Eu acho melhor ir embora... — sussurrei.

— Não! — Elisa ficou em pé. — Nossa, que ambiente péssimo para terminar um casamento. — Percorreu o olhar pela sauna. — Certo, mas, como o casamento *vai* acontecer, e o meu noivo não é um cretino...

— Obrigado — Diego disse.

— Eu acho justo te convidar para a cerimônia, para você ver que não estamos bravos com você. Aliás, nós duas somos muito parecidas, você saberia disso se tivesse a chance de me conhecer. Eu contaria, no seu lugar, e não, não me sinto mal pelo que aconteceu. Sem culpa, vá ao casamento. — Elisa sorriu. — Minhas madrinhas são umas bruxas, e acho que você foi mais amiga do que qualquer uma delas.

Eu quase destruí o casamento dela e a menina tinha uma alma tão abençoada a ponto de me convidar para a cerimônia?

— É melhor não...

— Será muito bem-vinda — Diego adicionou.

Deus, esse é o momento em que você desce e me leva.

— Elisa, agradeço o convite, mas acho melhor eu não atrapalhar mais vocês. Desejo toda a felicidade do mundo ao casal, espero que se divirtam e que sejam felizes para sempre. Mais uma vez, minhas mais sinceras desculpas.

Levantei, com o rosto abaixado, bem consciente do calor em meu pescoço e bochechas. Antes que pudesse dar um passo, senti uma mão quente tocar a minha. Os dedos dançaram pela minha palma, e eu paralisei.

— Depois de tudo que você causou, acho que talvez fosse interessante me retribuir de alguma uma forma — Hugo, com o sotaque espanhol, dançou a voz pelo ambiente.

Virei-me para olhá-lo.

— Retribuir?

— Uma dança.

— O que você disse?

— Não sei a razão de você estar no resort, mas, se não tiver compromisso no dia do casamento, seria muito bom ter sua companhia e, enfim, retribuir a bagunça que você fez, ao reservar uma dança para mim.

Ele ia mesmo usar uma simples dança como moeda de troca para eu pagar pelos meus pecados?

Fiquei em silêncio, encarando aquele homem tão bonito e tão impressionante. Sério, a Netflix poderia usar essa situação para criar uma série de comédia romântica. Ele poderia ser o ator principal. Tinha tudo de Hollywood naquela boca, no sorriso, nos cabelos...

Eu estava divagando de novo.

— Eu vou pensar.

Foi o suficiente para Hugo sorrir.

— Tudo bem.

Encarei os noivos.

— Novamente, eu sinto muito.

Diego sorriu e Elisa também.

E, quando finalmente consegui sair daquela sauna claustrofóbica, meu coração bateu tão forte no peito que eu não fazia ideia de como ainda estava viva.

Que situação terrivelmente embaraçosa.

Capítulo 05

"Quando você riu, eu amei
E eu, como louco, fiquei perdido em seu olhar."
Piso 21 part. Micro TDH - Te Vi

Hugo

Com o casamento a salvo, porra, eu pude respirar. Passei o resto do dia com eles, ajudando Diego com os parentes que vieram da Espanha e dos Estados Unidos. Elisa também se manteve perto de seus familiares e amigas. Depois, ela sequestrou Diego e eles foram fazer um passeio a dois, curtir a noite um pouco.

Graças a Deus deu tudo certo.

Decidi voltar para o quarto antes das oito. Ainda estava com ressaca da noite anterior e só queria relaxar. Puxei o cartão do bolso e virei as costas para o corredor, mas algo me fez parar.

Olhei por cima do ombro.

A menina linda que transformou minha manhã tediosa em uma loucura estava sentada em frente à porta do seu quarto, no chão... dormindo? Pressionei os lábios, contendo uma risada. Ela estava com fones de ouvidos, as pernas cruzadas estilo indiano, o cabelo em um rabo de cavalo e os olhos fechados. Parei um tempo só para observá-la, e cruzei os braços. Ela respirava profundamente, pela boca, ressonando baixinho. Eu acho que nunca vi uma mulher dormir tão relaxada em um lugar tão inusitado em toda a minha vida.

Cacete, quantos encontros malucos nós teríamos? E... quantos anos ela tinha? O que gostava de fazer? Qual era o nome dela? Eu não fazia ideia de quem ela era, e talvez por isso o mistério fosse tão intrigante. Eu queria ter uma chave para entender seus segredos.

Me aproximei e sentei ao seu lado, tomando cuidado para não tocá-la. Recostei na parede e soltei um suspiro, reparando nela. Havia pequenas sardas nas maçãs do rosto, que subiam, pintando um pouco o seu nariz. Desci a atenção para sua boca. Lábios que qualquer homem adoraria provar... *puta merda*. Puxei o fio do fone de ouvido, e ela deu um grito, virando-se abruptamente para mim. Os olhos piscando, frenéticos, o rosto sonolento.

— Hugo!

Estando nós dois sentados, pude vê-la melhor. Sem a quantidade de coisas que ela disse da última vez, em silêncio, só apreciando a vista. Porra, como uma mulher assim estava sozinha em Cancun? Ela estreitou os olhos, e eu sorri.

— Oi.

— O que houve? — Bocejou. — Está tudo bem com a Elisa e o Diego?

— Meu irmão e sua noiva estão bem.

Ela respirou.

— Ah, que bom... — Fez uma pausa, coçando o nariz. — Espera. Seu irmão?

— Sim, não sei se notou a semelhança.

Ela relaxou.

— Ah, vocês são muito parecidos, até no corte de cabelo, mas seus fios são... mais cheios.

— Eu sou o irmão mais bonito.

Os lábios dela ficaram em uma linha fina.

— Não vai responder, né?

Sorriu.

— Não.

— Ainda está com raiva pelo que fiz noite passada?

Balançou a cabeça, negando.

— Não há motivos para ficar. Quer dizer, você é solteiro, e deve fazer o que quiser. Só estou um pouco puta porque, por sua causa, eu literalmente não preguei os olhos.

— É pela noite passada que você estava... meditando no chão?

— Dormindo, na verdade?

Sorri de lado.

— É uma maneira de dizer.

Ela puxou do bolso da calça o cartão de acesso ao quarto.

— Coloquei isso aqui junto com o celular e desmagnetizou. Vou ter que ir na recepção e... sinceramente? Eu fiquei com preguiça. Daí me sentei por um minuto.

Arregalei os olhos.

— Você ficou com preguiça de pegar o elevador? — Ri.

— É... — Ela desviou o olhar, escondendo um sorriso. — Nossa, isso parece horrível em voz alta.

Ri de novo.

— Desculpe pela noite maldormida.

— Você se divertiu, pelo menos. Não é um crime.

— Me diverti tanto que nem me lembro — sussurrei.

Ela ouviu e foi sua vez de ficar chocada.

— É sério? Você dormiu com quatro mulheres e *não lembra*? Se eu dormisse com quatro homens, provavelmente tiraria uma foto.

Mierda, além de linda, ela é engraçada.

— Bom, se vale de conselho: primeira e última vez. Sério, não indico.

— Ah, fica quieto. Você deve fazer isso o tempo inteiro.

— O tempo inteiro? — Fiquei um pouco surpreso. Qual era a base para acreditar que eu era o pior tipo de homem do mundo... ainda? Tudo bem que me viu com quatro mulheres, mas ela não acreditou que aquela era a primeira e última vez. Homens cretinos têm uma cara? Eu parecia um deles? Eram as tatuagens, certeza...

Fiquei em silêncio, esperando a deixa para me explicar.

Uma deixa que não veio.

— Então, o que você está fazendo sentado em um corredor conversando com uma mulher que quase estragou a vida do seu irmão? — perguntou, despreocupada.

— Fiquei com medo do homem da sua vida passar pelo corredor e te encontrar babando. — Levei meu polegar até o canto da minha boca. — Aliás, você tem uma coisinha aqui.

Ela riu.

Me mate agora.

Que som lindo foi aquele? Havia um prazer masculino em fazer uma mulher rir. Era uma conquista. Meu estômago ficou gelado.

— Tem mesmo alguma coisa aqui? — Ela tentou limpar o que não existia.

Sorri.

— Não.

— E o homem da minha vida, sério? Você não sabe se estou solteira.

— Você está?

— Que sutil, Hugo.

— Gostou?

Ela sorriu.

— Eu estou solteira.

Não consegui definir se aquilo era bom ou ruim, mas meu estômago ficou gelado de novo, como se um boneco de neve sentasse na minha barriga.

— Então, havia sim a possibilidade de você encontrar o homem da sua vida no corredor do resort.

— E fazer o quê com ele? Sequestrá-lo para a minha casa?

— É uma ideia, mas não acho prática.

— O que você faria?

Pensei por uns segundos.

— Não sei.

— Viu? Não é bom encontrar alguém para amar durante uma viagem.

— Não é prático, mas você acredita que o amor acontece de forma previsível?

Ela me encarou, abrindo um sorriso lindo.

— É, você está certo. O amor é imprevisível.

Meu celular vibrou na calça, e ela ouviu. Ia se levantar para me dar privacidade, mas a impedi quando vi quem era.

— Não vai atender?

— Não. — Foquei meus olhos nela.

Ficamos em silêncio, aquela mulher me observando com curiosidade, e uma centelha de atração me fez respirar devagar. Coloquei o celular de novo no bolso da calça e desviei a atenção para os seus lábios, enquanto ouvia o coração bater nos tímpanos.

Uma necessidade estranha, talvez misturada à ansiedade, fez meu sangue circular com força.

— Quem é você?

Capítulo 06

"E se eu nunca tivesse esbarrado em você?
E você nunca tivesse aparecido onde eu estava?
Quais são as chances?"
Backstreet Boys - Chances

Victoria

Hugo me encarou, virando o rosto, analisando cada traço meu, como os agentes do FBI fazem nas séries de televisão assim que se deparam com um caso interessante.

Umedeci a boca, subitamente seca.

— Como assim?

— Eu não sei nada sobre você... e, ainda assim, você surgiu, e virou a minha vida do avesso — sussurrou, a voz arrastada.

Prendi a respiração.

— Lugar errado, na hora errada.

Soltou uma risada masculina e rouca. Até o sorriso sair dos seus lábios e aqueles olhos cor de mel se estreitarem mais uma vez. O jeito que ele ria era bonito, e não sei se isso fazia algum sentido.

— Ou talvez não tenha nada de errado no caos que você causou.

— Eu realmente sinto muito.

Hugo escorregou o olhar perigoso por mim.

— Eu não sinto.

Droga, ele era bom. Com as palavras, com o flerte, com a voz, com a aparência. Hugo jogava com a sedução, brincando, como se estivesse em casa.

E isso era perigoso.

Ele se sentou ao meu lado, me acordou, perguntando o que eu achava do amor e se eu estava solteira.

Corrigindo: Isso era *muito* perigoso.

Não eram só as coisas que dizia, havia algo também no olhar, a maneira quente que me analisava, tinha alguma coisa sobre esse homem, como se, por baixo de toda a aparência incrível, houvesse algo ainda mais interessante a ser descoberto.

Eu não podia pensar assim.

Precisava focar no trabalho e, também, Hugo levou quatro mulheres para a cama. Certo, parecia que não fazia isso com frequência, mas quem Hugo era antes disso? E... por que mesmo eu estava preocupada com que tipo de homem ele era?

— Quer companhia para ir à recepção consertar seu cartão magnético?

— É sério? — A proposta dele me pegou desprevenida.

Hugo ficou um tempo em silêncio. Nos poucos momentos em que estive com esse homem, percebi que ele não era o tipo de pessoa que dizia algo sem antes pensar a respeito. O que me deixou curiosa sobre sua profissão. Com certeza, algo relacionado à importância da comunicação.

— Não consigo pensar em algo mais interessante do que te acompanhar agora.

Ele se levantou e virou de costas, sem me dar chance de rebater.

— Você vem? — perguntou, olhando-me sobre o ombro.

— Sim.

Entramos no elevador e Hugo me lançou um olhar de canto. O homem era um crime contra a sociedade, a pele tão bronzeada e tantas tatuagens que não consegui definir direito... Percebi que, quando ele usava camisa social, era impossível ver os desenhos. Propositalmente, a tatuagem que ia até o pulso acabava poucos centímetros antes da manga da camisa chegar.

Enquanto o elevador descia, um pensamento angustiante preencheu meu coração. Eu realmente ia para o casamento dançar com *ele*? A privação de sono, sem dúvida, tinha alterado a minha capacidade de usar a razão.

Eu não sabia nada a respeito dele.

Hugo estava certo.

Da mesma forma que ele não sabia nada sobre mim...

Qual era o seu sobrenome? Onde diabos ele morava? O que fazia da vida? E por que as tatuagens tinham que ficar escondidas quando ele colocava roupas sociais? Caramba, Hugo ficava ótimo de camisa de botão e calça preta.

Mas isso não importava agora.

O que eu sabia?

Ele tem um irmão chamado Diego, uma futura cunhada chamada Elisa. É capaz de transar com muitas mulheres de uma só vez, e teve um quase casamento que não deu certo. E por que parecia mais interessante do que os primeiros encontros que já tive e que, certamente, vinham com todas as informações que me peguei sentindo falta?

Cala a boca, Vick. Você não pode se sentir atraída por ele, me dei um tapa mental quando chegamos à recepção.

Respirei fundo.

Era só uma dança e, depois, eu sairia de perto e me trancaria no quarto.

— Só uma dança.

— O que disse? — Hugo questionou, chegando perto.

— Nada — menti, entregando o cartão para a recepcionista. — Ele desmagnetizou. Pode consertá-lo para mim?

— Claro — ela garantiu. — Só vai levar um minuto.

Hugo se aproximou ainda mais.

— Preguiçosa.

— Esquecido.

Ele riu e eu sorri porque, sério... o jeito que ele ria era especial.

Aline Sant'Ana

Capítulo 07

"Eu estava pronto para te dar meu nome
Pensei que fosse eu e você
E, agora, é tudo uma vergonha."
Justin Timberlake - What Goes Around Comes Around

Hugo

Por mais que eu já tivesse sido um noivo envolvido com a escolha da cor da toalha de mesa e qual terno deveria experimentar, percebi que era completamente ignorante em todo o resto. Talvez, por não ter chegado ao altar. E graças a Deus por isso, pensei, cruzando os braços e observando a movimentação. Porra, que loucura era organizar um casamento. Na área reservada para a cerimônia, as cadeiras já tinham sido posicionadas, com laços extravagantes em dourado e branco. As pessoas se moviam de forma uniforme, como se eu estivesse assistindo a um espetáculo da Broadway.

— Por que não atendeu minha ligação ontem? — a voz feminina suave ecoou ao meu lado.

— Eu atendi.

— Na primeira vez, sim. E desligou na minha cara. À noite, quando tentei de novo, você nem me ligou de volta.

Respirei fundo e virei-me para olhá-la.

Eu aceitei isso porque Elisa não teve como escapar. Primeira coisa que o mundo precisa saber sobre a mulher ao meu lado: Carlie é rica, influente e a cliente mais importante do escritório de advocacia que Elisa trabalha. Segunda: Carlie é a melhor organizadora de casamentos de Nova York. Terceira e última: Carlie é minha ex-noiva, a mulher que me fodeu para o resto do mundo.

Por causa do que passei com ela, decidi ficar um ano afastado de relacionamentos. Qualquer tipo de relacionamento. Fiquei um ano sem transar, quase virgem, o que, bem... acabou depois da despedida de solteiro. Quase abri um sorriso. Carlie deveria ter me visto com quatro mulheres, quem sabe assim entenderia de uma vez por todas que o amor que sentia acabou no momento em que descobri a pessoa desprezível com quem quase me casei.

— O que você queria comigo?

— Convidá-lo para jantar.

— Não.

— Nem ouviu a minha proposta ainda.

— Ah, olha. O seu marido, Carlie.

Ela moveu a cabeça, procurando, e estranhamente não se importou com o fato de ele estar por perto.

— Por que está atrás de mim quando já conseguiu o que queria?

Carlie estreitou o olhar e tocou meu ombro.

— Eu sinto sua falta.

— Sente, é?

— Sinto.

— Aham.

— Por que você é tão amargo comigo?

Ergui uma sobrancelha.

— Eu não fui tão cretina — se defendeu.

— É o que você diz para si mesma quando quer ter bons sonhos?

— Não faz assim, Hugo.

— Você está aqui só para dar o felizes para sempre que Diego e Elisa merecem. É só por isso, Carlie. Não fica tentando remediar as coisas, quando não tem mais jeito.

— Eu não quero me casar com você.

Eu ri, porque era engraçado, de verdade.

— Acho que isso ficou bem claro um ano atrás.

— Eu só quero uma noite.

Precisei me segurar muito para não xingá-la.

— Uma noite?

— Que mal tem?

— Isso nunca vai acontecer, Carlie.

— Por quê?

Ela continuaria me ligando, continuaria fuçando na porra do meu Instagram, perturbando a minha paz. Carlie acreditava que tinha uma espécie de poder magnético sobre mim, e por isso fiquei tanto tempo solteiro e sem conseguir me relacionar de novo. Na verdade, era só porque eu não tinha mais saco para isso. Eu não queria transar uma noite e ter que inventar uma desculpa, para nunca mais ligar. Não queria ser esse tipo de cara. Também não queria começar algo quando sabia o que o amor era capaz de fazer. O que aconteceu na despedida de solteiro foi realmente uma exceção à regra. Não significava que eu ia continuar com a ideia.

Eu precisava achar uma alternativa, *mierda*. Encontrar uma desculpa perfeita para Carlie parar de me ligar, de tentar ser minha amiga ou tentar me fazer de amante, apenas porque ela sentia falta de um sexo gostoso.

Por um segundo, eu soube o que responder.

Porque, dessa forma, Carlie não teria como refutar.

— Eu estou com outra pessoa.

Ela entreabriu os lábios.

— Você o quê?

— Estou namorando.

Carlie abriu a boca e fechou umas três vezes.

— Eu organizei esse casamento, e você não tem uma acompanhante marcada na lista de convidados. Além do mais, Elisa não disse nada para mim. Não invente desculpas, Hugo, pelo amor de Deus, é feio para um homem de trinta e três...

— Trinta e quatro.

Ela nem sabia a minha idade.

Carlie ergueu uma sobrancelha.

— Trinta e quatro anos.

Pensa, Hugo.

Problema e solução.

Quem poderia fingir ser minha namorada? Se eu tentasse abordar de forma certa alguma garota, talvez ela aceitasse. O problema é que Carlie conhecia todas da lista de convidados. Ficamos muito tempo juntos, o círculo social era praticamente o mesmo, mas...

Uma pessoa em especial veio na minha mente, uma mulher que com certeza diria não.

Talvez eu pudesse falar com a Elisa, ver se ela poderia me ajudar a intermediar o assunto com a minha vizinha de quarto, perguntar se ela toparia me ajudar nessa. Ainda que não me conhecesse... ela tinha sido legal comigo ontem, mesmo depois de tudo. E acho que ela me devia mais do que uma dança.

Cara, que inferno...

Carlie estava passando dos limites, especialmente no último mês, e, por mais que eu amasse a minha futura cunhada e soubesse que não era culpa sua, Elisa me colocou nessa situação, e tinha que quebrar essa para mim.

— Ela não está na lista porque achei que ela não viria, mas resolveu me surpreender. Sabia que era importante estar ao meu lado no casamento do Diego.

Ótimo, agora era obrigatório o plano funcionar.

— Não vi nenhuma mulher perambulado pelo seu quarto. Estamos no mesmo andar.

— Ela chegou hoje cedo.

Como se quisesse comprovar a mentira, Carlie olhou ao redor.

— Certo, cadê ela?

— Eu vou te apresentar.

— Vai?

— Vou.

— Se ela existir... Isso tá com cara de desculpa esfarrapada para não ceder à tentação...

— Carlie, você não é mais uma tentação para mim há muito tempo.

Carlie rolou os olhos e depois me encarou, com certa repulsa e raiva.

E não disse mais nada.

Me deixou sozinho, observando a organização do casamento, enquanto gritava ordens para os funcionários como se fosse a Cruela Devil. O que, em parte, tinha lá sua semelhança. Pelo menos em personalidade, sem dúvida. Mantive os braços cruzados, pensando em como convenceria Elisa e, depois, em como abordaria o assunto com uma mulher que eu nem sabia o nome.

Isso vai ser interessante.

— Certo, então você disse para Carlie que está namorando e agora quer que eu vá até a sua vizinha de quarto e diga para ser sua namorada até irmos embora? Justo ela, Hugo? Acho que aquela mulher te odeia um pouquinho.

— A gente conversou depois de tudo.

— Hum... me conta mais.

Estreitei o olhar.

— Ela é legal.

— Não vou conseguir os detalhes?

Sorri.

— Não.

— Que pena.

— Eu te amo, Elisa, e preciso que tente fazer isso por mim.

Ela rolou os olhos, rindo.

— Vocês, De La Vega, sabem ser tão sedutores...

— Aham.

— Mas é só isso que você quer mesmo? — Ergueu as sobrancelhas, sugestiva. — Ser namorado da menina por alguns dias?

— É só isso.

Elisa suspirou.

— Você é um ótimo mentiroso, mas te conheço a vida toda, Hugo. — Ela fez uma pausa. — Ela mexeu com você.

Fiquei em silêncio.

Estávamos no quarto de Elisa, enquanto ela recebia massagem nos pés de uma moça muito gentil, um dia antes do casamento. Elisa estava com uma toalha branca enrolada no cabelo, vestida com um roupão de banho e uma máscara daquelas verdes que as mulheres gostam de colocar na cara. O que a deixava um pouco amedrontadora, especialmente quando semicerrou os olhos, me pedindo que confessasse.

— Eu fiquei atraído.

Elisa sorriu.

— Bingo! Mas Diego me contou que você dormiu com quatro mulheres, e essa foi a primeira impressão que ela teve.

— Eu nem ia para a despedida de solteiro, mas Carlie bateu na minha porta, com um sobretudo e nua por baixo dele, dizendo que sentia falta do meu corpo e que, como o marido tinha ido dormir, a festa estava só começando. Eu disse não, a mandei se foder sozinha, e disse para cair fora do meu quarto. Carlie saiu, com o ego ferido, e eu bebi todas e fui para a despedida de solteiro. Contei para o Diego o que tinha acontecido, e ele me deu mais umas bebidas. Só sei que me deixei levar, e o resto o mundo já sabe.

— Carlie foi tão longe?

— Foi.

— Isso precisa acabar, Hugo.

— Eu sei.

Elisa respirou fundo.

— Eu vou fazer isso.

Abri um sorriso.

— Você vai?

— Vou tentar, você já sabe o quanto a sua vizinha é difícil. Droga, Hugo, você merece se divertir no casamento. — Elisa suspirou. — E eu sinto muito por ter trazido Carlie para organizar. Ela me prometeu que ia se comportar, e, como praticamente se jogou nessa ideia, foi impossível dizer não. Carlie é importante para o escritório.

— Sei que você está de mãos atadas, Elisa.

— Você é um anjo.

Sorri.

— Há quem discorde.

— Eu sei. Mas eu te vejo por trás disso tudo e vou ajudar, sim. É o mínimo que posso fazer. Carlie sabe ser bem maluca quando quer.

— Me conte uma novidade.

Elisa pegou minhas mãos entre as suas, me encarando nos olhos.

— Eu queria que você pudesse seguir em frente.

— Não estou mais apaixonado por ela há bastante tempo.

— Eu sei. Mas não é disso que estou falando. Só queria que você entendesse que não é porque um relacionamento deu errado, que todos os outros também serão ruins.

— Muita dor de cabeça...

— Sem pressão. — A moça parou de massagear os pés de Elisa e ela se levantou e ficou me encarando.

— O que você está fazendo aqui ainda?

Eu ri.

— Vai procurar a minha vizinha?

— Sai logo daqui.

Antes que pudesse sair, encarei Elisa. Ela era linda, e fazia Diego tão feliz que, porra, era impossível não amá-la.

— Eu sei que só vamos oficializar o título quando disser sim para o meu irmão, Elisa, mas você sempre foi uma irmã para mim.

Ela franziu os lábios, emocionada.

— Droga, vocês são terríveis.

Pisquei para ela.

— Você é o irmão que meu coração escolheu — murmurou e abriu mais um dos seus lindos sorrisos.

— Obrigado, Elisa. De verdade. — Fiz uma pausa. — Te vejo depois?

Ela assentiu.

Saí, torcendo para que ela conseguisse convencer a menina a fingir, por alguns dias, que me amava.

Carajo, ia ser difícil.

Aline Sant'Ana

Capítulo 08

Vamos apenas aproveitar essa oportunidade, garota
E agora você sabe
Tudo o que eu quero é você."
Daniel Skye - I Want You

Victoria

O gerente me levou para todos os melhores e mais interessantes pontos do resort Moon Palace, e fizemos um passeio. A tentativa de focar no trabalho valeu a pena, porque a experiência que o resort oferecia era excelente. O gerente, para tentar me convencer de que meus clientes multimilionários seriam bem-vindos, deixou claro que eu poderia ganhar um espaço exclusivo e que seria ainda melhor se pudesse convidar um amigo.

— Se quiser viver a experiência, eu posso reservar a melhor suíte para você.

Ergui a sobrancelha.

— Eu não estou na melhor suíte?

O homem engoliu em seco.

— Sim, todas as suítes são incríveis, mas temos uma área isolada que chamamos de presidencial e está vazia. Por isso ofereci de convidar... um amigo.

— Eu viajo a maior parte do tempo como consultora de viagens, senhor Avila. Sou uma pessoa difícil de agradar.

— E por isso não tem... amigos?

— Eu tenho, mas, bem, não amigos íntimos o bastante para dividirem essa experiência.

Não, eu não tinha um ficante, amigo com benefício para ligar e dizer: querido, estou em Cancun, o que acha de vir aqui e deixar eu te usar?

— Me fale mais sobre essa área presidencial — pedi.

Senhor Avila me entregou a chave de acesso. Era um cartão dourado elegante, como se fosse uma oferta única.

— Bem, pode ser para um casal ou grupo de amigos. Os quartos são imensos e muito bem equipados.

— Perfeito. Depois vou dar uma passadinha lá.

Era depois das três da tarde quando terminei com o senhor Avila. Meu trabalho era entender a necessidade de cada cliente, saber o que precisavam com a quantidade de dinheiro que ofereciam para isso, conhecer o que os agradava, ainda que eles nem soubessem o que queriam de verdade. Eu analisava pessoas e transformava as férias dos sonhos em realidade, sem que tivessem que gastar um segundo de seus dias para isso.

Bem, se eu era chata com resorts e hotéis de luxo? Era. Porque tinha que ser. A reputação de criar a viagem perfeita ia com a assinatura do meu nome, e o tipo de consultoria que eu prestava era levada muito a sério. Se eu errasse em uma viagem, se falhasse uma vez, toda a minha carreira poderia ir para o buraco.

"Um dos empregos mais felizes da América", Oprah disse.

Eu realmente sou feliz trabalhando com isso, mas, quero dizer, nem um emprego como esse era tão perfeito assim. Por isso, decidi pensar mais um pouco sobre colocar ou não o Moon Palace no meu catálogo.

Coloquei os óculos escuros e, já sozinha, desci pelo elevador e decidi espairecer. Focar no trabalho funcionou por um tempo, até os olhos cor de mel de Hugo brotarem na minha mente antes que pudesse mudar o rumo dos pensamentos. Quanto tempo levaria para eu parar de pensar nele? Dois dias? Três? Decidi dar uma folga para mim mesma, as coisas tinham acabado de acontecer, e ainda teria o casamento...

Abri um sorriso quando vi a piscina movimentada, a maior do resort. As espreguiçadeiras estavam quase todas ocupadas, mas a área com um pouquinho de sombra estava vazia. Andei até chegar ao fim da piscina, passando pelas pessoas, chegando à área de lazer com jogos ao ar livre. Continuei caminhando, mas parei quando uma mão tocou meu braço.

Eu me virei e dei de cara com a noiva... que quase estraguei o casamento.

— Oi, Elisa! — me sobressaltei.

— Oi. — Ela abriu um sorriso. Estava com um vestido leve, lilás e estampado, cheio de margaridas brancas. Havia um par de óculos escuros sobre os olhos castanhos. — Eu estava te procurando.

— Estava?

Elisa me puxou para uma área isolada, como se quisesse confabular sobre um segredo. Andamos pela grama, o sol quente sobre nossas cabeças. Assim que Elisa chegou a uma área com sombra, me convidou para sentar em um banco elegante de madeira.

— Eu sei que parece estranho, mas... não sei o seu nome ainda.

— Victoria, mas todos me chamam de Vick.

— Achei lindo. — Elisa sorriu e me observou, estudando-me. Ela abriu a boca para dizer algo, mas fechou logo em seguida.

— Você está ansiosa. Aconteceu alguma coisa com o casamento?

— Não, não é *bem* sobre o casamento. Eu estava agora há pouco com meu cunhado, Hugo, e estávamos falando de você.

Meu coração, por algum motivo bem idiota que eu não quis analisar, começou a bater mais rápido.

— Ah, é?

— Sim.

— E o que vocês falaram?

— Antes de contar, preciso te explicar uma coisa.

— Tudo bem.

Elisa se acomodou melhor e piscou rapidinho, como se quisesse organizar os pensamentos.

— O que você viu na noite da despedida de solteiro, a respeito do Hugo, bem, eu nunca o vi fazer algo assim. Nunca que eu digo é nunca mesmo. Eu conheço Diego desde os doze anos e, consequentemente, Hugo também.

— Não cabe a mim...

— Sei como a cabeça feminina funciona, Vick. Nós olhamos torto para homens canalhas.

Balancei a cabeça.

— Hugo me parece uma pessoa boa, sabe. Eu conversei um pouco com ele. Elisa, não posso julgá-lo sem conhecê-lo. Apesar de ele ser todo...

Elisa me instigou a continuar quando inclinou o queixo em minha direção.

— Todo forte e bonito, bem, é o porte físico e a beleza de um homem que você imagina que leva uma mulher diferente para a cama toda noite. Mas, como disse, eu não quero julgar.

— Eu sei. Os De La Vega têm essa beleza ímpar, mas Hugo... Nossa, como eu começo a explicar?

Toquei sua mão.

— Desculpa, Elisa, mas por que você está me contando essas coisas?

— Porque quero que você entenda quem o Hugo é antes de eu te fazer uma pergunta muito complicada.

— Continue.

— Hugo passou por uma situação terrível no passado, que acho que é ele quem tem que explicar, mas isso o fechou um pouco para relacionamentos, entende? É meio íntimo dizer isso, mas... fazia um ano que ele não... que não... fazia... que não dormia com mulher nenhuma. Então, sim, o que você viu foi Hugo De La Vega na pior versão de si mesmo.

Um ano sem sexo... assim como eu.

Santo Cristo.

Ele não era tão cafajeste assim? Só meio... canalha?

Um canalha mais ou menos?

E que sobrenome sexy era esse? *De La Vega*...

— Eu acho que ele fez o que fez porque bebeu demais mesmo e, como fazia um tempo, acabou se soltando. De qualquer forma, aquele homem que você viu cheio de mulheres no corredor... não é o mesmo Hugo que eu conheço.

O que eu poderia dizer?

Elisa continuou a me olhar, um sorriso se abrindo em seus lábios.

— Então, dito isso, posso afirmar que Hugo é um homem apaixonante, carinhoso, sensual...

Ela queria marcar um encontro para mim com o cunhado meio sacana?

— Ele é tudo isso, então.

— Ele é tudo isso — ela concordou. — E, nesse momento, ele precisa de ajuda.

— Ajuda?

— Sim, da *sua* ajuda, Vick.

Pisquei, sem entender.

— A ex-noiva dele, que é uma cliente muito importante do escritório de advocacia que trabalho, está aqui no casamento, organizando a coisa toda. A mesma noiva que você o ouviu reclamar enquanto era assediado por... não importa.

Oh, a noiva do casamento que não aconteceu.

Franzi o cenho, enquanto ouvia a explicação de Elisa.

— Carlie, a ex, é uma excelente profissional no que diz respeito a casamentos, mas também é uma pessoa um pouco excêntrica e tem o maior ego do universo. E por mais que ele diga não, Carlie simplesmente não entende. Ele consegue escapar dela quase sempre, mas, nesses eventos em que juntamos os amigos em comum e misturamos a vida pessoal e a profissional, é um verdadeiro inferno. Carlie ainda acredita que Hugo é apaixonado por ela.

Senti um frio na barriga.

— E ele é?

— Não, de jeito algum — Elisa afirmou. — Carlie só tem essa cisma. É horrível, eu já tentei falar com ela, mas não adianta. Para você ter uma noção, Carlie está com o marido no resort, aproveitando a estadia, e nem isso freia ela. Carlie acredita que Hugo vai ceder.

Caramba, que autoestima essa da ex. Quem dera eu pudesse acordar todos os dias achando que o Hugo não seria capaz de resistir a mim.

Mas ele precisava de ajuda para o quê, exatamente? Afogá-la na piscina?

— Ele tentou cortar isso de todas as formas?

— De todas as formas possíveis, e é uma situação bem embaraçosa, porque há laços profissionais envolvidos.

— E como eu entro nisso?

— Como você estará no casamento e é a única pessoa que Carlie não conhece, pensei que poderia ser a companhia dele. — Conforme Elisa dizia, meus olhos se arregalavam. — Calma, você não precisa beijá-lo, nem nada do tipo, é só ficar ao lado dele, de braços dados, fingindo estar apaixonada.

Comecei a rir.

— Meu Deus, Elisa. Isso é muito louco, não sei se consigo. Não sou uma boa mentirosa.

— Eu não pediria isso se realmente não fosse necessário. Você já irá ao casamento, é só... bem... ficar ao lado dele. Você conhecerá a Carlie, e vai ver o quanto ela pode ser uma bruxa. Hugo só precisa de uma companhia e, Vick, você é perfeita para isso. Você é simplesmente perfeita.

— Ele não pode pedir para outra amiga? Talvez, para uma de suas madrinhas?

— Não, Vick. Minhas madrinhas são apaixonadas por ele. Qualquer indicativo de outra coisa seria um novo inferno para Hugo. E os outros convidados, bem... Carlie conhece todos que estão aqui para o casamento. — Elisa balançou a cabeça. — Só resta você, de verdade.

Eu já ia ao casamento, como Elisa disse... Só teria que ficar ao lado do Hugo a noite toda. O que não era um ótimo plano, sabendo bem o quanto ele era bonito, sedutor... Se eu não conseguia tirá-lo da cabeça, como seria quando o casamento acabasse?

Uma dúvida nublou meus pensamentos.

— E é só durante o casamento?

— Bem, o casamento só durará um dia, mas nós continuaremos no resort. Só vamos voltar para Nova York depois.

Meu coração parou de bater.

— Vocês são de *Nova York*?

Elisa sorriu.

— Sim.

Alguma parte do meu corpo simplesmente congelou. Pude sentir meu estômago virar pedra. Fiquei arrepiada, meus olhos arderam... Quais eram as chances daquela família morar na minha cidade?

Santo.

Deus.

— Por quê? — Elisa quis saber. — Você é de lá?

Fiquei muda, sem conseguir responder, e minhas mãos ficaram geladas.

— Vick?

— Sim...

— Mentira! — Ela riu.

— É sério... Nossa, eu não fazia ideia. Nova York é uma cidade tão grande, que seria pretensão demais dizer que já vi vocês. E também passo muito tempo viajando... — Por que eu estava me explicando?

Elisa ficou um tempo em silêncio, me observando.

— Não sei o que dizer — ela murmurou.

Prendi a respiração.

Certo, eu precisava de foco.

— Quantos dias vocês vão ficar aqui?

Aline Sant'Ana

— Quatro, depois do casamento — Elisa respondeu. — Mas, se não quiser ir tão longe com essa ideia, nós avisaremos a Carlie que você foi embora. Só que, para ser efetivo mesmo, seria interessante que durasse o tempo que vamos ficar aqui. Assim, acho que ela pararia de vez e, com sorte, futuramente, achando que Hugo está comprometido, pararia de ir aos eventos em que reunimos amigos e colegas. Aqui, tudo bem, não tinha como, mas depois disso...

Parei de ouvi-la.

Minha estadia terminava na mesma época da deles, e eu não poderia ficar escondida no quarto, fingindo que fui embora. Se aceitasse ser a namorada de mentira dele, teria que durar os malditos quatro dias. E isso era ruim, *bem ruim*.

— Carlie ficará aqui também?

— Receio que sim. — Elisa baixou o olhar. — Eu sinto muito te pedir uma coisa dessas, vou entender se não quiser fazer. Especialmente porque o problema de uma pessoa que você mal conhece não é problema seu.

Eu quase fiz Elisa terminar o casamento. A culpa me consumiu de verdade. Contei uma inverdade para essa mulher, e ela acreditou em mim cegamente, sem me conhecer, só com base no que eu disse. Elisa tinha um coração bom e eu não poderia dizer não. Por mais que estivesse no resort a trabalho, não precisaria ficar com Hugo o tempo inteiro. Quatro dias iam passar voando, certo? Meu coração derreteu quando Elisa me encarou.

— Hugo é uma pessoa boa, Vick. Sei que, para você, ele é um desconhecido, mas esse homem me ajudou a enxergar o amor que eu sentia pelo irmão dele. Carlie quebrou seu coração, partiu em mil pedaços, e agora, nessa saia justa, eu não queria que ele se sentisse mal em um dia tão importante.

Eu entendia as pessoas, sabia do que precisavam antes mesmo de elas saberem. Pude ver toda a verdade em Elisa, conforme ela me contava. Estava se sentindo mal por ter colocado a ex-noiva de Hugo como organizadora do casamento e tudo o que ela precisava era que a mulher parasse de encher o saco.

Certo, eu podia fazer isso.

— Tudo bem. — Me ouvi dizer. — Mas quero conversar com o Hugo, preciso conhecer ele melhor antes que a gente finja que... que está junto.

Elisa quase pulou em mim quando me abraçou, agradecendo imensamente e dizendo que a vida escreve certo por linhas tortas. Ela disse tantas vezes a palavra obrigada que me deixou sem reação.

Aparentemente, fazíamos um plano, mas a vida vem e nos apresenta outro.

Eles eram de Nova York.

Durante toda a conversa, por alguma razão, eu não consegui parar de pensar nisso.

Capítulo 09

"As coisas que faremos, eu não sei
Sua pele, suas pintas, meu foco."
Alok feat Mario Bautista - Toda La Noche

Hugo

— O que você fez? Hipnotizou ela?

Elisa gargalhou do outro lado da linha.

— Eu só precisei dizer a verdade. Ela está te esperando na área da piscina, perto das espreguiçadeiras.

— Caralho... — Respirei fundo. — Obrigado, Elisa.

— Você não tem que agradecer a mim. E, Hugo?

— Diga.

— Ela é de Nova York. — Pude ouvir o sorriso em sua voz.

Engasguei com o suco que estava tomando.

— *¿Lo que usted dice?* — gritei e me apressei a traduzir: — O que você disse?

— Ela é de Nova York, querido. E eu estou apaixonada por ela. Por favor, não cometa erros.

Elisa desligou, sem me dar tempo de processar. A minha vizinha de quarto morava na mesma cidade que eu? Aquela mulher linda, de tirar a porra do fôlego, de deixar qualquer homem tonto? É sério isso? Um aviso luminoso, piscando em neon, veio no meu cérebro: ela é possível.

Possível o quê? Cala a boca.

Só íamos fingir que estávamos juntos, nada além disso. Eu não estava pronto para me relacionar, e a desconhecida...

Droga, esqueci de perguntar o nome dela para Elisa.

Caminhei até a área da piscina, procurando-a. Não levou sequer um segundo para avistá-la. Estava deitada em uma espreguiçadeira, com o vestido rosa escuro e solto contrastando com a pele bem branquinha. Uma perna estava dobrada, fazendo o vestido cair um pouco, se concentrando no quadril e mostrando suas coxas. Umedeci os lábios e respirei pela boca. O sol, espreitando entre o guarda-sol, tocava um pouco sua pele. Esperto. A linha ia bem na coxa direita, dançando e subindo até tocar o vestido. Entre os seios, havia um filete de luz, bem na área que secretamente desejei percorrer com o indicador. Ela estava distraída. Dei uma olhada ao redor, e encontrei uns cinco homens olhando-a tão fixamente quanto eu.

— Oi. — Me sentei na espreguiçadeira ao lado da dela.

Abaixou os óculos escuros, estreitando aqueles olhos azuis para mim.

Caralho.

— Hugo De La Vega...

Ela descobriu meu sobrenome.

— Falando assim, parece que fiz algo errado.

— E não fez?

— Uma das formas mais eficazes de chegar a um veredito é através do interrogatório, mas, como eu não fiz nada, esqueça uma confissão. — Sorri, brincando.

— Você é advogado ou policial?

Ela se sentou e o vestido acompanhou seu movimento, embora não fosse capaz de cobrir suas coxas. Eu olhei para aquelas pernas, imaginando como ficariam em torno de mim. Encarei seus olhos. Eu simplesmente precisava saber o nome dela.

— Antes de eu dar essa informação, preciso saber qual é o seu nome.

— Elisa não disse?

— Não.

Estendeu a mão para mim. Segui a deixa, fazendo meus dedos tocarem lentamente sua palma, e desviei o olhar do gesto para prestar atenção em seus olhos.

— Victoria.

— Victoria — precisei repetir, testando a força daquelas letras na minha boca. Ela escorregou o olhar para os meus lábios, o que me fez sorrir, e soltou minha mão. — E, sim, você acertou. Eu sou advogado criminal, Victoria.

— Ah, eu imaginei. E pode me chamar de Vick — acrescentou. — Se vamos ser namorados, então, pelo menos, podemos pular para os apelidos.

— Por quê?

A pergunta formou um vinco entre suas sobrancelhas. Seus cabelos castanhos estavam soltos e ela colocou uma mecha atrás da orelha. Um tom rosa coloriu suas bochechas.

Linda pra cacete.

— Por que namorados se chamando pelo nome inteiro é...

— Por que aceitou? — interrompi.

— Ah, isso. Você tem uma ex maluca. Não sei se você já percebeu, mas odeio gente inescrupulosa. Elisa me contou bastante coisa. E também aceitei porque ela é uma pessoa muito fofa. A Elisa, claro.

— Contou como o meu relacionamento acabou?

— Bem, essa parte ela pulou.

— É a melhor parte.

— Acho que vou ter tempo de descobrir. — Moveu a cabeça, me analisando. — Sério, Hugo? De todas as mulheres desse resort, por que eu? Foi ideia da Elisa?

— A ideia foi minha.

Vick abriu a boca para dizer algo, mas resolveu fechá-la.

— De todas as mulheres desse resort? — repeti a pergunta.

Ela olhou em volta, prestando atenção.

— Posso pensar em, pelo menos, dez mulheres que estão olhando para cá e que estão sonhando em conversarem com você.

— Ah, é? — sussurrei.

Isso a fez me encarar.

— Então, por que eu?

— Você tem alguma coisa, Vick.

Ela colocou os óculos escuros no topo da cabeça, o que atraiu minha atenção para o seu rosto. O nariz era tão pequeno e arrebitava na ponta. Havia uma curva linda no seu lábio superior. Eu poderia olhá-la por horas.

— Tenho? Já sei. Eu quase soquei sua cara na primeira vez que te vi.

Eu ri.

— Deve ser isso.

— E também porque sou uma mulher de trinta e dois anos extremamente sincera e um pouco impulsiva. Qualidades que todo homem aprecia, você sabe.

Sorri ao lembrar das conclusões precipitadas que Vick tomou.

— Um pouco?

— Tudo bem, eu sou muito impulsiva.

— E preguiçosa.

— Mas, em minha defesa...

— Você é advogada?

Ela riu.

Talvez a gente conseguisse passar por esses dias tranquilamente, pensei.

— Eu sou consultora de viagens.

Fiquei surpreso.

— O quê? — questionou, ainda sorrindo.

— A melhor profissão que existe. Porra, que sonho.

— Não é um conto de fadas o tempo todo.

— Você viaja para o mundo inteiro.

— Essa é a parte boa.

— E qual é a ruim?

Vick estreitou os olhos azuis, que brilharam como se contivessem o mar e o céu juntos. Meu sangue ficou quente quando percebi que seria delicioso mergulhar naquelas cores, encarando-a bem ali, enquanto entrava em suas curvas molhadas, lento, assistindo a suas pupilas dilatarem e sua boca se abrir para respirar.

— Você vai ter que me pagar uma bebida antes, Hugo — a voz sensual sussurrou.

Ela gostava de brincar. Palavras e flerte. Ah, eu era bom nisso.

Não faz assim, Vick, porque eu vou longe.

— Eu conheço um lugar.

Ela piscou, surpresa.

— Você é afiado.

— Eu sou, é? — Sorri.

— Você é, mas *não* vou cair nessa. O que entra no assunto que quase esqueci. Primeira e única regra do nosso joguinho de namoro: nada de contato físico.

Eu tentei não rir, é sério, mas simplesmente não consegui. Victoria me olhou com espanto, enquanto eu gargalhava. Pensei que ia levar um tapa na cara, mas ela apenas sorriu para mim.

— Qual é a graça?

— Victoria...

— Estou falando muito sério.

— Eu sei, o que torna tudo mais engraçado.

— Por quê?

Fiquei em silêncio por alguns segundos, só sorrindo para ela.

— Tem medo de me experimentar?

Vick cruzou as pernas e ergueu uma sobrancelha.

— Depois de te ver com quatro mulheres?

— Você é afiada.

— Viu? Somos o par perfeito.

— Tudo bem, sem toques inapropriados. A não ser que você queira.

— Eu não vou querer — afirmou, convicta.

Sorri.

— Ah, outra coisa: preciso saber tudo sobre você, e você precisa saber tudo sobre mim.

— Tudo o quê? — Ergui uma sobrancelha.

— Tudo o que uma namorada precisaria, para a gente não cometer nenhuma gafe. Mas isso vai levar um tempo e eu preciso sair agora. Tenho que achar uma loja para comprar ou alugar um vestido.

— Para o casamento?

Ela assentiu.

Pensei por um momento se eu conseguiria ajudá-la. Me veio imediatamente Elisa na cabeça. Ela deveria estar com as amigas, e já estava anoitecendo. Mas um telefonema... e tudo se ajeitaria.

Puxei o celular do bolso da calça, sem tirar os olhos de Victoria.

— Um segundo e resolvo isso.

Elisa atendeu do outro lado.

— Oi, Hugo! Deu tudo certo?

— Sim, mas preciso de um favor. — Tirei o celular de perto da boca. — Vick, você pode se levantar para mim?

Ela me encarou com desconfiança.

— Por quê?

— Por favor.

Satisfação fez cócegas na minha garganta quando a vi se levantar. Vick tinha um corpo perfeito: quadris largos, cintura estreita e seios grandes. Porra, ela era o pacote completo. Analisei cada centímetro que pude, estudando seus traços, atento a cada detalhe para não perder nada.

— Dá uma voltinha lenta para mim? — pedi com o indicador rodando devagar no ar.

Victoria arregalou os olhos.

— É sério?

— Aham. — Inspirei fundo.

Ela abriu os braços e girou devagar. Hum, o corpo era parecido com o de Elisa, mas Vick era mais baixa e tinha uma baita bunda e os seios eram maiores...

— Hugo, você ainda está aí? — Elisa perguntou no telefone.

— Sim. Eu preciso de um vestido no tom azul da minha gravata, para a Vick vestir e me acompanhar amanhã. Qual número você veste?

— Trinta e oito.

— Ela deve usar o mesmo número, mas, sei lá, não estou tão certo, porque ela tem uma bunda e tanto.

— Ei, você não pode falar da minha bunda — Vick me repreendeu. — E como você entende do corpo feminino desse jeito?

— Eu presto atenção nos detalhes. — Pisquei, inocente.

Vick me encarou, sem acreditar.

— O shopping está aberto ainda — Elisa me respondeu na linha. — Vai naquela loja que a minha mãe fez o ajuste final quando a alça do vestido desprendeu durante a viagem. Eu gostei deles. Sabe qual é?

— Sei.

— É bom levar a gravata para saber a cor certa.

— Valeu, Elisa. — Desliguei o telefone.

Me levantei e aproveitei para me espreguiçar, abrindo um bocejo cansado. Victoria me observou, eu senti, e escorregou o olhar para o pouco de pele que minha blusa revelou quando levantei os braços.

A atração existia.

Eu não estava louco.

— Vick?

Ela piscou.

— Você pode ir comigo. Eu conheço uma loja no shopping próximo daqui.

— É sério? Você vai me levar para comprar o vestido?

— Faço questão de pagar também. A ideia foi minha. Não estava nos seus planos ir a um casamento.

E eu quero que você se sinta bem amanhã.

E que descubra que não sou uma companhia tão ruim.

— Também porque você precisa me conhecer. Pode fazer todo o questionário que quiser enquanto dirijo. Leva uns quarenta minutos. Só preciso buscar minha gravata no quarto.

Victoria começou a caminhar, e aquele foi o sim que ela não disse. Desviei o olhar, observando nossos pés lado a lado.

— Você é muito bom, Hugo.

Mudei a atenção para ela.

— Uma pessoa boa?

— Não.

Ri alto. Vick era muito sincera, puta merda.

— O quê, então?

— Você é muito bom em seduzir.

— Eu sou advogado.

Sorriu.

— Me lembre de colocar esse aviso em algum lugar. Você não veio com uma plaquinha de: fique longe, terreno perigoso?

— Não, mas posso colocar no pescoço, se quiser.

Victoria soltou aquela risada deliciosa, que fez alguma parte da minha barriga se arrepiar.

Merda.

Fazia tempo demais que não me sentia assim.

Capítulo 10

"Seu corpo me mata
Não tem quem te pare
Falta um homem que saiba
Como te amar."
Juan Magan - Déjate Llevar

Vick

O vento estava forte, e a noite caía no horizonte. Do carro, conseguíamos sentir a brisa do mar, salgada e fresca. Eu parei um tempo para observar o sol se pondo, bem laranja e imenso, beijando o mar. Não havia uma nuvem, e o cenário me fez sorrir.

— *Tu cuerpo me mata, mata. No hay quien te pare. Falta, falta un hombre que sabe como amarte...*

Ele apertou o volante, a música em espanhol tocando ao fundo. Hugo começou a cantar baixinho, a voz rouca e grossa, batucando os indicadores, enquanto enfrentávamos o trânsito.

— Você canta bem.

— É o espanhol que engana.

Não era. A voz dele era maravilhosa. Eu conseguia imaginar esse advogado defendendo uma pessoa, o tom altivo e grave, fazendo todos prestarem atenção no seu jogo de palavras.

— Caramba, está quente aqui — sussurrei.

— Liga o ar.

Hugo me pediu licença mais cedo, para buscar a gravata e trocar de roupa. Vestiu uma camiseta básica e branca Tommy Hilfiger, gola V, e uma calça jeans escura.

Dessa vez, todas as tatuagens, ou quase todas, estavam à mostra. Por mais que o anoitecer estivesse lindo lá fora, eu precisava tirar um segundo para olhá-las.

No bíceps, havia um santo que eu desconhecia, carregando um coração na mão, com o nome Lilah. Dançando por sua pele, havia mais. Um conjunto de cinco cartas, nas mãos de um senhor, dedos enrugados e tudo. Embora não pudesse ver o rosto do homem, vi uma aliança em seu dedo e outro nome: Hector. Também havia alguns números, como datas, gravados em sua pele. No antebraço, vi uma moto e uma mulher sexy sobre ela. Como era advogado... fazia sentido ele conseguir escondê-las embaixo da roupa social.

— Precisamos retornar o nosso bate-papo para nos conhecermos — ele disse, me tirando do transe.

— O quê?

— O nosso...

— Ah, certo — interrompi, me lembrando. — O namoro de mentira. Vou fazer a última pergunta: me diz algo que marcou a sua vida. Uma experiência.

Hugo pensou por um tempo, assoviando no ritmo da música, sem olhar para mim. Logo em seguida, abriu um sorriso, como se uma memória o atingisse.

— Ah, já sei. Eu fiz uma aposta com meu irmão por causa de um jogo de futebol e acabei perdendo. Achei que ele ia me sacanear porque estávamos viajando, e pediria para eu tirar uma foto pelado no letreiro de Hollywood ou alguma merda assim.

Caramba, não que eu precisasse imaginar isso justo agora...

— E não foi isso?

— Não. Ele arrumou um papel enorme e me fez escrever "abraços grátis". Pegou o celular, para gravar tudo, e me levou até Hollywood Boulevard. Victoria, foi insano. Eu estiquei o cartaz acima da cabeça e fiquei andando pela Calçada da Fama, esperando alguém me abraçar. Esperei trinta minutos até receber o primeiro abraço. Uma menina se jogou em cima de mim e me abraçou como se sentisse a minha falta. Depois disso, foi... fácil. Quase todo mundo que me via me abraçava. Sério, achei que ia ser uma experiência muito esquisita, mas foi do caralho. Eu me senti bem trocando energia com aqueles desconhecidos. Homens, mulheres, cosplay do Homem Aranha...

— Cosplay do Homem Aranha?

Hugo riu.

— Louco, não?

Eu jamais esperaria uma resposta dessas. Fiquei surpresa e, por algum motivo, senti meu coração bater mais forte.

— Isso é... muito legal.

— Me marcou, de verdade.

— Diego te mandou o vídeo? Você tem aí?

— Tenho. — Hugo tirou uma das mãos do volante e puxou o celular do bolso da calça. Ele mexeu no aparelho rapidamente, indo para a galeria de vídeos, e me entregou. — Pode assistir.

Aline Sant'Ana

Enquanto via uma das experiências mais marcantes de Hugo, emocionada com os abraços que ele recebeu, desde idosos até crianças, mulheres que o agarraram como se quisessem tirar um pedaço dele, e homens que bateram em suas costas como se fossem amigos há anos, fui pensando em tudo que descobri sobre Hugo De La Vega durante o percurso.

Ele tinha trinta e quatro anos, sua bebida favorita era tequila, a playlist dele era composta basicamente por músicas latinas. Jogou beisebol na escola — o que rendeu uma bolsa de estudos na faculdade —, e teve somente duas namoradas. Tentei esconder a surpresa nessa hora, mas minha cara de choque me denunciou, e Hugo riu. Sua primeira namorada se chamava Ella, e era um doce, mas o relacionamento acabou quando ela mudou de país. E a outra, bem, eu já sabia sobre a Carlie, que foi bem mais longe do que só namorar.

Hugo mora em Nova York desde os oito anos, nascido em Madri, na Espanha, e gosta muito de correr. Sua rede social favorita é o Instagram. Nesse momento, pedi que ele me seguisse, porque namorado que não se segue no Instagram, bem, é estranho. Trocamos números de telefone e demos sorte que ele não usava direito o Facebook, porque ali acusaria o tal relacionamento sério, e conseguiríamos enganar com o Instagram se ele dissesse que eu não gostava de tirar fotos de casal. Hugo também me contou sua história de vida, que perdeu os pais quando se formou na faculdade, e que Diego e Elisa eram as pessoas mais próximas a ele. Eu só percebi que o trânsito estava intenso quando vi que já tínhamos passado uma hora dentro do carro.

Eu descobri muito sobre Hugo De La Vega.

Devolvi o celular quando o vídeo acabou. Foi linda a experiência, e mostrou muito mais do que qualquer dado sobre seu passado.

— Agora, sua vez.

— Bom... tudo bem. Eu sou eclética quanto à música, e gosto de tudo um pouco. Meu sobrenome é Foster.

— Legal. — Ele sorriu. — Foster.

Ele disse meu sobrenome em um sussurro.

Certo...

— Meus pais vivem em Nova York e sou filha única. Se chamam North e Alicia, ambos descendentes de ingleses. Viajam sozinhos e estão curtindo o casamento, porque, na verdade, me tiveram muito cedo. Desde o momento em que arrumei esse emprego, eles têm aproveitado bastante a vida.

— Parece bom.

— E é. Eles são muito apaixonados. É bem bonitinho de ver.

Hugo desviou o olhar para mim.

— Eu gostaria de ver uma foto deles depois.

Assenti, umedecendo a boca enquanto pensava em mais informações.

— Fiz balé na infância e adolescência, mas nunca pensei em seguir carreira. Eu queria algo que me deixasse livre. Acho que puxei dos meus pais.

Ele voltou a atenção para a direção, quando o carro da frente se moveu.

— Você parece bem livre para mim.

— Obrigada.

— Certo, o que mais?

— Minha melhor amiga se chama Laura, e ela está em Tóquio agora. É uma consultora de viagens, assim como eu. Quando estamos juntas, o mundo para por nós. Nos ligamos todos os dias.

— Que foda, Vick.

— Eu a amo como uma irmã. Bem, deixe-me ver... eu gosto de vinhos argentinos. Jogo Angry Birds e sou boa. Tive três relacionamentos sérios. Michael, Sebastian e Luis.

— Três?

— Muito ou pouco?

— É um número bom. Como foram os relacionamentos?

— Conturbados. Fui traída pelos três. E acabou assim que descobri.

Hugo freou quando o carro da frente, sem avisar, parou. Ele imediatamente me encarou, os lábios entreabertos, os olhos atentos.

— Por que parece tão surpreso?

— Porque... como trair você?

— Olha, não posso te responder essa pergunta, porque eu nunca me traí.

O canto da sua boca se ergueu.

— Engraçadinha.

— Não, é sério... relacionamentos são voláteis.

— Eu concordo. Mas não justifica.

Droga, eu gostei dessa resposta.

Hugo ficou em silêncio por um momento, a testa franzida, como se estivesse pensando. O carro voltou a andar lentamente e eu avistei, a poucos metros, um shopping. Soube que era aquele que iríamos quando Hugo deu a seta para a direita, e conseguiu pegar a entrada.

— O que mais, como seu namorado, preciso saber?

— Eu coleciono os lugares que viajo. Quer dizer, eu compro sempre uma peça específica da região e tenho um mapa-múndi enorme na minha sala. Faço questão de colocar um alfinete em cada país que visito.

Puxei meu celular do bolso e abri a galeria de fotos. Achei a imagem que eu queria e virei a tela em sua direção. Os olhos de Hugo dançaram pela fotografia, analisando, ainda que rapidamente, por estar dirigindo.

— Caralho, isso é legal.

— Não é? — Guardei o celular.

— Eu quero um desses, mas não viajo a metade do que você viaja.

Acabei rindo.

— E, então, como foi a sua infância?

— Tranquila — respondi. — Eu sempre recebi muito amor dos meus pais. Por ser filha única, acho que fui um pouco mimada, mas nada que a vida já não tenha corrigido.

Ele abriu um sorriso enquanto entrava no estacionamento. Dirigiu até encontrar uma vaga e parou em um lugar próximo à entrada. O som do motor, ecoando pelo lugar quase vazio, me deixou curiosa.

— Que carro é esse?

— Porsche Panamera. — O som se foi. Hugo desligou o carro e virou o rosto para mim. Na pouca luz do estacionamento, ele ficava ainda mais enigmático. Os cabelos negros e cheios estavam brilhando. Hugo passou a mão pelos fios, jogando-os para trás. O perfume dele veio mais forte com o movimento. — Mas é alugado. Você curtiu?

— O banco é tão confortável que não dá vontade de sair daqui.

— Você é muito preguiçosa, Victoria.

A maneira que ele disse meu nome, com o sotaque espanhol brincando em sua língua, fez borboletas dançarem no meu estômago.

— Eles são de couro. — Engoli em seco.

Hugo ficou mudo, apenas me observando. Meus braços ficaram arrepiados quando ele desceu a visão para a minha boca, atento a alguma coisa que tinha ali. Senti a respiração prender na garganta e só voltei a receber ar nos pulmões quando encarou meus olhos.

— Você os xingou? — sussurrou.

— Quem?

— Os seus ex-namorados.

Assenti, e ele abriu um meio sorriso.

— Por quê?

— Eu tive vontade de socá-los. — Hugo umedeceu a boca e eu parei de respirar mais uma vez. Sua atenção se concentrou nos meus lábios. — Mas aí pensei que a maior punição que eles podem ter, na verdade, é saberem que nunca mais terão sua confiança. Que nunca mais vão tocar você, sentir você e beijar você. É uma perda e tanto.

O alarme destravou as portas antes que eu tivesse tempo de processar o que Hugo disse. Ele não se mexeu, e eu inspirei fundo. Senti os batimentos cardíacos nos tímpanos quando Hugo abriu um sorriso completo.

— Você está pronta?

— Hugo?

— O que foi?

— Coloca aquele aviso no pescoço — pedi.

— Fique longe, terreno perigoso?

Concordei com a cabeça.

Ele soltou uma risada profunda, rouca e sexy.

— Vou pensar no seu caso.

Pensei em escrever um livro de dicas rápidas para livrar as pessoas de tensões sexuais. A primeira dica: faça uma piada, seja leve. A segunda: fuja para as colinas. Só não sei se em Cancun tinha alguma montanha para eu me isolar.

Quase ri sozinha, mas aí a vontade morreu quando saí do carro e Hugo começou a caminhar ao meu lado. Sua altura, seu porte físico, o perfume, o senso de humor...

A verdade é que eu não queria fugir para lugar algum.

Capítulo 11

"Quando você está bonita assim
Eu simplesmente não posso resistir
Sei que, às vezes, eu escondo
Mas agora eu não posso."
Zayn - Fool For You

Hugo

Eu precisava me controlar ou ia acabar estragando tudo com Victoria. Ela estava fazendo um favor para mim, não podia retribuir a ajuda levando-a para a minha cama.

Fiquei, durante o percurso, sentindo a atração me queimar lentamente, adentrar minhas veias, me impedir de raciocinar direito. *O que foi aquilo no carro, porra? Por que fico escorregando desse jeito quando estou perto dela?* Eu não queria me relacionar nem com um caso de uma noite. Eu queria ficar sozinho e cem por cento focado na minha profissão. Mas aí eu via como a curva do seu pescoço era suave, como o furo em seu queixo era sexy, como sua boca se movia quando falava e a maneira que o vento bagunçava seus cabelos. Eu via o bom humor, as palavras sarcásticas, o som da sua risada e pensava que dava vontade.

Porra, dava sim.

Mas era uma péssima ideia.

Atração se controla, certo? É só se manter longe. Eu nunca fui um cara impulsivo, então, ia tirar de letra. Só precisava prestar mais atenção nas minhas reações e como transmitia isso para Victoria.

— Você quer nessa tonalidade de azul? — a vendedora questionou. — É azul Tiffany.

— Sim, é a cor da gravata que ele vai usar no casamento.

— Vou pegar alguns modelos.

— Tudo bem.

Um vendedor se aproximou quando sua colega saiu e nos ofereceu um copo de água aromatizada com hortelã e limão. Bebi um gole quando o cara nos deixou sozinhos, meus olhos fixos em Vick. Ela abriu um sorriso quando terminou de beber.

— O que foi? — Vick sussurrou.

Colocamos nossos copos sobre uma pequena mesa.

— Nada.

— Você vai me ajudar a escolher?

Havia uma cabine em que Victoria ficaria nua ou quase nua a poucos passos de mim. Respirei fundo, freando a imaginação, e me sentei confortavelmente na poltrona, de frente para a cabine.

Abri os braços, me oferecendo.

— Serei a Laura por um dia.

— *Isso* é uma coisa que um namorado diria — aprovou e se sentou na poltrona ao lado da minha.

— Eu sou o namorado perfeito.

Minha tentativa de fazê-la rir não deu certo dessa vez. Victoria ficou quieta por um tempo. O único traço de ansiedade era a perna direita subindo e descendo.

— Você guardou cada uma das informações que te dei? — Vick virou-se para mim.

— Todas.

Ela ia dizer alguma coisa, mas a vendedora se aproximou, com vários vestidos azuis cobertos por uma capa transparente.

— Encontrei quatro peças do seu tamanho. Vamos provar?

— Sim, com certeza. — Vick se levantou e ficou de costas para mim. Sua bunda ficou na altura dos meus olhos, o vestido moldando seu corpo, me fazendo imaginar como Victoria Foster seria completamente nua.

Em cima de mim.

Seduzida.

Extasiada.

— Eu já volto, Hugo.

Meu corpo se rendeu à fantasia. Sangue acelerando, aquecendo, descendo em ondas direto para... *Caralho*. Peguei uma almofada e a coloquei sobre o meu colo. Victoria ergueu uma sobrancelha, esperando minha resposta.

— Aham — sussurrei, rouco.

— Três minutos para cada vestido. Eu não enrolo.

Passei a ponta da língua entre os lábios.

— Tudo bem.

Victoria foi para a cabine de cortinas cor de vinho e cumpriu sua palavra. O tecido correu pelos trilhos três minutos depois, e ela surgiu no meu campo de visão. Uma mão no alto da cabeça, contendo seu cabelo castanho em uma bagunça boa, e a outra parada na cintura. Observei seu rosto corado pelo calor e pela troca de roupa, os lábios vermelhos exibindo um sorriso, e, quando desci a visão pelo vestido, me perdi.

A peça era rendada em muitas partes, na barriga, nas coxas, e só cobria o estritamente o necessário com tecido: seios e quadris. Tinha uma cauda comprida e era sexy como o inferno. Vick não esperou eu pedir, ela deu uma suave volta, me mostrando o quanto sua bunda ficava empinada e deliciosa em azul... Tiffany.

Quando ela ficou de frente para mim, encarei mais uma vez seu rosto, meus lábios entreabertos, porque precisei respirar melhor.

O tal azul Tiffany era a exata cor dos seus olhos.

— E aí, o que achou? — perguntou.

A vendedora se aproximou.

— Que linda!

O vendedor cruzou os braços na altura do peito, observando-a. Os olhos foram direto para os quadris dela, e eu quase me levantei para socá-lo.

— Hugo?

— O quê?

— Você gostou?

Eu queria levá-la para a minha cama e fodê-la sobre um lençol azul Tiffany.

Então, sim, eu gostei.

— Eu não sei o que dizer.

— Sim ou não?

Percorri a ponta da língua no lábio inferior e, depois, o mordi.

— Você está linda, Vick.

— É sério? Não preciso experimentar os outros?

— Você pode experimentar. Eu quero ver cada peça.

Não sei por que os homens não gostavam de ficar em lojas de roupa com suas mulheres. Era como ver o paraíso várias vezes.

— Tudo bem, já volto.

Ela veio a segunda vez com uma peça de seda, que agarrava suas curvas, mostrando tudo, sem mostrar nada. Eu pude ver o formato perfeito da sua bunda e o fato de não marcar...

— Você está sem calcinha? — perguntei, quase rosnando.

— Precisei tirar para o vestido. Gostou?

Quiere matarme.

— Se eu gostei que você está sem calcinha ou se o vestido me agrada? — murmurei.

Victoria abriu a boca para responder, mas fechou em seguida. Ela riu.

— Você não presta.

Nesse momento, não, eu não prestava mesmo.

O terceiro vestido era parecido com o primeiro, valorizando sua bunda. O quarto e o quinto, também. Qualquer peça que ela vestia parecia ressaltar o que Victoria tinha de melhor. Eu quase imaginei todos os De La Vega, primos, tios... pirando por causa dessa mulher. Uma sensação quente e amarga cobriu minha língua.

— Bom, esse é o que restou. Acho que guardamos o melhor para o final. — Victoria sorriu. A vendedora exclamou que ela estava fantástica, eu estava certo de que o vendedor disse algo em espanhol muito inapropriado, mas eu simplesmente...

Victoria com aquele vestido foi a minha ruína.

Não percebi quando me levantei, eu nem vi minhas ações até que estivesse perto o suficiente para alcançá-la com um passo. Me embebedei do seu corpo, eu nunca tinha visto nada parecido com aquele vestido. Eu queria tocá-la, mas segurei mentalmente o movimento, antes que fizesse uma merda.

Sério, eu não entendia nada de roupas femininas, mas que decote era aquele? Chegava até o início da barriga com uma espécie de tecido transparente unindo para que não ficasse ousado demais. Ainda assim, porra... que decote. Havia pedras da cintura para cima, tudo brilhava e deixava Victoria ainda mais bonita. As pedras desciam, escassas, e ficava mais terrível quando chegava no quadril.

Havia uma fenda, cara.

Uma fenda que chegava ao início da coxa esquerda.

Ousada pra caralho.

Muy hermosa, perfecta, deliciosa.

— Hugo?

Encarei seus olhos brilhantes, as bochechas coradas, a respiração baixinha.

— Pela sua reação, acho que você gostou — murmurou.

Fiquei em silêncio, olhando-a mais uma vez.

— Esse vestido pede o cabelo preso, mas não um coque. — A vendedora se aproximou, ajeitando-a. — Faça uma trança moderna, soltinha e romântica, deixando alguns fios ao lado do rosto e atrás também. O cabeleireiro certo vai conseguir. Mas mostre o vestido para ele. Precisa valorizar suas costas.

— Tudo bem — Victoria falou baixo, os olhos em mim. A vendedora deu um passo para trás.

Ofereci minha mão para Victoria, com a palma para cima, como se a convidasse para dançar.

— O que é isso?

— *Ven.*

— Como?

— Vem, Vick.

Relutante, cedeu. Seus dedos estavam gelados nos meus quentes. Levantei nossos braços, e a fiz dar uma voltinha para mim. Pude ver um sorriso se formar em sua boca antes de ela fazer o que eu queria. Girei-a em torno de si mesma, o vestido voou, exibindo suas pernas perfeitas, dando fluidez e movimento. As costas ficavam à mostra.

Que mujer.

O mar dos seus olhos tocou o mel dos meus quando ficamos frente a frente.

Eu não soltei sua mão.

— É esse — sussurrei.

— Vou providenciar para vocês — a vendedora se apressou.

— Ela vai precisar de saltos confortáveis — pedi, sem olhar para a vendedora, meu foco totalmente em Victoria. — E tem que ser confortável mesmo, porque ela vai dançar comigo a noite inteira.

— Eu vou?

— Ah, você vai.

— Vocês formam um casal muito bonito. — Ouvi a vendedora dizer, e seu colega resmungou.

Sorri.

Trouxe a mão de Victoria para cima, até a altura do meu rosto. Inclinei-me, sem desviar o olhar, e dei um beijo lento no dorso, perdendo uns bons segundos ali.

Os pelos de seu braço se ergueram.

— Obrigado por fazer isso, Victoria.

Pensei que ela ia usar alguma de suas tiradas, mas não. Victoria me admirou. As pupilas dilatadas, as bochechas tingidas de rosa, o cabelo bagunçado ao lado do rosto.

Ela não disse nada.

Seu silêncio foi a minha conquista porque, pela primeira vez, eu a deixei sem palavras.

Capítulo 12

"Dessa vez estou acelerando sem direção
Sem motivo
O que é este fogo?
Queimando devagar meu único desejo."
Ryan Adams - Desire

Victoria

Hugo não facilitava as coisas. Ele exalava uma coisa sensual — tinha que ser a parte espanhola do seu sangue —, mas, que droga, eu mal dormi, me revirando na cama, reflexo do que aquele homem fez comigo ontem.

Na loja de roupas, o mundo deixou de existir. A maneira que ele me olhou, cheio de confiança, sem nunca tirar a atenção de mim, foi diferente. Um universo passou naquelas íris e eu não sei se foi ilusão da minha cabeça, mas Hugo, em silêncio, disse mais do que se tivesse simplesmente falado. Faíscas me cobriram quando ele tocou na minha mão e me girou naquele vestido. E a tensão entre nós se materializou.

Quase pude tocar a corda chamejante e invisível que nos puxava um para o outro. Estava bem ali. Então, eu fiquei sem palavras.

Hugo me trouxe de volta para o resort, tranquilo, cantando as músicas em espanhol com sua voz que derramava sexo, sensualizando quando passava a mão no cabelo. Quase enviei uma mensagem para Laura, minha melhor amiga, exigindo que ela viesse me buscar em uma camisa de força. Porque era *disso* que eu precisava, se alguma parte do meu cérebro estivesse cogitando a possibilidade de ceder.

De ceder *a ele*.

Eu precisava ligar para Laura.

— Como foi o encontro com Hugo ontem? — Elisa perguntou, tirando-me da recordação.

— Não foi um encontro, Elisa — respondi, aproveitando que estávamos sozinhas.

Não havia passado das dez da manhã quando recebi uma ligação no meu quarto, um convite de Elisa para que passássemos o dia do seu casamento juntas, além, claro, de suas madrinhas. Eu era apenas uma convidada, mas aquela noiva de cabelos cor de ouro, voz doce e olhos castanhos... Elisa simplesmente me fez sentir em casa. O que era uma pena, porque suas amigas não a mereciam. Eram falsas mesmo, eu pude sentir a atmosfera no ar, e a quantidade de vezes que perguntaram do Hugo, mesmo que achassem que eu era a namorada que surgiu do nada, deixou Elisa muito desconfortável. Fiz questão de alfinetar todas elas, o que fez Elisa rir. Aquele era o dia do seu casamento, e a noiva merecia esquecer todo o resto.

— Então, se não foi um encontro... como foi o *passeio no shopping*?

— Foi muito legal. Descobri várias coisas sobre ele.

— Ele te contou dos pais?

— Contou — murmurei, enquanto a manicure lixava minhas unhas. — É de partir o coração. Como os meninos perderam os pais?

— Um acidente de carro. — Elisa ficou em silêncio por uns segundos. — Lilah era uma mulher tão adorável. E Hector, o pai dos meninos, era bonitão e muito divertido. Acho que daí vem o senso de humor dos irmãos.

Lilah, então, era sua mãe. E Hector, seu pai. *Os nomes no braço de Hugo*. Que atitude mais bonita que ele teve de marcá-los para sempre.

— Ele tem tatuagens com seus nomes.

— Ah, você já viu?

Encarei Elisa.

— É no braço.

Ela riu.

— Diego também tem, eles tatuaram juntos.

— Que bonito, Elisa.

— Os De La Vega são muito especiais. — Sorriu. — Eu me sinto tão feliz por estar me juntando a essa família. Você precisa conhecer os tios e os primos do Diego e do Hugo. Eles são tão sedutores e educados.

Isso me fez arregalar os olhos.

— São todos como... *eles*?

Elisa riu.

— De maneiras diferentes, mas a intensidade? Sim, acho que vem de família.

Nossas unhas ficaram prontas. As madrinhas retornaram depois de uma massagem, e Elisa me convidou para ir com ela, quando chegou sua vez. Descobri que a atual senhorita Cooper, futura senhora De La Vega, não estava tão nervosa com o casamento, ela só estava ansiosa para o momento mais importante: ver Diego em um terno, esperando por ela... Eu não conseguia imaginar como deveria ser uma experiência assim. Talvez a parte mais bonita, especial e inesquecível de amar alguém.

Elisa e Diego me fizeram acreditar um pouco no amor, o meu ceticismo derretendo junto com o calor mexicano de Cancun. E, quando sua mãe e irmã se juntaram a nós, para fazermos os cabelos e a maquiagem, dei de cara com três felizes para sempre, assim, sem mais nem menos. Um tapa na minha descrença.

— Estamos juntos há trinta anos — disse a mãe da Elisa para mim, rindo enquanto eu fazia uma careta.

— Meus pais também são felizes assim o tempo todo, mas achei que eram exceção à regra.

— Quando encontramos a pessoa certa, tudo faz sentido — adicionou sabiamente a senhora Cooper.

O assunto perdurou até que eu ficasse pronta. Elisa, claro, ainda estava sendo muito bem cuidada, mas eu mal me reconheci no espelho quando a equipe me girou na cadeira para eu ficar de frente para o espelho. Fizeram uma maquiagem muito suave, e em algumas partes eu cintilava por causa do iluminador. Nos lábios, um batom cor de boca, mas meus olhos... estavam muito marcantes e destacados. Eles sombrearam com o mesmo tom de azul do vestido, misturado a um prata brilhante e lindo, com suaves tons de cinza mais escuro, um toque preto do lápis na linha d'água e os cílios postiços com rímel. Mesmo de robe, eu já conseguia me sentir como uma modelo internacional.

Caramba, será que dava para acordar assim todos os dias?

— Uau, Victoria! — Amber, a irmã de Elisa, se aproximou. Ela era muito parecida com Elisa, exceto pelos olhos, que eram verdes. — Essa maquiagem com o vestido...

As madrinhas estavam ali, também sendo preparadas, rindo de alguma piada particular.

— Tem alguém na porta? — perguntou uma delas, de repente.

— Eu não ouvi — sussurrei.

— Sou eu — uma voz masculina e grave ecoou do outro lado.

— Diego ou Hugo? — a mãe das meninas perguntou. — Se for o Diego, pode sair correndo daqui!

Uma risada rouca veio.

— Hugo.

— Merda. — Encarei meu reflexo. Eu era a única que estava com um robe de seda ao invés de um de banho. Amber me olhou sobre o ombro, erguendo a sobrancelha.

— Ele já deve ter te visto de forma muito pior. — Amber sorriu.

Todos achavam que estávamos juntos. Elisa disse que uma mentirinha para a família dela não seria problema. Àquela altura, todos os convidados, exceto os noivos, acreditavam que eu era mesmo a namorada de Hugo. A proporção de uma farsa dessas... meu Deus, como seria depois de tudo?

Amber abriu a porta, calando minhas dúvidas.

Hugo surgiu e abriu um sorriso. Amber deu um passo para o lado, para que ele entrasse.

Meus batimentos aceleraram quando Hugo entrou.

O terno slim preto de três peças estava perfeitamente alinhado em seu corpo, favorecendo os músculos fortes. A camisa branca bem passada, fechada e abotoada até o pescoço, com a gravata azul Tiffany, fazia Hugo parecer um príncipe espanhol. Descendo, havia o colete preto, tornando tudo ainda mais difícil. O paletó estava aberto, à vontade, e Hugo o jogou para trás quando suas mãos foram para o bolso da calça social. Seus olhos cor de mel me encontraram.

— Só quero a Vick. — Seu sorriso ficou mais largo. — Posso conversar com você?

Senti toda a sala, cheia de mulheres, aguardar minha resposta.

— Tudo bem.

Por um momento, Hugo ficou ali, parado, como se precisasse de um tempo. Ele não encarou meu rosto, só o robe de seda, e, por mais perverso que fosse, por mais que eu não quisesse, acabei sentindo um orgulho feminino, parecido com poder, tomar-me assim que Hugo soltou a respiração devagar.

— Eu só vou procurar outra coisa para vestir, você sabe...

— Te aguardo aqui fora.

Amber fechou a porta, e Elisa riu baixinho.

Desafiei-a a dizer qualquer coisa quando semicerrei o olhar.

— Não vou dizer nada. — Ergueu as duas mãos em rendição.

Decidi não responder. Nas minhas costas, outra risada de Elisa soou e eu fui procurar a roupa que tinha largado em algum lugar, antes de receber a massagem.

Foda.

Capítulo 13

"Isso me prendeu entre a minha fantasia e o que é real
Eu preciso disso quando eu quero
Eu quero isso quando não quero
Digo a mim mesmo que vou parar todo dia, sabendo que não vou."

NeYo - Because Of You

Hugo

— Certo, o que temos para conversar?

— É sobre o nosso... relacionamento.

— Ah, tudo bem. Pode dizer.

Decidi buscar Vick um pouco mais cedo, porque precisava de ajuda. Cara, eu só não contava que ela estaria... inacreditável de tão linda. Nenhuma palavra seria capaz de descrevê-la e, pelo inferno, como eu conseguiria me concentrar em ser o padrinho se meus olhos estariam nela?

Tentei com todas as forças não reparar, mesmo depois de ela aparecer de calça jeans e regata branca, mas, *Dios*, era o seu cabelo, preso naquela trança sexy; o batom suave em sua boca; os olhos ainda mais azuis depois da maquiagem...

— Hugo? — Vick sussurrou.

— Desculpe.

— Você parece preocupado.

— Não é preocupação.

Victoria encarou um ponto entre minhas sobrancelhas.

— Você vai ficar com essas rugas pelo resto da vida se continuar franzindo a testa assim.

Sorri de lado e não disse nada, esperei que Vick me perguntasse a razão de estar encarando-a como se não pudesse olhar para mais ninguém.

— O quê? — questionou baixo.

— Eu vou te elogiar agora.

Surpresa passou por seu rosto, e seus lábios se entreabriram.

— Quando te vi na sala, quase não consegui formular uma frase — sussurrei. —

Agora, perto de mim, você está... de tirar a porra do oxigênio da Terra. Você precisa entender o quanto está linda esta noite. Agora, nós precisamos conversar.

— Você me elogia e vem com um "precisamos conversar"? Acho que estamos mesmo vivendo um relacionamento.

Eu ri alto.

— Aceite o elogio, Victoria Foster.

— Obrigada, Hugo De La Vega.

Peguei sua mão pequena, deixando a minha de base para seus dedos finos.

— Precisamos conversar sobre a Carlie. Ela está perambulando por aí e já me perguntou de você. Vou descrevê-la para saber quem é quando a encontrar: cabelos loiros, mas não como os de Elisa, são mais claros e os olhos são verdes. Ela é alta e está já pronta para o casamento. O vestido é um verde-escuro que não sei definir, e tem umas pedras estranhas que ficam brilhando. Você vai saber porque Carlie parece uma árvore de Natal que deu errado.

Vick riu.

— E o marido da Carlie não está junto — acrescentei, soltando sua mão.

— Tudo bem.

Vick ia coçar o olho, e eu parei o movimento, segurando seu pulso, antes que ela estragasse a maquiagem. Senti sua pulsação acelerar na ponta dos meus dedos.

— Você está com... essa coisa linda nos seus olhos.

— Ah, merda. Eu esqueço. — Ela respirou fundo e mudou o olhar para algo... profissional? Eu conhecia aquele olhar, eu mesmo o usava quando recebia cantada de alguma cliente. Aquele gesto era Victoria construindo uma parede entre nós. — Certo, então, a ex louca está andando por aí e fazendo perguntas.

— Pensei de você ficar comigo um pouco. Se importa? Estou com Diego. Sei lá, não parece meio estranho você ficar só com a noiva e não vir me visitar?

— Você está certo. Mas preciso pegar o meu vestido. Quer dizer, acho melhor eu já me vestir.

— Te espero aqui.

Enquanto assistia Victoria sair, virando as costas para mim com aquele jeito único de andar, a bunda rebolando, eu pensei que sim... aquela parede que Vick estava construindo era a coisa mais racional e certa a fazer. Prometi para mim mesmo que daria passos para trás, que seguraria a atração. Era só uma forma do meu corpo dizer que queria passar um tempo com ela. Atração física. Eu podia lidar com isso, não era mais um moleque na puberdade.

— Né, Hugo?

Percorri o polegar no lábio inferior, meus olhos no decote de Vick, zanzando pela fenda em sua coxa. Vestida daquela maneira, certamente poderia matar um homem de coração fraco.

— Hum?

Diego franziu as sobrancelhas grossas. Ele pareceu perceber algo que eu não vi. O sorriso no rosto do meu irmão ficou largo, e ele se recostou na cadeira, tranquilo.

— Você e Vick.

— O que tem nós dois? — questionei.

— Ele se desliga assim o tempo todo? — Victoria ficou impressionada.

— Só quando ele está com a cabeça longe. — Diego piscou só um olho para mim. — Fico me perguntando o que está impedindo meu irmão de pensar direito.

— *Hermano*, há muitas coisas acontecendo hoje.

— Aham.

— Desculpa, eu não estava prestando atenção na conversa de vocês.

Victoria veio até mim, a perna brincando de aparecer e se esconder conforme caminhava. O perfume dela me atingiu, alguma coisa com jasmim e rosas. Minha falsa namorada se sentou ao meu lado, piscando os olhos azuis.

— Diego acha que, mesmo você me chamando de Vick, ainda é estranho. E que chamá-lo de Hugo é impessoal.

— Acho muito terrível. Chamo a Elisa de princesa. Tanto em inglês quanto em espanhol. E ela me chama de querido. Então, sim... ficar se chamando de Hugo e Vick é bizarro.

— Eu posso chamá-la de querida ou algo assim.

— Não. — Diego balançou a cabeça. — Você não daria um apelido em inglês.

Diego estava certo.

Observei Victoria, imaginando como a chamaria se fosse minha. Meu coração errou a batida. Se ela fosse minha... idealizei como acariciaria seu rosto com os nós dos dedos, como prestaria atenção em seus olhos antes de beijá-la, como faria amor com sua boca no momento em que nossas línguas se tocassem, como tiraria suas roupas devagar e o que eu diria quando meu corpo estivesse mergulhando no seu pela primeira vez.

— *Cariño.* — Ouvi minha própria voz sair rouca e baixa.

Um tom rosa cobriu suas bochechas, como se ela pudesse ler meus pensamentos.

— Sexy — Diego elogiou e abriu um sorriso. — *Me gusta.*

— E do que você me chamaria, Victoria? — indaguei a ela.

Vick pensou por um tempo, e quase consegui ver as engrenagens girando em sua cabeça. Pude jurar que aquele céu azul se tornou uma tempestade quando focou em mim, com um sorriso preguiçoso no rosto.

— *Mi vida,* sem dúvida.

Diego não me deu tempo de processar o apelido em espanhol, ou como aquela voz sexy falando a minha língua era a coisa mais quente que já ouvi, e nos embalou com outra pergunta.

— Outra coisa: há quanto tempo vocês estão juntos?

— Não pensamos nisso — Victoria murmurou. — Mas não pode ser muito tempo, porque não contamos para ninguém, a não ser, hipoteticamente, você e Elisa.

— Cinco meses — sugeri. — É pouco, mas o suficiente para começar a ficar sério.

— Agora, treinem os apelidos e a interação para eu ver se é convincente. Daqui a uma hora, vocês estarão em público.

— Diego? — perguntei, surpreso por ele estar curtindo a ideia louca.

— Porra, o quê? — Ele riu. — Não quero pensar em como Elisa vai caminhar para mim com um vestido branco em uma hora. Minhas mãos começam a suar só de imaginar. Me distraiam.

— Você tem razão. — Victoria respirou fundo. — Vamos testar isso. Você está pronto, Hugo?

Ela estava perto de mim, mas longe demais para o meu gosto. Eu levei minha mão para a parte de baixo do seu banquinho, arrastando-o com Victoria em cima, trazendo-a para bem perto. Ela se assustou e, quando suas mãos bateram no meu peito, eu sorri.

— Tô pronto, *Cariño.*

Victoria riu, acho que pelo susto. O som da sua risada vibrou no meu estômago, causando cócegas.

— Tudo bem, *mi vida* — sussurrou. — É estranho te chamar assim.

— Testa mais. Diga algo que uma namorada diria. — Encarei sua boca.

— Você está lindo esta noite. — Victoria levou suas mãos para os meus cabelos e, pela primeira vez, tocou meus fios, os dedos invadindo a parte mais curta, para depois subir, suas unhas fazendo carinho por onde passavam. — Eu adoro o seu cabelo.

— *Dios...*

— O que foi?

Ela estava tão perto, o perfume de jasmim e rosas invadindo-me, o decote ali, esperando meus lábios.

— Você vai me matar com esse vestido, *Cariño*.

Suas mãos foram para minha nuca, e Victoria abriu um sorriso.

— Se você morrer, como eu vou aproveitar você?

Antes que eu pudesse responder, as mãos de Victoria saíram de mim, ela arrastou com o próprio corpo o banquinho para trás, e olhou para Diego como se esperasse ele dizer alguma coisa.

— Vocês... hum... me pareceram ótimos.

Ela sorriu e se levantou.

— Ei... — chamei-a. — Aonde vai?

Victoria me olhou sobre o ombro.

Pude ler em seu rosto toda a tempestade que causamos um ao outro.

— Só vou dar uma volta. Depois eu venho. Falta uma hora para o Diego descer.

— Como você sabe dos horários? — Diego indagou, curioso.

— Eu sou consultora de viagens. Agenda é o meu sobrenome.

— *Cariño?*

Victoria me olhou.

E eu sorri.

Ela já respondia ao apelido, sem nem pensar duas vezes.

— Era só para saber se você ia me olhar.

Ouvi sua risada suave.

— Você é meio cretino às vezes, *mi vida*.

— Um meio cretino, meio seu.

Victoria saiu do quarto, rindo da última coisa que eu disse.

Diego se aproximou de mim, oferecendo-me uma dose necessária de uísque. Pela cara do meu irmão, eu soube. Ele achava que eu ia cair profundamente por aquela mulher. Ainda assim, não disse nada, só bateu seu copo no meu.

— À *Cariño*.

— Ao seu casamento.

Bebemos e, quando Diego se sentou ao meu lado, ele me cutucou com o braço.

— Victoria tem alguma... coisa especial.

Sorri.

— É, ela tem.

Capítulo 14

"Então, por que não reescrevemos as estrelas?
Talvez o mundo possa ser nosso
Esta noite."
James Arthur & Anne-Marie - Rewrite The Stars

Victoria

O casamento aconteceria na área externa. Colunas iluminadas se entrelaçavam sobre nossas cabeças, um toldo de pequenas lâmpadas dependuradas; o caminho de luz por onde Elisa andaria. Um grande tapete dourado e branco completava a passagem, sobre o piso frio do resort. O espaço era imenso, mas muito aconchegante, acolhedor e íntimo. Por um segundo, pensei que foi a ex de Hugo que organizou a coisa toda, e realmente... ela foi muito detalhista.

Me encontrei com Hugo há cinco minutos, Diego estava para entrar logo mais. Procurei o lado do noivo com o olhar. Ah, certo. Não era difícil de encontrar. Meu Deus, quantos homens bonitos uma genética é capaz de fazer? Eu deveria ir pela lateral, pensei, mas uma voz feminina me parou antes que pudesse dar um passo.

— Então, você é a namorada.

Me virei para a voz suave e meiga e encontrei exatamente a mulher que Hugo descreveu. Cabelos loiros platinados, olhos verdes e o vestido de... *ok, a árvore de Natal que deu errado, entendi*. Ainda assim, ela era linda de forma absurda, quase como se fosse impossível não causar uma paixão à primeira vista. Ácido subiu na minha garganta.

Abri um sorriso e estendi a mão.

— E você é...?

Pegou minha mão, e soltou rápido.

— Carlie, a ex *noiva*.

Bem, ela frisou o "noiva", como se o lance de eu ser uma namorada fosse... pouco.

— Hugo me falou de você.

Carlie riu.

— Imagino as coisas lindas que ele disse. E, então, vocês estão juntos há quanto tempo?

Fiz uma pausa, fingindo espanto.

— Desculpa, Carlie, mas eu não vejo por que isso seria importante para você.

— Sério? Por que não?

— Vocês terminaram. Quer dizer... você casou com outra pessoa. Realmente não entendo seu interesse.

— Eu quero me reaproximar do Hugo. — Ela abriu um sorriso que me lembrou o gato de Alice no País das Maravilhas.

É, eles têm razão, a mulher é meio estranha.

Mas soava mais como uma obsessão por Hugo do que qualquer outra coisa. Jesus, será que estou vivendo um universo paralelo do filme Atração Fatal?

— Você quer se reaproximar?

— Sim, uma amizade... — Carlie rolou os olhos. — Não se preocupe. Não quero ir para a cama com ele.

Engraçado que a história era outra...

Eu mantive a compostura, sorrindo, olhando a decoração e os convidados.

— Que bom que não tem interesse. Porque, mesmo se quisesse, Hugo não ia ter energia para você. — Dei uma piscadinha.

Carlie ficou vermelha, e não foi timidez. Assisti-a sem reação, enquanto desviava o olhar do meu, como se quisesse pensar.

Mas, então, calor subiu por meu braço e, antes de vê-lo, eu soube que Hugo estava ali. Dedos ásperos resvalaram nos meus. Olhei sobre o ombro e aquele homem, tão lindo que deveria ser um pecado, sorriu. Sua mão se entrelaçou na minha, os dedos ásperos se encaixando na maciez dos meus.

— *Cariño*.

Aquele apelido, em sua voz, era quase um convite sexual.

— Oi — sussurrei.

Ele chegou mais perto, baixou a cabeça e, delicadamente, deu um beijo no meu ombro. Acompanhei seus lábios tocarem a pele exposta, a respiração quente de Hugo me acendendo; um alerta do poder da atração que ele exercia sobre mim.

A voz de Carlie interrompeu o momento.

— Hugo, você precisa se posicionar.

— Já vou — ele sussurrou e ficou ereto. Sua mão tocou minha cintura e, com um puxão suave, colou a lateral dos nossos corpos. Pude sentir, mesmo sob o terno, a rigidez dos seus músculos. Olhei para ele de perfil, encarando com olhos duros sua ex-noiva. Voltei minha atenção para ela. — Você não deveria estar trabalhando, Carlie?

— Eu estou. — Sorriu falsamente. — Interagindo com os convidados.

— Já me sinto bem recebida, Carlie, obrigada — eu disse, e virei-me para Hugo, espalmando as mãos em seu peito. — Já tenho tudo o que preciso bem aqui.

Se meu coração já estava acelerado antes, naquele segundo, ele foi além disso, batendo tão forte que o senti na garganta. Hugo aproximou o rosto, em câmera lenta, como se quisesse me pedir permissão para o que ia fazer em seguida.

A barba marcando o maxilar, os lábios cheios envolvidos por ela, os olhos mel brincando com a iluminação do cenário. Bem em volta da sua pupila, pude ver um círculo amarelo ouro, tão distinto. A fragrância masculina atingiu-me em cheio. Os lábios de Hugo se espaçaram quando ele desviou a atenção para os meus.

Ele vai me beijar? O pensamento veio depressa, me deixando sem ar.

— Diego chegou — Carlie interrompeu mais uma vez.

Ele ignorou tudo, e aí me lembrei da razão de se aproximar de mim... *a ex-noiva*. Engoli em seco, e Hugo continuou vindo. Seu nariz tocou o meu, ele trocou seu ar comigo, misturando tudo, e desviou poucos centímetros. Seus lábios encostaram levemente na minha bochecha, suaves, sexy, quente no gelado. O aperto na minha cintura ficou mais forte, e Hugo afundou os dedos. A dureza do seu toque era o oposto da suavidade de seus lábios. Sua boca passeou, beijando lentamente todo o caminho, até alcançar minha orelha. Ele me arrepiou de novo, calor escorregando do umbigo até a calcinha, pulsando quando aquela boca molhada resvalou no lóbulo.

Segurei um gemido.

Ouvi saltos baterem no chão e, pela força que Carlie pisou, eu soube que tínhamos sido convincentes o suficiente.

— Sente-se na primeira fileira — Hugo sussurrou, a voz afetada, e se afastou. Os olhos cor de mel dançaram em fogo quando me encarou. Ficou de costas e começou a caminhar em direção ao altar.

Não sei como me sentei na primeira fileira, só sei que fiquei aliviada por meus joelhos não terem se transformado em geleia. Assisti, um pouco aérea, Diego chegar ao altar e bater nos ombros de todos os padrinhos, cumprimentando. Hugo ficou ao seu lado, ajeitando o terno do irmão.

Aquele gesto carinhoso e doce me trouxe de volta.

Diego assentiu para mim, e Hugo me lançou um olhar cheio de significados e promessas. Aqueles irmãos pareciam tão lindos na frente do arco de flores, as luzes e... nada existia além deles. Diego se ajeitou, Hugo cruzou as mãos na frente do corpo, e me deu uma piscadinha.

Foi aí que a música suave e romântica começou a tocar.

Todos ficaram em pé.

As madrinhas passaram, mas a minha garganta apertou quando vi Elisa em seu lindo vestido estilo princesa, um véu cobrindo seu rosto. Dei uma espiada em Diego e foi a vez de eu me entregar à emoção. Com os dedos trêmulos, limpou as lágrimas que se derramavam sem controle do seu rosto, balançando a cabeça por não acreditar no que estava à sua frente. Hugo apertou o ombro do irmão, oferecendo apoio, e eu sorri porque, meu Deus, como era bonito ver o noivo se emocionar. Voltei a olhar Elisa, caminhando a passos lentos, enquanto a música romântica da Celine Dion, e a presença de seu pai, a acompanhavam naquele momento inesquecível.

O olhar apaixonado que eles trocaram, quando Elisa foi entregue, foi a cereja do bolo.

A cerimônia foi linda e os votos derreteram meu coração. Aceitei o lenço de um dos primos dos meninos, quando as lágrimas foram impossíveis de segurar, e agradeci com um sorriso envergonhado.

Nunca fui chorona em casamentos, mas, talvez, esse fosse diferente. Eu não soube entender o porquê, conhecia a família há poucos dias, mas eles me conquistaram. Aquela celebração de amor, de alguma forma, fez minha alma sorrir. Hugo virou o rosto em minha direção, encontrando sua emoção com a minha, seus olhos molhados e os lábios vermelhos, por todo o amor que sentia por sua família.

Ver aquilo foi como se Hugo estivesse nu para mim, e não em um sentido sexual, era sua personalidade exposta, como se eu entendesse quem ele era. O tipo de homem que se emociona no casamento do irmão caçula, que sente orgulho de tudo que conquistou e que olha para Elisa como se ela não pertencesse a outra família, senão àquela. E eu fiquei presa no seu olhar por poucos segundos, mas vi tanto ali que... eu sorri, em meio às lágrimas, para ele.

Hugo sorriu de volta e deu de ombros. Com os lábios se movimentando, mudos, eu pude ler: o que posso fazer?

Alarguei o meu sorriso e dei de ombros também.

O que podemos fazer quando o nosso coração fala através de nossas ações?

— Pode beijar a noiva.

Diego puxou Elisa, segurou as laterais do rosto da esposa, encarando-a bem nos olhos, antes de fechar os seus e beijá-la como se o relógio tivesse parado.

Foi lento, sensual e romântico, um beijo que prometia que ele seria dela pelo resto da vida.

Palmas soaram quando Diego pegou Elisa em seus braços, caminhando por todo o tapete, e fogos de artifício atingiram o céu. Hugo gritou, seus braços bem no alto, aplaudindo aquele amor e sendo feliz, de verdade, por outro alguém.

Não consegui tirar os olhos dele até que pudesse me ver. Assim que percebeu que estava sendo observado, depois da saída dos noivos, Hugo desceu do altar e veio em minha direção, a energia percorrendo sua pele, calor dançando por ele, como se houvesse uma aura em torno daquele homem. Foi questão de segundos, seus braços me rodearam, uma mão na minha cintura, a outra na base das minhas costas. O nariz dele tocou o meu, e eu não tive tempo de entender aquilo, só de sentir meu coração estourar junto com os fogos de artifício do casamento. Meus dedos foram para seu rosto, os polegares limpando suas lágrimas, a barba macia acariciando minhas palmas, enquanto Hugo sorria para mim.

— Está pronta para dançar comigo, *Cariño*? — sussurrou.

— Sim. — Fui verdadeira. Eu queria dançar com ele.

E, por mais que não pudéssemos ser o que, por um segundo, desejei que fôssemos, eu aceitei a mão daquele homem, que me puxou pelo mesmo tapete que Elisa e Diego saíram.

Aline Sant'Ana

Capítulo 15

"Somos apenas dois estranhos
Querendo se beijar
Querendo que aconteça o que tiver de acontecer
Somos apenas dois estranhos
Com medo de se apaixonar."

Mau y Rick feat. Manuel Turizo, Julian Turizo e Camilo - Desconocidos

Hugo

Conforme as pessoas chegavam, me dispersei do meu irmão e cunhada. Com todos os convidados ocupando o lugar, ficou mais difícil encontrá-los. Entre as pessoas, garçons serviam coquetéis e uma porção de quitutes gostosos; estes últimos foram o meu foco porque, sinceramente, eu estava faminto. Sem culpa, peguei tudo o que via. Victoria deu um tapa no meu braço quando se deparou com uma porção deles na palma da minha mão. Eu não esperei me darem um prato ou coisa assim, e eu sei que é errado, mas meu estômago estava roncando.

— Devagar.

— Eu sou um homem grande. — Coloquei um na boca, mastigando com calma, sorrindo de lábios selados. Engoli em segundos. — Se cabe tudo aqui, é porque cabe em outros lugares.

— Você é um advogado. Deveria saber se comportar em casamentos.

— E eu sei ser um *gentleman*, mas, nesse momento... foda-se a etiqueta.

Ela sorriu e semicerrou os olhos para um dos salgadinhos. Trouxe seus dedos sorrateiros para a minha palma, pegou o de camarão e levou à boca. Arregalei os olhos.

— Foda-se a etiqueta — repetiu, de boca cheia.

Soltei uma gargalhada, porque ela era simplesmente adorável falando palavrão.

— O que foi?

— Você.

— Eu o quê? — Victoria questionou, já de olho em mais um.

— Fica linda quando fala palavrão.

Ela sorriu de lábios fechados e mastigou.

— Você lembra quando foi a última vez que comeu? — Victoria perguntou de repente, pegando mais um.

— Faz umas dez horas.

— Eu também! — Ela percorreu os olhos pelo salão. — Jesus, a gente precisa comer.

Segurei-a pela mão quando os nossos salgadinhos acabaram, e procurei os garçons pelo salão. Encontrei um garoto que não deveria ter chegado aos vinte anos ainda. Perguntei se poderia separar um prato de salgados para mim e Victoria. O garoto assentiu e ficou feliz em ajudar. Cinco minutos depois, ele retornou com os salgados.

— *Muchas gracias.* — Foi Victoria quem agradeceu. Eu sorri para ela, e encontramos um lugar reservado para comermos.

Sentamos e, juntos, suspiramos.

O dia foi maluco e, ajudando Elisa e Diego, não tivemos tempo. Lancei um olhar para Victoria. Ela estava distraída, mastigando com calma, observando a movimentação ao redor. Todos já estavam ali e, de alguma forma, senti que ela queria conhecê-los.

— Você está vendo quatro famílias, ao invés de duas — avisei-a, e isso atraiu a atenção de Vick. Seus olhos azuis brilharam sob as luzes da festa. — Os De La Vega vieram em maior peso, mas, da parte da minha mãe, os Reed também estão aqui. Temos os Cooper, parte do pai de Elisa, e também os Jones, parte da mãe de Elisa.

— Está lotado mesmo. Fora os amigos de vocês.

— Sim. Pensei em te apresentar aos Reed e aos De La Vega. — Limpei as mãos no guardanapo. — Está pronta?

Vick ficou em silêncio.

— O que foi? — indaguei.

Os olhos dela saíram da multidão e vieram para mim.

— Você vai me apresentar... mas por quê?

Fiquei um tempo sem saber o que responder. Bebi um gole de champanhe, clareando os pensamentos. Victoria esperou, os olhos piscando, seriedade em sua expressão.

Abandonei a taça e foquei a atenção em seu lindo rosto.

— Porque eu não acho que possamos cortar contato quando isso tudo acabar.

— Como assim?

— Não estou dizendo que vamos continuar com a farsa de namoro, mas não acha que a gente pode ser... amigo?

Aline Sant'Ana

Seus lábios entreabriram.

— Sim, claro — sussurrou.

— Então, por que não te apresentar? — Abri um sorriso.

— Sim, claro — repetiu. — Nossa, desculpa. Eu só queria entender o que estava na sua cabeça.

— Sem problema.

Levantamos e Victoria ajeitou o vestido, embora não houvesse nada fora do lugar. Ela jogou a trança para as costas e relaxou quando peguei sua mão. Achei que aquele contato era pouco, perto do que eu faria se fosse de verdade, então soltei-a e apoiei a mão na base das suas costas. Victoria se remexeu; acho que ela ficou arrepiada...

A cada segundo fica mais difícil.

— Se um dos meus primos tentar qualquer coisa, me avisa — falei perto do seu ouvido.

Vick riu.

— Eu sei me defender, *mi vida*.

Merda, eu estava sendo protetor, e não era encenação.

Chegamos perto dos De La Vega.

— Tios e primos, quero que conheçam Victoria.

Percebi o olhar de interesse de todos os homens solteiros, e quase desisti da ideia quando, um a um, se aproximaram de Victoria e deram um beijo lento em sua bochecha. Quando se afastaram, eu peguei o pior deles, Rhuan, e puxei para um canto.

— Rhuan, Victoria está fora dos limites — resmunguei baixo, para só ele ouvir.

Rhuan riu.

— Só fui educado. — Os olhos verdes brilharam com malícia.

— Sei que é mais do que isso.

— Você não vai dizer nada para o Andrés?

— Andrés, porra! — urrei.

Meu outro primo arregalou os olhos e veio até nós.

— O que foi? — indagou quando chegou perto.

— Para de olhar pra bunda dela.

— Só olhei uma vez, *Dios...*

— Já é o bastante.

Esteban, outro primo, que tinha os mesmos olhos verdes de Rhuan, chegou ao meu lado. Estávamos um pouco mais para trás enquanto Victoria interagia com todo mundo, e nós quatro olhamos para ela.

— Onde você a encontrou? Caiu *del cielo*? *Por Dios...* — Foi Esteban.

— *Esteban, carajo...*

Meus primos riram da minha cara. Rhuan, Esteban e Andrés De La Vega eram os piores tipos de homem da face da Terra. Quando viajavam juntos, cara, perdi a conta de quantas vezes precisei tirá-los de encrenca.

O olhar de advertência que dei a eles, no final, foi o suficiente para recuarem. Victoria foi simpática, e... muito elogiada. Minhas tias ficaram malucas com a ideia de Victoria ser a próxima De La Vega. Quase me senti culpado por mentir tão descaradamente, mas a ideia passou quando Victoria riu com humor e saiu de fininho de qualquer proposta futura que minha família pudesse fazer.

— Nos visite na Espanha — tia Hilda disse.

— Quando visitar o seu lindo país, pode ter certeza de que irei vê-los — Victoria prometeu.

Por um segundo, pareceu certo. Victoria inserida entre os De La Vega, rindo do bom humor da família do meu pai, interagindo com eles como se não fosse a primeira vez que os via. Leve, Victoria sabia socializar muito bem. Me veio um pensamento na cabeça. Quando me reunia com os advogados todo ano, os fóruns e a vida social, não seria tão ruim ter uma mulher ao meu lado, parecendo se sentir confortável com qualquer grupo de pessoas, em qualquer ambiente...

Brequei a ideia, antes que fosse tarde demais.

Em seguida, foi a vez dos Reed, o lado da minha mãe que, infelizmente, se resumia a poucas pessoas. Minha tia Mary, meu tio George e três primas. Victoria foi recebida com o mesmo carinho e com histórias de quando eu e Diego éramos crianças e aprontávamos todas.

— Quer dizer que ele escalava árvores e desaparecia por um dia inteiro? — Victoria pareceu surpresa.

Tia Mary riu.

— Ele e Diego me deixavam louca. Quando ele se jogava na terra, então, e vinha com os pés e o corpo inteiro sujos para casa...

— Isso é tudo calúnia — me defendi. — Onde estão as provas para apresentar a Victoria?

— Você nunca deixa de ser um advogado, não é, *mi vida*? — Victoria sussurrou, acariciando meu rosto, tocando a barba. Fechei os olhos por causa daquele carinho, um ou dois segundos a mais. Em seguida, Vick voltou-se para tia Mary. — Me conta mais!

Eu ia levá-la para o lado familiar de Elisa, quando escutei a música reduzir e o DJ desejar boa noite para todos os convidados.

De acordo com os planos, eu teria que fazer um discurso. Então, avisei Victoria que precisava começar a me dirigir para lá. Ela aceitou minha mão e caminhou comigo enquanto o DJ Smith desejava felicidades ao casal. Já estávamos sob os holofotes quando o DJ me encarou com um sorriso.

— Vem dizer umas palavras, amigo. Agora, com vocês: Alejandro Hugo R. De La Vega, padrinho e irmão do noivo!

Percebi o erro no mesmo segundo em que Smith disse meu nome completo e Victoria segurou minha mão por um segundo a mais.

Seu rosto estava em choque.

Merda.

Eu estava acostumado a ser chamado de Hugo por tempo demais, para explicar que era um nome composto. Uma coisa que, se ela realmente fosse minha namorada por cinco meses, não ficaria tão surpresa.

Até porque Vick não reparou, mas, no meu Instagram, estava Alejandro Hugo.

Victoria tentou esconder seu choque e me deu um beijo na bochecha, mas pude ver os olhos de todos sobre nós naquele instante, que durou menos de um minuto, mas foi suficiente para colocar em dúvida nós dois.

Um erro grave.

Carlie chegou a dar um passo à frente, a boca entreaberta e o olhar semicerrado, como quem diz: você não está com ela de verdade.

Duas vezes merda.

Decidi puxar Victoria comigo quando subi na cabine do DJ para o discurso, talvez, assim, fosse capaz de tirar a cara de interesse de Carlie. Mas não adiantou. Ela fez um sinal para mim, como se quisesse conversar depois.

Em cima do palco do DJ, com as luzes sobre nós dois... eu só olhei para a mulher ao meu lado, que estava me ajudando sem pedir nada em troca e, ainda assim, apesar de todos os esforços, talvez não fosse adiantar.

Eu e Victoria estávamos só nos beijando na bochecha, apenas nos tocando, e isso não era uma coisa que um De La Vega faria. Carlie me conhecia o suficiente para saber que, quando estou apaixonado, eu beijo na boca e de língua independente do público.

Eu sabia que Carlie estava pensando que aquele amor todo era uma farsa.

O acordo com Victoria, a única coisa que ela me pediu para não fazer...

Meu coração acelerou com a possibilidade de beijá-la.

Isso era tão fodido.

Ela me pediu para não tocá-la dessa forma.

Peguei o microfone, incerto sobre o que fazer, e respirei fundo.

— Prezados convidados... — Fiz o discurso um pouco aéreo, para ser sincero, mas fui capaz de colocar em palavras o que Elisa e Diego significavam para mim. Olhando-os, consegui falar com o meu coração.

Victoria se aproximou e apoiou as mãos no meu peito, fazendo com que minha mão livre do microfone fosse para suas costas. No final do discurso, ela estava agarrada a mim, talvez sentindo a mesma necessidade de mostrar que estávamos juntos.

Não vai adiantar sem um beijo, Cariño.

Finalizei e abaixei o microfone, para depois ser aplaudido. Victoria me abraçou, mas não foi um abraço encenado, veio cheio de propósito. Ela posicionou seus lábios na minha orelha, e calafrios cobriram minha pele.

— As pessoas perceberam, *Alejandro Hugo*. Por que diabos você não me contou que seu nome era composto?

— Eu esqueci — sussurrei de volta. — Estou tão acostumado a ser chamado de Hugo que... Alejandro não é comum. Nos Estados Unidos, as pessoas não sabem falar da maneira certa, não pronunciam direito. E, para um advogado, isso é ruim, faria meus clientes esquecerem meu nome. Então, adotei Hugo.

— Você tinha que ter me contado. Meu Deus, que nome é esse? *Alejandro Hugo?* Cadê as câmeras? Estou vivendo uma versão masculina de A Usurpadora? Uma novela mexicana e não me contaram? Só faltou você ter um irmão gêmeo que não sabe.

Gargalhei, não consegui me conter. Victoria se afastou para me encarar com certo humor, a sobrancelha arqueada. Esperta pra caralho. Com a minha risada e o seu sorriso, o público talvez não reparasse tanto...

— Eu sou bem melhor do que o Carlos Daniel. Diz pra mim.

— Você é.

— Eu sei. — Sorri.

— Mas, falando sério, como vamos consertar isso? — murmurou, olhando ao redor. — Temos mais dias pela frente.

Peguei sua cintura, os holofotes ainda sobre nós, e Victoria imediatamente dirigiu sua atenção para mim. Escutei alguém gritar: *besa!* Em espanhol, sem dúvida, tinha que ser um dos De La Vega. Observei os olhos de Victoria, guardando-os na minha memória, o azul turbulento dançando em intensidade. Ela entreabriu os lábios, respirando suavemente, e eu encarei sua boca.

— Tem um jeito, mas quebra a única regra que você impôs.

— Alejandro... — Seu tom veio cheio de advertência, mas, lá no fundo, um toque de desejo.

Merda, ela gostou de me chamar de Alejandro, e sua voz saía mais sexy, arranhada, pronunciando direito: *Alerrandro*. Era como se Victoria gostasse do meu lado mais espanhol, como se isso a excitasse. Calor veio líquido em minhas veias, senti descendo do umbigo até as bolas, chegando à cabeça do meu pau, queimando-me em agonia. Respirei fundo, a semi-ereção se formando conforme a trazia mais para perto.

Me chama de Alejandro de novo.

Victoria desviou os olhos dos meus, encarando meus lábios. Minhas mãos estavam em suas costas nuas, a pele quente embaixo dos meus dedos, a textura do vestido dela sendo sentida pela outra mão, que estava em seu quadril.

Victoria se manteve parada, como se o mundo tivesse congelado.

Você sente os batimentos frenéticos do meu coração?

Com calma, tirei a mão do seu quadril, subindo as costas dos dedos por seu braço, arrepiando o caminho percorrido, até alcançar seu ombro e chegar ao rosto. Encaixei meus dedos ali, o polegar no canto da sua boca.

— Eu vou beijar você, *Cariño*. E vou fazer muito bem feito, porque essa sua boca não merece menos que isso.

— Eu não sei...

— Deixa?

Ela piscou, uma só vez, e assentiu.

Com o coração batendo forte, exalei uma última vez, o azul de seus olhos sumindo da minha visão quando ela cedeu e fechou as pálpebras. Cheguei perto, tão perto, que meio milímetro restou até...

Não ter mais nada.

Raspei minha boca na sua, experimentando, provando. Leve, suave, sem pressa, embora tudo dentro de mim parecesse um verdadeiro caos acelerado.

Eu estava beijando aquela mulher.

O que era louco e, ao mesmo tempo, tão gostoso.

Victoria inspirou meu ar, e eu bebi o seu quando encaixei meu lábio inferior entre os seus. Arrepios tocaram-me, convidando-me a senti-la. Meu corpo se moeu no dela quando deixei a ponta da minha língua brincar, tocando a boca macia, pedindo que me deixasse passar. Provei o sabor do champanhe que ela bebeu só em degustar a entrada de sua boca e, quando Victoria soltou um gemido suave, eu mergulhei nela.

Meus dedos afundaram em seus cabelos, meu polegar acariciando seu rosto perfeito. Victoria me deu tudo, angulando para me dar acesso, a língua tocando a minha pela primeira vez.

Macia, molhada...

Meu corpo respondeu, excitado, louco, perdido... Soltei um rosnado rouco dentro de sua boca. Rodei a língua devagarzinho, tocando o céu áspero, em contraste com sua língua tão aveludada. Gritos de comemoração surgiram à nossa volta, a luz quente do holofote sobre nossas cabeças, mas nada daquilo fez sentido, porque meu corpo inteiro estava arrepiado, pronto para Victoria, enquanto minha língua se ocupava da sua, bem gostoso.

Dios, eu sabia que beijá-la seria assim. Sabia que me perderia em seu corpo, no seu beijo, só não sabia que ela seria tão receptiva, tão sexy, que sua língua ditaria um ritmo depois, me fazendo imaginar que, entre quatro paredes, ela não hesitaria em montar em mim, as pernas bem abertas, cavalgando no meu pau e...

Porra.

Gemi.

Mordi seu lábio inferior, me punindo e pedindo para entrar em sua boca de novo. Victoria me bebeu, chupando a pontinha da minha língua. Desci a mão do seu rosto, precisando sentir outra parte do seu corpo, minhas unhas curtas raspando da sua nuca até chegarem à base da coluna. Victoria ondulou em mim, seu quadril vindo perto, raspando... pedindo meu corpo dentro dela, enquanto minha língua exigia a sua com mais força, com tudo que eu poderia oferecer.

Me toma.

Isso.

Mas aí veio um pensamento coerente demais para ignorá-lo.

Preciso me afastar antes que eu suba seu vestido e a foda na mesa do DJ.

Devagar, minha língua saiu da sua boca, relutante em deixá-la, sem saber quando teria isso de novo. Seus lábios tremeram nos meus quando me afastei, sua respiração calorosa no meu rosto. Deixei beijos suaves em seus lábios, passeando pelo furinho no queixo, até parar na ponta do seu nariz.

Os olhos nebulosos de Victoria se abriram, lentos, as pálpebras pesadas.

Ela tentou dizer alguma coisa, sua boca se abriu e fechou. Os lábios estavam vermelhos, inchados do beijo, e foi só um segundo, mas imaginei como ficaria Victoria recebendo, lentamente, meu pau em sua boca.

Preciso de um banho gelado.

Desci com Victoria. Smith retomou a mesa e a música voltou a tocar. Nem olhei ao redor; eu não me importava com o que as pessoas pensavam. Esse era exatamente o cara que eu me tornava quando estava com alguém. Pudor? Foda-se. Minha família me conhecia o suficiente para isso. No entanto, Victoria estava aérea, como se não acreditasse ainda que a gente tinha se beijado.

Ela permaneceu com os dedos entrelaçados nos meus e desviou o olhar para o toque.

— Alejandro...

— Você gostou disso, né?

Suas bochechas ficaram vermelhas, Victoria ainda olhando para baixo. Ela tirou a mão da minha e ficou frio, de repente, sem o seu calor.

— Do meu nome — acrescentei, baixo.

— Eu posso te chamar de Alejandro?

— Você pode fazer o que quiser, *Cariño.*

Seus olhos desviaram para cima, direto para os meus lábios. Ela se aproximou e levou o polegar para o canto da minha boca. A cor azul de suas íris ferveu quando guiou a atenção para aquele ponto específico.

— Você tem um pouco de batom aqui — sussurrou, o timbre arrastado, sexy, quente.

— Uhum — murmurei, permitindo que me tocasse.

Eu não me movi, meus braços soltos ao lado do corpo.

Não para.

Me sente.

Ela não parou mesmo. Seu polegar traçou meu lábio inferior, a barba em sua palma. Victoria virou o rosto para o lado, como se procurasse uma pessoa em específico. O perfume de jasmim e rosas me atingiu, e eu fechei os olhos para senti-lo. Em seguida, os abri.

— Carlie acabou de sair. — Victoria sorriu e deu um passo para trás. — Conseguimos, eu acho.

Senti um buraco no estômago.

— O que disse?

— O beijo, para o público. Ninguém está olhando para nós agora. Conseguimos convencê-los. Você foi... excelente.

— Hugo! — Diego gritou. — Está na hora.

Procurei meu irmão com o olhar; ele estava a uns dez passos de mim. Encarou Victoria e abriu um largo sorriso.

— Preciso me ausentar um pouco. — Umedeci a boca, o gosto dela nos meus lábios. — Você vai ficar bem?

— Sim, vou. Pode ir.

— Victoria?

Ela me olhou, e vi um pouco de relutância em seu rosto.

— Desculpe pelo beijo, se isso foi demais...

— Não, tudo bem. Foi lógico. Você precisou fazer aquilo.

Foi lógico?

Encarei sua boca.

— Aham.

— Hugo!

— Porra, Diego... — reclamei, mesmo que soubesse que meu irmão estava certo sobre eu ter que ir. — Já volto, Vick.

Me aproximei dela e deixei um beijo em sua bochecha. Victoria sorriu, me garantindo que tudo estava bem, ajeitando o nó da minha gravata.

Não foi para o público, pensei amargamente.

Eu queria beijá-la.

A questão é: Victoria *quis* isso também?

Aline Sant'Ana

Capítulo 16

"Venha seguir meus passos
Reduzindo o espaço
Até você sentir que está aqui
Fique comigo, se agarre a mim."
Luis Fonsi - Apaga La Luz

Victoria

Nosso plano era só fingir, certo? Eu sabia que o Alejandro... *meu Deus, que nome quente era esse?* Mas retornando, eu sabia que Alejandro me beijou daquela maneira para dar um show para a ex-noiva. Não foi um momento Victoria e Alejandro. Foi mais como: vamos mostrar para o mundo que a mentira é verdade! Então, de que maneira ele queria que eu respondesse a isso? Se Alejandro Hugo me beijasse fora dos holofotes, longe das pessoas...

Não. Espera. *O quê?*

Isso não vai acontecer. Eu estava ali com um objetivo e só por alguns dias.

Mas eu poderia dizer para ele que, se precisasse me beijar mais vezes, na frente das pessoas, tudo bem. Certo? Só se fosse preciso. Estritamente necessário. Como eu disse, era lógico. Aquela regra estúpida que inventei de nada de toques não fazia o menor sentido. E beijá-lo seria como parte da farsa. Ossos do ofício, como dizem. Ou o famoso ditado: ajoelhou, tem que rezar.

Ok, não era muito apropriado misturar Deus naquele beijo.

Porque Alejandro não beijava como um garoto, ele beijava como um homem que tinha vários planos do que fazer em seguida. O beijo era uma preliminar, um convite. Uma proposta que dá vontade de responder nua.

Passando a mão por aquele peito firme.

Segurando seus cabelos enquanto...

Droga.

Não tem como não pensar em sexo depois de ser beijada daquele jeito. Mas não íamos chegar a isso. Quer dizer, ao sexo. E eu precisava afogar meu corpo em uma piscina de gelo. Minha calcinha já poderia ser jogada fora e minhas coxas estavam quentes. Se isso foi só um beijo, como seria... todo o resto?

Talvez a ideia de beijá-lo mais vezes fosse ruim. Talvez eu pulasse naquele corpo forte e escalasse Alejandro sussurrando no seu ouvido algo bem pornográfico para ser dito em voz alta.

Talvez eu perdesse o controle.

Quatro dias, Victoria. Por favor. Um ano sem sexo te tornou safada desse jeito?, me acusei.

Pensei em fugir rapidinho, mas o som foi cortado e vi o DJ pegar o microfone.

— Vamos para a primeira dança do casal De La Vega?

Fui praticamente empurrada para frente conforme um círculo de pessoas se formava, me colocando como a primeira da fila. Olhei para o DJ, que estava com os fones de ouvido tortos na cabeça, e procurei ao redor se Alejandro Hugo já havia aparecido. Estranhei quando não encontrei os primos dele: Esteban, Andrés e Rhuan. Nem um traço dos padrinhos de Diego também.

Para onde esses homens foram?

As luzes ficaram mais baixas, criando um clima romântico. Uma música suave começou a tocar, e Diego apareceu de mãos dadas com Elisa. Eu sorri para eles. Como ficavam lindos juntos.

Eles eram definitivamente um conto de fadas.

Puxei o celular para fazer um vídeo da primeira dança. Uma música linda do Ed Sheeran começou a tocar quando Diego puxou Elisa em seus braços. Pausei o vídeo depois de alguns minutos de dança e enviei para Laura.

Eu: *Estou em um casamento... no meio do meu trabalho. Acabei me enfiando em um namoro de mentira que tem a ver com esse casamento (te juro que é uma história bem engraçada) e o meu namorado de mentira é um deus espanhol que mora em Nova York (quais as chances, certo?). Preciso te contar tantas coisas. Me liga amanhã quando o seu horário estiver livre? Amo você.*

Achei que Laura não fosse me responder, mas ela imediatamente visualizou a mensagem.

Laura: *Ai, que casal apaixonado. Amei o vídeo. E, amiga, sua loooooouuca! Eu aqui no maior tédio em Tóquio e você aprontando todas em Cancun? Quero saber os detalhes sórdidos! Te ligo em breve, com certeza. Saudades, Vick. Te amo.*

Em seguida, outra mensagem dela:

Laura: *Amiga, esqueci! Tenho uma coisa chata para te dizer. Sabe aquele apartamento que você estava querendo comprar em Nova York? Recebi uma mensagem* *hoje do vendedor; ele desistiu. Você vai ter que achar outra coisa. Mas podemos ver isso depois que voltar. Agora, é sério. Câmbio, desligo.*

Imediatamente respondi.

Eu: *Ah, eu nem tinha gostado tanto assim daquele apartamento. Vou pensar em algo. Obrigada por ter tentado, amiga. Beijão. Também sinto sua falta e TE AMO.*

Guardei o celular quando a dança foi chegando ao fim. Diego pegou Elisa nos braços, e franzi o cenho quando duas pessoas colocaram uma cadeira ao meu lado. Diego a levou até mim, sentando Elisa. Ela observou o marido, com a testa franzida.

— O que é isso, Diego?

Ele apenas deu um beijo breve em seus lábios.

— Espere e verá. — Diego lançou um olhar para mim e, antes de virar as costas, me deu uma piscadinha.

Elisa me encarou.

— Você sabe de alguma coisa?

Dei de ombros.

— Não faço ideia.

Os holofotes se apagaram, restando somente escuridão. As pessoas murmuraram, surpresas. O DJ mexeu em algo no som e, de repente, uma música sensual começou a tocar. Veio um rufo forte, apenas uma batida de tambor, que sincronizou com a luz, que voltou.

Mas não para todos, só para um ponto específico.

Rhuan De La Vega.

Sem a paletó do terno, sem a gravata, só a camisa social e a calça.

Pisquei.

Os meninos estavam fazendo um show para Elisa.

Era um Magic Mike versão casamento?

Se fosse, eu...

Alejandro estaria ali também?

Ai, cacete.

Elisa deu um grito, junto com todas as mulheres presentes.

— Victoria, eles vão dançar *Sexy Movimiento* para mim. Eu vou desmaiar!

Segurei a mão de Elisa.

— Respira.

Como? Se nem eu estava respirando.

A voz masculina e em espanhol da música retumbou em nossos ouvidos.

"Tienes un cuerpo brutal."

Meu Deus.

Rhuan passou a mão pelo cabelo, abrindo um sorriso sem vergonha. Os gritos ficaram mais altos. A luz que estava nele apagou subitamente, surgindo de novo, em alguém que estava ao seu lado. Andrés De La Vega.

"Que todo hombre desearía tocar."

Ele rebolou, arrancando tantos gritos que eu fiquei tonta.

A luz apagou e foi para outro ponto.

Alejandro Hugo.

Eu fiquei sem ar, e meu coração começou a bater tão rápido que não tive tempo de processar. Os gritos ficaram ensurdecedores. Sem dúvida, ele era um dos mais desejados. Tentei reparar nele nos poucos segundos que tive. A gravata fora embora, mas o colete ainda estava lá, assim como a camisa social; o paletó tinha saído também.

Seus olhos vieram direto para mim.

"Sexy movimiento."

Ele passou a mão na nuca, descendo pelo pescoço, tórax, barriga, até chegar a um ponto estratégico, convidando. Alejandro segurou ali, fazendo um movimento típico do Michael Jackson, levando o quadril para frente. Ele jogou a cabeça para o lado e riu. Safado. Sabia bem o quanto aquilo tinha fritado dezenas de cérebros femininos.

— Puta que pariu — sussurrei.

A luz apagou antes que eu pudesse aproveitar.

Mas eu guardaria aquele segundo para sempre na memória.

— Meu Deeeeeeeeus! — Elisa apertou minha mão quando a luz apagou.

Porque, naquele instante, era Diego.

"Y tu perfume combina con el viento."

O marido de Elisa levou suas mãos para a camisa social, puxando-a com toda força. Os botões caíram no chão. Elisa quase pulou na cadeira, rindo e chocada com a ousadia do marido. Ele desceu o indicador dos lábios até o umbigo.

— Eu te amo! — Elisa gritou, e Diego riu antes de sua luz desaparecer.

Depois, veio Esteban, e mais alguns padrinhos do Diego. Eu ainda estava chocada com Alejandro. Tive pouquíssimos segundos para processar, quando todas as luzes se acenderam e a coisa começou a ficar ainda mais interessante. A música explodiu em sensualidade.

Sincronizadamente, eles vieram para a frente. E o pior? Não vieram andando, e sim rebolando os quadris. Meus lábios se entreabriram, e não consegui tirar os olhos de Alejandro. Na maneira que ele mexia aquele corpo, e dançava, como se estivesse...

Ele sorriu para mim.

Não entendia quase nada de dança, mas estava quase certa de que misturaram hip hop com reggaetón. Rebolando, movendo os braços, as pernas, descendo e provocando. Por mais que a música estivesse alta, as mulheres não conseguiam parar de gritar. E eu não conseguia parar de olhar Alejandro.

Ele era perfeito.

— É um remix! — Elisa gritou. — Ai, meu Senhor Jesus. — Riu quando identificou a música.

Bye bye bye, do Nsync.

Eu não podia acreditar. Minha fantasia adolescente estava acontecendo na frente dos meus olhos.

Os meninos se dispersaram e voltaram com aqueles apoios de microfone que vão até o chão. Colocaram na frente de cada um e desceram até os joelhos tocarem o piso.

— Caramba — Elisa ofegou.

Eles se levantaram quando a batida ficou mais forte. Cruzaram os passos na frente e depois atrás, pulando com a explosão da música. O suporte em suas mãos servia para a coreografia. Eles pisaram na pontinha redonda, lentamente deixando cair, para depois voltar com toda força em suas mãos.

Eu quase tive um ataque cardíaco quando todos eles, incluindo Alejandro, levaram o suporte para trás de seus pescoços e remexeram os quadris bem lentamente para o público.

O refrão chegou e eles imitaram exatamente a dança do Nsync. Eu sei porque era fanática por eles e, dessa vez, quem gritou loucamente fui eu. Os meninos treinaram muito; estava perfeito. Alejandro me deu uma piscadinha quando a música parou e foi substituída por outra.

Chapéus voaram pelo céu até alcançarem as mãos dos meninos. Caramba, eles devem ter treinado demais. Com o coração acelerado, vi-os colocarem os chapéus na cabeça, muito parecidos com o que o Bruno Mars usa.

Uptown Funk começou a tocar.

Elisa começou a rir e eu também, quando os meninos se organizaram para dançar os exatos passos, sem um erro sequer. Diego veio na frente, Alejandro logo atrás, em fila. Eles remexiam como se não houvesse amanhã. As expressões dos meninos me diziam que estavam se divertindo com o que aprontaram para a noiva.

Comecei a sorrir porque... aquela família parecia unida o suficiente para planejar uma coisa dessas, para rebolar na frente de centenas de convidados sem pudor, sem vergonha, com o único objetivo de surpreender Elisa.

Ela estava radiante.

Alejandro, mais uma vez, me encontrou com o olhar quando Bruno Mars disse que ele era muito quente. Alejandro se abanou, o rosto sexy. Ele levou as mãos para frente e foi com o quadril de uma só vez até elas, como se quisesse me mostrar o que ele era capaz de fazer.

A força que ele tinha.

O poder.

É oficial: eu preciso me afogar no gelo.

A música acabou e o remix de outra começou.

Puta.

Que.

Pariu.

Só pelo remix da batida... eu reconhecia. Era a música mais sexy de todos os tempos.

Eu não sei se era forte o suficiente para resistir a esta noite.

Diego veio para perto, se aproximando de Elisa, pegando as mãos dela e colocando-as em sua barriga. Ele riu quando o olhar da noiva virou pura luxúria, mas não deixou Elisa curtir porque, em um pulo, ele já estava ao lado dos seus companheiros de dança.

Eles arrastaram cadeiras e colocaram na frente de si, mas com o assento na frente de suas pernas, e não atrás.

Eles se sentaram, os antebraços apoiados no encosto.

Alejandro sorriu para mim.

Então, a batida oficial da Eurythims, *Sweet Dreams*, ecoou pelo salão.

As mulheres gritaram loucamente.

Os meninos se levantaram da cadeira, e começaram a abrir suas camisas. Encarei Alejandro, que desabotoava o colete. Ele o jogou para mim. Em seguida, foi sua camisa, exibindo o peito definido, a barriga com os quadrados perfeitos e os gomos, as tatuagens, o vão que descia para a calça social... a outra peça veio para as minhas mãos. Suada, quente, cheirando ao seu perfume.

— Segura para mim, *Cariño* — gritou sobre a batida forte.

Então, as luzes mudaram. Com todos os homens sem camisa, o tom da iluminação foi para o vermelho. Era como se eu estivesse me deparando com todo o poder masculino e toda a sensualidade que eles poderiam reunir em câmera lenta.

Alejandro foi o primeiro a descer a mão por seu corpo, convidando a senti-lo. Por mais que eu quisesse ver a performance toda, eu não pude.

Meus olhos grudaram nele.

Alejandro jogou o chapéu para longe, pegou a cadeira, levantou-a e começou a descê-la lentamente, seus quadris indo para frente e para trás, enquanto circulava. O rosto dele refletia sexo... sexo puro.

Engoli em seco quando Alejandro ficou em pé, de lado para mim, a cadeira na frente e ele rebolando nela como se estivesse rebolando dentro de uma mulher. Ele me encarou. Seus cabelos estavam molhados de suor, e seus dedos passaram pelos fios.

Senti meus joelhos tremerem, e Elisa apertou minha mão mais forte.

A música retornou à batida sensual, só com os gemidos da cantora. Alejandro me encarou nos olhos, sem espaço para que eu fizesse qualquer outra coisa além de prestar atenção nele.

Um sorriso de vitória surgiu em sua boca quando ele percebeu que eu não conseguia olhar para mais ninguém.

Alejandro se sentou, depois, se levantou e ergueu a cadeira sobre a cabeça. Pegou-a e girou com ela, ficando de costas para mim. A bunda dele sensualizou, indo e vindo, e eu precisei umedecer os lábios, de repente secos. Um som alto surgiu quando, com um pé, todos os meninos empurraram suas cadeiras para longe.

Alejandro virou-se.

Fiquei sem saber o que fazer quando aquele homem ficou a um passo de mim.

Elisa foi puxada, sua mão se soltou da minha, mas Alejandro substituiu o aperto, me convidando para a pista com ele. Ele tirou suas peças de roupa da minha outra mão, jogando-as sobre uma mesa qualquer.

Eletricidade dançou por minha pele, enquanto aqueles olhos cor de mel, semicerrados e provocativos, me diziam que ele estava com toda a energia para continuar a dançar.

Eu só percebi que a performance tinha acabado quando não escutei mais a batida de *Sweet Dreams*, que foi substituída por palmas, gritos apaixonados e um: casa comigo, Hugo!

Alejandro me puxou para o meio da pista de dança, e minha mão livre tocou seu tórax molhado de suor e febril. A respiração dele veio na minha boca, e sua mão direita apoiou as minhas costas. Ele firmou o aperto, e minha perna foi automaticamente entre as suas.

— Oi — sussurrou.

— Eu...

De repente, me curvou, me levando da direita para a esquerda, o que me fez lembrar o começo da dança final de Dirty Dancing. Eu vi o mundo de ponta-cabeça, antes de ser puxada de volta tão devagar, suave. Ri, uma mistura de surpresa com nervosismo. Sua resposta foi um sorriso de canto de boca, coberto de promessas.

— *¿Quieres bailar conmigo?*

Respirei fundo.

— *Si.*

— Então vamos, *Cariño*.

Capítulo 17

"Eu tenho você perto, muito perto
Dançando sua música."
Abraham Mateo - A Cámara Lenta

Alejandro

— O que eu faço? — perguntou, me encarando com atenção. Todos já estavam na pista de dança, mas havia espaço suficiente para que eu mostrasse a Victoria como se fazia.

Por Favor, de Fifth Harmony e Pitbull, começou a tocar.

Meus dedos sentiram suas costas, meu nariz passeou por seu maxilar. Eu grudei Victoria no meu corpo, encaixando a minha perna entre as suas. Testei para ver se ela estava confortável, balançando suavemente.

O refrão começou.

— Dois para lá, dois para cá, dois para frente, dois para trás — sussurrei no seu ouvido.

— Será que eu vou conseguir?

— Feche os olhos.

Meu corpo estava quente da apresentação surpresa para Elisa quando peguei Victoria em meus braços. Eu estava empolgado com a comoção toda, mas a empolgação se transformou em excitação quando Victoria remexeu o quadril com o meu. Inspirei fundo, levando-a para um lado, para o outro, para frente, para trás. Ela riu quando viu que conseguiu.

Desci a mão, tocando a lateral do seu quadril, de modo que pudesse ajudá-la no gingado. Minha outra mão estava ocupada com a sua, na altura de nossos rostos.

— Quando você vier para o lado, levanta um pouco o quadril. — Victoria o fez. — Perfeito.

Conforme os segundos iam passando, e Victoria adquiria confiança, eu senti na dança a mulher poderosa que ela era submergir. Me deixou girá-la duas vezes pelo salão, trazendo-a de volta para os meus braços subitamente, nossos quadris rebolando juntos quando se encontravam. Ela se entregou para mim, rindo da forma como funcionava. Eu me afastei para observar seu rosto, um sorriso enorme ali, os olhos fixos nos meus.

— Acho que você está gostando. — Sorri de volta, descendo-a comigo um pouco, quebrando com ela.

Sua mão saiu da minha e ela envolveu meu pescoço com os braços, ficando perigosamente perto. Nossos narizes resvalaram e meus lábios rasparam nos dela.

Fui fraco quando deixei a ponta da língua brincar com seu lábio inferior. Victoria estremeceu e eu ri suavemente, girando-a para quebrar o momento.

— É assim que dançam na Espanha? — arfou, quando voltou a me encarar.

— É assim que *eu* danço.

A segunda música começou. *Aventura*, de Mau y Rick com V-One. Essa tinha um ritmo bem latino, e Victoria ia aprender uma coisa nova.

Sem tirá-la dos meus braços, encarei aqueles pontos azuis brilhantes.

— Meu quadril vai para trás e o seu também. Depois, eles vão se encontrar. Lento, muito lento. — Levantei minhas mãos, deixando-as esticadas ao alto, livre e solto para ela. — Segura no meu quadril para você sentir.

— Ok. — Ela respirou fundo.

Comecei a mexer o quadril quando suas mãos timidamente seguraram meus quadris. Frente. Trás. Frente. Trás. Depois, mais rápido. Victoria semicerrou as pálpebras, observando.

— Consegue me acompanhar?

— Acho que sim — sussurrou, perdida.

Foda.

Segurei sua cintura, puxando-a antes do refrão começar. Para ajudá-la, desci uma mão para a base das suas costas, bem no limite, antes que pudesse chegar na sua bunda. Quando Victoria tinha que vir para mim, eu a trazia para perto.

— Ondulando — sussurrei. — Isso.

Virei com ela, Victoria conseguindo perfeitamente bem. Ela demorou um refrão para pegar o jeito, mas, assim que nos encaixamos, o mundo deixou de existir. Girei-a, colando suas costas em mim, minhas mãos em sua cintura. Fui rebolando, descendo, Victoria remexendo direitinho. *Gostosa pra caralho.* O perfume veio forte quando levei meu nariz para o seu pescoço, inspirando fundo. Deixei um beijo ali, suave. Victoria relaxou nos meus braços, seu quadril remexendo devagarzinho bem em cima do meu pau.

Apertei sua cintura com mais força.

Girei-a de frente para mim. Ela estava corada, suada àquela altura, sorrindo. Eu podia ver o desejo em seus olhos. Eu queria beijá-la mais uma vez, beijá-la tão bem que me imploraria para arrancar suas roupas.

— Por que está me olhando assim, Alejandro? — indagou contra minha boca, os braços em volta do meu pescoço.

— Porque você está me matando hoje.

— Eu?

— Aham — sussurrei. Minha boca tocou o canto dos seus lábios enquanto meu quadril rebolava no dela. *Sente o que você faz comigo.* Meu pau bem duro roçou em uma parte do seu corpo. Desci as duas mãos para o seu quadril. — *Muévete, Cariño.*

— Mexer mais? — Sua respiração saiu como um chiado.

Escorreguei a mão, indo para sua coxa nua da fenda, sentindo a pele macia e suada na minha palma. Afundei os dedos ali, inspirando, trocando meu ar com o dela.

— *Así, muy bien* — elogiei, ofegante.

— Alejandro Hugo...

— Diz.

— Você está me provocando.

Eu ri contra seus lábios, sem beijá-la, por mais que brincar com fogo estivesse me queimando também.

— Eu tô, é?

— Está.

— E o que a gente faz quando provoca muito? — Apertei sua perna com mais intensidade e subi os dedos, invadindo o tecido, alcançando a linha da sua bunda.

— Deus...

— A gente deixa, *Cariño*? Quando a atração fica forte demais?

Ela amoleceu nos meus braços, e não me respondeu. A terceira música começou, a mais sexy até agora, *A Câmara Lenta*, de Abraham Mateo. Eu ia cantar cada palavra para Victoria, sabendo bem que ela entenderia. Peguei-a contra mim, querendo que ela se entregasse, que me deixasse queimar com ela, por nós dois.

— Você vai me ensinar de novo?

— Não.

— Por quê?

— Eu quero você entregue. Solta. Me sentindo.

Fiquei ereto com Victoria, meu corpo colado, ardendo, pedindo pelo dela. Suas mãos vieram para os meus cabelos, os dedos passeando, me arrepiando. Meu nariz rodou pelo de Victoria quando comecei a cantar baixinho.

— *Que me gusta. Que me mires, el tiempo se pare y que estemos tú y yo. Que te muevas y te muerdas el labio a cámara lenta. ¡Ay, cómo me tienta!*

Remexi lentamente, em câmera lenta mesmo, provocando Victoria. *Se você quiser, eu te dou isso, sem roupas...* prometi, só com o meu corpo tocando o dela. Passei meus dedos pelos seus ombros nus, seus braços, tocando e sentindo a maciez e o calor. Victoria ficou arrepiada, e a parte mais animada começou.

Girei-a três vezes antes de tomá-la em meus braços.

De repente, percebi que uma roda se formou em torno de nós.

Victoria fechou as pálpebras, querendo sentir o prazer de dançar, e não viu que estava sendo observada. O holofote nos seguiu. Nossos passos vieram rápidos, nossos quadris não parando de quebrar no ritmo da música.

O refrão começou e Victoria, assim como eu, ignorou o público. Ela me deixou girá-la por todo o círculo, rebolando lento, rápido, dois para lá, dois para cá. Minha perna dobrou do lado de fora do seu quadril, e ela repetiu o movimento, pegando o jeito.

Rodei-a em volta de si mesma quando o refrão acabou e puxei-a de uma só vez, no susto, e Victoria colou suas costas no peito quando, mais uma vez, estávamos no refrão. Rebolando, sentindo, meus dedos afundando em toda pele que encontrava. Ela jogou os braços para trás, tocando meus cabelos, arranhando minha nuca.

Eu beijei seu pescoço e virei-a para mim.

Seus olhos azuis estavam em chamas.

Fui para frente e para trás com ela até que, de repente, peguei sua cintura e a levantei, literalmente suspendendo-a no ar, quando a parte final começou.

Escorreguei-a por mim, minha boca em sua barriga, subindo, subindo... o decote nos meus lábios, provando a pele salgada do meio dos seus seios. Seu queixo chegou na minha boca e, por fim, seus lábios nos meus. Victoria pisou no chão, e palmas explodiram. Houve uma certa pausa, até outra música ecoar.

Raspei meus lábios pelos dela e os holofotes saíram de nossas cabeças. As pessoas voltaram a dançar.

Aline Sant'Ana

Foi meio milímetro.

Mas Vick entreabriu a boca para mim.

Rosnei, apontando a língua no seu lábio inferior, tocando o superior e...

Foda-se.

Puxei sua cintura até não restar um espaço entre nós, e fiquei entorpecido por aquela boca. A língua foi direto tocar a sua, provando, provocando, rodando... que beijo, *Dios.*

Comecei a mexer meu quadril para frente e para trás, dançando com ela sem sair do lugar, bem devagarzinho. Victoria inclinou o rosto para me ter mais profundamente e minhas mãos foram para sua bunda enquanto moía Victoria em mim. Minhas bolas enrugaram de tesão, meu pau pulsando de vontade.

Mordi seu lábio inferior, e sua respiração veio sôfrega, bêbada, tonta por causa da química que havia entre nós. Engoli seu ar, seu gemido, sua língua.

Oferecendo tudo, me entregando.

No meio do beijo, seus dentes rasparam na minha língua, e Victoria a puxou para sugá-la, me deixando louco, me fazendo imaginar como seria esse mesmo jeito de chupar, tão duro e suave ao mesmo tempo, bem na cabecinha do meu pau.

Meu quadril foi instintivamente para a frente.

Me deixa estar dentro de você, Victoria.

Apertei sua bunda com mais força, separando as nádegas, querendo tanto estar dentro dela que doía. A fantasia se misturou à realidade daquela mulher literalmente em meus braços.

Seu beijo tinha sabor de champanhe, de uma coisa deliciosa demais para que eu conseguisse parar. Suas mãos vieram até meu peito, as unhas arranhando minha pele. Toquei o céu da sua boca com a ponta da língua quando Victoria desceu a mão até minha barriga. Seus dedos brincaram com a borda da calça social, me pedindo outra coisa.

Desviei o beijo de sua boca e levei meus lábios febris para seu queixo, seu maxilar, até pegar o ponto macio e gordinho da sua orelha, sugando-o. Victoria afundou as unhas na minha barriga, e suas mãos foram para trás. Ela apertou minha bunda com força, me puxando para ela, me fazendo rosnar no seu ouvido, rouco. Eu brinquei com seu lóbulo, fazendo um círculo com a língua ali, imaginando que era outra coisa: seu clitóris, bem rígido e molhado na minha boca. Tracei a parte de trás da sua orelha, lambendo de baixo para cima, deixando uma suave mordida.

Porra...

— Alejandro...

Victoria me afastou lentamente, seus olhos semicerrados e nebulosos. Ela indicou com o queixo um ponto atrás de mim. Discretamente, eu virei Victoria, colocando-nos de lado. E olhei para onde Vick queria que eu olhasse.

Carlie estava ali, fazendo um sinal de que queria falar comigo.

Imediatamente, meu coração apertou, mas não por minha ex.

Eu olhei para Victoria, atento aos seus traços, vendo a preocupação em seu semblante e um indicador leve, mas muito visível, de vergonha.

Segurei seu queixo entre o indicador e o polegar.

Encarei seus lábios.

— Eu não dancei com você por causa dela.

— Aleja...

— Eu não beijei você por causa dela.

Victoria piscou.

— Quer sair daqui? — perguntei.

Ela umedeceu a boca.

— Para... que... bem... eu não... eu não...

— Victoria Foster.

— Victoria *Yves* Foster — adicionou, um sorriso lindo em seus lábios.

Meu corpo ainda queimava por ela.

Cada. Centímetro.

Mas eu compreendia as ressalvas de Victoria. Se entregar exige coragem. E nós dois parecíamos saber que, para sermos corajosos, seria necessário doar mais do que estávamos dispostos a oferecer.

Poucos dias e essa intensidade toda era reflexo do quê, exatamente?

Nenhum de nós saberia nomear.

Perigoso, imprudente, errado.

Então, respirei fundo e respeitei o que vi em Victoria.

Umedeci meus lábios inchados pelas mordidas suaves que ela me deu.

— Victoria *Yves* Foster, você quer sair daqui para um passeio? Eu prometo que não vou te levar para a minha cama.

Ela entrelaçou os dedos nos meus.

— Você não estava encenando? — perguntou, assim que a brisa fresca da madrugada tocou nossa pele úmida de suor.

Encarei-a, para que não houvesse dúvida.

— Eu não estava encenando, Victoria.

Ela tentou conter, de verdade, mas eu pude ver um sorriso breve em seu rosto.

Que mulher linda.

Aline Sant'Ana

Capítulo 18

"Porque agora você está comigo
Flutuando pela noite
Parece que estamos dançando
É este o sentimento?"
Zayn - If I Got You

Victoria

A noite estava estrelada, a lua cheia bem redonda e alta no céu. Já devia ter passado das três da manhã quando Alejandro e eu despistamos os convidados, decidindo passear pelo resort. Àquela hora, não tinha mais ninguém acordado, além das pessoas curtindo a festa pós-casamento.

Isso significava que éramos só nós dois, com o resort inteiro para explorar.

Mordi o lábio inferior e lancei um olhar para Alejandro, tentando não reviver na memória seus beijos, ignorando a química quando ele me puxou para seus braços, abstraindo a sensação de dançar tão colada que pude sentir seu corpo excitado por mim.

"Eu não estava encenando, Victoria."

Impossível não reviver.

Ignorar.

Abstrair.

Meu coração ainda estava acelerado por culpa desse homem, que entrou na minha vida da pior maneira possível. Quase ri sozinha. Eu estava mesmo desejando Alejandro, depois de tê-lo visto com quatro mulheres? *Mas ele não é assim*, meu coração sussurrou. A razão mandou meus sentimentos se ferrarem. Quantos homens dizem que não fazem o que fazem, apenas porque querem mais uma conquista? Prendi a respiração. *Por que você está pensando que ele é um homem ruim só com base em uma noite? Elisa deixou claro que o cunhado não é assim. Você está fazendo isso porque quer escapar do que está sentindo?* A razão ficou enlouquecida. Quase me ouvi gritar internamente: você o conhece há poucos dias, larga de ser louca!

— A noite está linda. — Alejandro parou, e enfiou as mãos nos bolsos da calça social... Ele ainda estava sem camisa. Os músculos todos ali, os mamilos pequeninhos arrepiados pelo vento da madrugada, os oito gomos da sua barriga salientados, a pele brilhando de suor, as tatuagens que são um convite para beijá-las uma a uma...

— Eu também acho.

Alejandro inspirou fundo. Meu foco foram seus lábios cheios, a boca pecaminosa que fazia coisas maravilhosas na minha. Como ele conseguia girar aquela língua tão lenta, tão sensual... beijar *daquele* jeito? Parecia a entrada para um prato principal muito maravilhoso e... freei os pensamentos quando vi Alejandro semicerrar as pálpebras.

— Não me olha assim — sussurrou.

— O quê?

— Não faz assim, Vick — pediu, a voz arrastada.

— O que eu fiz? — indaguei, erguendo uma sobrancelha.

— Você está me olhando como se me quisesse dentro de você. — Sua língua passeou pelo lábio inferior.

Eu quero.

Merda.

O quê? O que ele disse?

— Você é direto assim o tempo todo?

— Só quando sei que preciso ser. — Seu sorriso ficou largo.

Ótimo, agora eu vou passar a noite inteira imaginando como seria ter Alejandro Hugo dentro de mim.

— Você sabe que isso só confirma o quanto você é canalha, né? Que tipo de homem fala isso?

Ele arqueou a sobrancelha.

— Ainda tentando definir que tipo de homem eu sou?

— Na verdade, estou tentando te defender para a minha parte mais racional, mas fica difícil com você sendo safado desse jeito.

Sua gargalhada preencheu o ambiente, e Alejandro voltou a andar.

— Ser safado não significa ser canalha, nem traidor, nem o pior tipo de homem do mundo. Na verdade, só mostra o quanto eu posso... — Seu olhar veio até o meu, fogo dançando naquele tom de mel. — O quanto posso ser bom para quem estiver dividindo esse momento comigo.

— Você escolheu as palavras — acusei.

— Eu ia dizer: o quanto eu posso foder gostoso, mas decidi mudar. Ser safado, provocar e atiçar é bom para a parceira, é dedicação cem por cento.

Prendi a respiração.

— Foi melhor ter parado ali, obrigada.

Escutá-lo falando coisas sujas era tão, tão sexy.

Que inferno.

— À sua disposição.

Semicerrei o olhar. Alejandro riu.

— Eu vou parar — prometeu.

— Você vai mesmo?

— Vou. Você quer saber o tipo de homem que sou, certo? — Alejandro começou a ir para a direita, e eu indiquei a esquerda. Ele assentiu, perdido em seus pensamentos. — Um histórico ajudaria?

— Vamos tentar.

Ele enfiou uma mão no bolso da calça e a outra usou para gesticular.

— Eu lembro das datas dos aniversários, de todos os tipos, e normalmente preparo uma surpresa, mas nem sempre. Às vezes, eu acho que as coisas têm que simplesmente acontecer, então, eu deixo rolar a ideia que vier no momento.

— Como?

— Eu acho que velas, uma cama macia e mostrar o amor entre quatro paredes valem tanto quanto levar para jantar em um restaurante. Também acho que surpreender com uma viagem... é muito foda. Assim como acredito que as conversas pós-sexo são bem mais profundas do que qualquer outro tipo de diálogo. Eu gosto da intimidade.

— Você gosta de dormir abraçado? — Arregalei os olhos.

— Gosto. — Riu. — Por que você parece tão chocada, Vick?

— Você é tão... masculino.

Alejandro fez uma linha fina com os lábios, querendo rir.

— Essa testosterona toda em cima de você, dançando por você, e eu não consigo imaginá-lo dormindo de conchinha.

— Mas eu durmo e ainda levo café na cama.

— Você envia mensagens desejando bom dia?

— Mensagens?

— É, sei lá. No WhatsApp. Bom dia, amor. Esse tipo de coisa.

— Eu envio e também ligo... prefiro ouvir a voz, porque é mais gostoso sentir como a pessoa está do que ler alguma coisa que digitou.

Fiz uma pausa.

— Você tem certeza de que não é um personagem de um livro de romance?

Alejandro semicerrou os olhos.

— Eu tenho certeza de que sou bem real.

— É que você parece...

Perfeito.

— O que eu pareço?

— Você não é um canalha.

— Não.

— Nem um cretino.

Ele riu.

— É basicamente a mesma coisa.

— E não é um traidor. Você é romântico.

— Às vezes — concordou, sorrindo de lado.

Droga, ele não era uma pessoa ruim. Por mais que eu tentasse colocar a noite que ele teve com quatro mulheres na frente, para me chacoalhar a respeito desse homem, para deixá-lo perigoso, inviável, impossível...

— Eu me esforço, Vick — sussurrou. — Quando estou com alguém, vivo a relação. Faço do possível ao impossível. Você viu Diego hoje com Elisa. Eu sou como ele. Os De La Vega amam com o corpo e o coração. Mas, ao contrário de Diego, eu só me fodi. É essa a razão para ter optado por ficar sozinho. Carlie foi a cereja do bolo para mim.

O que ela fez? Quase perguntei, mas me lembrei que, se quisesse, ele me diria.

— Olha, Alejandro, você está falando com uma mulher que foi traída por três homens diferentes. E, de verdade, eu abracei o meu emprego como um primeiro amor, porque é realmente incrível, mas... depois de ver Diego e Elisa... senti que falta alguma coisa assim para mim. Você realmente acha que, ao se apaixonar, o relacionamento está automaticamente fadado ao fracasso?

— Não, mas até pouco tempo, eu sentia que não valia a pena arriscar e...

Ele parou de falar.

— O quê? — perguntei, curiosa.

— Nada.

— Pode falar.

Ele abriu um sorriso triste, sem me responder.

— Você está proibido, Alejandro Hugo.

— Proibido de quê?

— De ficar triste hoje. É o casamento do seu irmão. Vamos fazer alguma coisa empolgante.

Isso atraiu sua atenção, e eu consegui o que queria: tirar dele aquela expressão e aliviar o clima. Alejandro abriu os braços, como se estivesse pronto para o que eu quisesse fazer.

— Você comanda.

Eu não sei o que pensei, francamente, quando me arrumei e coloquei no bolso oculto do vestido, junto com meu celular, o cartão de acesso. Talvez, lá no fundo, eu quisesse uma noite com Alejandro. Talvez, eu só quisesse me jogar lá solitariamente depois de uma noite exaustiva. Mas, independentemente do motivo, naquele segundo, eu só quis compartilhar com ele uma coisa que nós dois jamais vimos.

— O gerente me deu acesso a uma área presidencial.

Alejandro abriu a boca e fechou, o rosto confuso.

— Uma área presidencial?

— Parece que tem coisas exclusivas lá.

Suas mãos foram para o bolso da calça social, os bíceps se contraindo conforme ele relaxava e tensionava. Alejandro estava lindo daquele jeito, tão à vontade comigo. Os cabelos bagunçados, o rosto preguiçoso, a barba maior em seu maxilar, os lábios que eu tinha beijado há poucas horas. Não sei, talvez alguma coisa estivesse diferente nele naquele instante. Alguma coisa que deixou meus batimentos atrapalhados.

— E você quer me levar? — questionou, baixinho.

— Quero.

Estendi a mão para ele, que aceitou sem pensar uma segunda vez. Só com o toque da sua mão, já senti meu corpo aquecer; era difícil demais lutar contra uma química assim, eu nunca senti nada parecido antes. Respirei fundo e abri um sorriso quando encontrei a tal área exclusiva. Era fechada ao público. Peguei o cartão de acesso, abrindo a imensa passagem.

Parecia um jardim secreto.

Todas as luzes do caminho se acenderam uma a uma.

Passamos pelas folhagens, um corredor estreito, mas muito bonito. Minha atenção foi toda para aquele paraíso oculto, só oferecido para quem tivesse dinheiro para viver o luxo.

Havia uma casa toda de vidro, não muito grande, mas era possível ver tudo lá dentro. À direita, havia uma enorme piscina com cascata. À esquerda, um lugar para tomar sol, uma sauna e um bem cuidado jardim. Ao longe, vi um ambiente fechado com os dizeres: salão de jogos. A dimensão da propriedade era impressionante. Caminhei sobre a grama com Alejandro, as flores plantadas deixando sua fragrância por onde passávamos.

— São as vantagens de ser uma consultora de viagens, certo? — Alejandro riu grave. Minha mão soltou a dele e senti seu peito colar nas minhas costas. Arrepios arranharam minha pele quando seu rosto desceu, a barba deixando os bicos dos meus seios acesos, meu corpo lutando para senti-lo. Ele sussurrou pertinho do meu ouvido: — O que você quer me mostrar aqui?

Engoli em seco.

— Eu não conhecia esse lugar.

Sua mão veio até a minha cintura, e Alejandro passeou seus lábios na minha têmpora e inspirou em meus cabelos.

— Eu quero descobrir com você — adicionei.

Fechei os olhos. Como fiquei em silêncio, Alejandro só ficou ali, parado, sentindo, imóvel... exceto por seu rosto, acariciando a lateral do meu. E sua boca, brincando com minha bochecha.

— Victoria...

Talvez nós precisássemos de um banho gelado, talvez tivéssemos que tirar aquele calor para não fazermos uma besteira. Eu queria tocá-lo, eu não queria tocá-lo. Eu queria Alejandro para mim, ainda que não entendesse o porquê. E eu não o queria, porque não conseguiria ser boa para ele.

Me afastei e virei-me para Alejandro.

— Por onde você quer começar?

Alejandro passou os dedos pelo cabelo, exalando fundo, seu peito subindo e descendo.

Aline Sant'Ana

— Vamos para o salão de jogos.

— Ah, vai ser legal — assenti.

— Eu odeio essa droga de jogo!

Alejandro gargalhou.

— Você quer jogar sem subir na porra da moto.

— Eu vou cair se montar nisso. É tipo um touro. Um touro *real*.

— É uma moto de brinquedo, *Cariño*.

— É uma coisinha do diabo.

Alejandro riu de novo.

Ele subiu na tal da moto, todo delicioso sem camisa, segurando o guidão falso, a imensa TV na sua frente, perguntando se ele queria começar uma partida.

— Quer subir comigo? Assim você não vai ficar com medo de cair.

Péssima ideia. Passar as mãos na sua cintura. Sentir aquele corpo quente colado no meu...

— Eu quero.

— Vem.

Estávamos como duas crianças no salão de jogos, que me lembrava daqueles lugares do shopping que cobram uma fortuna para você dar uns tiros, jogar bolas em uma rede de basquete e etc... A vantagem é que todos os brinquedos ali eram de graça. As fichas ficavam disponíveis para podermos usá-las quantas vezes quiséssemos.

— Tudo bem, eu consigo fazer isso.

— Eu tenho uma moto de verdade — Alejandro comentou, quando tentei montar no brinquedo. Caramba, eles deveriam fazer essas coisas mais funcionais. Uma criança não conseguiria sozinha. Puxei a saia longa do vestido, tentando não ficar nua com a fenda ousada. Relaxei quando me sentei e apoiei as mãos sobre os ombros de Alejandro.

— Você tem uma moto?

Ah, a tatuagem dele...

— Tenho.

— E como ela é?

— Corre muito bem e tem espaço na garupa. Se você quiser, posso te levar para passear, quando chegarmos em Nova York.

Alejandro ficou duro embaixo das minhas palmas. Senti seus músculos congelarem, e não por um motivo delicioso, foi o choque pelo que ele disse. Para tranquilizá-lo, desci as mãos por suas costas, fazendo carinho, sentindo a rigidez sob sua pele, até alcançar a borda da calça. Fui lentamente com a mão até a frente, na sua cintura, envolvendo meus braços em sua barriga.

— Nós podemos marcar um dia — sussurrei e dei um beijo no seu ombro. — Você, Elisa, Diego... vai ser ótimo reencontrá-los longe daqui.

Eu quis colocar outro limite ali.

Vamos sair como amigos, certo?

Mas por que meu coração doeu com essa possibilidade?

— Sim? — Alejandro sussurrou.

— Aham.

— Tudo bem, então.

— Tudo bem.

Eu não sei quantas horas ficamos ali, mas jogamos absolutamente de tudo, várias vezes. E fizemos um placar. Éramos competitivos. Alejandro ganhou nos jogos de tiro, claro, mas, para minha surpresa, o pinball era o meu universo. Jogamos boliche, aprendi a andar na moto/touro e, quando minha barriga já estava doendo de tanto rir, peguei Alejandro me olhando e sorrindo para mim.

— O que foi?

— Você é tão linda, Victoria.

— Linda, deliciosa, a vizinha mais inoportuna e sexy desse resort, uma perfeita dançarina, *a própria* motoqueira fantasma dos jogos eletrônicos... — Me aproximei dele. Alejandro riu, a gargalhada gostosa causando cócegas em mim.

— Motoqueira fantasma, é?

— E a melhor namorada de mentira que você já teve — acrescentei, brincando.

A risada de Alejandro foi morrendo, até só restar o sorriso. Os olhos quentes me analisaram, descendo por meu corpo, até subirem e encararem meu rosto mais uma vez.

— Você realmente é.

A ideia era fazer uma piada, mas quando vi seu olhar quente... meu sangue começou a circular mais depressa. Alejandro deu um passo à frente e eu inspirei fundo.

— Você quer ir para a piscina?

Por que eu perguntei isso?

— Ela parece aquecida e está ligada desde que entramos. A cascata... e tudo — adicionei.

Péssima ideia. Ideia horrorosa.

— Você quer ir para a piscina comigo? — Alejandro questionou, sorrindo.

Nunca.

— Com certeza.

O que eu estava fazendo?

Criando uma armadilha para mim mesma?

Ele não disse nada, apenas abriu a porta do salão de jogos e nós saímos, mais uma vez, para aquele cenário indescritível. Me obriguei a focar na casa de vidro com as luzes acesas, as estrelas pintando o céu, o cheiro das flores por todo canto. No entanto, minha distração não adiantou muito porque o inevitável estava na minha frente. Observei a imensa piscina, a fumaça pelo calor que exalava dela, a cascata derramando água quente. Dentro, uma explosão de luzes coloridas dançava pelas ondas d'água. Rosa, azul, verde, amarelo, roxo...

Os dedos de Alejandro tocaram meu ombro.

— Você vai entrar com o vestido?

Virei-me para ele.

Sua pele bronzeada estava sendo beijada pelas luzes. Ele era uma junção de tons maravilhosos, dançando por suas tatuagens, pelo porte físico impressionante. O cabelo negro bagunçado, seus olhos mel em diversos tons, parecendo indecifráveis para mim.

Seria tão ruim cedermos? Deus, como isso era idiota, porque pedi para Alejandro não me beijar. Embora ele não tivesse me dado ouvidos. Mas era idiota pelo simples fato de que eu não conseguiria me afastar sentimentalmente se sentisse seu corpo.

Seus beijos.

Esse carinho todo.

Se eu me apaixonasse por ele...

Sabe o aviso luminoso que vemos na estrada pedindo para termos cuidado? Exigindo nossa atenção e prudência? Eu não consegui enxergá-lo. Talvez, porque...

eu tinha bebido bastante e isso só acontece em filmes e livros de romance, certo? Se apaixonar depois de uma noite?

Não ia acontecer comigo.

Com esse pensamento, querendo ser forte, corajosa e ousada, levei meus dedos para o zíper lateral do vestido. Não estava pronta para dizer a ele o que queria, mas esperava que não precisássemos chegar a uma espécie de acordo verbal. Esperava que, se eu tivesse que me arriscar, Alejandro também o faria. Meus olhos focaram nele, e assisti sua respiração ficando mais intensa, conforme eu descia lentamente o vestido.

— Não — respondi. — Estou com lingerie embaixo; posso usar de biquíni. Você se importa, Alejandro?

Ele não me respondeu, apenas assistiu à peça escorregar até cair aos meus pés. O presente que me deu. Por baixo, eu estava usando uma calcinha na mesma cor do vestido e um sutiã tomara que caia azul. Dei graças a Deus por ter levado o conjunto na mala, por ter casado com o vestido, porque o olhar de Alejandro valeu cada dólar daquela peça tão cara.

Ele me tocou com seus olhos.

Ele beijou meu corpo quando escorregou a atenção centímetro por centímetro.

Ele me deixou molhada quando encarou meus seios, minha barriga, minha intimidade.

E, por mais que eu não fosse cem por cento confiante com meu corpo, deixei-o me olhar. Deixei-o curtir cada parte, cada segundo, cada pedaço de pele que ousei mostrar.

Tirei os saltos, ficando descalça.

E exposta.

Alejandro moveu um pé para frente, mas não completou a passada. Ele voltou para trás, como se... vir... fosse quebrar algum limite que estivesse se impondo.

Seus olhos focaram nos meus.

— Faz uns cinco anos que não me chamam de Alejandro como primeiro nome.

Os dedos dele foram para o botão da calça social.

Ele inclinou a cabeça para o lado, os lábios entreabertos.

— E faz uns anos que não escuto meu nome sair tão bem em uma voz. Já elogiaram o seu timbre, Victoria? — Alejandro abaixou o zíper, devagar. Seus olhos nos meus. Um sorriso lento se abriu em sua boca. — Já disseram o que a sua voz faz com um homem?

Aline Sant'Ana

Pisquei, hipnotizada.

Eu quase morri quando vi o elástico da cueca dele.

Calvin Klein.

Branca.

Alejandro enganchou os dedos na calça.

— Não... — eu sussurrei.

— Faz muitas coisas. Causa muitas coisas. Juntando isso a esse seu corpo, nessa lingerie que, puta que pariu... — Inspirou. — Espero que não se importe de eu retribuir da mesma forma. Estou de boxer branca. E vai molhar.

Santo.

Deus.

— Eu...

— Você quer mesmo entrar nessa piscina comigo? — perguntou mais uma vez, a calça aberta, porém presa nos quadris.

Por mais difícil que fosse, com tudo aquilo acontecendo, encarei seu rosto.

— Quero.

Alejandro assentiu, um sorriso malicioso na boca, seus olhos nos meus enquanto puxava a calça para baixo.

Foi inevitável olhar.

A boxer branca estava colada em seu corpo bronzeado, unida a cada pedaço daquele homem, como se não quisesse nunca sair dali.

Alejandro estava desse jeito, quase nu para mim, o profundo V descendo, convidando, tudo destacado demais pela peça branca.

Caramba, ele era...

Grande.

O sexo, parecendo entre a excitação e o conforto, brigava com a boxer branca. Pude ver as veias destacadas atrás do algodão, a cabeça do membro grande e grosso, reto, mas jogado para o lado direito. A peça descia, agarrando suas coxas, os pelos escuros ali, uma tatuagem bem marcada na coxa esquerda, um tribal que...

Meu Deus.

Subia.

Pela transparência da boxer, pude ver o tribal envolvendo sua coxa, brincando com sua pélvis, alcançando além do elástico em seu quadril.

Como um ramo de rosas, cheio de espinhos, mas tentadoramente te convidando a sentir.

Tão. Gostoso.

— Você vem?

Ele não me deu tempo para pensar. Começou a caminhar de costas para a piscina, de frente para mim. Ela tinha uma inclinação que permitia que, pouco a pouco, as pessoas pudessem entrar nela, como no mar; mais fundo a cada passo.

— Aham.

Movi meus pés, hipnotizada pelas luzes dançando nele, pela água que abraçou seus tornozelos, suas coxas... seu sexo. A boxer ficou quase transparente e eu desviei a atenção dali para encarar seu rosto.

Que parecia ainda mais perigoso do que seu corpo seminu.

Alejandro estava com os lábios entreabertos, os olhos semicerrados, encarando-me como se não confiasse em si mesmo para estar perto de mim. Ele entrou até a água chegar ao seu peito, e eu senti o calor da água morna me tocar conforme caminhava para perto dele.

O vapor da água subiu entre nós.

— Me fale alguma coisa — pediu.

Entrei mais fundo, a água na minha bunda, subindo em direção ao meu umbigo.

— O que você quer que eu diga?

Alejandro encarou meus seios, meu corpo sob a água transparente e, depois, voltou para o meu rosto.

— Algo que pare o que estou pensando agora.

Submergi até a piscina tocar meus ombros e fiquei a menos de trinta centímetros de Alejandro. Ele desceu apenas por um segundo, para molhar o rosto, e depois retornou.

Aquele homem molhado era demais para a minha sanidade.

— No que você está pensando agora? — sussurrei e me aproximei. Passei as mãos por seu pescoço, colando nossos corpos submersos. Senti seu sexo duro me tocar em algum ponto. Alejandro manteve os braços longe de mim, sem me tocar, apenas deixando eu me grudar nele.

Aline Sant'Ana

— Quer mesmo saber? — Ergueu uma sobrancelha.

Ele se moveu para trás, suave, me levando com ele, até nossos pés não tocarem mais o chão. Meu queixo encostou na água e Alejandro encarou minha boca.

— Quero.

— Você vai me chamar de safado.

— Eu já te acho um. — Sorri de lado, excitada só de olhá-lo, de senti-lo.

Alejandro levou suas mãos ao meu quadril, hesitantes, incertas. As pontas das unhas curtas rasparam na minha pele, até seus dedos afundarem ali e me pegarem com força. Meu corpo respondeu, o clitóris pulsando devagarzinho. Entreabri os lábios para respirar. Um ar que não parecia vir.

— Estou pensando em pegá-la no colo e deitá-la na parte rasa da piscina.

— É?

— Uhum.

— E você quer fazer o quê comigo?

— Deitar meu corpo sobre o seu, beijar cada centímetro e descer minha boca até alcançar sua calcinha.

Fiquei arrepiada, o clitóris pulsando com mais força, minha vagina se contraindo. Os bicos dos meus seios rasparam no peito de Alejandro, apesar do sutiã, quando me inclinei para ele.

Minha boca tocou a sua, mas sem beijá-lo.

— E aí eu passaria a língua sobre a sua calcinha por muito tempo, bem naquele ponto gostoso que sei que está latejando por mim, até você me implorar para receber meu pau. — A voz dele foi grave, rouca, suja. Os olhos cor de mel percorreram meu rosto. — Estou pensando em chupá-la tão bem, que não vai aguentar esperar eu entrar em você. Estou pensando em como seria gostoso te fazer gozar na minha boca.

Arfei quando seus dedos entraram no elástico da minha calcinha.

— E só estou pensando isso tudo porque você está me olhando como se quisesse isso tudo. Eu te pedi para não me olhar assim — Alejandro sussurrou, respirando fundo.

— Você... — Minhas mãos automaticamente se movimentaram, a pulsação batendo nos meus ouvidos, quando toquei sua barriga sob a água. Os músculos ondularam e eu vi vermelho.

— Porra, Victoria. — Seu quadril veio para a frente.

Seus pulsos entraram na lingerie, entre minha pele e as laterais da calcinha. Ele brincou com o elástico, puxando-o. A calcinha me tocou no clitóris, atiçando... e eu arfei. A pulsação ali embaixo estava mais forte a cada segundo.

— Se eu beijar você agora, vai ferrar tudo — Alejandro avisou.

— Então não me beija. — Toquei o elástico da sua boxer, brincando com ela, sentindo os pelos pubianos bem curtos na ponta dos dedos.

Meu prazer se tornou líquido, descendo, latejando, queimando...

A boca de Alejandro tocou meu nariz, minhas bochechas. Ele foi raspando os lábios pelo meu rosto, até pairar na testa e deixar um beijo lento ali, carinhoso. Continuei sentindo aquele homem, seu sexo crescendo, sua respiração quente por onde passava. Alejandro viajou suas mãos por mim, levando-as para trás, apertando, com força, minha bunda. Espaçou as nádegas, brincando com elas, fazendo um círculo enquanto afundava seus dedos mais e mais. Meus lábios tocaram seu pescoço. Tão quente, salgado, tão homem. Alejandro ofereceu um espaço entre nós, com seu quadril indo para trás, indiretamente me pedindo para descer a mão. Suguei seu pescoço, e um rosnado saiu da sua garganta.

— Eu não vou beijar a sua boca — ele prometeu, a voz falha e rouca.

— Não, né? — Minha mão desceu mais, e levei-a lentamente para a direita. Alejandro mordeu o próprio lábio inferior quando resvalei na cabeça do seu sexo.

Quente.

Molhado da piscina.

Pedindo minha boca.

— Não — respondeu baixo.

— Mas, se eu quiser tirar isso aqui, você vai me impedir?

O ponto alto da sua garganta subiu e desceu.

Alejandro alternou a atenção entre meus olhos, meus lábios.

— Não — sussurrou. — Mas você quer me sentir, Victoria? Quer me tocar? Se fizer isso, eu vou te deitar naquela borda e vou brincar com a minha língua na sua boceta. Não vou te beijar, eu disse. Não vou beijar a sua boca, mas outros lugares...

Tudo em mim pulsou em expectativa.

— Alejandro...

— Eu quero que você diga meu nome. — Sua boca tocou meu maxilar, a língua brincando ali. — Mais uma vez.

— Alejandro.

— *Dale[1]. Carajo.* — Inspirou fundo, e deu uma mordida suave no meu queixo.

— Fala em espanhol comigo.

— *Quieres dejarme loco.*

Sim, eu quero te deixar louco.

Tonta, ofereci meu pescoço para ele e tateei até lentamente abaixar sua boxer. Alejandro chupou minha pele, a língua passeando até encontrar meu lóbulo, a barba me arranhando e me arrepiando. Alejandro praguejou baixinho quando seu imenso sexo, livre, bateu na minha barriga.

— *Mierda.* — Sua voz saiu com um grunhido.

Alejandro afastou o rosto para me olhar, as pupilas negras dilatadas, apenas um círculo mel em volta delas. Sua boca estava úmida da piscina e vermelha pelo desejo. Ele mordeu o lábio inferior quando meus dedos passearam por sua intimidade, conhecendo, apreciando.

— Me explora, Victoria — permitiu, baixinho. — Sente cada centímetro desse pau louco por você.

Ele me deixou experimentá-lo na minha mão e vi toda a vulnerabilidade daquele homem ali, enquanto o sentia. Envolvi seu membro, surpresa por não conseguir fechá-lo em meus dedos. Era seda sobre rigidez, era tão gostoso. Um ano sem sexo, e eu só queria ele dentro de mim. Alejandro praguejou quando subi e desci uma única vez.

Então, exalou fundo e suas mãos me apertaram com vontade. Ele percorreu o indicador pela borda da calcinha, indo para a frente. Gemi e apertei seu sexo quando ele passou os nós dos dedos bem no meu clitóris, os lábios inchados. Seu olhar capturou o meu, Alejandro brincando de me sentir e eu experimentando seu pau duro em meus dedos.

Eu queria tanto beijá-lo.

Alejandro escorregou um dedo para dentro de mim, e eu entreabri os lábios para respirar. Ele esboçou um sorriso sacana, me sentindo molhada e pedinte por dentro.

— Você me quer bem aqui.

Assenti.

---

1   Vibração positiva muito usada na língua espanhola para incentivar ou enaltecer uma situação ou alguém.

Seu dedo estocou uma única vez e eu segurei seu pau com força. Alejandro semicerrou o olhar, perdido.

— Caramba, eu estava procurando vocês por toda parte. Uou! — Uma voz masculina, que não a de Alejandro, ecoou pelo lugar quase vazio. — Mas vejo que estão ocupados aí. Caralho, desculpa, primo.

Virei meu rosto rapidamente para o lado, dando de cara com Esteban De La Vega, carregando uma taça de champanhe, sem camisa.

Alejandro respirou fundo e eu tirei lentamente minha mão da borda da sua cueca. Ele também afastou seu dedo de dentro de mim e levou sua mão até a minha bunda, apertando. Em seguida, colou a testa na minha.

— O que houve? — indagou, rouco. Não para mim, mas para seu primo.

— Elisa vai cortar o bolo, jogar o buquê, essas porras. Querem você lá para as fotos. Mas você tá todo molhado...

Alejandro envolveu-me nele, cobrindo meu corpo, por mais que estivesse invisível aos olhos atentos de Esteban. Meu coração ainda batia na garganta quando ele beijou meu pescoço.

— Estarei lá em cinco minutos. — Ele se afastou de mim um pouco, para olhar o primo. Seu peito subia e descia depressa, o tesão em sua fisionomia. — Como entrou aqui?

— Vocês deixaram a porta aberta dessa área maluca. Escutei o som da cascata da piscina e... enfim. Desculpa, *hermano*.

— Tá tudo bem, Esteban — garanti a ele.

O primo dos meninos assentiu e virou as costas para ir embora.

As mãos de Alejandro pararam de me tocar, e meu corpo não tinha entendido o recado. Tudo em mim latejava, implorando para que a gente continuasse. Abri a boca para dizer alguma coisa, mas Alejandro colocou seu indicador sobre meus lábios, murmurando um *shhh*.

— Esteban, vai embora! — gritou.

— Porra... — Ouvi Esteban resmungar.

Prendi uma risada.

— Você saiu? — Alejandro testou.

Aline Sant`Ana

— Tô saindo! — A voz ecoou mais longe.

Ergui uma sobrancelha.

— Você não sabe o que é ter uma família grande, né? — Alejandro questionou, um sorriso lindo em seus lábios.

Deus, o que nós fizemos?

— Não — respondi, incerta se minha voz saiu direito.

Alejandro semicerrou o olhar.

— O que houve? — perguntou. Seu indicador foi substituído pelo polegar, que traçou meu lábio inferior.

— Na-nada.

— Você está se sentindo culpada pelo que aconteceu?

— Hum... — Seu polegar parou de traçar meu lábio. Inspirei fundo. — Um pouco.

— Tudo bem. Nada aconteceu, Vick. Nada que realmente possa... não chegamos ao fim. — Sorriu. — A *priori*, somos inocentes até que se prove o contrário.

Que sexy ele falando termos jurídicos.

Droga.

— Você está conversando comigo como fala com um de seus clientes?

Ele riu.

— Eu faço sem perceber. Desculpa.

— Estamos bem? — perguntei para ele.

Alejandro se aproximou, dando um beijo na minha testa.

— Estamos.

Ele era carinhoso.

E isso estava me matando.

Saímos da piscina e Alejandro pegou as toalhas que ficavam sobre as espreguiçadeiras para nos secarmos. Assisti-o passar uma em seu corpo, em seus cabelos úmidos, na barriga, braços, coxas... e a boxer branca estava completamente transparente àquela altura.

Ele era carinhoso *e sexy*.

E eu estava provando a mentira, com alguma parte do meu coração torcendo para que se transformasse em verdade.

Capítulo 19

"Se está tentando ser perfeita, não precisa ser
Quando eu olho pra você, estou olhando para uma obra-prima."

OMI feat. Felix Jaehn - Masterpiece

Alejandro

— Você apareceu com o cabelo molhado anteontem, tarde da noite, na festa do *meu* casamento. E sabe o que é engraçado? A Vick também. Esperei um dia para conseguir dizer isso, o que é bem chato, já que todo mundo sumiu ontem — Elisa jogou verde, bebendo um gole de suco de laranja.

— Não aconteceu nada — respondi. Meu corpo inteiro estava insaciado pelo que começamos.

— Nada? — Elisa tentou de novo. — Vocês se beijaram. Dançaram como se estivessem fazendo sexo. A química estava visível, Hugo. Então, o que está faltando?

— Acho que a gente tem medo de confundir as coisas. Tenho medo de foder com tudo, e Victoria... acho que ela ainda não entende o tipo de homem que eu sou. No mais, seria só sexo, certo? Você sabe que não gosto de começar as coisas sabendo que vão chegar ao fim. E o fim é em breve. Contando com hoje, falta pouco para irmos embora.

— E precisa ter fim? — rebateu.

Ri.

— Você acredita no para sempre?

Como resposta, ela balançou os dedos da mão esquerda, a aliança de ouro brilhando em seu anelar.

— Não sei por que perguntei — resmunguei.

— Só acho que você está dormindo no ponto. Victoria mora em Nova York, Hugo. *Nova York*. Você conheceu ela aqui, entrou nessa coisa de namoro falso e a atração existe. Precisa parar de acreditar que as coisas vão dar errado. Larga de ser pessimista.

— Você está falando como se só dependesse de mim.

Elisa se inclinou na mesa, apoiando os cotovelos, a omelete intocada no seu prato. Tínhamos combinado de jogar tênis pela manhã, mas a real é que todo mundo estava esgotado depois do casamento, ainda que já tivesse passado um dia. Elisa quis que, pelo menos, tomássemos o café da manhã juntos. Diego não desceu porque estava exausto e, no fim, só restamos Elisa e eu. Victoria também ainda estava dormindo, ela não desceu, por mais que eu tivesse batido em sua porta e ligado para o seu telefone.

Ontem foi um dia morto. Vi Victoria brevemente, porque ela trabalhou o tempo inteiro no resort, e eu aproveitei para ir a uma clínica e me certificar de que estava bem. Quero dizer, a noite insana, da qual eu não lembrava de nada, me fez ter dúvidas quanto às doenças sexualmente transmissíveis. Imprudente pra caralho, eu sei. Coisa que nunca fui. Agora, só estava esperando o resultado dos exames.

O resto do meu dia?

Passei no quarto mesmo. Eu estava sentindo tudo tão profundamente que... era bom dar um tempo. Só que, cara... eu senti falta de Victoria.

O medo também de Vick se afastar de mim logo agora estava foda de lidar, por mais que não fizesse sentido.

— Talvez não dependa mesmo, Hugo. A Victoria me parece bem realista. E acho que a profissão dela deve pesar bastante antes de tomar qualquer decisão. Mas, converse com ela. Entenda o que está acontecendo e, a partir daí, mostre o homem que você é. — Elisa colocou a mão em meu coração e abriu um sorriso doce. — Eu te vi planejar surpresas para a maldita da Carlie. Te vi entregar um caso para o seu irmão só porque queria surpreender a sua ex-noiva. Eu vi você se apaixonar, sofrer, beber todas e acreditar que o amor não existe mais. E isso, sinto informar, só acontece com pessoas que têm algo de bom dentro delas. Victoria, eventualmente, vai enxergar isso também.

— Victoria vai enxergar o quê? — Carlie puxou a cadeira e se sentou ao meu lado. Ela enfiou a mão no meu prato, pegando o bacon e levando à boca. — Isso aqui está uma delícia.

— Elisa, eu perdi o apetite — avisei minha cunhada, e dei um beijo em sua testa. — Prometo que vou pensar.

— Não, não vá ainda. — Carlie colocou a mão na minha coxa. Olhei para aquilo sem acreditar. Segurei sua mão e tirei a porra de contato dali. Carlie sorriu. — Vi que sua namorada não está aqui. Pelo visto, não quis descer. Que falta de educação! Vocês brigaram?

Eu me aproximei dela, o rosto muito perto, mas só porque eu desejava que Carlie visse bem os meus olhos.

— Vou dizer uma vez para você. Só uma. Respeita. A. Porra. Do. Meu. Relacionamento. Eu nunca me meti no seu casamento, nunca fui lá avisar ao seu marido sobre essa palhaçada. Mas não brinca comigo, Carlie. Se você mexer com a Victoria ou continuar tentando infernizar o meu saco, eu juro por Deus que vou bater na porta do seu quarto e dizer a ele todas as merdas que você tem feito.

Carlie gargalhou.

— E você acha que o meu marido vai acreditar em quem, Hugo? No meu ex-noivo ou na esposa?

— Você é uma filha da puta.

— Eu sou a mulher que você não consegue esquecer — sussurrou, aproximando nossos rostos.

Empurrei minha cadeira para trás.

— Carlie... — Elisa tentou remediar, e fechei a mão em punho. Eu sabia que a situação era delicada para a minha cunhada e não queria ferrar a vida profissional dela por causa de uma vadia egoísta.

Mãos tocaram meus ombros, descendo pelo meu peito, alcançando minha barriga. Eu estava com os nervos tão à flor da pele que dei um pulo na cadeira de susto. O perfume de jasmim e rosas denunciou quem estava atrás de mim.

— Desculpem pelo atraso. Eu peguei no sono. Oi, *mi vida*.

Victoria desceu até mim quando inclinei a cabeça para trás. De ponta-cabeça, encarei aquela mulher, sorrindo para mim. Seus cabelos caíram como uma cortina e Victoria abaixou o rosto. Umedeci meus lábios antes de Vick me beijar. Sua língua pediu espaço, que eu permiti com todo o desejo reprimido por aquela mulher e a saudade. Vinte e quatro horas, tempo demais. O mundo deixou de existir à nossa volta quando nossas línguas se tocaram. Dez segundos, talvez nem isso, antes de Victoria se afastar e selar o beijo com um selinho. O gosto de hortelã dos seus lábios incendiou a minha boca.

— *Cariño*.

Victoria deu a volta e se sentou no meu colo, passando as mãos por meu pescoço ficando, propositalmente, de costas para Carlie.

— Bom dia, Elisa.

— Que bom que você apareceu.

— Peguei no sono profundamente depois de... — Ela olhou para trás, sobre o ombro. Seus olhos azuis caribenhos miraram em Carlie, possessos. — Ah, você está aí.

Carlie abriu um sorriso falso.

— Achei que vocês tinham brigado.

— Achou? — Victoria riu. — Eu e Alejandro jamais brigamos.

— Ah, você está chamando-o de Alejandro agora? Aliás, achei que esse tivesse sido o motivo da briga. Hugo nunca te contou... tão estranho — Carlie alfinetou. — Percebi que ficou bem surpresa na noite do casamento.

— Acontece que passamos muito tempo juntos, nos conhecendo de outras formas. Fui apresentada a ele como Hugo, e segui chamando-o assim. Mas *Alejandro* é tão sexy, você não acha?

— Está no Instagram dele o primeiro nome. Que curioso você não ter percebido.

Victoria deu de ombros.

— Não uso muito as redes sociais. *Alejandro* me contou que usa Hugo em Nova York devido à pronúncia. Mas Alejandro é o primeiro nome, e ele tem que se orgulhar do lado espanhol do seu sangue. Eu quero que ele se habitue, quero que entenda o quanto eu amo que tenha duas identidades. É quase como namorar o Clark Kent.

— Você não confiou nela para dizer o seu primeiro nome? Foi uma das primeiras coisas que compartilhamos. — Carlie sorriu.

Victoria riu, sem humor algum.

— O homem me liga todas as manhãs para me desejar bom dia. Ele me leva para passear de moto e me surpreende quando decide fazer uma noite só nós dois, com velas e jantar romântico. Ele dorme comigo de conchinha. E usa termos jurídicos quando tenta se explicar. Alejandro é um sonho, ele é fiel e confia em mim. Você acredita realmente que dizer "meu nome é Alejandro Hugo" pesa tanto quanto todas as atitudes que ele tem me demonstrado? Aliás, Carlie, o que eu acho bem *curioso* é esse seu interesse em nós dois.

Caralho, ela lembrou tudo que eu disse, mesmo que a bebida tenha afetado um pouco o nosso julgamento naquela noite. Borboletas estúpidas dançaram no meu estômago, mas não tive tempo de curtir o sentimento. Victoria semicerrou os olhos, e senti o corpo dela ficar duro e tenso sobre mim. Toquei sua cintura.

— *Cariño*, vamos dar uma volta.

— Tem alguma coisa para me dizer ou vai continuar tentando atrapalhar o meu relacionamento? Porque não tem aquele ditado sobre tudo o que nós fazemos... pode voltar para nós mesmos? — Victoria continuou, irritada demais.

Carlie abriu a boca para responder, e não disse nada.

Ela se levantou.

— Eu não sei o que vocês têm, mas algo está muito errado nesse relacionamento.

— Sério? E no seu? Porque, aparentemente, você tem bastante tempo para cuidar da vida dos outros — Victoria resmungou.

Carlie virou as costas e foi embora, pisando duro.

Victoria saiu do meu colo como se tivesse carvão sob sua bunda. Eu nem pedi licença para Elisa, e caminhei a passos largos até Victoria. Toquei seu ombro, virando-a para mim. Seus olhos estavam vermelhos, e ela parecia irada.

— Ei, o que houve?

— Eu vi, tá bom? A mão dela na sua coxa... Eu fui muito idiota mesmo achando que isso é para afastá-la. Diga a verdade. É pra isso que estou servindo, Hugo? Para você fazer ciúmes na sua ex-noiva e reconquistá-la?

Pisquei, perdido.

— *O quê?*

— Ela está louca por você. De novo. Querendo tanto que nem é mais prudente. E cadê esse marido, que eu nunca vi? Nem no casamento. É um idoso de cem anos, por acaso? O pinto dele não sobe mais? Porque ela está tão atrás do Hugo De La Vega que só isso justifica. Além disso...

Victoria continuou a falar. Ou melhor, a gritar. Mas eu parei de ouvi-la. Porque, caralho, por mais que ela estivesse emputecida... aquilo era tão doce.

Suas bochechas estavam coradas, a boca, vermelha e os olhos, marejados. Ela gesticulava tão rápido, apontando o dedo em riste para mim, que me peguei sorrindo.

E, quando ficava nervosa, eu era Hugo e não Alejandro.

Victoria estava com ciúmes de mim.

— E você está sorrindo ainda? Tem que ser muito cretino mesmo!

— Eu não...

— Seja qual for esse joguinho que você está fazendo comigo, acabou aqui — me interrompeu. — Parei com isso agora. Tá entendendo? Para mim, já deu. Vai lá para a sua ex-noiva, vai. Se torna o amante dela, ou qualquer coisa parecida, porque eu não vou mais fazer isso.

Exatamente do jeito que a conheci. Tão nervosa que não observava ao redor, que não entendia os acontecimentos. Foi isso que me encantou nela: sua verdade. A personalidade tão distinta, o fato de não conseguir aguentar as coisas calada e simplesmente não ser capaz de filtrar as palavras.

— Victoria...

Ela abriu a boca e fechou umas cinco vezes seguidas, as pálpebras piscando freneticamente. Dei um passo para perto, tocando sua cintura.

— Você é horrível, Hugo.

— Você vai me deixar falar ou vai fazer como da primeira vez? Lembra que quase destruiu um casamento?

Ela levantou o rosto, o queixo apontando para cima, me desafiando.

— Eu *quero* destruir um casamento. Nossa, eu quero ir lá contar para o marido dela o tipo de esposa que ele arrumou.

Deus, como era brava.

Precisava anotar em algum lugar, de preferência em sua testa, para nunca provocá-la a esse ponto.

— Você não precisa fazer isso.

— Eu quero. Ninguém merece uma esposa como aquela. Sabe o que me deixa mais nervosa? É esse o tipo de imagem que ela quer passar, sério? Tão culta, inteligente, bonita, mas tão...

— Victoria Yves Foster. — Isso a fez semicerrar os olhos. — Cale essa linda boca.

— O que você disse? Mas você é muito...

— Cretino? Ok, eu aceito o elogio. Vai me deixar terminar de falar?

— Não.

Respirei fundo e comecei a rir.

Porra!

Ela deu um tapa no meu braço que sinceramente nem senti.

— Você fica linda quando está com ciúmes. — Enfiei meu indicador no passador de sua calça e trouxe seu corpo para perto. Victoria apoiou suas mãos no meu peito, os olhos ainda vermelhos de raiva, mas sua aproximação física foi um bom sinal.

— Eu não estou com ciúmes. Que ideia!

— Não mesmo?

— A culpa é toda daquela mulher...

— Shhh. Vamos fazer o seguinte? Eu falo, você escuta e depois você me xinga se quiser.

Victoria exalou alto.

— Eu quero ver você sair dessa.

— Vou falar a verdade, não tem truque.

— E como vou acreditar em você?

Pensei por um segundo.

— Vai precisar me dar um voto de confiança, Victoria. Por tudo o que passamos nesses dias e, da mesma forma que estava errada sobre eu ser um noivo traidor, precisa entender que nem tudo é o que parece. Quando você ouvir o que tenho a dizer, nunca mais vai cogitar sequer a possibilidade de eu querer alguma coisa com a Carlie.

— Droga, eu preciso de uma bebida.

— São dez da manhã, *Cariño*. E vou te levar para um lugar para a gente conversar, ok? Aqui nem é o ambiente pra isso.

— Parece que você quer terminar comigo.

Eu ri.

— Vem, Victoria.

— Eu quero te bater de novo.

— Não faz diferença, eu nem sinto.

Ela prendeu os lábios, puta da vida, e me deixou guiá-la para longe dali. Não sei por qual motivo, mas meu coração ficou leve quando minha mão apoiou suas costas. Talvez, porque eu fosse dizer em voz alta o que passei. Talvez, porque Victoria entenderia o que diabos aconteceu no meu passado. Especialmente, porque aquilo não me perturbava mais há um tempo. Agora, era como a finalização de um processo de 365 dias. Eu finalmente estava livre. Eu finalmente estava em paz.

O barman nos entregou o pedido. Cosmopolitan para Victoria e dose dupla de uísque 18 anos para mim. Victoria bebeu um gole, inspirando fundo e relaxando. Seus cabelos estavam soltos, destacando os olhos azuis muito claros. Cara, ela ficava linda maquiada, mas, sem nada no rosto, era simplesmente uma obra de arte. As pintas minúsculas espalhadas em seu nariz, os lábios rosados, a expressão suave...

Victoria cruzou as pernas no sofá em que estávamos e me lançou um olhar.

— Conforme eu conhecia Carlie, me encontrava com ela e dividíamos experiências, fui me convencendo de que poderíamos ter alguma coisa. A primeira impressão foi se consolidando. Parecia uma mulher doce, meiga, sensível, romântica e carinhosa. Eu acreditei no que vi e mergulhei de cabeça, da mesma forma que fiz no primeiro relacionamento que tive, e que não deu certo porque a garota mudou de país.

Victoria não disse nada. Eu conseguia sentir que ela estava irritada com as coisas que eu estava dizendo, mas queria que entendesse o tipo de mulher que Carlie era à primeira vista, e no que se transformou ao longo dos anos.

— Vivemos um relacionamento bom. Tudo aquilo que se espera de um casal que funciona. Ao menos, eu achava que sim. Com o passar do tempo, Carlie foi se mostrando extremamente materialista, apegada a bens, vinculada ao status. Ela queria ser o centro das atenções, e estava conseguindo e me levando junto para o topo. Conseguiu fazer seu nome como planejadora de casamentos e eu estava numa crescente como advogado criminal. Só que, aos poucos, essa vontade de estar sempre aparecendo e de precisar de muito dinheiro começou a me incomodar. Eu sempre fui um homem cauteloso, sou advogado, e a pulga atrás da orelha me dizia que algo ali não se encaixava.

Vick bebeu mais um gole do seu Cosmopolitan, os olhos atentos no meu rosto. Peguei meu uísque e cheguei à metade da dose. Relaxei, apoiando os braços atrás de mim, no encosto do sofá.

— Eu ignorei esse aviso que a razão tanto buscou me dar. Então, a pedi em casamento. Diego veio me perguntar se eu estava certo dessa decisão, mas sou um cara um pouco teimoso e cético. Intuição? Eu não queria escutar. Então, começou o conto de fadas. Escolha da cor da toalha, o design dos convites, que tipo de bolo ia ser, onde moraríamos. E fui observando a lista de coisas que Carlie queria. Um casamento da realeza. Eu pensei: caralho, não vou conseguir pagar isso tudo.

— Você pagou? — Vick arregalou os olhos.

Balancei a cabeça, negando.

— Não chegamos nisso. Com a desculpa da organização do casamento, Carlie passou a me evitar. Começou com: *esse final de semana eu não posso, querido*. Depois: *a semana inteira estarei atolada*. Em seguida: *vou passar quinze dias viajando, e não vou conseguir te ver*. E, sabe, Vick, eu não sou o tipo de cara que se assusta com indiferença. Eu sou o tipo de homem que vai atrás, para entender o porquê.

— Você é um advogado — Vick compreendeu.

Sorri.

— Eu trabalho com provas.

Abri alguns botões da camisa social, ficando mais confortável. Terminei de beber a dose, enquanto Victoria ainda estava na metade do seu drink. Admirei seu olhar curioso, o cenho franzido, a vontade de me compreender.

A chance que ela me deu de ver por trás da merda toda.

— Contratei um detetive particular. E agora vem a parte mais empolgante. Carlie estava me traindo, claro, essa parte já não deve ser tão chocante a essa altura. O detetive me entregou uma ficha e disse: *Eu sei que você vai ficar possesso com tudo o que vai ver, mas leia até o final.* Enquanto passeava pelo arquivo, fotos comprometedoras de Carlie com o cara e a ficha dele, fui ficando enjoado. Bom, o homem é um empresário de sucesso em Nova York. Importante, e nem um pouco velho como você pensou, tem quarenta e dois anos. Eu já estava pronto para pegar o carro e cancelar a porra toda do casamento, mas me lembrei das palavras do detetive: *leia até o final.* Eu fiz isso.

— O que é pior do que uma traição? — Victoria murmurou, o semblante tenso. Victoria já passou por isso e, em seus olhos, enxerguei a empatia. Ela apoiou uma mão no meu joelho. — Nossa, Alejandro. Eu... eu jamais voltaria para qualquer ex, ainda mais depois do que fizeram. Eu sinto...

— Não peça desculpas por dizer o que veio do seu coração. Eu nunca vou recriminá-la por fazer isso, *Cariño*, seja para o bem ou para o mal. A verdade é sempre bem-vinda.

— Tudo bem. Por favor, continue... se quiser.

Ela terminou seu drink.

— Li tudo até o final e ali estava o lugar para onde eles viajaram, acho que Flórida ou algo assim. Ele levou Carlie para um hotel e a propôs em casamento, sem saber que ainda estávamos juntos. Carlie disse sim. Quando me via, usava o anel que dei para ela. Quando estava com ele, substituía pelo diamante mais caro que o homem conseguiu comprar.

— Meu Deus, Alejandro...

— Continuei passeando pelas folhas, a descrença se somando à raiva e à mágoa. Por fim, para fechar com chave de ouro, descobri que todo o planejamento que ajudei ela a escolher do nosso casamento era, na verdade, a cerimônia que ela iria fazer. Com o outro.

— Puta que pariu... — Victoria sussurrou.

— Iria, não. Carlie fez — me corrigi. — Ela se casou com todos os detalhes que, aí sim, *seriam* da nossa cerimônia. A verdade é que ela só estava me mantendo pelo sexo, porque ia terminar comigo antes de casar. Isso não estava nos arquivos. Foi ela mesma que me disse quando a confrontei. Aí, claro, vieram as verdades: *eu nunca te amei*, etc... etc... *Você não era a escada certa para os objetivos que eu queria conquistar...* etc... etc... *não é amor, são negócios...* etc... etc...

— Eu não acredito nisso — Victoria sussurrou, perdida. — Como ela pôde fazer uma coisa dessas?

Dei de ombros.

— Ela fez e não se arrepende. E ainda quer me manter porque, você sabe, plano B, caso dê alguma coisa errada com o empresário. Pessoas assim, Vick, que usam os outros de escada, existem. Eu passei por isso e, depois do que vivi, decidi que... talvez não fosse interessante me relacionar. Talvez, eu devesse ficar sozinho mesmo, sem criar expectativas e sentimentos. Então... — Acabei rindo e toquei seu rosto, acariciando sua bochecha com o polegar. — Você não precisa achar que estou te usando como uma escada de sedução para reconquistar a Carlie. Eu jamais faria isso com outra pessoa.

Victoria abriu um sorriso de lado.

— O que nós fizemos foi um acordo. E, de certa forma, você está me usando sim, mas não como uma escada, tá me usando mais pra um livramento mesmo.

Acabei rindo da sua sinceridade, e continuei a acariciar seu rosto, tão pequeno em contraste com a minha mão.

— Victoria...

— Eu sinto muito, Alejandro. — Ela fechou os olhos, me tirando do universo azul de suas íris. — Sinto por ter aparecido na sua vida achando que você era tão errado. Por eu ter atacado você, sem saber sua história. Eu... perdi a cabeça.

— Você sentiu ciúmes.

— Não sei o que senti. — Ela semicerrou os olhos.

Sorri maliciosamente e abaixei a mão. Victoria a buscou, entrelaçando nossos dedos.

— Meu Deus, Alejandro.

— O quê?

— Você é tipo eu na vida, mas em uma versão que passou por mais coisa. Eu nem sei como reagiria se estivesse no seu lugar, precisando lidar com uma ex que fez tudo isso.

— Não machuca mais, *Cariño*. Eu só quero paz mesmo.

— Vou te ajudar no que puder, mas, talvez, você devesse denunciá-la por assédio, caso vá longe demais.

Sorri.

— Você está falando como uma advogada.

— Aprendi com o melhor.

Ficamos em silêncio por um tempo, até eu decidir falar o que estava queimando sob a minha pele.

— Victoria... se você não quiser continuar com isso, ainda mais pelo que aconteceu na noite do casamento, eu vou entender.

— Não... o que aconteceu foi só um reflexo. Eu não pararia de te ajudar por...

— Por?

Vick piscou rapidinho.

— Por perdermos a cabeça um pouco.

A gente fez mais do que só perder a cabeça. Eu ia dizer alguma coisa, mas optei por ir na zona mais segura.

— Tudo bem, então.

Ela sorriu.

— Ok.

— Vamos aproveitar o dia?

Vick assentiu.

Pedi a conta e Victoria me encarou com certa curiosidade, a cabeça inclinada para o lado.

— Por que está me olhando assim? — indaguei.

— Porque não entendo como Carlie... fez tudo isso. Desculpa, mas é tão irreal. Você é perfeito, Alejandro.

Meu estômago deu um nó.

— Perfeito? — sussurrei. — Me dê mais uns dias que você vai encontrar bastante defeito.

Ela riu.

— Nada mais justo, já que você conhece a pior característica minha.

— Ser ciumenta e briguenta?

— Duas, Alejandro?

— São diretamente relacionadas.

— Eu não senti ciúmes.

— Continue negando — murmurei.

— Aquela coisa de ser inocente até que se prove o contrário...

Deixei uma risada gostosa escapar.

— É, alguma coisa assim.

Capítulo 20

"Eu estou com ciúmes do jeans que você está vestindo
E o jeito que eles estão te segurando tão apertado
Eu estou com ciúmes da lua que continua te olhando."
Dan + Shay - All To Myself

Victoria

Aceitei a água de coco de um dos funcionários do resort e recostei-me confortavelmente na sombra. Não estava querendo me bronzear. Só tomar um ar fresco já seria tão bom e, quem sabe, eu poderia esquecer o segundo momento mais vergonhoso da minha vida: senti ciúmes do Alejandro.

— Oi, *Cariño*. — A voz com sotaque espanhol, arrastada, rouca e sexy inebriou os meus sentidos. — Achei que você tinha subido para o quarto para colocar um biquíni e não só trocar de roupa. Não vai tomar sol?

Abaixei os óculos escuros e, ouvindo o coração nos tímpanos, prendi os lábios em uma linha fina. Materializado na minha frente estava o homem que, em pouco tempo, me fez sentir coisas que valeriam por uma vida inteira.

Raiva, mágoa, tesão, vergonha, encantamento, ciúmes e atração.

O que mais Alejandro tiraria do baú dos meus sentimentos que eu nem sabia ser mais capaz de experimentar?

— Acho que é melhor não me bronzear.

Alejandro sentou na espreguiçadeira ao lado da minha.

— Que pena. — Desceu os olhos por meu corpo. Alejandro abriu um sorriso e foi no que consegui focar, porque ele estava com óculos estilo aviador.

Ele ficava lindo de qualquer maneira.

E parecia aqueles modelos internacionais do Instagram que você sabe que nunca vai ter a chance de encontrar na vida real. Prendi a respiração quando me dei conta de que Alejandro estava quase sem roupa. Se bem que não dava para reclamar... Eu me senti superforte, do tipo heroína da Marvel, quando consegui desviar o olhar. Ainda assim, pela visão periférica, eu soube que ele estava com uma sunga estilo boxer.

Branca.

O diabo não veste nada.

— Vou ficar bem no meu vestidinho.

— Antes de eu vir aqui, já dei um mergulho. Você tá perdendo de entrar, mais uma vez, numa piscina comigo, *Cariño*.

Olhei para ele. Os cabelos negros estavam brilhando pela água da piscina, o sorriso estava em sua boca mais uma vez e seu corpo completamente molhado cheirava a sol e água de piscina, misturado ao fundo com seu perfume. A sunga encharcada era um atestado de insanidade mental. Aquele homem não tinha noção? Não, talvez ele tivesse, talvez ele soubesse exatamente o que fazia e por isso fazia.

— Não é aconselhável, né? — joguei.

— Depende.

— Você torna tudo tão difícil, Alejandro.

Ele soltou uma risada.

— Eu? Você *acaba* comigo e sou eu quem torno as coisas difíceis?

— A discussão de hoje cedo...

— Não estou falando disso — garantiu.

— Do que você tá falando?

Alejandro tirou os óculos, colocando-os em cima dos seus cabelos negros. Os olhos cor de mel se estreitaram para mim.

Engoli em seco.

De repente, não estávamos mais sozinhos. Antes que ele pudesse responder, Elisa se sentou ao meu lado e Diego o puxou para irem até a piscina. Elisa era exatamente quem eu queria ver. Havia algo que eu queria dar para ela.

— Oi, querida — Elisa me cumprimentou.

Alejandro se jogou na água com Diego e, logo em seguida, submergiu. Esteban, Rhuan e Andrés já estavam na piscina. Aqueles homens molhados mereciam virar capa de revista. Voltei a atenção para a nova senhora De La Veja e sorri.

— Oi! Na verdade, eu queria muito te ver. Pensei que fui ao seu casamento de mãos vazias e...

Elisa arregalou os olhos e segurou em meu braço para me interromper.

— Mas, Vick, não precisava ter comprado nada. Eu jamais pensei em cobrar...

— Shhhh — sussurrei, ainda sorrindo. — Eu pensei em uma coisa que você poderá aproveitar com seu marido.

Elisa ficou curiosa enquanto eu pegava, ao meu lado, uma peça em especial e dourada: um cartãozinho que levava à área presidencial. Diego e Elisa poderiam fugir uma noite e curtir o início do casamento. Assim que o vi quando subi na suíte para me trocar, pensei nos dois.

Peguei o cartão e entreguei em suas mãos.

— Existe uma área presidencial...

Expliquei para Elisa o que existia ali, onde era e o motivo de eu ter ganhado o acesso. E disse que ela poderia aproveitar com Diego. Elisa abriu um sorriso enorme, a surpresa fazendo seus olhos brilharem.

— Vick, nossa! Isso é tão lindo da sua parte. Muito obrigada por pensar em nós. Tem certeza de que não vai usar a suíte?

Balancei a cabeça, negando.

— Aproveitem, por favor.

Ela me envolveu em um abraço carinhoso e me deu um beijinho no rosto. Fiquei feliz em estar ali com ela, em ver o quanto algo tão simples pôde iluminar seu dia. Depois de um tempo, ficamos conversando, e entramos em um assunto sobre as rotinas fora desse paraíso.

— Estou arrumando algumas coisas em Nova York, como o novo lugar que eu e Diego vamos morar. Estou fazendo tudo à distância e vou ter que continuar fazendo porque, depois daqui, vamos para a lua de mel.

— Muitas coisas para fazer?

Ela deu de ombros.

— Só burocracia, na verdade. Além de verificar a nossa nova casa. Diego quer vender o apartamento de solteiro dele. É em Midtown Manhattan e está por um preço tão legal. Deve vender em um piscar de olhos. Ainda assim, você sabe, é um trabalho...

Isso acendeu uma luz no meu cérebro.

— Vocês vão vender o apartamento do Diego em Manhattan?

— Sim. — Elisa sorriu. — Por quê? Conhece alguém interessado?

— Sim! — Ri. — Eu. Estou procurando faz um mês e não consigo encontrar. Eu queria algo luxuoso e com classe, mas que coubesse no meu orçamento.

— Ah, mentira! — Elisa arregalou os olhos. — Nossa, Vick, que notícia boa. Nem cheguei a colocar as fotos profissionais na internet, mas tenho todas aqui. Você quer ver? É no trigésimo andar, um escândalo.

Até esqueci que Alejandro estava de sunga branca a poucos metros, porque as fotos do apartamento me deixaram apaixonada. O lugar era amplo, sem divisórias entre os cômodos. A decoração, os móveis, tudo me agradava. As paredes eram quase todas de vidro, e havia uma varanda imensa, com uma vista ainda mais impressionante. Três quartos, sendo uma suíte, espaço para sala de estar, jantar... tinha tudo que eu queria.

— Quanto?

Elisa disse um valor dentro do meu orçamento e eu quase pulei na espreguiçadeira, emocionada.

— É um por andar?

— Não. Dois. Mas a vizinha da frente é um amorzinho. Você vai adorá-la.

Meu coração apertou em ansiedade.

— Ah, Elisa... posso pegar o endereço para pedir à minha assistente para visitá-lo?

— Posso fazer melhor ainda. Me passa o contato da sua assistente que eu imediatamente conecto ela com o rapaz que cuida das coisas do Diego. Ele está com a chave, e você não vai ter que me esperar voltar da lua de mel.

— Jesus, se me desse uma caneta, eu assinava agora.

— Dizem que a vida não inventa coincidências, tudo tem um porquê. Que bom que a família De La Vega te achou. — Abriu um sorriso largo e doce.

Segurei em sua mão.

— Você acaba de salvar a minha vida. Nunca serei grata o bastante.

— Ah, para com isso.

— É verdade.

— Acho que somos as pessoas certas no lugar certo — Elisa concluiu.

Passei o contato para Elisa, e a minha assistente, Bianca, muito maravilhosa, respondeu no mesmo minuto, pelo WhatsApp. Ela disse que no dia seguinte já verificaria para mim.

Um tempo depois, escutei as risadas masculinas e os palavrões em espanhol na piscina. Eu e Elisa nos dispersarmos por uns minutos, admirando os De La Vega, até ela puxar assunto de novo.

— Sabe, Vick, eu estava para te dizer uma coisa e sempre esqueço. É sobre você e Hugo.

— Ah, é?

Aline Sant'Ana

— É sobre o namoro falso — cantarolou, enquanto eu inspirava fundo. — Estava conversando com Diego. Vocês estão no mesmo andar e a idiota da Carlie também. Não acha que ela pode pegá-los na mentira?

— Como assim?

— Você vai toda noite para um quarto, e ele, para o outro... o resort pode separar a cama de casal do quarto do Hugo. E aí vocês dividiram o quarto e não levantaria suspeitas.

Eu em um quarto, sozinha, fechada entre quatro paredes com Alejandro?

— Não sei se é uma boa ideia.

— É só para a história ficar mais crível. Conversa com ele, tenho certeza de que vão chegar à mesma conclusão que eu.

— Faz muito sentido, mas...

— Mas o quê? — Elisa instigou.

— É uma ótima ideia — desconversei.

Alejandro empurrou Diego, e eles começaram a rir de alguma piada particular dentro da piscina. Como se soubesse que estava sendo observado, seu olhar encontrou o meu, e ele passou a mão no cabelo molhado, jogando-o para trás do rosto. Em seguida, abriu um sorriso que derreteria qualquer calcinha.

Vamos aproveitar o dia, ele disse.

Suspirei e sorri de volta.

Aline Sant`Ana

Capítulo 21

"Quando estou com você
Eu me sinto zonzo e amarrado
Eu estou vindo de uma fase diferente
Quando estou com você."
Zayn - Drunk

Alejandro

— Então é isso, *hermano*? — Diego secou os cabelos com a toalha. — Sexo sem compromisso uma só vez e acabou?

— O que eu poderia fazer com Victoria no pouco tempo que nos resta? Pedir que ela se case comigo?

— Não, mas você poderia fazer diferente. Dizer que, depois daqui, quer manter contato e que ia ser bom vê-la. Que poderiam marcar um jantar e iniciar alguma coisa. Em Nova York.

— Ou seja, sexo sem compromisso. — Ergui uma sobrancelha. — Eu ia propor a mesma coisa só que não aqui?

— Duraria mais vezes. Não é o ponto?

Diego sentou na borda da piscina, com os pés na água, e observou Elisa à distância conversar com Victoria. As duas estavam rindo de alguma coisa. Levei uma mão à nuca, coçando disperso um ponto ali.

— Não? — soltei.

— Hum, não tô vendo certeza nas suas palavras. Sabe o que eu acho? Isso tudo é mais do que atração desenfreada, *hermano*.

Meu estômago deu um loop, e eu não respondi.

Diego acrescentou:

— De qualquer forma, só o tempo vai dizer.

Ficamos na piscina até nossos primos se dispersarem por encontrarem mulheres bonitas o bastante para ocupar seu dia. As famílias desceram na hora do almoço para nos reunirmos, e eu e Victoria tivemos que fingir que estávamos juntos, que a atração existia — o que era verdade — e não foi difícil. Fomos para a praia antes do anoitecer, e o dia foi bem tranquilo com todos, mas pude perceber que havia alguma coisa inquieta em Victoria, como se ela tivesse algo a dizer. Carlie apareceu brevemente com o marido na hora do jantar, e Victoria finalmente conheceu o tal cara. Ela nem comentou a respeito, o que me fez pensar que a conversa que tivemos foi efetiva. Fui sincero em cada palavra.

Já no corredor do nosso andar, finalmente sozinhos, já tarde da noite, segurei o braço de Victoria, querendo saber o que estava pegando. Seus olhos azuis pareciam perdidos com uma emoção diferente, como se ela estivesse... sentindo alguma coisa.

— O que houve? — indaguei baixinho.

— Elisa me disse algo hoje que ficou martelando na minha cabeça. Acho que ela tem razão, e não quero que ela tenha.

Meu estômago ficou gelado.

— O que ela disse?

— Estamos no mesmo andar que a sua ex — sussurrou, como se Carlie pudesse nos ouvir. — Ela pode aparecer aqui a qualquer momento e se deparar comigo entrando em um quarto e você, no outro. Não acha que é estranho?

Entreabri os lábios, pensando na possibilidade de passar a noite abraçado com essa mulher. E, por mais que o tesão por ela gritasse nos meus ouvidos, a primeira ideia não foi de tirar sua roupa e tomá-la em meus braços. Foi simplesmente... dormir com ela. Inspirando o perfume dos seus cabelos, vendo como a gente se encaixaria se essa fosse a nossa realidade... Viajei por um longo tempo, e Victoria ficou me esperando, me encarando como se eu tivesse, de repente, me tornado uma ameba.

Porra.

— É estranho. Quer vir para o meu quarto?

— Podemos separar a cama — Vick murmurou. — Assim, tipo, eu fico em uma de solteiro e você, na outra.

Engoli em seco.

— Não.

— O quê?

— Se vier para o meu quarto, vai ser abraçada por mim e, provavelmente, vai acordar com um café da manhã na cama. Eu não vou te morder, *Cariño*. — Sorri de lado.

— Dado o nosso histórico, acha que é seguro? — Ela arregalou os olhos.

— Sou um homem que cumpre a palavra. Quando eu tiver outro tipo de intenção para uma noite com você, será a primeira a saber. Mas, *esta* noite, eu só vou te abraçar.

— Tudo bem. — Ela abriu um sorriso lindo.

Meu coração bateu forte.

— Vou te ajudar a passar as coisas para o meu quarto.

— São duas malas só.

— Vamos lá.

Fui até o quarto de Vick e percebi que ela não tinha desfeito as malas. Estavam até fechadas, acho que era o costume de viajar tanto.

Seu quarto era exatamente como o meu. Uma cama king bem no meio. Do lado direito, uma espécie de sala de estar, com o sofá ao lado da porta de entrada, mesa de centro, televisão de tela plana imensa na parede. Do lado esquerdo, uma sala de jantar para dois. Atrás dela, o pequeno corredor que levava ao luxuoso banheiro.

Carreguei as malas de Vick e, como dois fugitivos da polícia, olhamos o corredor para ver se alguém passava.

— Tá limpo — Vick sussurrou.

Eu não aguentei.

Soltei uma gargalhada alta, e Victoria me xingou de uns três nomes horríveis antes de conseguir passar a chave de acesso do meu quarto pela porta. Assim que entramos, ela deu um tapa no meu braço.

— Se Carlie estivesse passando...

— É que você fica linda tentando fazer coisa errada. É visível. Em suas bochechas, nos seus olhos arregalados.

— Ah, para! — Ela acabou rindo também e deu uma olhada no meu quarto. — É igual ao meu.

— É.

Ela passeou e algo sobre a mesa a fez parar. Era o exame de sangue para doenças sexualmente transmissíveis, que imprimi no resort. Negativo. E aberto. Não propositalmente, mas Victoria leu; eu vi seus olhos percorrendo o papel. Ela ergueu o rosto, apenas para me encarar. Nada precisou ser dito. Vick sabia que eu estava bem, que a noite bêbada tinha me feito ter dúvidas. A conversa implícita aconteceu no silêncio daquele quarto e Victoria assentiu, como se garantisse que me preocupar com minha saúde não era nada além do correto. Pigarreou e caminhou até o banheiro. Depois, voltou para mim, com um sorriso no rosto.

— Eu vou tomar um banho e aí podemos dormir.

Ela estaria nua. A poucos passos de mim. E molhada.

— Também preciso de um banho. — Minha voz saiu rouca.

Victoria arregalou os olhos, as bochechas corando forte.

Ri.

— Porra, não estou me convidando para ir com você. É só... vai primeiro. Depois, eu vou.

— Ah, nossa... — Ela exalou, rindo de si mesma. — Por um segundo, pensei...

— Relaxa.

— Eu vou, hum, lá então...

— Certo.

Victoria abriu a mala e tirou algumas coisas bem rápido. Só soube que ela entrou no banheiro quando escutei a porta se fechando e o chuveiro ligado. Eu lhe dera privacidade e assisti TV enquanto ela pegava calcinha e essas coisas. É chato ter alguém olhando. Tentei ignorar os pensamentos de que Victoria estava nua, usando sabonete em suas curvas... Game Of Thrones, que passava na HBO, não foi capaz de me entreter. Respirei fundo quando a porta do banheiro abriu. Victoria apareceu, usando uma camisola rosa.

De seda. Sem sutiã. Secando os cabelos molhados com uma toalha.

Lembrei da promessa que fiz a ela.

Eu simplesmente tinha que falar a verdade... que queria Victoria. Embaixo. Em cima. De quatro. Do avesso. Que precisávamos calar essa atração com sexo, que era necessário para seguirmos nossas vidas e que, depois de tudo, a gente nem se lembraria disso.

Né?

Inspirei fundo, confuso com meus sentimentos.

— Você vai lá? — perguntou, alheia aos meus pensamentos.

— Aham. — Fiz uma pausa, me dando conta de uma coisa. — Merda, Vick. Eu geralmente durmo pelado... não tenho pijama.

Ela abriu a boca uma seis vezes, sem saber o que dizer. Em seu rosto, vi todo o desejo que queria esconder.

— Mas, hum... eu vou colocar uma bermuda e uma cueca.

— Se você quiser, a gente divide a cama e...

— Não. Eu quero mesmo dormir com você. Abraçar você.

Ela abriu um sorriso e ficamos em silêncio por tempo demais. Era como se não quiséssemos quebrar o que estava acontecendo ali. Talvez, como se não tivéssemos forças para fazermos diferente. Observei Victoria, a camisola rosa, os cabelos molhados, os olhos muito azuis.

Por que você tinha que ser tão linda?

— Vou pegar minhas coisas — finalmente quebrei o silêncio.

— Tudo bem.

Peguei uma bermuda de praia branca e uma boxer confortável da mesma cor. Entrei no chuveiro com o corpo aceso por ela, sem conseguir me conter. Não pude acreditar em mim mesmo quando minha mão foi para o meu pau, para frente e para trás, me fazendo colar a testa no azulejo e simplesmente sentir a vibe. Imagens de Victoria nua preencheram meu cérebro, a camisola dela sendo arrancada, seu corpo receptivo ao meu.

Longos minutos depois, gozei na minha mão, quase me xingando por ser tão filho da mãe. Tentei me confortar de que eu dormiria ao lado de Victoria e que não seria interessante ela lidar com meu corpo aceso desse jeito. Mas... o desejo por ela precisava ser vivido. Eu nunca teria paz se, ao menos, não tentasse.

Não hoje.

Limpo, vestido e com o coração pesado por algum motivo que não sabia nomear, encontrei Victoria deitada na cama, assistindo Game Of Thrones. Inspirei fundo quando a encontrei passando uma espécie de creme nos braços, o perfume de jasmim dominando cada canto do quarto. Ela deu um sorriso para mim quando deitei ao seu lado.

— Quer um pouco de creme? — Vick questionou, pegando uma gota dele e colocando na ponta do meu nariz.

Foi natural, cara.

O que rolou depois disso foi simplesmente...

Eu a puxei para debaixo de mim, e comecei a fazer cócegas em sua cintura.

— Você caiu no vale das cócegas — sussurrei contra seus cabelos.

Victoria deixou o creme cair no chão, gargalhando alto e se contorcendo toda embaixo de mim, enquanto meus dedos freneticamente dançavam por sua camisola.

— Me solta, seu vigarista!

Meus dedos pararam e eu comecei a gargalhar.

— Que porra de xingamento é esse?

Ela riu quando voltei a fazer cócegas, subindo em suas costelas, fazendo-a tremer embaixo de mim. A gota do creme que ela passou no meu nariz caiu na sua testa, e quem começou a rir fui eu.

Ela pediu para eu parar.

Lágrimas saltaram dos seus olhos, e ela ficou vermelha. Foi o momento de eu simplesmente reduzir as cócegas até não haver mais nada. Saí de cima dela, Victoria arfando, a camisola no meio dos seus quadris, mostrando uma parte da calcinha branca e rendada. Meu corpo deveria responder àquilo, só que... não aconteceu.

Não por Victoria não ser sexy pra caralho. Ela era. Mas não aconteceu porque ela estava confortável demais ao meu lado para se importar que sua calcinha aparecia e a faria passar vergonha.

Isso era importante.

— Você está bem? — Tirei os cabelos do seu rosto e Victoria abriu um sorriso, ainda ofegante.

— Você vai me pagar por isso.

— Vou, é?

— Vai sim.

Puxei-a naturalmente para os meus braços, e Victoria deitou a cabeça no meu peito, provavelmente ouvindo as batidas insanas do meu coração. Fiz carinho em suas costas e nos cobri quando o vento lá fora começou a ficar mais fresco. Uma hora mais tarde, no meio da maratona de Game Of Thrones, Victoria começou a ressonar baixinho.

Do lado da cama, ainda com ela deitada em mim, encontrei o botão que apagava todas as luzes. Desliguei a TV e me ajeitei para dormir.

Victoria, como se já dormisse dessa forma comigo há uma vida, virou de lado, puxando-me para envolvê-la. Inspirei em seus cabelos, que cheiravam a rosas, e seu ombro, a jasmim. Acabei sorrindo no breu do quarto. Havia descoberto o perfume secreto de Victoria Foster. Creme e shampoo.

Apertei-a mais forte e Victoria se aconchegou. Enrosquei minha perna direita entre as suas e, antes que pudesse ter mais um pensamento, caí em um sono confortável, sem preocupação alguma, como se tivesse a vida inteira para viver com aquela mulher em meus braços.

Capítulo 22

"Abaixo dos faróis e da lua
Tudo o que causamos um ao outro
Eu descobri como amar com você."
JP Cooper - Beneath The Streetlights And The Moon

Victoria

Senti alguma coisa quente e macia subir no meu ombro, e gostei da sensação. Era quente, suave e áspera ao mesmo tempo. Mãos fortes apertaram meu braço e minha cintura, e soltei o ar quando uma voz rouca e familiar disse no meu ouvido:

— Bom dia, *Cariño*.

Despertei, reconhecendo que a coisa áspera era a barba de Alejandro no meu pescoço e a parte macia e quente era o beijo suave que ele me deu naquele ponto. Arrepios subiram na minha pele.

— Bom dia, *mi vida* — sussurrei, um pouco sonolenta.

Alejandro soltou um suspiro quente e mentolado na minha bochecha. Uma gota caiu em alguma parte do meu rosto e virei de costas no colchão para olhá-lo. Só então me dei conta de que tínhamos dormido a noite inteira abraçados, sem que eu movesse um músculo. Eu consegui dormir tão profundamente... como não fazia há um bom tempo.

Alejandro já tinha tomado banho, escovado os dentes e estava desperto. Pisquei lentamente, absorvendo seu rosto na fraca luz. Ele tinha fechado as cortinas para não acordarmos com claridade nos olhos e, além da sua colônia e perfume inebriante, havia um cheiro convidativo de bacon, ovos e torradas pelo quarto. Seus olhos estavam divertidos, dançando por meu rosto, como se vissem algo que gostava ali.

— São oito da manhã e é bem cedo, mas recebi uma notificação no celular de que hoje é o dia de um passeio com Diego e Elisa. É algo que eles programaram quando vieram para cá, e quero saber se o seu dia está livre.

Essa era o nosso penúltimo dia no resort, pensei, me sentindo um pouco amarga por lembrar disso tão cedo.

Assenti, e abri um sorriso.

— Ótimo. — Me deu um beijo na pontinha do nariz e se levantou.

— Eu só vou no banheiro e já volto.

— Fica à vontade.

Quando saí do banheiro, vi que Alejandro abrira as cortinas e preparara o café da manhã literalmente na cama para nós. As bandejas sobre o colchão tinham ovos mexidos, bacon, torradas, frutas frescas, café quentinho e suco de laranja. Eu pisquei e instintivamente levei a mão ao coração.

Porque ele deu um estalo.

Foi quase como se uma constatação absurda e imprudente domasse todo o meu corpo, calando a razão completamente, me deixando tonta. Prendi a respiração, irritada comigo mesma. Eu tentei tanto afastá-lo...

Acho que estou me apaixonando de verdade por você, Alejandro.

— Você realmente disse que ia fazer isso tudo — sussurrei, os joelhos trêmulos quando sentei na cama.

Ele riu, alheio ao que meu coração cantava.

— Eu disse.

O que eu vou fazer?

— Dormiu bem? — perguntou, enfiando o bacon na boca.

— Hum?

— Você dormiu bem? — repetiu, sorrindo.

— Fazia tempo que eu... não... relaxava tanto dormindo. — Prendi a respiração. — Foi ótimo, de verdade, dormir abraçada com você.

— É. — Alejandro desviou a atenção para os meus lábios. — Foi maravilhoso, *Cariño*.

A emoção e a razão colidiram de frente, como um acidente de carro em trajetória linear.

Booom.

Estou mesmo apaixonada por você.

E não posso te ter.

Percebi, naquele segundo com Alejandro, que, mesmo viajando pelo mundo e aproveitando todos os tipos de lugares possíveis, eu não me lembrava da última vez que tinha dormido abraçada com alguém. Fazia mais tempo do que a última vez que fiz sexo. E isso, assim, do nada, se tornou mais importante do que o próprio contato físico.

Também não recordava da última vez que simplesmente parei a minha rotina por qualquer pessoa. Por exemplo, para tomar um café da manhã. Sentar na cama ou em qualquer lugar e deixar o tempo passar despreocupadamente enquanto apreciava a comida.

Há quantos anos eu não desacelerava?

A vida me impedia de caminhar; ela me fazia correr. Sempre. Correndo e correndo em busca de mais sucesso, de mais clientes, em busca da felicidade de outras pessoas. Ainda que momentaneamente, por planejar suas viagens dos sonhos, mas, ainda assim, a felicidade e os sonhos de outros e... os meus sonhos? E os meus passos calmos? E o lance de aproveitar a estrada, e não o destino?

Eu estava correndo tanto para quê? Por quem? Por mim, certamente, não era.

Pisquei, não compreendendo a razão da minha emoção, enquanto observava Alejandro. Seus olhos estavam em mim e o sorriso fácil que ele sempre me oferecia, sumiu. Era como se lesse o que se passava comigo, embora nem eu tenha percebido o que estava me sufocando, de fato, até as palavras saírem da minha boca.

— Eu vou passar os próximos oito meses viajando. — Engoli o morango em seco, e senti meus olhos arderem. Abandonei a metade da fruta mordida sobre a bandeja, já satisfeita com os ovos e o bacon, mas, também, pela perda repentina do apetite.

Alejandro não soube me responder de imediato. Ele abriu os lábios, e piscou umas vezes mais, até suspirar fundo e desviar o olhar do meu.

— Sério? — A voz dele se tornou rouca e incerta. Ele pegou mais café e se concentrou em colocá-lo na xícara. — Hum... por oito meses direto?

— Com poucas paradas em Nova York, mas, sim... direto. É época de alta temporada no que diz respeito às viagens do próximo ano. Estou sempre um ano adiantada e...

Correndo.

— Grécia, Bolívia, Jordânia, Peru, Itália, Inglaterra, Brasil e, por fim, o país dos românticos: França. — Ri, amarga. — Essas são as viagens dos meus oito clientes mais importantes. Uma média de três semanas em cada lugar. Uma semana entre organizar o meu passaporte e viajar para testar o resort ou hotel ideal e deixar tudo pronto para eles ano que vem. Em alguns meses não conseguirei voltar para os Estados Unidos e vou direto. Por exemplo, vou unir a viagem do Peru com o Brasil e a Bolívia. Por serem, você sabe, geograficamente mais próximos. Inglaterra e França também dá para unir.

Alejandro ficou em silêncio, e o esperei dizer algo, qualquer coisa, mas não saiu uma palavra. Ele se levantou, tirou as bandejas de cima da cama e sentou perto de mim.

— Isso quer dizer que o nosso passeio de moto quando voltarmos para Nova York...

Vamos continuar como amigos e namorados de mentira?, quase perguntei, respirando fundo para não deixar a emoção vir.

Depois daqui, mesmo eu ficando por oito meses distante, nós vamos continuar com isso? Especialmente fingindo que, para mim, essa mentira não se tornou verdade?

— Vou ficar uma semana em Nova York. Então, sim, nós podemos nos ver... nessa semana.

— E depois?

Encarei as íris cor de mel e balancei a cabeça, negando, tentando fazê-lo entender como era a minha profissão, tentando colocar a razão antes que eu soltasse: você também está apaixonado por mim?

— Brasil, Peru e Bolívia.

— Três meses... ausente, certo?

— É.

— E sempre haverá uma nova viagem?

— Sim.

— Entendo, *Cariño.* — Alejandro se levantou e, surpreendentemente, colocou um sorriso no rosto. Foi um choque para mim. É sério que estava tudo bem para ele? Ah, claro, Alejandro não tinha se apaixonado. Para ele, estarmos juntos ainda era uma mentira.

Nos tornamos... amigos.

No que eu estava pensando?

Já imaginando que o nosso relacionamento ia ser complicado, sem nem saber o que ele sentia? Supondo que o convite para me levar para passear de moto era o começo de alguma coisa?

Porque eu pensei que a insistência para me ver fora daqui...

— Vamos aproveitar o tempo que nos resta. Ou seja, pouco menos de quarenta e oito horas — disse, virando de costas para mim e ajeitando uma série de coisas.

Tomei um tempo absorvendo o que ele falou, tentando trazer o meu lado mais racional à superfície.

Aproveitar o tempo que nos restava era melhor do que me arrepender por jamais tê-lo vivido.

Com o coração partido, mas querendo ignorá-lo, levantei em um pulo e abracei

Alejandro por trás, envolvendo sua cintura e deitando a cabeça um pouco acima do meio de suas costas. Inspirei seu perfume, tentando guardar em algum lugar do meu cérebro para jamais esquecer.

48 horas.

Certo.

Levou um tempo, mas suas mãos envolveram as minhas. Alejandro me apertou naquele abraço e respirou fundo.

— Vou tomar banho — avisei-o. — E para onde é esse passeio?

— Xcaret. Um parque temático ecológico. É bem diferente. Leva uma hora daqui de carro. Vamos eu e você em um, e Diego e Elisa no outro.

— No Porsche?

Alejandro riu, o que era exatamente o que eu queria, para deixar o clima mais leve.

— Vamos de Porsche, *Cariño*. E não esqueça de colocar um biquíni por baixo da roupa.

Aline Sant'Ana

Capítulo 23

"Eu quero te levar a lugares diferentes
Eu sei que o passeio é romântico
Mas eu posso te dar o que você quer."
Banks - Crowded Places

Alejandro

Durante toda a viagem até o parque Xcaret, tentei ignorar o que estava queimando o meu peito. Mágoa. Não fazia o menor sentido. Escondi muito bem de Victoria essa merda, e não entendia por que estava tão devastado.

Quer dizer, no que eu estava pensando quando tive a ideia de torná-la minha namorada de mentira? Achei que não ia misturar as coisas? Acreditei que era intocável? Eu soube que Victoria era atraente desde o segundo em que botei meus olhos nela. E conheci sua personalidade nos dias subsequentes. Ela é linda, divertida, doce, sexy, dedicada...

E agora, eu não poderia tê-la.

Nem de mentira.

Nem de verdade.

Porque Vick deixou bem claro que não havia espaço em sua vida para nada, nem ninguém.

Oito meses, porra.

Isso era tempo demais, mas quem poderia culpá-la? Fora que era um looping. Acabava um ano, começava o outro.

— Qual passeio vocês querem fazer primeiro? — Elisa perguntou, empolgada.

Olhei para Victoria, e ela parecia totalmente alheia aos meus pensamentos, enquanto caminhávamos com Diego e Elisa, já na entrada do imenso parque. Os três engataram em uma conversa, e eu simplesmente não ouvi, porque sentia que não tinha conversado com Victoria direito, e queria entender por que eu estava tão decepcionado com o fim disso tudo, sendo que eu...

Sabia que ia chegar ao fim.

Quais foram as expectativas que eu criei e nem sei?

— Está tudo bem por você, *hermano*? — Diego indagou.

— Aham — respondi, seja lá o que ele estivesse perguntado.

Diego caminhou com Elisa na frente, e entramos em um local com chão cimentado e céu aberto. Pavilhão das Borboletas, li, conforme íamos em direção ao caminho estreito.

Dios, eu tinha que tentar cumprir o que falei para Victoria. Aproveitar as quarenta e oito horas, o momento que teríamos. E aquilo não era uma despedida. Ainda a veria, certo? Tínhamos o passeio de moto, em Nova York.

Victoria não ia embora para sempre.

Eu só não a veria todos os dias.

— Olha, Alejandro... — Victoria me chamou, sussurrando, enquanto esticava ao máximo seu braço, com cuidado.

Uma linda borboleta vermelha e preta pousou sobre Vick. Grande, as asas bem abertas, fechando e abrindo delicadamente. Ela encarou a borboleta, perplexa, e eu automaticamente puxei o celular do bolso, para tirar uma foto sem flash. Bati no exato momento em que Victoria abria um sorriso. Envolvida pela floresta, árvores por todo lado, um habitat natural exclusivamente dedicado às borboletas.

A foto ficou linda.

Ela voou e Victoria riu.

— Quer ver? — perguntei, encarando Vick.

Suas bochechas estavam vermelhas, o cabelo preso em um rabo de cavalo, os olhos azuis casando com o céu de poucas nuvens.

Ela se aproximou de mim, e mostrei a foto. Enquanto estava parado ao lado de Victoria, uma borboleta azul pousou na minha mão. Tão grande quanto a que pousou em Victoria; era como se elas estivessem acostumadas a se relacionar com os turistas. O que era bonito e, cara, diferente. Parecia que estávamos em um bosque das fadas.

— Não se mexa — avisou. — Eu vou pegar o seu celular e tirar a foto.

Victoria tirou delicadamente o celular da minha mão, e a borboleta azul mal se mexeu quando dobrei o braço e o coloquei bem perto de mim. Vick mudou o sentido da câmera para uma selfie, e me vi com a borboleta entre meu indicador e o polegar, na altura do peito, com Victoria ao meu lado, segurando a câmera, e envolvi seu ombro com meu braço livre.

Por um segundo, só curti as nossas diferenças pela imagem do celular. Meu cabelo preto e o dela castanho. Seus olhos tão claros e os meus cor de mel. Sua pele branquíssima em contraste ao bronzeado natural da minha. E a borboleta ali, como se fizesse pose.

Aline Sant'Ana

Sorri, me esquecendo da frustração de não poder ver Victoria todos os dias.

Admirei a borboleta e, depois, Victoria.

E entendi.

Assim como as borboletas, pensei, eu tinha que deixar Victoria vir até mim, quando quisesse, dentro da sua liberdade. Eu só precisava estar ali para quando ela quisesse pousar em meus braços.

Virei o rosto para Vick, enquanto ela ainda segurava o celular, e me abaixei lentamente até nossos narizes se tocarem. A borboleta voou para o meu ombro, entre Victoria e mim, não querendo nos deixar. Victoria inspirou fundo, as pálpebras se fecharam e seus lábios vieram de encontro aos meus, do jeitinho que eu queria que ela fizesse. Levei sorrateiramente o meu dedo para a câmera e sorri contra sua boca quando pressionei o botão, para termos uma foto desse momento.

A borboleta voou, como se tivesse cumprido sua missão.

Os olhos de Victoria se abriram suavemente.

Ela imediatamente olhou para a câmera, a foto do nosso beijo e a borboleta bem entre nós dois. Seus olhos azuis ficaram emocionados e eu puxei seu queixo para mim e beijei mais uma vez, suavemente, sua boca.

— Vamos, casal? — Elisa gritou, nos chamando à distância.

— É melhor nós irmos — sussurrei para Victoria.

Ela piscou, incerta por um segundo ou dois.

— Vamos — murmurou.

Logo depois das borboletas, fomos para o aviário, e araras pousaram em nossos ombros, para tirarmos fotos com elas. Eram amigáveis, livres, viviam em um ambiente aberto e, assim como as borboletas, tinham uma floresta só para elas. Vimos tucanos, e eu tirei fotos de Victoria e Elisa alimentando-os.

Horas mais tarde, já tínhamos almoçado, conhecido os aquários e passeado por toda a parte zoológica do parque. Acabamos indo para um rio subterrâneo, e eu e Diego quisemos aprontar com as meninas, virando o bote. Caímos todos juntos e rimos tanto delas, que devemos ter ganhado uma passagem direto para o inferno. Mas elas nos ferraram de volta, quando nos empurram de um tobogã altíssimo. Quando juntava nós quatro, era simplesmente a melhor coisa. Me sentia bem, em família mesmo, como se Victoria tivesse que participar do universo De La Vega. Quando o passeio estava acabando e já pensávamos em voltar ao resort, envolvi o braço em torno dela, e dei um beijo em sua testa. Nós tínhamos simplesmente esquecido do tempo e, quando me dei conta, já eram quatro horas da tarde.

— Caralho, meu celular ficou lotado de fotos. — Diego riu. — Dá pra fazer um álbum.

— Me passa, amor. Eu vou enviar tudo para Victoria também — Elisa disse.

— Você tem o telefone dela? — indaguei, curioso.

— Claro — as duas disseram juntas.

— E, então, Vick, você vai nos encontrar em Nova York? — Diego indagou, lançando um olhar para mim.

Ela nem hesitou.

— Sim, vai ser um prazer.

— Vick não sai mais da minha vida. — Elisa sorriu. — Não importa para onde você vá, querida. Sempre te receberei de braços abertos.

Elisa tirou Victoria de mim e começou a caminhar na frente. As duas conversavam, sorrindo. Diego se aproximou de mim e me cutucou com o braço.

— *Hermano.*

— Diga. — Encarei o rebolar de Victoria, imerso demais nela.

— Victoria nos deu um presente de casamento: um cartão de acesso à área presidencial do resort.

Victoria não havia me contado. Abri um sorriso. Era a cara dela pensar em Diego e Elisa curtindo aquele lugar.

— Foi bom o que ela fez, *hermano*, de verdade, e achei que poderia retribuir o favor. Descobri um lugar interessante aqui em Cancun, e pensei em vocês. Lá é lindo durante o dia. — Diego parou na minha frente e estendeu uma chave e um papel. — Aqui estão as coordenadas do lugar. É só colocar no GPS.

— É sério?

— Sim. Vá com Victoria. — Ele sorriu. — Leve-a lá e você vai entender o motivo de eu ter feito isso. É um hotel especial e romântico.

— O que está dizendo, *hermano*?

Diego apoiou a mão no meu ombro.

— Você é um dos caras mais fodas que conheço. Profissional, dedicado, coração bom. Eu me orgulho de ser seu irmão. E por isso mesmo digo: você merece ser feliz. O que o amor fez contigo não foi justo, mas talvez... — Ele direcionou o olhar para Victoria, para depois voltá-lo para mim. — Talvez você tenha uma segunda chance. E sei que é fodido porque Victoria viaja como louca, mas se uma coisa eu aprendi com Elisa foi que não devemos atrasar o inevitável. Levei bastante tempo para entender o que sentia por ela. Não cometa o mesmo erro que eu. E, se não for para ser, apenas aproveite o momento. Um dia de cada vez, Alejandro. Você e Victoria merecem isso.

Pisquei, surpreso por ele me chamar de Alejandro. Umedeci a boca e encarei a chave e as coordenadas.

— Tem certeza disso?

— Sim, *hermano*. — Arqueou as sobrancelhas. — E você, tem?

— Vocês vão ficar aí parados mesmo? — Elisa gritou lá da frente.

Meus olhos encontraram os de Victoria.

Ela sorriu para mim.

— Tenho — respondi.

Aline Sant'Ana

Capítulo 24

Vamos amar como se não houvesse um adeus
(Sem despedidas)
Só por esta noite."
Dua Lipa - No Goodbyes

Victoria

— Então, por que pegamos outra rota? — indaguei, e Alejandro sorriu, atento à estrada.

— Não estamos indo para o resort.

— Ah, é? — perguntei, curiosa.

— Uhum. — Os dedos dele ficaram mais firmes no volante.

— E você vai me dizer?

Alejandro estalou os lábios.

— Hum, não.

Eu ri.

— Tá bom, vou só confiar em você.

Ele abriu os vidros do carro, e o vento bateu forte devido à velocidade. Coloquei o braço para fora, fazendo ondas com a mão, curtindo a batida gostosa da música que estava tocando.

Estávamos no ápice da tarde, sem nem um sinal da noite chegando tão cedo. A estrada que Alejandro pegou era como subir uma serra, e eu conseguia ver o mar a certa distância. Quanto mais longe o carro ia, mais perto chegávamos da água. Dei uma olhadinha no GPS. Segundo o aplicativo, faltava meia hora para chegarmos ao destino.

— Então, amanhã é o nosso último dia — Alejandro falou sobre a música.

JP Cooper cantava *All This Love*, sua voz sensual embalando nós dois, e eu ignorando propositalmente a letra, já que falava sobre o fim de um relacionamento. Lancei um olhar para Alejandro, e percebi que estava concentrado na direção.

— É — sussurrei, o coração apertado. — Mas, assim, você pode postar as fotos que tiramos hoje... semana que vem. Me marcar e tudo, se quiser. Ah, melhor ainda! Hoje nós podemos trocar de roupa no resort e tirar várias fotos diferentes, para você ter um acervo de imagens nossas. Também vamos nos ver em Nova York. Mais fotos, e você pode usá-las para continuar afastando a Carlie, já que ela é tão... *atenta* às suas redes sociais.

Só de pensar naquela mulher procurando-o quando eu estivesse fora...

Francamente.

E só de mentir para Alejandro que eu não estava apaixonada por ele até o pescoço...

Deus.

Ele me deu uma olhadinha rápida, de canto de olho, e voltou a atenção para a direção.

— É uma forma de continuar a mentira, certo? — Seu Pomo de Adão subiu e desceu.

— Suponho que sim. Se você quiser... Ou até encontrar realmente alguém e começar a...

— *Cariño* — me interrompeu.

Ele me olhou.

— Eu não vou encontrar. — Sorriu daquele jeito irresistível que fazia seus olhos cor de mel sorrirem também.

— Oh, certo. Você diz isso agora — joguei, amarga. — Mas pode acontecer.

— Não.

Meu coração deu uma acelerada estúpida.

— Estamos perto — avisou, e o carro foi desacelerando até parar no acostamento.

— Por que parou?

Estávamos em um pico elevado da estrada, com o mar a muitos metros de nós, a água batendo nas rochas. Sozinhos, sem ninguém para nos ver. Alejandro destravou as portas e saiu do carro. Assim, de repente. Arregalei os olhos, observando-o pelo vidro da frente. Ele abriu os braços, o vento balançando sua camisa polo, deixando-o quase sem roupa, os cabelos negros uma verdadeira bagunça.

— Vem — gritou lá de fora.

Saí do carro, sem entender nada.

— O que você está fazendo?

Ele abaixou os braços, e suas pálpebras se fecharam.

— Você começou a falar da importância de as pessoas acreditarem na mentira que nós somos.

Aline Sant'Ana

— Eu não disse com essas palavras...

Seus olhos se abriram e focaram em mim. Parei de falar. Alejandro deu um sorriso de canto de boca, fazendo meu coração saltar.

— E eu já disse a você que não estava encenando quando te beijei no casamento. E te dei provas na piscina de que eu iria longe contigo, mas não porque tínhamos uma plateia.

— Certo, mas nós perdemos a cabeça, né? A gente tinha bebido e... a atração, claro, existe também, mas...

— Olhe esta vista, *Cariño* — me interrompeu.

Meu corpo parou de coordenar a respiração com os batimentos cardíacos, era como se tudo em mim corresse na mesma velocidade que o carro estava pouco antes de pararmos.

Fiz o que Alejandro me pediu e observei o cenário.

Era uma estrada e, além dela, só a natureza nos presenteava. Uma queda de muitos metros, com certeza. O mar lá embaixo batia com força nas rochas e não havia nada no horizonte além do oceano tocando o céu muito azul, poucas nuvens e um vento bem forte batendo em nós.

Imersa na paisagem, não vi quando Alejandro veio para trás de mim, mas senti suas mãos na minha cintura. Ele segurou com delicadeza minha regata, seus dedos espreitando embaixo do tecido, subindo... me arrepiando bem mais do que o vento que bagunçava nossos cabelos. Ele subiu as mãos até deixar uma apoiada sobre meu estômago e a outra no meu umbigo. O rosto dele desceu, a respiração ao pé do meu ouvido.

— Você vê alguém aqui além de nós dois? — sussurrou, rouco.

— N-não. — Minha voz tremeu.

Minhas mãos espalmaram seu peito quando Alejandro me virou para ele, de repente. Os olhos mel estavam pegando fogo e senti os batimentos na garganta quando vi a ponta da língua dele espreitar pelo lábio inferior, umedecendo-o. Suas mãos agora estavam nas minhas costas, me trazendo ainda mais para ele.

— Você bebeu?

Seu nariz desceu em direção ao meu.

Engoli em seco.

— Só água.

— Você vai encontrar mais alguma desculpa?

— Não — murmurei.

O sorriso de Alejandro foi largo e malicioso, e estremeci por inteiro. Perdida, não entendi o que ele queria fazer, até sentir a alça da minha regata descer com um puxão. Seus lábios quentes beijaram meu ombro, e meu estômago deu um giro quando sua língua espreitou ali. Cerrei as pálpebras, jogando a cabeça para o lado oposto de onde ele estava, me oferecendo. Toquei sua cintura, apertando, pedindo que nunca parasse.

Alejandro soltou uma risada rouca, que vibrou direto no meu umbigo, descendo, esquentando... Seus lábios subiram, experientes, tomando tudo da minha pele, alcançando o pescoço. Senti os beijos em câmera lenta conforme Alejandro os distribuía, conforme meu corpo se rendia, meus dedos subindo por baixo da sua camisa, os pelos de Alejandro, o calor, os músculos fortes. Sua boca chegou ao meu maxilar, punitiva. Onde o calor tinha tocado, agora só restava o frio pelo vento forte. Os mamilos apontaram, ansiosos, minha calcinha se tornando incômoda. Gemi quando a ponta da sua língua passou no meu queixo, e abri meus lábios, querendo que me beijasse.

Me beija?

O sim veio com o sabor e a atitude de Alejandro, sua língua girando com pressa em torno da minha, sua mão subindo por baixo da minha roupa, até agarrar minha nuca e me guiar. Ele mordeu meu lábio inferior, puxando-o para bem longe, para depois reivindicar mais uma vez para si. A língua macia girou completamente pela minha, dessa vez, sem pressa, me fazendo experimentar do paraíso ao inferno, um beijo profundo, que ia longe, que tocava tudo.

Beijar aquele homem era como descer em queda livre e saber que ninguém me faria pular assim. Ele bebia a minha boca, devorava, faminto, consumindo cada centímetro, quase como se estivesse me marcando, exigindo...

Que eu fosse sua e de mais ninguém.

Meu cérebro se tornou incapaz de raciocinar quando a ponta da sua língua alcançou o céu da minha boca, inchando meus lábios... todos eles. Minha perna automaticamente subiu para a sua cintura, e Alejandro a agarrou com a mão livre. Ele me pegou só com a parte de trás da coxa e a outra mão na minha cintura, meus olhos fechados, confiando nele. Uma estrutura firme tocou minha bunda, e me sentei em algo que parecia ser o capô do carro. Alejandro se abaixou, agarrando meu rosto com uma mão, e se afastou para respirar.

Pisquei, tonta, imersa no calor que nem aquele vento todo conseguiu aplacar.

— Começou com um acordo por aparências, sei disso. — A voz dele se sobressaiu ao vento, rouca, os lábios cheios ainda mais inchados e vermelhos do beijo. — Mas não tem ninguém aqui. Somos só nós dois. E tudo que quero está bem na minha frente, Victoria. Nem que seja só uma vez. — Sua boca se aproximou da minha, o calor de suas palavras tocando-me. — Nem que seja só por hoje, vamos tornar esse namoro realidade.

— Também quero você, Alejandro. — Puxei seu rosto para o meu, a pulsação vibrando dentro de mim, encantada com cada uma de suas palavras. — Depois a gente se preocupa...

— Aham — ele concordou, me dando um beijo suave na boca. — Mas não vamos fazer isso aqui, *Cariño*.

Alejandro me puxou pela cintura, tirando-me do carro, e me colocou no chão. Os cabelos bagunçados dele, a blusa torta, a respiração perdida...

Nunca o vi tão lindo em toda a minha vida.

Ele deu a volta e entrou no carro. Meus joelhos tremeram quando dei um passo, mas consegui sentar no estofado de couro. Ajeitei a alça da regata. A música voltou a tocar, o carro a andar, como se nada tivesse acontecido.

A mão de Alejandro veio para a minha coxa, atraindo minha atenção. Ele abriu um sorriso, encarando a estrada, sabendo que estava sendo observado.

— Eu sei que vamos conversar depois, mas... não vou conseguir esquecer isso que vamos viver, Alejandro — soltei, em uma só respiração.

— Não estou pedindo que esqueça. Só estou pedindo que viva isso comigo, Victoria.

— Então, vamos viver.

Ele acelerou no horizonte inesquecível.

Aline Sant`Ana

Capítulo 25

"Então, me ame
Me ame como se o amanhã
Nunca fosse chegar."
Zayn - Tonight

Vamos viver.

Pelo menos uma vez.

Chegamos ao hotel e fiz tudo no piloto automático, como se fosse um robô. A única coisa que prestei atenção foi que parecia mesmo ser diferente de todos os outros, porque eram casas isoladas e... sobre o mar. Pediram para eu assinar o check-in e rabisquei meu nome de qualquer jeito, meus olhos não conseguindo sair de Victoria. Ela respondeu algumas perguntas sobre malas e estadia.

— A casa de vocês é a número oito.

— Obrigada — Victoria sussurrou.

Apoiei a mão na base de suas costas e ela estremeceu. Dei um beijo em sua têmpora, trazendo-a para mim.

— Tudo bem?

— Sim, meu Deus... esse lugar é o paraíso. — Abriu um sorriso quando saímos.

Caminhamos sobre um deque estreito e comprido de madeira, que levava a cada uma das espaçadas casas. Eram quase totalmente de vidro, e vi o quarto pelo lado de fora. Pisquei, pensando em como faziam um ambiente romântico, mas tão à vista de todos.

Victoria pegou a chave da minha mão e, assim que nos deparamos com a decoração, soltamos um sonoro uau. Era realmente uma casa, com exceção da cozinha, que não tinha. Mas havia sala de estar, sala de jantar, um quarto imenso... e lembrava muito a tal zona presidencial do resort.

Que eu e Victoria não tivemos tempo de aproveitar devidamente.

Deixei-a livre, me lembrando da borboleta que pousou em mim. Victoria estava encantada, explorando cada cômodo. Fui até a adega climatizada próxima à sala de jantar e encontrei o vinho. Peguei duas taças que estavam estrategicamente ao lado. O *cabernet sauvignon* seria perfeito. Estava abrindo-o quando escutei a voz de Victoria em algum lugar do imenso espaço.

— Alejandro!

Olhei ao redor, perdendo-a de vista.

— Victoria?

— Meu Deus, Alejandro! Você precisa descer aqui!

— Descer?

Ela apareceu na porta do quarto, ofegante.

— Vem!

Levei o vinho aberto e as duas taças quando fui atrás de Victoria. Ela pegou as taças em uma das minhas mãos, e começou a me puxar com a outra.

Victoria abriu uma porta do quarto, que dava para uma escada e um andar inferior. Do primeiro degrau, já percebi que a cor do ambiente era diferente. O azul brincava em diversos tons e, a cada passo na escada íngreme, cada vez mais para baixo, a luz azul ficava mais evidente, deixando até nossas peles nessa tonalidade.

Assim que pisei no último degrau, compreendi.

Estávamos em um quarto submerso, como um imenso aquário, feito de vidro das paredes ao teto. A iluminação vinha do sol, entrando em filetes na água, deixando azul cada coisa do quarto. Peixes de inúmeras cores nadavam em torno de nós, despreocupados conosco, apenas vivendo em seu habitat natural. Observei Victoria, os olhos dela ainda mais claros, quase sobrenaturais, naquele cenário.

Engoli em seco e tirei as taças de sua mão.

— Não é o máximo? Olha esses peixes, esse mar, meu Deus! — Victoria riu, tocando no vidro que nos envolvia. — Alejandro... essa é a coisa mais magnífica que eu já vi na vida. Como soube desse lugar?

— Diego — sussurrei. — Ele disse que é uma retribuição ao cartão de acesso que você deu para a Elisa. Meu *hermano* queria que a gente curtisse da mesma forma.

Aquele filho da mãe.

— Esse lugar é simplesmente... uau — Victoria sussurrou e sorriu. — Diego e Elisa são... terríveis.

O quarto climatizado e com temperatura bem agradável, comparado ao calor lá de fora, tinha uma cama king size e um frigobar do lado de uma mesa com duas poltronas. O banheiro era separado, mas havia uma banheira de pedra imensa.

Íntimo, sexy...

Aline Sant'Ana

Victoria ainda estava hipnotizada com o aquário submerso, as mãos no vidro, o rosto quase colado ali. Encontrei um controle remoto que era vários em um só. Luzes, TV, ar-condicionado e música. Ajeitei as luzes, diminuindo a iluminação, deixando apenas o sol e o oceano pintarem o quarto, que ficou inegavelmente mais azul. Apertei play na música, e Zayn começou a cantar para nós.

Desisti do vinho; queria que Victoria lembrasse de cada segundo disso.

Dei alguns passos até alcançá-la, observando a mulher que foi responsável por todas as fantasias que criei durante os dias que convivi com ela. Minhas mãos alcançaram sua cintura e Victoria relaxou contra meu peito.

— Você sabia que eu fantasiei com esse momento várias vezes na minha cabeça? — sussurrei, rouco.

Desci o rosto e inspirei em seu pescoço, passei a barba ali, com meus lábios quentes, a ponta da língua, beijando-a por inteiro. O sabor da sua pele enviou um alerta para o meu corpo e o tesão desceu em espiral para as minhas bolas.

— Fantasiou?

Puxei a alça da sua regata, como fiz na rua, mas, dessa vez, nada nos pararia. Escorreguei beijos do seu pescoço até chegar ao ombro, sentindo a respiração de Victoria se alterar. Os sons estalados mudando o clima, a música criando um ritmo.

— Agora, não preciso mais — falei baixo.

Victoria empurrou o quadril para trás, a bunda encostando no meu pau sobre a bermuda. Geralmente levava um tempo para ele responder, mas Victoria era a soma das expectativas que seus beijos me deram, de seus toques, e da junção do que aquela mulher representava para mim.

Então, eu queimei.

Cerrei os olhos e afundei os dedos em sua cintura, subindo uma das mãos para os seios, querendo senti-los pela primeira vez. Ela exalou quando invadi a parte superior do biquíni, até meus dedos alcançarem o mamilo esquerdo. O bico durinho, tão pequeno, só esperando a minha boca, me fez perceber que nenhum de nós tinha esfriado desde a estrada. Queríamos isso. Precisávamos disso. Desci a mão que estava em sua cintura para a bunda, sobre a calça, enquanto a outra se ocupava de agarrar o bico duro do seio, brincando com ele.

Apertei os dois lugares, com força, ouvindo o gemido de Victoria, que pareceu mais como a minha perdição.

De repente, girei-a, para que ficasse de frente para mim, prensando-a contra a parede do aquário.

— Alejandro...

Ela suspirou quando minha boca tocou a sua, impedindo-a de lembrar de qualquer outra coisa, além de nós dois. Agora, longe do desespero de que entendesse que eu a desejava de verdade, apenas a certeza de que a tinha em meus braços.

A ponta da minha língua passeou por seus lábios, bem na borda deles, antes de invadir e tocar a sua. O sabor já conhecido do beijo de Victoria se tornou novidade com a expectativa do sexo, me deixando mais tonto por ela.

Puxei seu lábio inferior e abri os olhos, precisando vê-la. Linda, corada, de pálpebras fechadas. Senti sua pele quente se arrepiar na ponta dos meus dedos.

Mergulhei.

Nossas línguas enroscaram-se uma na outra languidamente, exigindo calma e pressa, um convite em um beijo. Que ela me respondeu da mesma forma, na mesma velocidade, com a exata urgência.

Ay, mujer.

Tirei, subitamente, minhas mãos do seu corpo, e apoiei as palmas no vidro atrás de Victoria.

Ela abriu os olhos, dançando-os por meu rosto, percebendo que estava cercada. Mas aquele era o controle que eu estava lhe passando.

Victoria sorriu e escorregou o olhar por mim. Eu quase... muito quase mesmo... não a peguei e joguei sobre o ombro, para fodê-la na cama como merecia.

Eu precisava ser paciente.

Suas mãos, então, passearam. Do meu peito, barriga, até alcançar a borda da camisa polo. Ergui uma sobrancelha, indagando se Victoria queria tirar de mim. Ela assentiu, as íris azuis brilhando.

E era isso, a gente já se conversava por olhar.

Os lábios dela estavam inchados dos meus beijos, vermelhos por mim.

Isso era tão sexy, porra.

Tirei as mãos do aquário, e ela puxou a peça do meu corpo, jogando-a no chão.

Travei o maxilar quando aqueles pontos azuis viajaram por meu tórax, analisando as tatuagens, meu peito, a barriga, o V que descia para o meu pau, nada oculto atrás da bermuda.

Era como se ela quisesse colocar a boca em tudo.

— Pode tocar, *Cariño*.

— Deus, Alejandro...

— Todo teu.

Suas mãos vieram até minha nuca, a ponta das unhas brincando com minha pele. Ela me puxou para si. Senti o beijo diferente, mais fácil, quando Victoria ficou na meia ponta dos pés. Me lembrei que ela já dançou balé, e sorri contra sua boca. Seus dedos foram escorregando, me arrepiando, me moldando para ela. Do pescoço ao tórax, brincando com meu peito, descendo pelo estômago, fazendo-o ondular pelo tesão.

Victoria afastou o beijo dos meus lábios, e começou a escorregá-lo por outros lugares. O primeiro alvo foi o pescoço, que ela sugou, chupando, mordendo, até puxar a pele. Rosnei, tonto, fechando as mãos em punho no aquário, tentando me controlar.

O som da sua boca e língua em contato com a minha pele era a coisa mais erótica que já ouvi.

Então, Victoria desceu. Os lábios quase tão quentes quanto eu, beijando meu tórax, lambendo meus mamilos, escorregando, bebendo, viajando pelo meu estômago, aprovando cada músculo, deixando meu pau arder em desespero.

Afundei minhas curtas unhas na palma das mãos e gemi quando seus dedos finos começaram a desabotoar minha bermuda. Olhei para baixo, simplesmente porque precisava vê-la fazer isso.

Seus joelhos tocaram o chão.

E, como se soubesse que estava sendo observada, ela olhou para cima.

O zíper desceu.

Carajo.

Não disse nada, não precisei. A respiração entrecortada foi a aprovação que Victoria precisava. Sua boca veio na altura do meu umbigo, ela passou a língua em volta daquela região, descendo para os pelos curtos que havia ali.

Meu quadril foi para a frente.

Um pedido silencioso.

— *Cariño*...

— Shhh.

— Se não quiser, não precisa.

— Mas, se eu quiser tirar isso aqui, você vai me impedir? — indagou.

Mordi o lábio inferior, me lembrando da piscina. Era a mesma frase. Victoria, quando estava excitada, se soltava pra cacete.

— *Infierno, mujer.* Me deixa cuidar de você.

— Deixo. Mas agora eu não estou mais nervosa. E você é delicioso...

— Eu vou fazê-la pagar por isso.

— Por favor, faça.

Victoria sorriu contra a minha pele, e enganchou os dedos na bermuda, puxando-a para baixo, junto com a sunga. Fácil assim, vi meu pau livre e quente saltar para Victoria, tão grande perto de sua boquinha pequena, em formato de coração.

Seus olhos se atentaram a cada centímetro, brilhando como se aprovassem, e ela usou suas mãos para me reconhecer. Primeiro, as bolas, passeando por elas, que se encolheram com o contato, me fazendo gemer lá do fundo da garganta. Depois, meu pau, subindo e descendo, do mesmo jeitinho que fez na piscina, mas com sua boca tão perto...

Provocadora.

Os lábios tocaram a glande, raspando só, enquanto Victoria batia uma bem gostosa para mim. Baixo, cima, forte e rápido, e as bolas eram acariciadas devagarzinho. O sangue desceu todo do meu corpo para se concentrar ali. Fiquei ainda mais duro com a visão de Victoria umedecendo a boca, observando, gemendo enquanto me assistia ficar inchado, roxo e louco por sua boceta. Seus joelhos escorregaram no chão. Victoria ainda tinha o corpo de uma bailarina, e seu quadril começou instintivamente a subir e a descer, a rebolar para frente e para trás, conforme ela tocava o meu caralho.

Me pedindo.

Dentro dela.

Joguei a cabeça para trás, rendido, gemendo, assim que ela sugou a cabeça do meu pau, permitindo que ele afastasse seus lábios. A sensação quente e molhada me levou além do tesão, instigando a irracionalidade. Bati os punhos no vidro grosso, baixando a cabeça, meu cabelo jogado pra frente, mas assistir Victoria, de cima, me fodendo lá embaixo, com aquela boca...

Ela foi até o fundo, e senti cada veia do meu pau latejar enquanto Victoria me sugava. Seus olhos me encontraram e sorriram para mim, com o pau dentro da boca. Seus dedos acariciaram as bolas, afundando nelas, me deixando tonto de prazer. Senti o fundo da garganta de Victoria tocar a cabecinha, e meu quadril embalou para frente, querendo mais, querendo tudo.

— *Cariño...* não posso com você me chupando desse jeito.

Sua resposta foi sugar mais e acelerar, a cabeça indo e vindo, os dedos apertando mais as bolas, enviando um choque elétrico, o pré-gozo saindo gostoso, sonhando em preenchê-la. Dobrei os joelhos um pouco, para ela me ter mais profundamente. E vi sua boca pequena se esforçar para dar conta dele. Largo do jeito que era, seus lábios cheios ficavam em uma linha fina, vermelhos, me fazendo imaginar...

Os pensamentos vieram em uma avalanche, a imaginação me consumindo como o fogo do inferno.

Imaginei a sua boceta bem na minha cara, esfregando na minha língua, enquanto eu batia uma com meu pau. Ou, ainda melhor, seus dedos macios tocando nele. Soltei alguma coisa que saiu resmungada e rouca demais, um lamento. O som estalado e molhado do meu quadril indo e vindo dentro da boca da Victoria, seus olhos azuis bem abertos para mim, foi o meu limite.

Segurei seu rosto, tirando-a dali, o pau pulsando duro, meu coração batendo no peito como se fosse explodir.

Umedeci os lábios.

Victoria estava com o olhar cheio de tesão, a boca ainda mais inchada, molhada, e eu só queria senti-la.

— Fique em pé — pedi, arfando.

Ela ficou, seus joelhos também tremendo. Prensei-a contra o vidro, minhas mãos em todos os lugares, e tomei sua boca na minha, o sabor amargo do meu pré-gozo misturado ao doce de sua língua. Gemi, inerte nela, bebendo-a, querendo tanto sua boceta na minha boca como a queria em torno do meu pau. Sonhando, imaginando, todas as coisas que poderia fazer antes que a noite chegasse. As posições, a quantidade de tempo que aguentaria ficar duro ou se, de fato, não dormiríamos.

A última opção, sem dúvida.

Me afastei, ofegante, puxando as roupas de Victoria, ansioso para vê-la completamente nua. A regata saiu junto com o biquíni. A cada peça, eu voltava para beijá-la na boca, língua com língua, lábios com lábios, sem permitir que houvesse espaço entre nós. A calça legging foi puxada para baixo junto com a segunda parte do biquíni. E fui descendo para puxá-la, ajudando Victoria a tirá-la.

Fiquei de pé.

Porque Victoria Yves Foster estava nua para mim.

Eu só... tive que absorver aquela mulher.

Os seios grandes, as auréolas pequenas, quase na mesma cor de sua pele, os bicos intumescidos, rosadinhos, arrepiados. O vão que descia entre os seios naturais, sua barriga plana, a cintura violão, o umbigo perfeitinho, os quadris largos e aquele ponto no meio de suas pernas que...

Hermosa.

Ela estava molhada, brilhando, inchada e sonhando com a minha boca. Victoria era perfeita. Os *lábios* eram pequenos, me fazendo imaginar que dava para colocar tudo na boca e deixá-la tremer com minha língua bem dentro. O prazer dela chegou a umedecer o meio de suas coxas; aquela mulher estava encharcada por mim.

E eu nem tinha começado a brincar.

Encarei seus olhos, a promessa nos meus.

— *Cariño...* — Abri um sorriso faminto. — Você vai descobrir que dançar comigo é bom, mas ser fodida por mim é ainda melhor.

Capítulo 26

"Meu corpo no seu corpo, amor, grudados como cola
Vamos ficar safados, garota, só uma ou duas vezes
A febre está correndo, porra, sinta o calor entre nós."

SoMo - Ride

Victoria

Eu estava pronta para o que quer que Alejandro fosse fazer comigo. Seu olhar era faminto, como se todo o desejo do universo coubesse naquelas íris.

Admirei seu rosto lindo, os traços bem marcados pelos expressivos olhos, o nariz reto, o maxilar quadrado, a barba escura de alguns dias e, enfim, os lábios avermelhados. Descendo, a coisa ficava ainda mais quente. As tatuagens marcadas em sua pele bronzeada, no tórax definido, mostrando um traço da sua personalidade que sua profissão ocultava.

Alejandro era uma contradição, a salvação e a perdição de qualquer mulher.

Os ombros largos, os músculos saltados, desde os bíceps fortes, o imenso dragão dançando em seu braço, vagueando pelo peito... era delicioso. O estômago com oito quadradinhos, onde coloquei a boca, e me senti subitamente sedenta por mais. Os pelos afunilavam o caminho abaixo do umbigo, guiando em direção ao V afundado em seu corpo, uma seta indicando a direção perfeita. Umedeci a boca, lembrando do gosto de Alejandro. O ponto latejante entre minhas pernas piscou duro, e fiquei ainda mais molhada.

Alejandro não se depilava, mas aparava os pelos pubianos, deixando-os retinhos, tornando-o muito homem e seguro de si. O membro era lindo, grosso e longo, bronzeado, da cor da sua pele, e as veias se conectavam do vão até chegarem de forma estratégica ao sexo, abraçando-o. Ereto, apontando para mim, molhado da minha boca, inchado pelo tesão, levemente arroxeado, demonstrando que não podia ficar muito mais tempo assim.

E ainda tinha aquelas coxas que, francamente... eu queria passar as unhas e me perder nelas. Eram grossas, malhadas, com pelos escuros como a noite.

Alejandro veio para cima de mim como um touro vendo vermelho. Me pressionou contra o vidro, seu corpo quente contra o frio do aquário me fazendo arder por dentro. Meus seios roçaram em seu peito duro, os mamilos excitados por vontade própria. Ele abriu um sorriso quando seu sexo veio bem para o meio das minhas coxas, estremecendo-me. Alejandro jogou a cabeça um pouco para o lado, me observando, escorregando o olhar por nossos corpos unidos.

— Você é deliciosa, mas colada em mim, se esfregando assim, fica ainda melhor, *Cariño*.

— Humm... — gemi, incapaz de dizer qualquer coisa.

— Sabe por que eu escolhi esse apelido?

Umedeci os lábios.

— Não.

Sua boca fervente tocou meu pescoço, chupando e provocando com lábios e língua. Meu clitóris piscou de novo, minha vagina se apertando e querendo-o demais. Em um movimento, seu quadril começou a ir e vir, e só ele, me tocando bem onde eu queria ser tocada. Ele moeu minha bunda, afundando os dedos nela, quase como se me punisse. Gemi alto e ele sorriu na meu pescoço, minha vontade molhando todo o seu comprimento.

— Porque imaginei como gostaria de chamá-la se pudesse estar dentro de você.

Puta merda.

Massageou meus seios e colocou uma mão nos meus cabelos em meio segundo. Ele enredou os dedos no rabo de cavalo, lentamente desmanchando-o. Minha boca procurou a sua, mas Alejandro não me beijou, sua língua passeou por meu maxilar, os lábios febris buscando minha orelha.

Ele chupou o lóbulo.

E eu tremi.

Arranhei suas costas, meu quadril indo para frente, buscando-o, pedindo que entrasse. Alejandro rosnou e, em um segundo, suas mãos me deixaram, para depois pegarem a minha bunda com tanta força que cerrei as pálpebras, a dor indo direto para o ponto dolorido, pulsante e inchado no meio das minhas pernas. E, então, o chão saiu dos meus pés. Abri os olhos, e eu estava no ar. Alejandro me pegou no colo. Minha bunda tocou alguma superfície muito gelada quando gentilmente me sentou.

— Eu vou chupar você bem aqui. — Sorriu, malicioso, jogando o cabelo para o lado. Alejandro se ajoelhou no chão, e me dei conta de que estava sentada na borda da banheira de pedra. Cabia a minha bunda e mais um pouco, mas... era um lugar inusitado.

— Se você está pensando demais, não estou fazendo o trabalho direito.

— Acredite, Alejandro... você está.

— O quão flexível você é? — indagou, rouco, dançando os olhos perigosos por mim.

— Relativamente...

Ele pegou a parte de trás das minhas pernas, não me dando tempo de responder, abrindo-as e mantendo-as bem assim. Fiquei toda aberta, exposta e dolorosamente excitada. Alejandro encarou minha intimidade, cada traço da minha vagina, apreciando e me analisando da mesma maneira que fiz com ele. Umedeceu os lábios e abriu um sorriso, os olhos fixos nos meus.

— Relaxe as pernas, *Cariño*. Eu te seguro. E não vou precisar das minhas mãos.

Engoli em seco.

— Não?

— Não.

Entreabri a boca para respirar quando Alejandro se curvou diante de mim, os cabelos bagunçados na parte de cima, mas seu olhar perigoso estava ali. Ele chegou bem perto, a boca a milímetros dos meus *lábios*, e respirou profundamente. Tremi quando a ponta da sua língua começou a desenhar círculos suaves pelo clitóris, enviando fagulhas de tesão por cada centímetro do meu corpo. Ele sorriu, safado, e eu simplesmente pus minhas mãos em seus cabelos, desmanchando mais, porque eu precisava senti-lo.

Exalei fundo, meus lábios formando um O quando Alejandro acelerou.

A boca chamejante dele me tomou inteira, devorando, a barba macia roçando em mim. A ponta da língua de Alejandro girou, atiçando, mole e dura, como se soubesse exatamente o que fazer para me enlouquecer. Agarrei mais os fios, desorientada, meus mamilos doendo e o clitóris palpitando com tanta força, que parecia existir um coração ali.

Alejandro chupou duramente, colocando tudo na boca, enfiando a língua dentro de mim, estocando com ela, me fazendo agarrar um seio por desespero. Os músculos internos da minha vagina apertaram a língua de Alejandro, desejando que fosse seu sexo. Segurei um mamilo com força, gemendo seu nome, totalmente relaxada em suas mãos, e tensa por não poder rebolar na sua língua.

— Agarre no meu pescoço, porque o que vou fazer com você agora... vai ser além de chupar essa sua boceta gostosa.

Perdida, com as coxas trêmulas, fiz o que pediu, me agarrando a ele.

Alejandro veio para cima de mim.

Ele me beijou na boca, enroscando nossas línguas, os lábios abertos, um beijo que tinha gosto e jeito de sexo. Ele penetrou meus lábios com determinação, para depois descer os beijos para o queixo, sugando meu pescoço, descendo para os seios. Alejandro abocanhou um, chupando com tudo de si, pegando-o entre os dentes. Seus lábios e língua me enlouqueceram, o barulho molhado ecoando pelo quarto submerso. Meu quadril começou a ir para cima, buscando uma coisa que Alejandro não queria me dar tão cedo, e ele sorriu, já com o outro mamilo inchado e vermelho na boca.

A barba raspou onde Alejandro tinha judiado, e gritei seu nome quando ele sugou minha pele, descendo pelo estômago, do mesmo jeito que fez com meus seios. Ondulei embaixo dele, e Alejandro mordeu minha cintura, pegando a pele de levinho, raspando os dentes, me adulando com sua língua molhada, até alcançar o clitóris, fechando a boca nele de uma só vez, exigindo tudo.

Ele realmente não precisava das mãos, pensei.

— Alejandro...

Como se ouvir seu nome desse um estalo, ele chupou com avidez, embriagado por mim, dançando sua língua, estalando-a no meu clitóris, como se estivesse batendo nele, para depois rodar por toda a volta e me penetrar profundamente.

Agarrei com mais força sua nuca, sentindo o meu prazer e a umidade de sua boca escorrerem entre nós dois, gotejando.

Meus músculos fraquejaram, eu me contorci, o prazer queimando em minhas veias. Uma linha de fogo zanzou da barriga em espiral para onde Alejandro tocou, por tudo o que sua boca e língua alcançaram, a parte de trás dos meus joelhos nas mãos de Alejandro, me mantendo firme, enquanto eu amolecia e quebrava.

Por um homem.

Por ele.

— Porra, você tá tão encharcada.

— Alejandro, eu...

Espasmos latejaram internamente a minha vagina e, Alejandro, como se soubesse, entrou com a sua língua, deixando que minha boceta o sugasse, bebendo tudo de mim. Minhas reações se tornam mais violentas à medida que Alejandro se apressava e estocava duro com a língua. Soltei um grito, e fui recompensada com o carinho de sua língua dançando cuidadosamente em torno do clitóris.

Mais uma lambida sua...

— A-assim — gemi.

E foi o meu fim.

A diferença da rapidez para a calmaria fez o prazer explodir em um milhão de partículas, meus dedos afundando em seus fios densos e escuros. O prazer me cegou, enquanto curtia aquele nirvana que há tanto tempo não sentia, apesar de, mesmo tonta, reconhecer que nunca um homem fez sexo oral desse jeito. Alejandro continuou com sua língua ali, prologando um orgasmo que me faz perder a noção do tempo.

Mas ele não deixou que eu me perdesse dele. Mesmo de olhos fechados, eu o senti trabalhando em mim. Sua boca procurou a minha, e experimentei o meu gosto em sua língua quando nos enroscou em um beijo lento, que me faz gemer de uma vontade... que eu tinha acabado de saciar, embora não parecesse o bastante.

De repente, fui para seus braços, e ele andou comigo até nos parar em algum lugar confortável. Finalmente, decidi abrir os olhos.

E não encontrei Alejandro.

Porque eu estava em seu colo, e Alejandro estava embaixo de mim, sentado e com as costas na cabeceira da cama. Seu peito duro e arrepiado tocava a minhas costas. Ele levou sua boca até a minha orelha e assisti, entregue, minhas pernas dobradas e bem abertas, os pés apoiados no colchão. Enquanto isso, as pernas de Alejandro estavam estiradas para frente, sob mim. Era uma posição em que podíamos ver direitinho o seu sexo duro e febril pairando sobre minha pélvis, latejando, a cabeça do membro quase tocando meu umbigo.

— Sabe, Victoria... — ele sussurrou, puxando algo que eu não entendi. Alejandro envolveu seus braços em torno de mim, e suas mãos trabalharam no seu longo sexo. Olhei para baixo. Ah, sim, a camisinha. Ele envolveu seu membro, protegendo a nós dois. — Eu quero foder você bem gostoso, olhando em seus olhos e beijando sua boca, mas também quero ver meu pau entrando em você.

Ele ficou mais sentado e apontou para o imenso espelho à nossa frente.

O contraste que nós éramos e a cena erótica me fizeram perceber a beleza de nós dois. Aquele tom dourado de Alejandro contra a minha pele branca e rosada. Seus cabelos negros e cheios, os olhos mel, diferente dos meus tão azuis. O sexo duro daquele homem, moreno como ele, diferente dos meus *lábios* rosados. Arfei com a visão, assistindo minha vagina molhada e inchada, desesperada por aquilo.

— Abra bem as pernas para mim. — Ele as espaçou, me deixando bem relaxada e a sua mercê. Meus joelhos apontavam para as extremidades do quarto. — Agora, aqui... nos meus olhos, *Cariño*. Quando eu entrar em você, é o meu rosto que quero que veja.

Obedeci e escorreguei as costas mais para o lado, a ponto de conseguir virar o rosto e tocar o meu nariz com o seu, o coração batendo forte pelo orgasmo e também por Alejandro. Aquele universo mel me admirou de volta, cheio de uma emoção que não ousei descrever. As mãos de Alejandro agarraram a parte de trás das minhas coxas, os dedos afundaram na minha pele, seu desejo visível.

Aqueles olhos perigosos, quentes e ternos eram demais para lidar.

Precisei beijar sua boca.

Meus lábios procuraram os seus, minhas pálpebras fecharam, e a temperatura quente da sua língua atingiu a minha, rodando sem fim. Instintivamente, ergui meu quadril, Alejandro ajeitou o seu e, quando senti a cabeça do seu sexo entrando pouco a pouco, mordi seu lábio inferior.

— Olhe para mim — exigiu, grunhindo e rouco. — E me diga, *Cariño*... se meu pau está cuidando bem de você. Ele está?

Os olhos dele brilharam quando cedi e abri as pálpebras, Alejandro me deu um sorriso coberto de maldade, encarando a minha boca. Eu fiquei parada, porque ele apertou mais as minhas coxas, impedindo qualquer movimento, exceto o dele. Era sexo, mas parecia mais como uma tortura lânguida pelo prazer. Então, seu quadril mexeu um pouco, mas o suficiente para eu sentir uma ardência pela sua grossura, pelo espaço que seu membro exigia. Entreabri os lábios, choramingando; nunca tive um homem tão poderoso dentro de mim. E eu não poderia encontrar outra palavra para descrevê-lo.

Alejandro Hugo não fazia só sexo, ele fodia com o poder de um homem que sabe o que faz. A força de sua personalidade espanhola, o sangue quente, o seu sexo pesado. E somado às cantadas, a quem ele era, ao corpo que parecia uma obra-prima, a sua voz que arrepiava a nuca, a boca suja...

— Você está cuidando bem de mim, *mi vida* — sussurrei, nem sei como.

— Aham. — Ele gemeu, raspando a boca na minha, o membro entrando mais alguns centímetros. — Eu sinto sua boceta me sugando, tão molhada... eu deslizo e, *Cariño*, você me recebe.

Senti cada terminação nervosa abraçar o seu sexo, até Alejandro bater lá no fundo, me arrebatando. Ardeu e foi gostoso, o clitóris sendo tocado e algum outro ponto que não soube bem. Só sei que... caramba, fazia tempo demais e eu tinha me esquecido da sensação quente e lasciva do sexo. Tentei me mexer, querendo mais, e Alejandro estalou a língua, negando.

Nos espiei no espelho. A pele em volta dos mamilos toda arrepiada, as mãos de Alejandro me mantendo parada, seu sexo não completamente dentro de mim, mostrando o quão grande aquele homem era. Alejandro beijou algum ponto do meu maxilar, me deixando duramente excitada, e nossos olhares se encontraram no espelho. Ele deu um sorriso e, lentamente, começou a estocar.

Muito devagar.

Indo. Vindo. Indo. Vindo. Virei o rosto para olhá-lo. Alejandro exalava fundo cada vez que entrava em mim, e eu gemia porque a expectativa de tê-lo, as fantasias que criei em minha mente, nunca chegariam perto da verdade. Arfei quando ele bateu bem no fundo, tão delicioso, e beijei sua boca; sua língua entrou exigindo a minha.

Eu conseguia sentir os batimentos loucos do seu coração, bem nas minhas costas.

As mãos de Alejandro saíram das minhas coxas e ele me consumiu com elas, correndo-as por todo o meu corpo, sem nunca parar de entrar em mim. Devagarzinho. Ele agarrou um seio, apertando e massageando, me fazendo instintivamente entrar no ritmo dos seus quadris. Raspamos nossos lábios, e a temperatura escaldante entre nós foi além quando Alejandro soltou um palavrão em espanhol e acelerou.

Beliscando um mamilo, sua mão livre veio para o meu rosto, parando-nos nariz com nariz, enquanto eu rebolava em seu colo, o desejo me quebrando, minha vagina palpitando por Alejandro. Ele me beijou, de boca aberta, língua para fora, seu sexo sendo empurrado para dentro de mim a cada batida dos segundos.

Ele agarrou a parte de trás dos meus joelhos, abrindo-me mais, colocando minhas pernas no ar, meus pés acima da minha cabeça. Alejandro prendeu-me firme. Minha bunda foi um pouco para cima, e acabei tirando as costas do seu peito e escorreguei-as um pouco mais para o lado.

Quase fiquei sem ar quando nos olhei no espelho.

Mas não tive tempo de processar.

Alejandro bateu o quadril no meu com tanta força que os estalos ecoaram pelo quarto, como se ele estivesse batendo na minha bunda de mão aberta. Junte os urros dele e aos meus gemidos altos, e éramos uma bagunça de fluidos, prazer e entrega. Uma camada de suor beijava nossos corpos, arrepiando em contraste com o ar-condicionado. Agarrei a cama, usando uma mão de apoio, afundando os dedos nos lençóis. A outra joguei para trás, em busca dos seus cabelos.

Alejandro não parou nem por meio segundo, entrando e saindo de mim, atiçando e queimando minha vagina, exigindo tudo o que eu estava muito disposta a dar.

— *Ay, mujer...* — rosnou.

Arfei, surpresa, quando Alejandro abocanhou um mamilo, sugando, chupando dolorosamente com vontade, os olhos fixos nos meus. Gemi, presa no aperto de suas mãos, os dedos tão fundos que deixariam marcas. Alejandro acelerou, o sexo me dominando, alucinando, o som molhado e duro estalando pelo quarto.

— *Cariño...* — Ele ofegou. — Você tá pulsando em volta do meu pau.

Um formigamento começou no clitóris quando Alejandro veio mais uma vez. Encarando seus olhos cor de mel, as pupilas dilatadas daquele homem, a ponta da língua girando no meu mamilo, eu...

Alejandro escorregou as mãos para a parte de trás das minhas coxas, apertando firme, enquanto eu sentia tremores em todos os músculos do meu corpo.

Gemi, delirando, quando Alejandro me empurrou para baixo, com tudo.

— Alejandro... — Meu quadril desceu e o seu subiu.

A onda veio escorregando por mim como um líquido quente, atingindo um ponto inteiro, de forma tão bruta que me deixou ser ar. Meus dedos dos pés flexionaram, enquanto cada parte minha tremia, sendo envolvida por Alejandro, que me puxou para ele, soltando minhas pernas e me abraçando. Meu quadril se remexeu cegamente em cima dele, suas mãos em todos os lugares, até a ponta de seus dedos escorregarem para o meu clitóris, girando gentilmente, prolongando ainda mais o orgasmo. Devo ter gritado de prazer, devo ter convulsionado no seu colo, com aquele imenso sexo dentro de mim, mas Alejandro cuidou, me adulou, sorrindo contra a minha orelha, sentindo meus músculos internos apertarem o ponto que nos conectava.

— Ah, *Cariño*. Você goza tão gostoso... — Ele pegou meu lóbulo, chupando, seu quadril subindo e descendo com calma.

Então, de repente, se ajoelhou na cama, colado comigo, sem nos desconectar. Meus joelhos tocaram o colchão, e eu gemi quando ele entrou e saiu de dentro de mim. Minhas pernas estavam trêmulas demais para se manterem, mas suas mãos me agarraram como se nunca quisessem me deixar ir.

— Oh, Alejandro...

— Isso, geme meu nome — pediu, me curvando para ele. A lateral do meu rosto tocou o colchão e estiquei os braços acima da cabeça, a bunda empinada, tão entregue que...

Alejandro se afundou dentro de mim, profundamente, me fazendo gritar de prazer. Suas mãos agarraram cada nádega, separando-as e juntando-as, moendo-as com seus dedos. Arfei quando Alejandro começou se mover e agarrei os lençóis. Encarei-nos através do espelho, ardendo e latejando, precisando vê-lo. Alejandro ficava parado, o corpo inteiro, só estocando com o movimentar da bunda.

Ai, Deus.

Era quente como o inferno.

Os cabelos bagunçados, os olhos semicerrados, atentos. Alejandro se afastou e levou uma de suas mãos ao membro, descendo e subindo com ele, me molhando inteira, da vagina ao fim da bunda, para depois escorregar no lugar certo e entrar de novo, gemendo de satisfação.

Empinei ainda mais e ele me olhou através do espelho.

E começou a estocar duro, firme, os dedos enterrando-se na minha bunda. O som estalado do sexo forte de Alejandro dentro de mim voltou e uma onda começou a girar, quente e lasciva, como se o orgasmo alucinante que tive não fosse o bastante. Ainda com os olhos fixos em Alejandro pelo espelho, vi uma gotinha de suor escorregar do seu pescoço para o peito, descendo pela barriga, se perdendo em seus pelos.

Meus dedos doeram quando apertei ainda mais os lençóis, arfando e gemendo pela certeza de um novo orgasmo. Ele se afundou uma, duas, três vezes e...

Saiu de mim de repente.

— Ale-jandro! — ofeguei.

— O quê? — Sorriu malicioso e me virou de frente para ele, minhas costas no colchão. — Vai reclamar que eu parei no meio?

Umedeci a boca.

— Eu estava...

— Quase? — Alejandro foi se deitando sobre mim, meus mamilos roçaram em seu peito e eu gemi quando o longo sexo bateu nas minhas coxas. — Acredite, *Cariño*. Eu sei.

Abri as pernas, tonta de prazer, me oferecendo. Ele apoiou um braço na cama para não pesar sobre mim, e o outro deixou livre. Alejandro deu um curto espaço entre nós, seus dedos caminharam por meu pescoço, o vale entre os seios, estômago, barriga, umbigo, cintura, pélvis e... ele dançou com as pontas dos dedos por ali, me mostrando o quanto estava molhada por ele, inchada, excitada e, para minha surpresa, querendo mais.

— Por que parou, então? — gemi, conforme ele brincava com a minha sanidade.

— Porque quero olhar para o seu lindo rosto, de perto, enquanto você goza e chama o meu nome.

Alejandro brincou com meus *lábios* e, quando rodou o polegar no clitóris, enfiando outro dedo dentro da minha vagina pingando por ele, eu agarrei seus ombros, abri os lábios e soltei seu nome com um lamento.

Porque o orgasmo veio sem aviso prévio.

— Alejandro...

Como uma nota musical aguda demais, ensurdecendo meus tímpanos, me fazendo tremer inteira, agitando cada veia do meu corpo. Me contorci embaixo dele, vibrando, sentindo mil fogos de artifício explodirem sob a pele. Não sei quanto tempo passou até Alejandro sorrir contra a minha boca, e seus dedos serem substituídos por seu quadril, se ajeitando para entrar em mim.

Beijei-o, como se esse fosse o último beijo das nossas vidas, a língua rodando em torno da sua, veloz e sexual, a barba de Alejandro arranhando minha pele. Ele grunhiu e meu coração acelerou, além do orgasmo que senti há pouco, quando Alejandro fechou as pálpebras e enroscou nossas línguas profundamente, alucinado. Foi um beijo de entrega, exigência, de posse. Envolvi seus ombros com meus braços, e isso deu liberdade para Alejandro entrar.

Nós dois gememos, nossas línguas na boca um do outro, quando a cabeça inchada do seu sexo, em seu tamanho máximo, deslizou para dentro de mim, até bater lá no fundo.

Quase me perdi do beijo.

Mas Alejandro não permitiu.

Ele segurou carinhosamente meus cabelos, um cotovelo ao lado do meu corpo e sua mão livre correndo por mim. Acariciei sua nuca, e nossas línguas voltaram a brincar, tomando todas as direções possíveis, enquanto Alejandro ditava o ritmo do sexo. Ele vinha, a sua língua girava, tocando até o céu da minha boca, como se quisesse estar em todos os lugares possíveis do meu corpo.

Subi os dedos e os afundei em seus cabelos, Alejandro exalou, suas bolas me tocando quando ele se afundava, sua pélvis batendo no ponto túrgido entre minhas pernas. Abri as pálpebras, os olhos de Alejandro fixos em mim, as pálpebras tão dilatadas que havia apenas um pequeno círculo de mel naquela escuridão.

O sexo mudou de ritmo.

A força que ele aplicou no começo não veio mais. No instante em que ficamos cara a cara assim, nos tornamos um movimento lento e profundo, como as ondas do mar. A pressa deu lugar à calma. Nossos lábios febris e inchados se tocaram, a ponta da língua de Alejandro passando em volta dos meus, seu sexo afundando em mim, os quadris dele rebolando, como na dança, para me darem tudo o que eu queria, para me levarem lá, mais uma vez.

— Porra, você é tão linda, Victoria — ele sussurrou, os olhos... marejados. Eu peguei seu rosto, e dei um beijo em sua boca, fechando as minhas pálpebras.

— E você é perfeito — murmurei de volta.

Ele lamentou com um grunhido, como se o que eu disse o quebrasse. Acelerou os movimentos, seu pau me estocando duro, afundando, alargando, devorando, me preenchendo.

Cada. Parte.

Uma de suas mãos agarrou meu seio, pinçando o mamilo duro, e a outra se enroscou em meus cabelos, ao mesmo tempo em que sua língua circulava ao redor da minha, o quadril batendo duramente ali, nossas bocas abertas para respirar. O cheiro de sexo e do perfume de Alejandro misturavam-se ao meu, em cada centímetro de nossas peles e no ar.

Senti-me pulsar por dentro, e o prazer beliscou o meu clitóris, enviando ondas chamejantes e tremores por cada poro.

— *Eso, Cariño... ven conmigo.*

Eu gemi seu nome, apertando e sugando seu sexo, sentindo minha vagina se alongar, como se o quisesse mais. Meus calcanhares quicaram em sua bunda dura conforme Alejandro acelerava. De pálpebras fechadas, senti seu sorriso contra meus lábios, por ele já conhecer o meu corpo àquela altura.

Mal tive tempo de processar o meu próprio prazer, quando os ritmos frenéticos do meu coração enlouqueceram ao sentir Alejandro latejar dentro de mim, escaldando nossas peles.

Eu simplesmente precisei abrir os olhos, para ver seu rosto e nunca mais esquecê-lo.

Alejandro se enroscou, abrindo ainda mais suas pernas, montando. Semicerrou os olhos, rebolando lá dentro, tão fundo, o barulho estalado do seu pau entrando cada vez que descia com mais força. O som ficou alto, nossos gemidos também, Alejandro não parou de afundar, e senti uma suave brisa de orgasmo me domar, como se essa fosse a última gota que ele poderia tirar de mim. Seus lábios se entreabriram, sentindo a pulsação, a respiração quente bateu na minha boca, e uma explosão de escuridão dominou suas íris à medida que as pupilas se alargaram.

Ele grunhiu, baixinho, delicioso, suado. E eu fui com meu quadril para cima, aumentando nosso prazer.

— *Ay, Victoria...*

Alejandro abriu a boca, molhada dos nossos beijos, e levei minha mão à sua bunda deliciosa, sentindo-a se contrair várias e várias vezes conforme ele gozava na camisinha, se retesando. Suas sobrancelhas tensionaram e seus olhos ficaram em uma linha conforme ele curtia o prazer, batendo seu quadril com o meu, me fazendo...

Sua.

A testa molhada de suor tocou a minha, nós dois engolindo a respiração um do outro, tão ofegantes que eu não fazia ideia de como podia respirar; meus pulmões pareciam queimados e cansados. O coração batia tão descompassado, que precisei tocar seu peito, para sentir o seu ritmo... que era tão frenético quanto o meu.

Ficamos um tempo ali, em silêncio, só sentindo um ao outro. O sexo de Alejandro, ainda duro, permanecia dentro de mim. Ele passou os dedos pelos meus cabelos e, por mais cansado que estivesse, não deixou seu peso cair. Se manteve ali, me admirando, as respirações trocando, nossas mãos tocando um ao outro. Senti uma emoção colorir meu peito, subir como um jato de força para os meus olhos, que pinicaram.

Abri os lábios para dizer alguma coisa, mas Alejandro me calou.

Beijando-me lentamente, a língua vagarosa vibrando na minha, rodando e circulando a minha boca. Ele se afastou quando a respiração ficou densa, nossos corpos aparentemente não saciados tanto assim um do outro. Alejandro deu um impulso para dentro de mim, seu membro ainda ereto, e praguejou.

Eu sorri em seus lábios.

— Meu Deus, hein? Como funciona isso? — sussurrei. — É o sangue De La Vega?

Alejandro soltou uma risada rouca, até o humor sair de seus olhos e seu semblante parecer surpreso.

— Não, *Cariño*. Eu acho que é você.

— Eu?

Sua boca desceu na minha.

— É — sussurrou.

Antes que pudesse perguntar, Alejandro saiu de cima de mim e se ajoelhou na cama, no meio das minhas pernas ainda abertas para ele. Ele começou a puxar a camisinha, desenrolando-a com cuidado, prendendo o gozo com um nó na extremidade. Seus olhos me procuraram, e desci a atenção para o seu membro molhado, arroxeado, ainda pulsando.

Umedeci a boca, imaginando o que poderia fazer para aliviá-lo.

Ele arqueou as sobrancelhas.

— O que foi? — sussurrei.

— Ele está assim, mas logo vai relaxar. E preciso cuidar de você agora, *Cariño*. — Alejandro escorregou a atenção para baixo também, demorando-se no ponto úmido entre minhas pernas. O olhar lânguido começou a passear por mim. — E por mais que a visão de você ainda molhada seja o suficiente para me deixar duro por uma semana, preciso te dar um banho e te fazer comer alguma coisa. Não sei se percebeu, mas já anoiteceu.

Olhei ao redor, estranhando a constatação de Alejandro. O oceano lá fora estava escuro como breu. Os peixes não eram mais vistos, nem os corais.

Quantas horas ficamos perdidos um no outro?

— Eu vou ligar o chuveiro e esquentar a banheira para nós — sussurrou e se inclinou, me dando um beijo no joelho.

Alejandro se levantou, me dando uma boa visão da sua bunda dura, redondinha, perfeita e grande. Eu precisava mordê-la pelo menos uma vez. As coxas largas, as panturrilhas sexy, os pés grandes e magros. Subi, analisando suas costas, os músculos que existiam ali, os ombros largos, e desci de novo, para a cintura estreita. Relaxei na cama, puxando um travesseiro, só observando-o. Alejandro ficou de lado e se sentou na borda da banheira, ligando a água quente, misturando à fria. Analisei suas coxas musculosas e os pelos que haviam nela. Não era exagerado, Alejandro era todo homem, mas seus pelos pareciam ter sido feitos sob medida.

Será que não havia um defeito naquele homem?

Continuei a dançar a atenção por ele, a obra de arte que era Alejandro Hugo, cada traço do seu corpo desenhando com a certeza de que ele faria centenas de mulheres o desejarem.

Cheguei até o seu sexo já mais relaxado sobre a coxa direita, imenso mesmo desse jeito. Eu ia analisar mais um pouquinho, mas travei o olhar em seu rosto. Como se soubesse que estava sendo observado, seus olhos vieram para mim.

E ele abriu um sorriso lindo, que fez seus olhos sorrirem também.

— Você vem?

Sim, havia um defeito em Alejandro.

Era impossível não se apaixonar por ele.

Aline Sant'Ana

Capítulo 27

"Homem, dessa mulher
Vivo, como você quer."
Paulo Miklos - Vou Te Encontrar

Alejandro

Estar com Victoria, cara, foi verdadeiro. Foi a experiência na pele, foi fogo líquido nas veias, foi porque nós dois quisemos viver isso. Sem bebidas para culparmos, sem nada além da atração enlouquecedora.

Dios, como a primeira vez em muito tempo.

Não só pelo fato do sexo em si, que foi incrível pra caralho, diga-se de passagem — receptiva e gostosa até um homem se ajoelhar aos seus pés —, mas porque eu soube, no momento em que a deitei na cama e beijei sua boca, deslizando meu pau na sua boceta molhada, encarando seus olhos azuis brilharem como um céu quente de verão, que o namoro por acaso que nos enfiamos tinha se tornado real.

Eu me apaixonei por Victoria Yves Foster.

E não foi naquele segundo, sinceramente, apesar de ter sido uma experiência maravilhosa. Pode ter acontecido quando dancei com ela. Talvez, até na primeira vez que a vi. Pode ter rolado um sentimento na piscina. Ou, ao invés disso, quando dormi com ela em meus braços.

Eu nunca saberia dizer o exato instante em que deixei Victoria entrar. Mas ela estava lá, pulsando em minhas veias, contaminando-me com sua presença, me acostumando a noite toda com seus beijos, seu corpo quente e seu carinho.

Porra, eu só descobri que... sentia.

Diego e Elisa estavam certos.

Noite passada, tomei banho com ela, a gente transou pra caralho na banheira e depois jantamos, vimos um filme e, de madrugada, eu a acordei com meu pau entrando gostoso e suave. Meu cérebro me alertou mais uma vez que eu não poderia viver sem isso.

Hoje era o último dia que eu teria Victoria comigo.

O que, francamente, não ia acontecer.

Último dia?

Não.

Eu precisava de mais, e esperava que Victoria sentisse a mesma urgência que a minha, porque, se ela dissesse não, porra, ia me partir ao meio.

— Você está tão longe — sussurrou, me trazendo de volta.

Já tínhamos tomado café da manhã no hotel e, assim que terminamos, pegamos a estrada de volta para o resort. Victoria tinha me avisado que o dia dela seria corrido, por ter que fechar o acordo com o senhor Avila, gerente do Moon Palace. Só nos encontraríamos às seis da tarde e, talvez, passaríamos a noite juntos, mas, no dia seguinte, Victoria retornaria para Nova York. E eu também. A questão é que estávamos indo para o mesmo lugar e Victoria ainda teria uma semana na cidade antes de passar três meses viajando...

— Alejandro?

— Desculpa, estava pensando. — Sorri para ela. — Que horas é o seu voo amanhã?

— Duas da tarde.

— Ah, o meu é às cinco.

— Pensando em ir comigo para o aeroporto? — ela jogou, sorrindo, mas pude ver um certo traço de incerteza em sua voz.

Eu não queria que Victoria tivesse dúvida.

— *Cariño*, eu vou estar lá com você.

— Ah, sim. Mas, se não quiser...

— Eu quero. — Deixei bem claro.

Vick respirou fundo.

— Tudo bem.

Coloquei a mão em sua coxa e admirei-a quando paramos na frente do resort. O cabelo bagunçado preso em um rabo de cavalo, as bochechas coradas pelo calor, os lábios cheios e pedindo a minha boca.

Madre de Dios.

Subi a mão e toquei seu queixo, fazendo-a virar o rosto para mim. Me inclinei no carro e inspirei seu ar, tocando nossos lábios lentamente. Minha garganta ficou seca e os batimentos enlouqueceram quando Victoria apontou sua língua, pedindo espaço. Minha língua rodou devagarzinho em torno da sua, quase brincando de estar em outro lugar, e meu corpo começou a responder ao beijo, porque eu já sabia como era ter Victoria nua, embaixo e em cima de mim. Mordi seu lábio inferior, contendo a vontade. Os olhos de

Victoria brilharam para mim quando suas pálpebras abriram.

— Nessas horas que não vou te ver eu acho que...

— O quê?

Ela piscou.

— Acho que vou sentir sua falta.

Sorri de lado, gostando de ouvir aquilo, e encarei sua boca.

— Você pode fugir e vir me ver quando quiser.

— Creio que eu não vá conseguir fugir, não dessa vez. Tenho uma reunião longa e uma teleconferência. Depois disso, ainda vou dar uma volta no resort uma última vez, tirando fotos e anotando tudo.

Realmente, Victoria estaria ocupada.

— Eu preciso fazer sala, como dizem, para os parentes que vieram para o casamento do meu irmão. Seis da tarde, então, *Cariño*.

Vick piscou.

— Seis de tarde.

Mas a emoção cobriu seus olhos, e eu a beijei mais uma vez antes de deixá-la ir. Quente e molhada, sua boca me fez perceber que não poderíamos adiar a conversa.

Precisava achar uma maneira de mostrar para Victoria que eu não me importava de passar três meses sem vê-la, desde que eu a tivesse e que, toda vez que voltasse para Nova York, seria em meus braços que desejaria estar.

— ... e foi isso — finalizei, analisando os quatro caras na minha frente. Diego e Esteban cruzaram os braços, quase como se estivessem sincronizados. Rhuan deu um impulso e se sentou sobre a mesa de madeira, e Andrés enfiou as mãos no bolso da calça.

— Então, vocês passaram a noite juntos. — Diego abriu um largo e vitorioso sorriso. Se ele cismasse, ainda jogaria um: eu te disse.

— Calma, espera aí. Eu ainda estou processando que era uma *mentira*. Você e a americana gostosa... — Esteban murmurou, indignado. — *Mierda*, Hugo. Você mentiu até pra tia Hilda.

— Eu poderia ter beijado Victoria antes de você — Rhuan pensou alto.

Fuzilei-o com o olhar.

— Se você fizesse isso, seria um homem morto.

Rhuan riu.

— Mas Victoria não era sua — Andrés acrescentou. — Isso, teoricamente, faz com que...

— Ela sempre foi minha. — Calei a boca dos primos.

Os quatro De La Vega ficaram em silêncio, sem saberem o que responder. Até mesmo eu, para processar a força com que aquelas palavras saíram e o jeito nada sutil de empurrá-los para bem longe de Vick. O problema é que eu já estava reivindicando uma mulher que eu nem sabia se queria, de fato, ser minha.

— Eu quero Victoria — adicionei. Ou, melhor, corrigi. — Ainda não oficializamos nada, e nem sei se tem algo para oficializar, mas eu só... a quero. Contei para vocês a verdade, primos, porque são meus *hermanos*, e sei que vão guardar segredo. Pelo menos, espero que esse acordo acabe se tornando verdade e, no fim, ninguém vai precisar mais mentir.

— Mentir, hum? — Rhuan saiu da mesa e ficou em pé ao meu lado, recostando-se. Estávamos à distância da reunião familiar que acontecia em uma das áreas externas do resort. Todos os nossos parentes, que ficaram depois do casamento de Elisa e Diego, estavam ali. Meus olhos pousaram em Elisa, que estava entretendo todo mundo, rindo com os parentes e amigos, lançando olhares carinhosos para Diego.

— Então, por que você e Victoria, dois estranhos no começo, precisaram mentir? — Rhuan bebeu um gole de cerveja e virou o rosto para mim. Seus olhos verdes se estreitaram.

Em cerca de vinte minutos, contei tudo que aconteceu, especialmente o lance da Carlie foder a minha paciência. Achei que Rhuan ia rir como Andrés e Esteban, especialmente por ser o primo que adorava um malfeito, mas havia um vinco entre as sobrancelhas de Rhuan, como se estivesse ainda tentando compreender alguma coisa.

— Sim. Carlie. Toda vez que tem algum evento e venho para a América, ela está lá — Rhuan murmurou, buscando-a com o olhar até encontrá-la. — Engraçado você dizer que ela só te persegue nesses ambientes, especialmente quando está na presença do marido. Não parece... esquisito para você, primo?

— O que quer dizer, Rhuan?

Ele arrematou a cerveja. Diego se aproximou, Esteban e Andrés pararam de rir. Rhuan era psicólogo; a profissão dele o permitia estudar e compreender as pessoas como ninguém. Eu estava interessado no ponto de vista dele.

— Ela não te liga ou te envia mensagens aleatoriamente durante o ano? É só quando vocês se reencontram? — respondeu uma pergunta com outra.

— Bem, às vezes, ela tenta ligar, insiste um pouco.

— Mas nada de ir na sua casa ou te perseguir no trabalho? Tentar enviar mensagens, falar contigo a qualquer custo?

— Não. — Tentei lembrar de alguma vez que Carlie me procurou verdadeiramente depois do término. — No começo, quando acabou, ela quis se explicar, mas, quando entendeu que eu não queria ouvir, desistiu.

— Interessante. E a proposta dela, quando vem, é sempre a mesma? Sexo?

— Carlie alega que seria só uma vez.

Rhuan assentiu.

— Eu poderia interpretar isso como um fechamento de ciclo, *hermano*. Como uma mulher que quer dar um ponto final em algo que ela sente que não terminou. E não, sentimentalmente, Carlie não está mesmo apaixonada por você, seria só... o fim. Se você estivesse me contando isso agora, e eu não estivesse observando-a à distância, essa seria a conclusão óbvia a chegar.

— Porra! — Eu ri. — Quer um ponto final melhor do que casando com outro cara e usando a decoração de um casamento que seria comigo? Para mim, isso é bem definitivo.

— Aí é que está. Observe Carlie — Rhuan pediu, apontando com o queixo para nossa frente. Olhei para a minha ex, vestida em um biquíni minúsculo azul-marinho, do outro lado da piscina, sozinha, com os braços cruzados na frente do corpo, encarando fixamente um ponto à sua esquerda. — Primeiro: se ela estivesse cismada com você, vendo-o agora desacompanhado, se aproximaria.

— O marido está nesta reunião. Não que isso a tenha impedido antes, mas...

— Hum, bem observado, Hugo. Segure esse pensamento aí, porque ela vai se aproximar, sim. — Rhuan sorriu. — Segundo: se ela realmente estivesse interessada em sexo com o ex-noivo, em um sentido de tesão mesmo ou até um ponto final em sua vida, ela se esforçaria mais, especialmente longe dos olhos dos outros.

Arqueei as sobrancelhas.

Fazia sentido.

— Acho que você está certo, Rhuan. Mas não entendi bem onde você quer chegar.

— A questão é: por que Carlie só quer você com o marido ou o público por perto? Não fisicamente perto, mas quando ele está no mesmo lugar. Já se perguntou isso? Ela não arrisca que ele veja, mas arrisca que o marido apenas esteja em algum lugar próximo demais para pegá-la conversando ou fazendo Deus sabe o que com você. Talvez, acabe ouvindo burburinhos que o levariam a crer no caso. — Rhuan umedeceu os lábios e tirou a atenção de Carlie, para virá-la para mim. — Ela busca agir como se ainda se importasse, o que merece algumas palmas. Demonstrou ciúmes de Victoria, até falou com a sua atual namorada. Muito convincente para uma ex psicótica, exceto por uma coisa: se ela quisesse, se esforçaria mais. Não quando as pessoas estão presentes, muito menos quando o marido está no mesmo resort. Então, te afirmo: Carlie não quer você. Não de verdade. Ela pode achar que quer, fazer isso inconscientemente, mas... não. Sua ex tem problemas maiores para lidar.

Senti um peso sair das minhas costas e quis tanto acreditar em Rhuan, que só precisei deixá-lo falar. Então, Rhuan continuou.

— Os braços cruzados no peito simbolizam proteção. Carlie está se protegendo. De quê? — Rhuan olhou para Carlie mais uma vez. Depois, para o marido de Carlie. — Observe o marido dela agora, *hermano*. O cara tem cinco mulheres ao redor dele, que não são convidadas do casamento de Elisa e Diego, e são novas. Devem ter... uns vinte e dois, vinte e três anos. O suficiente para quererem viver a vida intensamente e entrarem de penetra na festa de outra pessoa. Agora, veja como o marido dela está sorrindo, olhando todas, mas se esquecendo de uma pessoa... a própria esposa. As mulheres fecharam um círculo na frente da visão dele, protegendo-o instintivamente. E cadê Carlie nesta roda? Ela está à distância, com os olhos cheios de lágrimas, odiando tanto ver aquilo que até se esqueceu de você.

Rhuan estava certo. Carlie parecia devastada, encarando o marido como se não aguentasse mais uma decepção.

— Carlie não quer você por *você*, Alejandro Hugo — Rhuan arrematou. — Ela quer você porque, talvez, a única coisa que pode ferir o marido é o ex dela, e Carlie deseja provocar uma reação, nem que seja a raiva. O sentimento é corrosivo, mas é melhor do que a indiferença. Você disse que o casamento em que ela se enfiou não foi por amor, e sim negócios? Que ela não o amava quando o escolheu? Bem, não foi bem assim que aconteceu, não. Certamente ela, nesse instante, está bem apaixonada.

— Caralho, Rhuan — Diego murmurou.

— Faz todo sentido — Andrés acrescentou.

— Porra... — Esteban sussurrou.

Pisquei, chocado com aquela realidade, aliviado pela perspectiva de Rhuan.

— O marido dela parecia apaixonado quando fez várias surpresas para ela, no começo... então, o sentimento existiu, mas morreu? — questionei.

— Não sei se morreu, *hermano*. Mas ele está determinado a esquecer a própria esposa. Eu não sei o que aconteceu entre eles, mas definitivamente... você pode ficar tranquilo e viver a sua vida. Talvez falar umas verdades para Carlie, fazê-la entender que ela não o quer de verdade. Se eu pudesse dar um conselho para a sua ex, diria que ela precisa parar de agir com o coração e começar a agir com o cérebro.

— Rhuan, eu nem sei como te agradecer. Isso vai dar um basta nessa situação e também não vai prejudicar a posição de Elisa como advogada de Carlie.

Ele estalou a língua, negando, e, em seguida, abriu um largo sorriso.

— Me agradeça fazendo o contrário com Victoria. Use o coração, e não o seu cérebro. — Rhuan se dispersou quando viu alguma coisa. — Ah, porra. Olha a minha premonição chegando. Prepare-se, *hermano*. Eu disse que ela viria.

Mudei a atenção para onde Rhuan estava olhando. Carlie estava caminhando até nós, a passos largos, os olhos vermelhos pelas lágrimas contidas e fixos em mim.

Mas não *por* mim.

— Eu vou conversar com ela — avisei-os.

— Boa sorte. — Rhuan deu duas batidinhas no meu ombro. Diego só me lançou um olhar, enquanto Andrés e Esteban assentiam para mim. Os quatro saíram ao mesmo tempo em que Carlie se aproximava.

Ela abriu um sorriso, que foi a coisa mais falsa que já vi em toda a porra da minha vida. Inspirei fundo, disposto a dar um ponto final naquilo e fazer Carlie enxergar a verdade, contando a versão do Rhuan dos fatos, para que ela também tivesse um pouco de paz.

— Tem um minuto, Carlie? — perguntei, e ela arregalou os olhos. — Precisamos conversar.

— O quê?

— Acho melhor você sentar.

Aline Sant'Ana

Capítulo 28

"Eu nunca pensei que algo tão bom pudesse começar do acaso
Aqueles olhares que se conectam, sonhando noite e dia
Quem pensaria que isso iria acontecer?
Eu encontrei o amor da minha vida, é só o que posso dizer."

Tres Dedos - Mi Lado

Victoria

Por mais que eu quisesse ficar o último dia com Alejandro e as famílias de Elisa e dos meninos, sabendo que iam se reunir, eu simplesmente não pude. O que me deixou bastante angustiada. Eu e Alejandro estávamos no mesmo lugar, mas eu já sentia... falta dele. Além disso, havia um diabinho sentado no meu ombro esquerdo, sussurrando que Carlie deveria estar no meio do dia incrível que eles tiveram.

Balancei a cabeça e decidi focar a atenção no senhor Avila, a última tarefa do dia. Ele estava dizendo algo sobre a área presidencial e isso me fez lembrar...

— É o nosso cartão de visita, a área presidencial — rebateu.

— Hum, eu sei. — Engoli em seco. — Mas é o que eu estava falando para o senhor. A piscina lá tem uma cascata muito maior, as luzes coloridas embaixo e o fato de ser aquecida... é tão injusto que seja exclusiva. A discrepância desse resort me incomoda um pouco. Tanto luxo para um e, para o resto, mais do mesmo. Entende o que eu quero dizer? Aquela piscina é um mar particular. Financeiramente falando, é a disponibilidade de um recurso bem caro para apenas uma estadia. Vocês nunca cogitaram isso?

O senhor Avila piscou, surpreso.

— Realmente, não pensamos...

— E o jardim? Tudo tão maravilhoso. Vocês têm tanto concreto aqui e não casa com o lugar paradisíaco que estamos. Talvez, se vocês plantassem... Na área das crianças, no imenso playground. Também na recepção do resort, que é tão cheia de grama e sem vida. Adorei a sala de jogos também. As crianças poderiam aproveitar aquilo o dia inteiro. Eu mesma me diverti. — O gerente abriu um sorriso enquanto eu falava. Lágrimas brotaram em meus olhos, e as sequei rapidamente. — Desculpa, é que...

— O que houve, senhorita?

Desatei a chorar.

— Eu v-vivi... eu brinquei... na-naquele jogo estúpido de moto.

Solucei e arfei.

A mão do senhor Avila veio até meu ombro, sem que ele entendesse o que diabos estava acontecendo, e me levou para um lugar isolado, para que eu pudesse me sentar. Meus olhos arderam, as lágrimas escorreram, as bochechas queimando pelo calor repentino.

— A piscina é uma l-loucura também. — Meu nariz fez aquele barulho entupido e estranho. — Para que aquelas luzes, para os fantasmas? Quem f-fica na área presidencial? Todo m-mundo precisa viver isso uma vez na vida! — O choro incontrolável me fez rir de mim mesma. As lágrimas simplesmente saltaram, e a risada se misturava a elas.

— Senhorita, eu vou pedir que você respire.

— E-eu me a-apaixonei.

— Pelo resort?

— N-não.

— Está tudo bem, Victoria.

— É que eu realmente a-adorei a área presidencial e e-ela é o triplo do p-preço. — Tentei voltar ao modo profissional, ainda chorando incontrolavelmente. — Se o s-senhor colocasse esses recursos disponíveis para todos, talvez p-pudesse subir o preço da estadia comum, que já é bem l-luxuosa, porém, não ap-aproveitada. Consecutivamente, isso a-atrairia o público de maior r-renda.

— Moça, tente se acalmar.

— Estou tentando, de verdade.

O gerente do hotel segurou meu pulso, abrindo um sorriso sábio e paternal para mim.

— Senhorita Foster, você já pensou em trabalhar com isso?

Franzi as sobrancelhas, tentando controlar a vergonha de chorar na frente de um desconhecido. Ele me estregou um lenço, que eu peguei e sorri, enquanto secava a fonte interminável de lágrimas.

Merda.

— Trabalhar com o quê? Chorando para a TV?

— Melhorias para os resorts, hotéis, coisas que você, uma mulher de tanta visão, pudesse ajudar.

— Mas isso... eu nem sei se é uma profissão. Eu já sou consultora de viagens e...

— Digo que você poderia unir as duas coisas. Ainda ser uma consultora de viagens, mas não apenas observar o lado dos clientes, como também ser consultora dos pontos para onde essas pessoas viajam.

— Ah, eu não sei... Não sou tão criativa. Eu só tive essa ideia porque...

A experiência que tive com Alejandro me fez enxergar o resort de outra forma.

— Não sei o que viveu na área presidencial, mas deveria fazer mais vezes.

— Acho melhor não...

Ele riu e ficou um tempo em silêncio, deixando que eu me acalmasse. Quando os minutos passaram e eu inspirei sem fungar, senhor Avila tocou na minha mão.

— Sabe, senhorita Foster, eu me apresentei como o gerente do resort, mas, na verdade... ele é meu.

Meus lábios se abriram em choque.

Ele riu.

— Eu sei. Não fiz por mal. Eu realmente gerencio tudo isso. Mas ouvindo você dizer dos pontos que poderia melhorar... não pude deixar de dizer que, sem dúvida alguma, vou acatar cada uma de suas dicas.

Meu. Deus.

— De verdade? — Minha voz tremeu.

— Claro, por que não? Me avise se mudar de ideia quanto a enxergar sua profissão por outra ótica. Você mataria dois coelhos com uma cajadada só. E, sem dúvida, teria mais tempo para você, porque o dinheiro viria em dobro e, talvez, pudesse contratar pessoas para serem consultoras de viagem. Poderia capacitá-las para isso.

— Você é realmente um empreendedor.

O homem sorriu.

— Minha esposa acha isso péssimo.

— É um dom, senhor Avila.

— Bom, então, somos dois talentosos aqui. Pense com carinho e depois me diga. Eu teria uma lista de hotéis e resorts que, sem dúvida, contratariam seus serviços.

— Muito obrigada.

— Então, você quer me dizer mais alguma coisa?

— Basicamente, isso é tudo que senti... Já são muitas mudanças, mas acredito que vai valorizar o seu resort. Os meus clientes, sem dúvida, vão se interessar pela área presidencial.

— Isso quer dizer que o meu resort será o destino dos seus clientes em Cancun?

Abri um sorriso.

— Com certeza.

Senhor Avila me puxou para um abraço rápido e, quando se afastou, segurou em meus ombros, sorrindo de orelha a orelha.

— Muito obrigado, senhorita Foster.

— O prazer é meu. E desculpa, de verdade, pela crise de choro.

— Sabe, senhorita Foster. Eu acredito que o amor é o sentimento mais subestimado por nós. Acreditamos que ele é forte, mas não fazemos ideia do quanto. Não sei o que está enfrentando, mas tenha um pouco de fé. O amor sempre encontra o caminho de volta para casa.

Ele me ofereceu um sorriso e se despediu com um aperto de mão. As palavras do senhor Avila permaneceram na minha mente enquanto caminhava. Peguei o celular e decidi conversar com a única pessoa que, mesmo à distância, poderia compreender o meu coração.

Laura não estava online, então, deixei vários áudios para ela. Tirei os sapatos para sentir a grama embaixo dos pés, enquanto olhava o cenário à minha volta. A noite não tinha caído ainda no horizonte, só surgiria depois das seis e meia, mas algumas estrelas já pintavam o céu, ansiosas para aparecerem. O sol estava lutando com elas. Meio dia, meio noite. O tom claro e azul se misturando ao laranja, rosa, até descer para o tom azul-marinho. Senti o celular vibrar no bolso, me dispersando. Assim que vi quem era, sorri e atendi.

— Oi!

— Ah, sua louca! Você me mandou novecentos áudios, contando a coisa toda. Parei tudo só pra ouvir e, agora, quero mais é saber a data do casamento! — Ela riu do outro lado, sua voz eufórica. — Quem diria, hein? Você está vivendo um filme de romance...

— Amiga, não é assim.

— Laura, eu não vou arrumar um namorado — me imitou, cantarolando e tentando deixar a voz mais sexy para chegar ao meu timbre. — Eu vou ter vinte gatos e dez cachorros. Laura, eu nunca vou encontrar outro homem, porque ser traída é uma droga. Laura, eu nem sei mais o que é fazer sexo. Laura...

Gargalhei. Só Laura para me fazer rir no meio da angústia que sentia.

— Eu não estou namorando com ele. É um acordo.

— Um acordo muito bom, né? Se te rendeu uma transa maravilhosa em um quarto submerso.

— Não é só isso. Alejandro é um homem de trinta e quatro anos, advogado, inteligente, divertido, sexy. Fora que ele é meio... romântico. Eu não sei bem definir isso. É uma mistura de safado com carinhoso. O senso de humor dele me encanta e os momentos que passamos juntos foram incríveis. Claro que o sexo foi uma coisa meio de outro mundo, mas...

Laura soltou uma risada alta do outro lado.

— Pelo amor de Deus, e o que você está fazendo aqui falando comigo? Vai transar!

— Eu acho que... misturei as coisas.

Minha melhor amiga ficou em silêncio do outro lado. Ouvi sua respiração, o único indicativo de que estava lá. Depois, seus saltos começaram a bater no chão.

— Certo — sussurrou e, em seguida, soltou um suspiro. — Nós temos um problema?

Minha boca ficou seca.

— Nós temos um problema.

— Ok, amiga. Você odeia se apaixonar, mas será que é tão ruim assim? Sei que você escapou do sentimento por um tempo, tempo demais até, mas às vezes está na hora de se jogar e sentir a experiência. Viver todos os dias como se fosse o último. A gente não tinha isso como legenda em alguma foto nossa no Instagram?

— Como eu sinto sua falta aqui — sussurrei.

— Claro que sente. Eu já estaria dando um jeito na sua vida amorosa.

— Isso, sem dúvida.

— Conselho de amiga ariana: vai transar. Lidamos com o coração partido depois. Você tem que aproveitar a vida. Falando nisso, também preciso te contar umas coisas.

Laura passou os quinze minutos seguintes me contando que pegou, no hotel em que estava hospedada, um homem meio japonês e meio americano lindíssimo e muito gostoso. Entre gargalhadas, um assunto tão leve, tinha me esquecido completamente que Laura estava em um horário completamente oposto ao meu.

— Você está me ligando tão cedo assim? Nem amanheceu aí.

— Eu estava ocupada com o japonês.

— Você tem certeza que é meio japonês?

Laura ficou quieta por um tempo, pensando.

— Meio asiático.

Eu ri.

— Amiga, assim que você voltar para Nova York, estarei lá. Vamos marcar, né?

— Sim. Falando em Nova York, consegui com a Elisa, a cunhada do Alejandro, um lugar legal. Já está quase certo. Eu adorei as fotos e fica em Midtown Manhattan, acredita? Além disso, o preço é ótimo. Bem dentro do que eu queria.

— Que maravilha! Nada acontece por acaso. Tenho certeza de que esse apartamento será seu — Laura disse. — Bom, amiga. Nos falamos em breve. Amo você.

— Também, querida. Beijos! — Encerramos a chamada.

Meu celular vibrou de novo e achei que fosse Laura me ligando, até ver o nome Hugo na tela. Eu não tinha mudado o nome dele para Alejandro, e meu estômago deu um loop.

— Estou me perguntando onde você está agora. — A voz masculina e carregada de sotaque espanhol fez os pelos da minha nuca subirem.

— Acabei de concluir a reunião com o gerente, quer dizer, o dono do resort. E conversei com a minha melhor amiga por telefone. Já se foi um dia.

— Quer jantar comigo?

Tipo um encontro? Quase questionei, mas me contive. *E é cedo ainda e eu nem estou com fome.* Cala a boca, Victoria. Aceita esse convite, meu coração pediu.

— Claro.

— Só nós dois — a voz rouca ecoou do outro lado da linha.

Um encontro mesmo.

Puta merda.

— Aham...

— Aliás, eu já pedi o serviço. É no meu quarto, se não se importar. Talvez possamos ter uma conversa. — Exalou fundo. Escutei seus passos para lá e para cá. No quarto dele. Eu precisava me arrumar. Precisava urgentemente tomar um banho, secar o cabelo, fazer uma maquiagem leve e casual, do tipo, eu não estou maquiada, sou linda assim o tempo todo. — Senti sua falta hoje.

Droga, mas como faria isso se todas as minhas coisas estavam no quarto dele?

Meu coração bateu forte, trazendo todos os sentimentos que eu queria esconder.

— Também senti sua falta.

— Sério? — Não podia vê-lo, mas estava quase certa de que Alejandro sorria do outro lado. — Que bom ouvir isso.

Prendi a respiração, incerta do que dizer.

— E como foi o seu dia? — joguei, ainda sentindo taquicardia.

— Nos despedimos de nossas famílias. E os pais de Elisa tinham um compromisso nos Estados Unidos. Se foram todos, só estamos eu, você, Elisa, Diego e os meus primos, que também vão embora amanhã.

— Carlie foi embora?

— Não. Mas, sobre ela, preciso te dizer que já resolvi. Coloquei uma pedra em cima dessa história. Nada era o que parecia ser, acho que você vai ficar bem surpresa. — Inspirei fundo. Era como se ele precisasse se explicar. Droga. Eu realmente sentia ciúmes dessa mulher. Escutei uma batida forte em sua porta. — Ah, a comida está aqui. Se quiser subir...

— Já estou chegando aí.

— Ótimo. Até daqui a pouco. — O outro lado da linha ficou mudo.

Enquanto cruzava o resort para pegar o elevador, experimentava o reflexo de estar envolvida nessa mentira. A atração e o sentimento que não conseguia esconder nem de Alejandro nem de mim mesma. Lembrei das palavras de Laura, de normalmente não ser capaz de aproveitar a vida por medo de quebrar a cabeça e o coração.

Peguei o elevador, inspirando fundo, os números subindo quando apertei o botão de número seis. Meus joelhos tremeram quando as portas se abriram. Assim que pisei do lado de fora, fui pega de surpresa.

Alejandro estava com a porta do quarto aberta, os braços cruzados na altura do peito, sorrindo. Vestido com uma camisa social vermelha, aberta em três botões, e uma calça jeans branca, ele me fez perder o fôlego e também me lembrou da primeira vez que o vi de toalha vermelha. Tinha acabado de tomar banho, os cabelos ainda úmidos denunciando que ele tinha se arrumado para isso e... o que era aquele perfume? A cada passo que eu dava, a fragrância de hortelã, mel e canela tornava impossível qualquer mulher pensar com coerência.

— Vermelho é realmente a sua cor.

Alejandro semicerrou o olhar. Levou um segundo para que entendesse o que eu quis dizer. E, então, aqueles pontos cor de mel brilharam. Sua atenção desceu para os meus lábios, aquela corda invisível e quente entre nós tensionando.

— Fico me perguntando como *você* ficaria naquela toalha vermelha. — Ele sorriu mais largo quando cheguei mais perto. Alejandro tocou minha cintura, puxando-me para seu corpo. Em um movimento, seus lábios tocaram a minha boca. — Você quer entrar? Eu fiz o pedido e não sabia o que você queria. Tirei por base o que comemos esses dias. Espero que esteja bom. Caso não, a gente pede de novo.

— Tudo bem. — Foi tudo o que consegui responder.

Entrei no quarto dele e a porta fechou às suas costas. Virei-me para Alejandro, e ele indicou a mesa. Tudo estava servido, embora as bandejas estivessem cobertas por cloche, para manter aquecida a comida. Havia uma garrafa de vinho e uma jarra d'água. As taças, lindas, brilhavam à meia luz do castiçal de velas no centro da mesa.

— Meu Deus, tem certeza de que, em algum momento, a gente não começou a namorar?

Ele soltou uma risada baixa e rouca.

— Não posso surpreender você?

— É o que *você* faz quando está namorando.

— Porra, a gente pulou toda a ordem natural das coisas. — Me aproximei da mesa e Alejandro puxou a cadeira para mim. Tentei me lembrar de quando um homem fez isso por mim pela última vez. Não consegui. Ele deu a volta e se sentou do outro lado. Peguei a toalha umedecida e quentinha, e limpei as mãos. — Se fôssemos namorar, eu teria que te pedir em casamento. De cara, assim.

Gargalhei.

— Um pedido de casamento, sério? Mas seria um noivado longo?

— Um noivado de uma década. — Ele sorriu de lado e abriu o vinho.

Ri de novo e Alejandro não aguentou, acabou rindo também. O começo do jantar foi leve e, para minha surpresa, ele realmente prestou atenção no que eu gostava: o irresistível macarrão ao molho quatro queijos. Conversamos sobre nossas preferências, indo para o assunto das nossas profissões. Alejandro pareceu interessado no que eu faço e como faço, e contei um pouco de como funcionava a profissão que tanto amava.

— Mas você faz a sua agenda?

Balancei a cabeça, negando.

Aline Sant'Ana

— Em parte, sim, porque decido quando vou, mas precisa sempre funcionar antes dos meus clientes pedirem. No começo, eu me atrapalhava, porque não fazia ideia de para onde queriam ir, mas agora tenho um questionário semestral que envio para eles. É comum viajarem duas vezes no ano, então, faço perguntas sobre o que está na mente deles. Praia? Montanha? Lugares exóticos? Desejam o quê? Relaxar, curtir... Meus clientes confiam em mim para escolher um destino, mas procuro lugares que se encaixem no que eles já têm em mente. Então, é mais fácil.

— Por quem você está aqui agora? Queria enviar um cartão agradecendo por terem pedido... o quê? Um lugar paradisíaco com música latina, comida boa e um resort na beira da praia?

— Exatamente o que eles pediram.

Os olhos cor de mel de Alejandro brilharam à luz das velas.

— Essa família te trouxe para mim. — Alejandro umedeceu a boca. — Quero enviar mesmo um cartão. Preciso de nomes.

Meu Deus, ele era encantador, charmoso, delicioso, doce, quente como as profundezas do inferno — e isso é bom. Meu coração perdeu de dez a zero quando acelerou, implorando para que eu simplesmente o deixasse comandar.

— A família Hills — sussurrei.

Alejandro arregalou os olhos.

— A Indústria Automotiva Hills?

— Aham.

— Você tem clientes importantes. — Ele tomou um gole do vinho branco e, assim que apoiou a taça sobre a mesa, passou os dedos pelos fios do cabelo, ajeitando-o para trás.

— Sim, recebo muito bem por viajar. Acaba que, sempre o que eu gasto recebo três vezes mais.

— Isso é bom.

— É ótimo, na verdade.

Conversamos mais um pouco sobre nossas profissões. Alejandro me surpreendeu quando disse os casos famosos que defendeu, especialmente os relacionados às mulheres que tiveram coragem de fugir de homens abusivos e violentos ou de pessoas que precisaram usar a legítima defesa como ato mais extremo. Alejandro conseguiu salvá-las. Seus casos pró-bono eram sempre os melhores, e ele fazia questão de os encaixar em sua agenda, duas vezes ao ano.

— A legítima defesa prevê que a pessoa tem a obrigação de recuar, *duty to retreat*, antes de adotar uma força mais fatal. Mas, nos casos que defendi, foi evidente que usar a violência foi o último recurso. Eu fico feliz em poder defender essas mulheres, quando muitas vezes o laudo médico é inconclusivo e, mesmo sem testemunhas a favor, consigo trazer a verdade à tona. As provas nunca mentem.

Deus, era lindo ele falando sobre isso.

— Você é incrível, Alejandro.

Seus olhos brilharam e ele sorriu por trás da taça. Acabei me deparando com um advogado preocupado com o bem-estar dos seus clientes, muito além de simplesmente advogar por status. Ele verdadeiramente amava o que fazia.

Depois, o assunto foi para o nosso dia, e foi aí que fiquei chocada. Alejandro me contou sobre Carlie e, conforme ele dizia o que Rhuan, seu primo, tinha constatado a respeito da sua ex noiva, mais o comportamento dela fazia sentido.

— Eu conversei e mostrei para Carlie que, esse tempo todo, ela não me queria.

Bebi mais vinho, minha garganta subitamente seca.

— E ela entendeu?

— Carlie começou a chorar e... foi de verdade. Eu a puxei para um canto, longe dos olhos do marido, e Carlie me contou que é apaixonada mesmo por ele, que não casou por negócios, como ela quis me convencer antes. E que ele anda buscando outras pessoas, porque está magoado com ela por uma razão pessoal, e isso a tem matado. Como a única pessoa que o marido tem ciúmes sou eu, o resto... você já sabe. — Alejandro deu de ombros.

— Então, ela vai parar?

— Carlie não é de prometer as coisas sem ter certeza. Apesar de ela ser bem manipuladora, acreditei em suas palavras.

— Nem sei o que dizer.

Alejandro sorriu.

— Acho que esse foi o ponto final que Carlie precisava. Entender que o que ela estava fazendo, dando em cima de mim como se eu fosse um prêmio, não era porque tinha saudades de um noivo que ela nunca amou. O que Carlie estava fazendo era tentar reconquistar o marido dela. No final, eu só a aconselhei a usar a razão.

— E eu achava que uma conversa não resolveria essa situação.

— Às vezes, *Cariño*, só precisamos mudar a nossa perspectiva.

Senti o peso de mil toneladas sair dos meus ombros, por mais que não tivesse razão para isso. Alejandro, até agora, nunca tinha mentido para mim, eu acreditava em cada uma de suas palavras. A confiança é um presente que duas pessoas recebem e, naquele momento, o embrulho iluminado caiu sobre o meu colo. Eu só... ouvi o que ele tinha a dizer, absorvendo, nos traços do seu rosto, a certeza de que Carlie tinha, finalmente, ficado em seu passado.

O macarrão acabou, a garrafa de vinho vazia foi substituída por outra cheia e a conversa se estendeu além da sobremesa. Antes que percebesse, estávamos no sofá da sala de estar, com a terceira garrafa aberta, enquanto eu ria da história de infância do Alejandro com Diego e os primos.

— Mas vocês subiram na árvore?

— Não adiantou. — Ele sorriu de leve. — Meu tio escalou a porra toda e bateu de cinta em quem foi capaz de alcançar.

— Vocês eram terríveis.

— Éramos moleques e sempre fazíamos arte quando visitávamos a Espanha. Era o momento de ficarmos juntos. Nossos primos são como irmãos para mim e Diego.

— Você sente falta do país em que nasceu?

Alejandro pensou um pouco.

— É, eu sinto. Mas visito todo ano e isso diminui a saudade.

Ainda não tínhamos conversado sobre o que realmente iríamos conversar. Acabei conhecendo mais do Alejandro, como se eu já não estivesse apaixonada o suficiente, e foi como se o universo me jogasse aos pés desse homem e dissesse: se você não o laçar, eu desisto da sua vida amorosa.

O assunto acabou e o silêncio entre nós pareceu confortável, exceto pela pulsação acelerada no meu pescoço, indicando o quanto estava nervosa por saber que aquele era o momento.

— *Cariño*, eu te chamei aqui porque é a nossa última noite no resort e eu sinto que a gente precisa conversar. — Estávamos sentados perto um do outro, o que não ajudava em nada. O perfume dele parecia cobrir cada metro quadrado, o calor do seu braço tocando o meu, o olhar quente de Alejandro em mim...

— Sim, tudo bem.

Ele fixou o olhar em meu rosto e passou a pontinha da língua em seus lábios cheios.

Percebi um lampejo de incerteza e o sorriso dele foi lentamente sumindo. Alejandro estava tão angustiado quanto eu.

— Nós vivemos uma experiência diferente, *Cariño*. — Fez uma pausa. — Tudo que experimentamos aqui e entre nós dois... cara, eu não sei nomear, mas espetacular chega bem perto do adjetivo que eu estava buscando.

Prendi a respiração porque Alejandro esperava uma resposta. E eu não poderia mentir. Então, deixei meu coração falar.

— Eu adorei cada segundo dos momentos que passei com você. — Engoli em seco. Dizer aquilo era me deixar exposta, como aquele pesadelo de estarmos nus na frente de centenas de pessoas.

A reação dele não ficou óbvia para mim. Achei que seus olhos brilharam mais, mas também poderia ser a luz das velas na mesa de jantar.

— Para mim é muito claro que, a partir de agora, existem dois caminhos e optar por um deles é fazer uma escolha. O primeiro: pensarmos nisso como uma aventura de verão e deixarmos passar toda essa... — Sua mão viajou para o meu rosto, os nós dos dedos passeando por meu maxilar, bochecha e lábios. — Toda essa atração, conexão e elo que existe entre nós. Podemos fingir que nada aconteceu e seguir com uma amizade. Usarmos o que nos conectou como base e a segurança de que nem eu nem você poderíamos nos machucar no futuro.

Senti meu coração apertar em angústia após as palavras dele; foi quase sufocante. Eu estava prestes a interpretar aquilo como o caminho que Alejandro queria seguir, quando senti...

Seu carinho.

Os nós dos seus dedos ainda passeavam pelo meu rosto. E Alejandro, alheio à minha batalha interna, abriu um sorriso.

— O segundo caminho é meramente profissional.

Alejandro ficou em silêncio, me encarando.

— O quê?

— Você é uma consultora, que geralmente encontra o que a gente quer, certo?

Meu sangue ferveu depressa, e fui incapaz de responder.

— Então, o que eu preciso... — A voz dele estava divertida. Alejandro se afastou de mim. Ele começou a contar os dedos da mão. — Cabelos castanhos, olhos azuis *Tiffany*, lábios cheios que dão vontade de passar a pontinha da língua, um corpo gostoso demais

Aline Sant'Ana   214

para deixar um homem de joelhos. Existe uma Laura como melhor amiga, e eu não sei se isso é bom, mas dizem que vem junto. É tipo café da manhã incluso; você não sabe o que esperar, mas está ali. Ah, ela tem um mapa-múndi em casa, com alfinetes sobre os países. Eu não sabia que dava para fazer vudu em cima de um país, mas cada um com seus gostos peculiares.

Demorou um século para a minha raiva dar vez à surpresa, para o meu coração parar de bater pela ira e derreter em um sentimento gostoso, suave e enlouquecedor.

Pisquei, sentindo a emoção cobrir cada célula do meu corpo.

— Você sabe que eu não sou o Tinder, né?

Alejandro soltou uma gargalhada tão deliciosa, que causou cócegas no meu estômago. Ele me observou, divertido, balançando a cabeça em negação.

— Você sempre foge das situações com humor. Adiciona isso no pacote porque o segundo caminho, *Cariño*, é você. E sou eu. É jogarmos o orgulho de lado e continuarmos de onde paramos, deste instante, ao que vier para o futuro. É o caminho em que eu digo que quero você. Que quero todo o pacote de viagens que é Victoria Foster. E, como eu disse no começo, para mim é muito claro que existem duas bifurcações, só temos que saber qual passo vamos dar. Eu já sei qual escolho. E você?

Quer levar minha alma? Leva. Vamos assaltar um banco? Sim. Minha dignidade? Nunca precisei. Quer roubar a Laura como melhor amiga? Rouba.

Qualquer coisa que ele dissesse para mim, naquele minuto, eu diria sim.

— Eu quero...

— Não.

Foi como se um balde de água congelante tivesse caído sobre a minha cabeça.

— Alejandro, você tem que parar de quebrar as coisas subitamente assim e de me causar mini ataques cardíacos toda vez!

Ele riu.

— Eu só quero dizer que não quero ouvir a sua resposta agora.

Arregalei os olhos, chocada.

— A única resposta que quero de você agora é: você está bem?

— Acho que estou — sussurrei. — Eu só... posso perguntar qual caminho você está tão certo a respeito?

Eu precisava ouvir.

Alejandro assentiu, sem nunca tirar os olhos dos meus, chamas dançando no mel e borboletas voando no meu estômago.

— O meu caminho é você, Victoria. — Sua voz foi rouca, densa e sexy.

— Ah, Alejandro...

— Você tinha dúvida? — O olhar dele escorregou para a minha boca.

— Um pouco.

Ele se aproximou e me deu um beijo casto nos lábios, sorrindo contra a minha boca. Foi tão contraditório a chama que zanzava em mim, que eu apontei a língua entre seus lábios, pedindo que me beijasse de verdade. Alejandro afastou-se lentamente, negando com o beijo que não demos, mas em seu olhar estava o controle do que não conseguíamos frear.

Levantei do sofá e arrastei a minha mala, encarando aquele homem com a camisa social vermelha e a pele bronzeada à mostra. Alejandro ficava absurdamente bonito de vermelho. E ele queria esperar a minha resposta. Se eu ficasse em seu quarto, pularia nele e arrancaria suas roupas.

— Então, ao invés de eu dormir aqui, é melhor eu ir... para o meu quarto.

— Certeza? — Seus olhos foram para a minha mala.

— Sim, eu não vou conseguir ficar perto de você sem te tocar... e...

Alejandro abriu um meio sorriso.

— É, *Cariño*. — Ele se levantou. A altura e a presença impactante me deixaram tonta. A intensidade com que Alejandro me admirou me fez estremecer. — Talvez, seja melhor ir para o seu quarto, pensar com coerência.

— Posso só fazer mais uma pergunta?

Alejandro assentiu.

Umedeci os lábios.

— Por que não posso te responder agora?

— Existem duas respostas. A egoísta e a altruísta. Qual quer ouvir primeiro? — Ele enfiou as mãos no bolso da calça, seus bíceps brigando com a camisa, o olhar semicerrado me arrepiando.

— A altruísta.

— Porque você não teve o dia inteiro para pensar como eu tive. Porque você é impulsiva e geralmente toma decisões de que se arrepende no calor do momento. Passei tempo demais com você para entendê-la, *Cariño*. Porque aceito se você quiser pegar a direita e eu, a esquerda. Como também sei que, independentemente da decisão que você tomar, eu vou concordar. Porque não pode ser bom só para mim, Victoria. Tem que ser para nós dois. E por mais que, agora, possa parecer tão óbvio dizer: eu quero A ou B, como advogado, reconheço que, de cabeça fria, você talvez queira me oferecer um terceiro caminho. Estou pronto para ele também.

Deus.

Alejandro Hugo Reed De La Vega, o homem do nome mais comprido do planeta, era um cara de palavra, de análise, de compreensão e de respeito.

Prendi a respiração e pisquei, afastando a emoção.

— E o egoísta?

— Porque não quero ser uma escolha errada para você. Eu quero ser a escolha mais certa que você já fez na sua vida.

Oh.

Deus.

Borboletas dançaram no meu estômago, o instante pareceu me congelar. Seu motivo egoísta era tão bonito quanto todo o resto, e eu só pude... simplesmente arrastar a minha mala até a porta do seu quarto, ainda nadando com suas palavras em minha mente, sentindo-as em cada parte do meu corpo.

— Tudo bem.

— Tudo bem, então. — Ele sorriu e segurou a maçaneta, abrindo a porta para mim.

Me aproximei rapidinho de Alejandro, ficando na meia ponta dos pés, dando um beijo suave em sua boca quente.

— Boa noite, *mi vida* — sussurrei.

— Boa noite, *Cariño*. — Sua voz ecoou rouca e densa de alguma emoção que eu não soube identificar.

Quando saí do seu quarto e escutei a porta se fechar, suspirei fundo. A sensação de que havia perdido algo preencheu meu peito. Procurei, já dentro do meu quarto, a bolsa sobre meu ombro, o celular no bolso da calça, até perceber que tudo estava comigo.

Exceto uma coisa: o medo.

O sentimento ficou em algum lugar daquele corredor, as algemas invisíveis caindo dos meus calcanhares e pulsos. A liberdade de me permitir viver me convidou para dançar e eu abri um sorriso.

Não havia o que pensar.

Eu já sabia a resposta.

Capítulo 29

"Cumpra todos os meus desejos
Tente manter esse sentimento vivo
Oh, pegue fogo!"
Rayvon Owen - Like A Storm

Alejandro

Eu não conseguia dormir sem ela. Isso era tão ridículo. O pior de tudo? Minha mente estava um verdadeiro caos. Meu corpo? Porra, ainda fervendo por aquela mulher. Cada parte ansiando por sua resposta, inclusive... Encarei o lençol sobre o meu pau: erguido. Só de propor que ela fosse minha, meu corpo já tinha respondido. *Como seria se Victoria aceitasse?* Meu peito subiu e desceu com a respiração rápida, a barriga ondulando pela vontade. Essa era a segunda vez que me renderia à imaginação por ela.

Agora que eu já tinha provado seu corpo, experimentado cada centímetro...

Trinta e quatro anos e batendo uma como um adolescente.

Soltei um rosnado. Punindo a mim mesmo e sabendo que eu não ia conseguir me conter, afastei o lençol. Nu, de olhos fechados, lembrei das mãos de Victoria em meu corpo e comecei a repetir o que ela fez. Toquei meu peito bem devagar, descendo para a barriga, passeando, agarrando meu pau com força. Ele deu um espasmo quando subi e desci. Gemi, lembrando da textura da boceta de Vick em volta de mim. Macia, molhada... Tirei a mão do meu pau e umedeci os dedos com a língua, torcendo para que servissem ao propósito. Agarrei-o, subindo devagarzinho. Acelerei o movimento, e o som duro de pele com pele me fez fantasiar com o som molhado que viria ao entrar naquela mulher. Ofeguei quando meus quadris foram para cima, exigindo mais força, mais rapidez. Entrando nela, beijando sua boca, sentindo seu perfume de rosas e jasmim em cada centímetro do meu corpo. Seus mamilos entre meus dentes, sua boceta vermelha por receber meu pau com força. Inchada, gotejando prazer, apertando...

Escutei uma batida na porta.

Caralho.

— Um minuto — pedi, com a voz bruta, e apertei o botão que ligava os abajures, para não ficar na completa escuridão.

Inspirei fundo, me sentando na cama. Puxei o lençol e amarrei na cintura, embora não fosse resolver porcaria nenhuma. *Quem poderia ser a essa hora?* Lancei um olhar para o relógio perto da cama. Meia-noite e um. Caminhei até a porta, irritado por ser interrompido, e abri uma fresta apenas, meu quadril atrás da porta. Pisquei lentamente, tirando o tesão dos meus sentidos.

— Meia-noite e um agora. Então, teoricamente, é amanhã — a voz sexy e feminina ecoou.

Meu coração bateu forte ao ver o motivo das minhas fantasias bem na frente dos meus olhos. Victoria não esperou eu convidá-la, ela empurrou a porta com a mão, me fazendo caminhar para trás.

Cacete.

Em meio segundo, Victoria nos fechou no quarto e eu apertei o lençol com mais força ao lado do quadril, descendo a atenção por seu corpo. Meu pau deu um impulso, as bolas se retesando de vontade. *Continua*, meu corpo pediu. *Continua, mas com ela.*

Ay, mujer...

Ela tinha aparecido com um sobretudo, que caiu de seus ombros até alcançar o chão e me mostrar que não esperava o amanhã quando poderia viver o agora. Exalei fundo. Seus seios estavam apertados, cobertos parcialmente por uma lingerie preta, decotada e de renda. Eu era capaz de ver os bicos dos seios brigando com a peça. Era como um maiô, agarrado em suas curvas, brincando com a transparência e a sensualidade, descendo só até o vão entre suas pernas. Não havia mais nada. Victoria estava seminua para mim.

Exalei fundo.

— Quer ouvir a minha resposta? — Victoria escorregou os olhos azuis por mim. Meu lençol não escondia a ereção. Ela abriu um sorriso malicioso e voltou a me encarar. — Deveria ter levado a sério o lance de você dormir pelado e...

Victoria não concluiu o que ia dizer, porque o lençol caiu no chão. Nu, pronto para ela. Uma mão foi para a sua cintura, afundando a renda em sua pele quente, e a outra foi direto para os seus cabelos, os dedos em sua nuca. Em um passo, empurrei Victoria comigo e a pressionei contra a porta, meu corpo se unindo ao seu calor, ondulando, meu pau duro como pedra se encaixando bem no meio de suas coxas. Respirei em sua boca e Victoria entreabriu os lábios, em um misto de susto e tesão pela minha urgência.

— Escolheu o caminho dois — afirmei e peguei seu lábio inferior entre os dentes, encarando seus olhos. — Não vai se arrepender?

— Não vou me arrepender. Vamos viver cada dia como se só tivéssemos ele, e vamos fazer funcionar. — Ela gemeu e eu não esperei mais.

Minha língua invadiu sua boca, pegando seu sabor até não existir nada além daquele beijo, até Victoria se render tanto a ponto de ficar mole em meus braços. Girei a língua devagar, sem acreditar ainda que Victoria queria o mesmo que eu.

Cariño.

Devorei-a, provando com meus lábios o desejo que eu não queria racionalizar. Embora soubesse, lá no fundo, que esse tesão era diferente. Incendiava meu cérebro e possuía meu corpo.

Porra, nunca foi assim.

Desci a mão para o seu quadril e apertei com força, suplicando por contato. Victoria soltou um gemido arranhado enquanto minha língua rodava na sua, explorando, sentindo. Seu quadril veio para frente, pedindo-me entre suas curvas molhadas. Senti, bem no meu pau, o quanto Victoria estava fervendo.

Sorri contra seus lábios.

Com uma das mãos em seus cabelos, inclinei seu rosto para a direita, indo com o meu para a esquerda, enfiando minha língua por toda a volta interna de sua boca, a maciez doce do beijo me provocando. Mordi seu lábio inferior, e seu quadril fez aquela coisa de vir para frente mais uma vez. Deslizei o contato da sua nuca, descendo por sua coluna com a ponta dos dedos, trazendo-a para mim.

Não parecia o suficiente.

Gostosa pra cacete.

Victoria deixou a boca bem aberta para mim, ofegando, suas pálpebras semicerradas. Beijei seus lábios, adulando com a ponta da língua, até me perder de novo.

Se sua boca estava tão quente, sua boceta ia me queimar vivo.

Minha mão passeou por sua bunda, subindo por toda a pele arrepiada, a renda me incomodando; eu queria sentir Victoria. Agarrei um dos seios. Meus dedos não resistiram e puxaram para baixo a peça única que ela vestia. Os mamilos duros saltaram, injetados de tesão, implorando pela minha boca. Minhas bolas responderam, se contraindo. *Porra, Victoria é tão linda.* A auréola pequena, os bicos bem intumescidos, me querendo. Desci beijos molhados por seu queixo, deslizando pela coluna da sua garganta, até chegar ao pescoço, que cheirava a rosas e jasmim.

Ela respirou, trôpega.

Geme meu nome.

— Alejandro...

Assim.

Fui descendo o rosto até alcançar um dos bicos com os lábios. Abocanhei e chupei, sugando bem duro, os sons no quarto estalados e molhados, do jeito que eu queria. Victoria levou as mãos para os meus ombros, passeando por meus braços com as unhas, permissiva. Raspei os dentes no bico pontudo, o sabor de sua pele me enlouquecendo. Zanzei a ponta da língua bem rápido, para cima e para baixo, depois fazendo um oito, até enfiar seu bico, mais uma vez, todo na boca. Fiz isso com os dois, até deixá-los os mais durinhos que seu corpo conseguia. Victoria aumentou seus gemidos, implorando por algo que eu ainda não daria a ela.

Escorreguei até meus joelhos tocarem o chão. De baixo, olhei para Victoria. Suas mãos em meu cabelo, seu olhar trêmulo de vontade, a confusão pelo que eu faria em seguida.

— Não vou te deixar sair desse quarto. — Escorreguei as mãos por suas pernas, até chegar na parte de trás dos joelhos.

— Eu não duvido disso — murmurou, ofegante, o peito subindo e descendo, os mamilos vermelhos por toda a atenção que dei a eles. Vick parecia bêbada de tesão. Meu coração apertou pela paixão que sentia por aquela mulher.

Peguei a perna esquerda de Victoria e levantei-a, para depois apoiar seu pé no encosto do sofá, indicando que deveria mantê-lo ali e o outro no chão. Victoria abriu os lábios, curiosa e chocada.

Ela estava aberta para mim e, eu, aos seus pés.

Sorrindo, levei os dedos para sua boceta, que já estava úmida e febril. Victoria se agarrou na maçaneta da porta e na parede quando, com um puxão, abri o fecho de baixo, liberando-se toda gostosa para mim. Estava exatamente como eu imaginei: corada, encharcada, tensionando só com o meu olhar.

Puxei o tecido para cima, pairando em seu umbigo, e vim por baixo, com a língua para fora, provando seu sabor. *Ay, carajo...* deliciosa. Victoria gemeu alto, seu corpo deu um espasmo, e eu rodei seu clitóris.

Sonhei em te chupar assim desde que te vi pela primeira vez.

Desci e subi, de ponta a ponta, até cair de boca aberta ali e fodê-la com a língua.

Vick cerrou os olhos e agarrou meus cabelos, rebolando na minha cara.

Isso, se perde que eu te encontro.

Minha barba raspando na sua boceta, meus lábios sugando seu clitóris, e depois judiando com a calma de rodá-lo bem devagar. Em seguida, rápido, lambendo bem seus *lábios*, toda a sua boceta, provando-a até inchá-la para me receber. Victoria levou uma mão para os seios, apertando um deles, a boca bem aberta e os olhos semicerrados. O desejo inflamou minha pele, e eu automaticamente levei uma das mãos para o meu pau, tocando nele bem suave. Baixo, cima, baixo, cima, no ritmo que minha língua trabalhava no ponto túrgido de Victoria.

Ela olhou para a mão no meu pau e soltou um gemido tão lascivo que quase me faz gozar. Chupei com mais força e desisti de me tocar para enfiar um dedo nela. Victoria abriu mais as pernas, jogada contra a porta, seus sons altos me dizendo que estava fazendo um bom trabalho. Mas a prova final foi meu dedo médio deslizando entre seus *lábios* pingando de prazer, e os espasmos dela, estremecendo.

Apertada pra cacete, sugando meus dedos como se quisesse meu pau ali.

Os músculos de sua coxa se contraíram, e eu acelerei. Victoria rebolou na minha cara, extasiada. Soltei um rosnado e ela agarrou meus cabelos com mais força enquanto gozava na minha mão.

— Oh, Alejandro... assim... — O som que Victoria fez me arruinou para qualquer outra mulher.

Simples assim.

Aquela voz fez meu pau latejar enquanto a assistia absorver o orgasmo longo, os bicos bem acesos, o rebolar mais forte, minhas estocadas mais firmes. Rosnei quando a vi suspirar mais fundo, os gemidos baixinhos. Diminuí a língua, passeando-a bem devagar, me embebedando de tudo que ela tinha para me oferecer.

Ofegante, me levantei e espalmei as mãos ao lado do seu rosto, na porta. As pálpebras dela estavam semicerradas, seu corpo mal aguentando ficar em pé. Aproximei-me dela, seus olhos nebulosos. Vick tirou a perna do encosto do sofá, colocando-a no chão.

— Eu queria fazer isso na piscina.

Vick suspirou.

— Nunca... um homem... fez isso... em mim... em pé...

Sorri pela sua falta de fôlego.

— Eles não sabiam cuidar de você — afirmei. Os cabelos bagunçados, a boca vermelha e as bochechas coradas me fizeram pensar que não havia visão mais bonita do que aquela.

— Eu também quero cuidar de você — sussurrou.

— Quer, é? — Olhei para sua boca.

— Eu quero fazer um... — Ela parou de falar e enganchei os dedos na sua lingerie, puxando-a para baixo até cair em seus pés.

— Continue o que estava falando — pedi, dançando o olhar por seu corpo.

— Eu não sou tão safada quanto você.

Peguei sua mão, trazendo-a para mim, e envolvi seus dedos no meu pau.

— É isso que quer fazer? — Movi para cima e para baixo, arfando com a pele macia da sua palma, seus dedos pequenos... Cerrei as pálpebras. — Só que com a boca?

— É...

Abri os olhos e segurei seu queixo, meu polegar bem no furo sexy que havia ali.

— Prometo que vou deixar você sugar meu pau nessa boca linda, mas, agora, preciso estar dentro de você. — Desci o rosto até o dela e colei a testa na sua têmpora, minha boca raspando na sua quando me inclinei. — Eu *tenho* que estar dentro de você, *Cariño*, e vou estar dentro de você até que a gente se perca do que é seu e do que é meu.

Me afastei subitamente, e Victoria ficou ali, nua, parada com as costas na porta. Dancei o olhar por seu corpo, tirando uma fotografia mental. Os seios pesados, a barriga plana, o umbigo redondo, o meio de suas coxas brilhando de tesão...

Porra, aquela mulher seria a minha morte.

Peguei minha carteira em cima da mesa de centro e, sem tirar os olhos de Victoria, arranquei a camisinha dali. Levei o pacote até a boca, rasguei a parte metálica e sorri. Victoria umedeceu a boca quando, à distância, me assistiu apertar a pontinha da camisinha e deslizá-la por todo o comprimento que consegui pegar.

— Sabia que eu estava pensando em você antes que batesse à porta?

Caminhei lentamente até ela, e Victoria passou os dedos em seus cabelos bagunçados pelas minhas mãos.

— Não...

— Me tocando, pensando em você. No aquário. E agora, *Cariño*? Agora você diz que me quer oficialmente e, *mierda*, eu só...

Vick estremeceu.

— Você me tem, Alejandro.

— Eu gosto de te ter.

Cheguei perto o bastante, até não haver mais espaço entre nós.

Segurei as laterais do seu rosto e a beijei com tudo de mim. Com a língua que provou seu sabor, com a temperatura da sua boceta ainda na minha boca, com a promessa de um sexo tão bom quanto ela merecia.

Soltei seu rosto e segurei apenas uma coxa sua, subindo a mão, incapaz de não tocar nela. Puxei a perna de Victoria para cima, na altura do meu quadril, e flexionei os joelhos, abrindo bem as pernas e me abaixando a ponto de deixar meu pau na altura da sua boceta, e meus olhos nos seus.

Victoria envolveu meu pescoço e gemi quando a pulsação bateu na glande, o pau piscando de tesão. Com sua bunda bem colada na porta, meu pau bateu em algum lugar daquele ponto molhado no meio das suas coxas.

Arfamos juntos.

Ela arranhou minhas costas, seu quadril me instigando a entrar, mas a expectativa era a parte mais gostosa. Ela entreabriu a boca, e aproveitei a deixa, circulei a língua em seus lábios abertos, pedindo tudo aquilo que eu estava oferecendo. Victoria não me decepcionou, ela mergulhou em mim, mordeu meu lábio inferior, até começar a estremecer em meus braços só com o beijo. Meu quadril foi para frente, a glande entrando devagarzinho. A camisinha ultrafina me permitiu sentir seu calor. Victoria se afastou do beijo, e me encarou, os lábios como um coração, sua voz maravilhosa gemendo por mim.

— Saber que você é minha torna isso mais gostoso.

Ela arfou.

Entrei mais um pouco, só minha bunda se movendo para entrar devagar nela. Apertada demais, eu fui com calma, meu pau inteiro sendo adulado por seu calor e umidade. Gemi quando senti que cheguei ao fundo, minhas bolas ficando úmidas pelo prazer de Victoria, que escorregou até me tocar. Segurei sua cintura, o calor dançando em espiral por cada centímetro do meu corpo. Pegando a parte de trás da sua coxa, ajudei-a a se manter em pé. Afastei o quadril para entrar de novo. Era como tocar o céu, como encontrar a essência de um pecado capital, como queimar vivo e continuar existindo. Semicerrei os olhos, meu estômago gelado, meu pau quente, tudo em mim em contraste.

Busquei seu olhar, metendo gostoso, querendo que visse meu rosto enquanto a fodia com vontade. Os olhos de Victoria estavam entorpecidos, as pupilas dilatadas consumindo aquele azul-céu. Eu soube, naquele segundo, que nada seria mais bonito do que vê-la louca de tesão por mim.

Mordi o lábio inferior. Ela gemeu. As unhas cravaram em minha pele, e uma gota de suor começou a descer pela minha coluna.

Acelerei.

Com força.

A dobra do seu joelho veio para o meio do meu braço, e a agarrei ali. Com a mão, segurei firme seu rosto. Ela ficou ainda mais apertada assim, a boca em um círculo perfeito.

— *Cariño* — sussurrei contra a pele de Victoria, bêbado por ela.

Tensionei a bunda indo e vindo. Era delicioso estar dentro dela, a minha rigidez contra a febre de Victoria. Ela correspondeu, ondulando, me oferecendo tudo, se perdendo junto às nossas respirações ofegantes e os nossos lábios, que raspavam, desesperados um pelo outro. O atrito molhado e o som da sua bunda e costas batendo na porta me fizeram rosnar, sua boceta me apertando em espasmos, dominando cada pedaço do meu corpo e da minha alma.

Me leva, Victoria.

Seus músculos internos começaram a me puxar cada vez mais para dentro, a boceta pingando pelo tesão que não conseguiríamos conter, me dobrando a ponto de eu ir com mais velocidade, com brutalidade, com uma intensidade que Victoria precisou se agarrar em mim.

Seu rosto virou para o lado, seus lábios procurando meus dedos. Ela sugou meu polegar, chupando, me enviando um choque elétrico de onde sua língua passava até lá embaixo, na glande. Victoria me deixou alucinado, e foi quase a minha ruína quando a senti ter um orgasmo longo, profundo, palpitando por cada centímetro do comprimento.

Meu nome derramou de seus lábios, quando tudo em seu corpo convulsionava, seus seios balançando à medida que me enterrava profundamente nela, prologando seu prazer.

Sem parar de entrar e sair, percebi quando Vick ficou mole, incapaz de continuar em pé.

Peguei-a pela bunda, sem sair de dentro dela, e beijei sua boca conforme andava com Victoria no meu colo. Deitei-a no meio da cama, os cabelos castanhos se espalhando nos lençóis brancos, e meu pau automaticamente saiu do seu calor.

Suas pálpebras se abriram. As pupilas tinham se encolhido e o mar particular de Victoria estava turbulento, o desejo estampando em cada traço do seu rosto.

— *Mi vida...* — As mãos dela me puxaram.

Ah, porra.

Ajoelhei-me na cama, entre suas pernas já abertas me esperando. Meus dedos queimaram por vontade de tocá-la, e eu me rendi a eles. Peguei seus mamilos pontudos, sentindo-os roçar nos meus polegares, girando, fazendo Victoria gemer. Ela rebolou o quadril, me pedindo mais uma vez dentro dela.

— Você me quer mais um pouco, *Cariño*? Pede.

— Eu quero... você, Alejandro.

Escorreguei meus joelhos, a ponto de quase sentar na cama, deixando as pernas bem abertas, e puxei Victoria pela bunda, trazendo-a para mim. Ela piscou lentamente quando tirei uma mão da sua bunda e segurei meu pau, passeando-o por seus lábios, subindo e descendo, pegando seu orgasmo para mim.

— O quanto você quer?

— *Dale*, Alejandro — aquela voz que faria qualquer homem gozar como um adolescente sussurrou para mim.

— Oh, porra, Victoria.

Ela sorriu de lado.

A surpresa durou apenas um segundo, porque dizer aquilo foi como ligar uma chavinha em que eu saía do corpo de um homem sensato para alguma coisa impossível de nomear.

Segurei seus tornozelos, abrindo suas pernas o máximo que pude, e me enterrei nela de uma só vez. Vick entreabriu a boca, passando a ponta da língua pelos lábios, me provocando, enquanto gemia. Sua boceta escaldante me recepcionou, molhada e pulsando, quando comecei a embalar tão duro que o som das nossas peles se chocando criou uma trilha sonora no quarto.

Estar dentro de Victoria era a melhor sensação do mundo.

Victoria choramingou alto, deliciosa, e coloquei as mãos em sua barriga, apoiando meu peso ali e usando os dedos e os quadris para criar um ritmo: puxando Victoria para mim, enquanto ia com meu pau todo dentro dela. O vai e vem, a batida do meu quadril em sua bunda, a forma como Victoria exigia meu corpo, vindo de encontro, me fizeram esquecer do universo ao nosso redor, me concentrando apenas em uma única mulher.

— Alejandro, eu vou...

Acelerei, rodando o quadril, o que a fez arfar e agarrar meus ombros como se buscasse minha boca. Ela quase se sentou na cama quando envolveu os braços em volta do meu pescoço e me puxou para o beijo de línguas descoordenadas, o tesão de Victoria vibrando na minha glande, me mostrando que, mais uma vez, eu a tinha feito gozar.

Seus músculos tremeram completamente, dentro e fora, tirando as forças de Victoria, fazendo-a chorar agarrada a mim, para depois desabar na cama. Descabelada, os lábios inchados, os seios apontados para mim. Eu nunca tinha visto uma mulher tão entregue, se doando de corpo e alma para o sexo, sem vergonha alguma de estremecer em meus braços e cair sem força na cama.

Caralho, Victoria era tão linda.

— Conti... nua.

— Tem certeza? — indaguei, rouco, entrando e saindo devagar do seu corpo.

— Por... favor...

Minha mulher arfou quando me inclinei sobre ela. Victoria toda aberta para mim me fez perceber que o que eu conhecia em trinta e quatro anos de existência parecia novidade com Victoria Foster. Me afastei, ficando de joelhos bem abertos na cama, e observei sua boceta, aquela visão linda e erótica, os lábios inchados, brilhando e vermelhos.

— Vou me apoiar nas suas coxas — avisei. Victoria assentiu, e apoiei meu peso ali, nas minhas mãos e em suas pernas.

As veias dos meus braços saltaram, os músculos todos tensos. Minha barriga estava trincada e o V dos meus quadris, ainda mais profundo quando entrei em Victoria e comecei a acelerar. Como se ela visse o mesmo que eu, seus dedos dançaram pelas veias evidentes que me percorriam por baixo da pele suada, pelos quadrados da minha barriga, quase como se me venerassem. O olhar lânguido de Victoria encontrou o meu e o que eu vi ali me fez ofegar.

— Você é lindo, Alejandro — ela murmurou, levando a ponta dos dedos para o ponto onde eu fodia gostoso, acariciando meu pau, sua boceta, nossas pélvis e tudo ao redor. — Eu amo a sensação de ter você dentro de mim.

Me inclinei, precisando subitamente sentir sua boca. Os mamilos intumescidos de Victoria rasparam no meu peito, no mesmo segundo em que sua língua rodou em volta da minha.

Aquele foi o meu fim.

Quiquei em seu quadril, erguendo o meu, precisando ir raso para depois me afundar profundamente no seu calor molhado. Victoria me beijou com a velocidade do sexo, guiando-nos para um só orgasmo. Seus músculos internos tremeram em volta de mim, e eu vibrei em cima de Victoria, enquanto sentia as bolas enrugando, enviando ondas para dentro do seu corpo. O prazer me fez gemer em sua boca. Victoria o engoliu e me beijou como se nunca fôssemos ter o suficiente um do outro. Talvez, nunca tivéssemos.

Meu coração ainda batia como um louco quando Vick envolveu meus cabelos em seus dedos, nos enroscando ainda mais, suas pernas agarradas em volta do meu quadril, nossos suores formando uma camada brilhosa em nossas peles. E eu fiquei ali, inerte, meu pau ainda dentro de Victoria, suas mãos acariciando minha nuca, a respiração quente dela no meu pescoço, e seu perfume perdido com o meu, por cada canto do quarto.

Guiei meu rosto para o dela, fazendo nossos lábios rasparem. Victoria abriu os olhos e sorriu para mim.

Foi o suficiente para eu recordar que a nossa despedida de amanhã era um até breve. Que eu sempre a teria, enquanto Victoria quisesse ser minha.

Sem objeções desse advogado aqui.

— Você quer tomar um banho comigo? — ela convidou, sussurrando.

Engoli em seco.

— Eu quero tomar todos os banhos possíveis com você a partir de agora, *Cariño*.

— Você quer criar regras para o nosso novo acordo? — brincou, erguendo a sobrancelha. — Porque eu já tenho uma.

— Ah, é? — Inspirei contra seus lábios e dei um beijo suave em sua boca. — Me conta.

— Eu quero sempre vermelho.

Pisquei, surpreso.

— O quê?

— Você e vermelho. Não importa como for. Não faz ideia de como a sua camisa hoje mexeu comigo. Aquela toalha também...

Eu ri.

— Sabe, você apareceu subitamente, batendo na porta como louca. Eu peguei a primeira coisa que tinha na frente para me cobrir. A toalha vermelha não estava nos meus planos, mas acabei enfiando-a na mala sem querer. E, então... você gostou. Quer ela de presente?

— Que bom que ela estava na sua mala. E, sim, eu quero.

— Você está falando sério?

— Foi como eu te vi pela primeira vez. — Victoria tirou meus cabelos colados da testa. — Agora, me diga a sua regra.

— Eu quero uma regra de que, quando voltar para Nova York, será em meus braços que você sentirá que é o seu lar.

Vick ficou em silêncio, admirando cada traço do meu rosto.

— Mas isso estava implícito.

— Agora é uma lei. — Mexi meu quadril, meu pau, surpreendentemente, ainda duro. Vick gemeu.

— Nós não íamos tomar banho?

Fui descendo a boca para o seu queixo, escorregando meu corpo, até bater os joelhos no chão. Trouxe Victoria comigo, seu quadril na beira da cama. Baixei o rosto e abri suas pernas.

— Nós vamos.

— Alejandro... — ela gemeu quando minha língua circulou seu clitóris.

— Ainda não acabei de analisar o nosso contrato, *Cariño*. E sempre te fazer gozar na minha boca, sem dúvida, precisa ser uma das cláusulas.

Capítulo 30

"Leve-me para os teus braços e
Me diga que está tudo bem em sentir o que eu sinto por você."
Aislin Evans - Feel About You

Victoria

Foi difícil abrir os olhos por dois motivos: Alejandro tinha me ocupado a noite inteira e cochilamos só por uma hora simplesmente porque não conseguimos ficar longe do corpo um do outro. O segundo motivo e o mais cruel: tínhamos que ir embora. Claro que não era uma despedida, meu coração estava tranquilo àquela altura, mas parte dele... estava apertado.

Conseguiríamos levar o que construímos aqui para Nova York?

Ansiedade é o excesso de futuro, e as respostas das perguntas que domavam o meu coração só seriam esclarecidas com o tempo.

Eu sabia, em parte, o quanto essa situação para Alejandro era ainda pior do que para mim. Ele tinha se apaixonado por uma mulher que o largou quase no altar. Confiar em uma pessoa nova, diferente, sem uma segurança do tipo "estamos juntos" era um passo grande para ele. E, de certa forma, para mim também. Fomos traídos, magoados e nisso com um relacionamento presencial e uma garantia de que estávamos *mesmo* com outras pessoas.

Agora, nos jogaríamos na ausência um do outro e na incerteza. *Talvez, assim, fosse diferente*, um lampejo passeou em meu coração. *Talvez assim funcione.*

— Você quer café? — perguntou Alejandro, me trazendo para a nossa realidade: o aeroporto.

Estávamos sozinhos. Elisa e Diego já tinham saído mais cedo, porque começaram os preparativos para a lua de mel. Me despedi dos dois e marquei com Elisa a visita ao apartamento de Diego quando ela voltasse e eu estivesse em Nova York.

As famílias também já tinham ido embora.

Alejandro envolveu sua mão na minha.

— Acho que não temos tempo de tomar café. Faltam trinta e seis minutos para eu embarcar.

— É. — Ele olhou para o Rolex em seu pulso, o cenho franzido. — Trinta e seis.

Alejandro tinha tentado trocar a sua passagem para viajar mais cedo e voltar comigo, mas não deu certo. Assim como eu tentei trocar a minha para às cinco da tarde, e igualmente não funcionou.

— Sim.

Alejandro pegou minha mão e deu um beijo no dorso. O aeroporto estava cheio, mas o fluxo intenso de pessoas não conseguia me distrair. Ficamos em um silêncio inquieto, até Alejandro segurar meu queixo e trazer delicadamente meus olhos para os seus.

— Então, você ficará sete dias em Nova York antes de viajar e passar três meses fora — sussurrou, o olhar descendo para a minha boca. — Já fez a sua agenda, *Cariño*?

Meu coração deu um salto.

— Sim — respondi baixinho.

Alejandro semicerrou o olhar.

— Será que consigo uns dois dias para ter você só para mim? — Sorriu.

Umedeci os lábios.

— Na verdade, eu fiz melhor que isso. Reservei terça, sexta, sábado e domingo para você. Minha viagem é na segunda. Quatro dias parece bom?

A fisionomia de Alejandro relaxou e ele inclinou o rosto em direção ao meu, seus lábios quentes e grossos raspando na minha boca e a sua barba arranhando devagarzinho minha pele. Fiquei arrepiada e arfei, sem nem ter sido beijada ainda.

— Parece perfeito e, ainda assim, não vai ser o bastante. Os quatro dias são todos livres?

— Sim — murmurei. Alejandro ainda fazia aquela coisa de me provocar com sua boca maravilhosa. — Os dias e as noites também.

— Na minha casa ou na sua? — perguntou, rouco.

— Na minha. — Uma ideia atingiu meu cérebro e eu pisquei, tonta. — Quer dizer, se você puder, é claro. Eu não perguntei como está a sua agenda.

Alejandro soltou uma risada curta.

— Está preocupada, *Cariño*?

— Um pouco.

Ele se afastou e puxou algo do bolso. O celular. Enquanto mexia nele, fiquei um tempo só... observando-o, encantada. Alejandro era uma visão. E eu acho que nunca, em toda a minha vida, me cansaria de olhá-lo.

— Você tem Gmail? — perguntou, sem olhar para mim.

— Tenho.

— Pode me dizer?

Passei para ele o meu e-mail e, quando Alejandro terminou de digitar, recebi uma notificação no meu celular.

Seus olhos encontraram os meus antes que eu pudesse puxar o telefone para ver o que era.

— Pronto, agora você tem acesso à minha agenda. Saberá tudo a respeito das minhas reuniões, incluindo as audiências; aí também tem a minha vida pessoal, embora não fosse agitada até conhecê-la. São os meus horários, *Cariño*. Não vivo sem ela, coloco tudo o que vou fazer e para onde vou. Dessa forma, você sempre saberá onde me encontrar e não terá dúvidas sobre eu ter ou não um espaço para você, quando voltar.

— Oh — murmurei. Caramba, aquilo era um passo importante. — Alejandro, obrigada por depositar essa confiança em mim. Se eu usasse agendas online, com certeza te daria acesso à minha, mas...

Abri minha bolsa e peguei minha agenda. Era básica, preta, com a impressão dourada do ano. Entreguei-a nas mãos do Alejandro e ele me observou, com um vinco adorável entre as sobrancelhas.

— Abra e procure a próxima terça-feira.

Ele fez o que pedi. Seu indicador percorreu a página, encontrando o dia da semana.

Das oito da manhã à meia-noite (ou talvez além disso, se tiver sorte), estarei ocupada com Alejandro Hugo.

Alejandro me olhou, sorrindo de canto de boca, e depois encarou a minha agenda e achou a sexta-feira.

09h00 - Salão da Gina (depilação e unha).
10h00 - Me encontrar com Alejandro Hugo.
* Resto do dia livre *

— Você se depila com cera, não é, *Cariño*? — rouquejou.

— Uhum. Mas acho que vou ter que remarcar para um dia antes. Sabe, Alejandro, você sabe ser intenso na cama.

— Especialmente quando tenho você na minha boca.

Fiquei arrepiada com a voz dele, com o tom provocante, e a forma que seus olhos ficaram em chamas. Ele sorriu e voltou a analisar a agenda.

— E temos sábado e domingo aqui.

Dois dias inteiros dedicados a Alejandro Hugo.

Nossa despedida e nos reencontramos em três meses.

Alejandro piscou e eu pude perceber algo dançar em sua expressão. Seu olhar ficou brilhante e os lábios, úmidos quando passou a ponta da língua entre eles. Eu o encontraria dali a dois dias, e essa conversa que acabamos de ter era o que precisávamos para termos um pouco de segurança em um relacionamento que se iniciava de forma tão indefinida. Ele se aproximou, uma mão vindo direto para o meu rosto e a outra me puxando pela cintura.

Arfei quando seus lábios rasparam nos meus.

— *Passageiros do voo 6149, com destino a Nova York, favor comparecerem ao setor de embarque.*

Alejandro fechou as pálpebras, sabendo que era o meu voo. Como se não quisesse perder nem meio milésimo de segundo, sua língua pediu passagem, entreabrindo meus lábios, antes até de nossas bocas se tocarem. Gemi quando girou lentamente a língua em volta da minha, àquela altura já me beijando com todo o fogo em suas veias, saboreando cada espaço de forma intensa.

Do mesmo jeito que me beijava quando estava dentro de mim.

O aperto dele ficou mais firme, seus dedos afundaram na minha cintura e no meu rosto, a língua indo profundamente para dentro, brincando e explorando. Eu simplesmente ignorei que tínhamos público, porque precisava senti-lo. Passei uma perna por cima de Alejandro e me sentei em seu colo. Fiquei ali, sobre ele, suas mãos na minha cintura, o perfume masculino de hortelã, canela e mel brincando entre nós, enquanto sua boca não conseguia ter o suficiente da minha. Alejandro me devorou, mordeu meu lábio inferior e depois o adulou com a ponta da língua.

— *Passageiros do voo 6149, com destino a Nova York, favor comparecerem ao setor de embarque.*

— *Cariño...* — sussurrou contra a minha boca.

Não o deixei dizer nada e o beijei de volta, querendo que entendesse que entre nós seria diferente. Prometendo, com a língua rodando na sua, que eu jamais olharia para outro homem como olhava para ele. Que nós não íamos deixar apagar a chama que nos consumiu desde o dia em que nos tocamos pela primeira vez. Jurei, mordendo seu lábio

Aline Sant'Ana

inferior, que não importava em que canto do mundo eu estivesse. Garanti, raspando seus lábios nos meus, que a urgência de termos um ao outro não cessaria e que nunca trairíamos a confiança um do outro, por mais indefinido que fôssemos.

Estou apaixonada por você, meu beijo dizia.

Quero estar com você, meu corpo cantava.

Acredite em mim, meus dedos ávidos em seus cabelos exigiam.

— *Passageiros do voo 6149, com destino a Nova York, favor comparecerem ao setor de embarque.*

Alejandro se levantou, comigo em seu colo, agarrada com as pernas em volta de seus quadris, minhas mãos firmes em sua nuca. Como um bicho-preguiça que não quer deixar a sua árvore favorita.

Nossas malas já tinham sido despachadas, restando apenas as bagagens de mão. E aquele homem fez algo que me fez entender que, sim, ninguém seria como ele.

Alejandro me deixou ficar grudada em seu corpo, beijando sua boca, enquanto seus braços, sem me tocar, ficaram estendidos. Uma mão, segurando minha bagagem. E a outra, a sua. Alejandro continuou a me beijar, andando até o portão de embarque em que teria que me deixar ir.

Sabia que nos veríamos em poucos dias, mas precisava beijá-lo mais um pouco e mais um pouco.

Pelo visto, ele sentiu o mesmo, porque sua boca consumiu a minha, sem se deixar abater por conta do meu peso. Alejandro sequer ofegou quando chegamos ao portão de embarque, sem nunca parar de me beijar.

Eu cerrei os olhos.

E afastei nossos lábios.

— *Cariño...* eu...

Simplesmente tive que abraçá-lo, precisei fazer isso. Afundei o rosto em seu pescoço, o cheiro de Alejandro já marcado em mim. Escutei o baque de nossas malas no chão, e suas mãos me ofereceram suporte quando seguraram a minha bunda. Fiquei tensa em seus braços, a vontade de chorar crescendo na garganta.

— Eu não vou me despedir de você, porque vou te ver em dois dias. E nós vamos ter, depois disso, os quatro dias mais incríveis que você possa imaginar. Eu prometo. Toda vez que você estiver em meus braços, eu vou fazer cada segundo valer a pena.

— Eu não quero me despedir.

— Então, não vamos fazer isso — sussurrou contra meus cabelos.

— Vocês vão embarcar? — um rapaz, com uma voz entediada atrás de mim, questionou.

— Nos dê um minuto — Alejandro pediu.

Inspirei fundo, seus cabelos causando cócegas na ponta do meu nariz.

— Eu vou te ligar todos os dias, e te enviar mensagens também. Vou ser presente, *Cariño*. Eu também prometo isso a você.

— Tudo bem — murmurei. — Eu também prometo.

Senti que era hora de, literalmente, colocar os pés no chão. Engoli todas as lágrimas que quiseram sair, não entendendo o porquê de tanto medo de deixá-lo. Assim que fiquei em pé, as mãos de Alejandro tocaram a minha cintura. O mel dos seus olhos brilhou como se estivesse sob a luz do sol. O cabelo completamente bagunçado e os lábios vermelhos indicavam o que havíamos acabado de fazer.

— Eu não sei por que estou com medo de te deixar ir — confessei.

Alejandro sorriu e acariciou o meu rosto.

— Eu sei. Você tem medo que a gente não consiga manter isso. Medo que em Nova York as coisas mudem. Medo que tenha sido só fogo de palha em um país paradisíaco e que o fato de se ausentar muito me fará perder o que eu sinto. Mas te digo uma coisa, *Cariño*: em qualquer lugar do mundo que você estiver, da Oceania à América, eu permanecerei encantado por você. Não tem a ver com o lugar.

— Não tem nada a ver com o lugar — sussurrei, repetindo suas palavras.

— Somos nós dois e, com o tempo, eu vou te provar isso.

— Senhores, vocês vão passar?

Alejandro ficou em silêncio, esperando minha resposta. Seus olhos nos meus, fixos, analisando cada traço do meu rosto. Eu me abaixei e peguei a mala, a coceira na garganta aumentando conforme eu entendia que precisava dar as costas para o México e ir embora. Meus olhos pinicaram, ardendo pela vontade de externar o que parecia gritar no meu peito.

Não disse para Alejandro, mas eu nunca acreditei em relacionamento à distância.

Por favor, seja a minha exceção.

— Te vejo em breve, *mi vida*. — Engoli em seco e abri um sorriso. Não por estar feliz, mas porque eu precisava que Alejandro tivesse uma imagem minha assim antes de eu ir embora.

— Me liga quando chegar?

— Sim.

— Eu provavelmente estarei embarcando.

— Tudo bem.

— Terça-feira — prometeu. Seu rosto baixou, seus lábios passearam por minha boca, e ele me deu um beijo longo e demorado, sem língua, apenas nossos lábios unidos, úmidos e febris. Alejandro se afastou. — Obrigado por ter me mostrado...

— Sem despedidas — eu interrompi.

Ele abriu um largo sorriso e assentiu.

— Sem despedidas.

Dei um passo para trás, entreguei para o cara chato o meu passaporte e a passagem. Ele disse um "pode ir", mas meus pés estavam enraizados no chão.

— *Última chamada... voo 6149.* — Ouvi em algum lugar do aeroporto.

Dei mais alguns passos para trás, nos dividindo por uma linha amarela no chão. Alejandro inconscientemente deu um passo à frente e o funcionário se meteu no meio.

— Desculpe, senhor. A partir daqui, só ela pode ir.

Ele encarou o homem, meio atordoado.

— Certo. — Seu Pomo de Adão subiu e desceu. — Me liga, *Cariño*.

— Eu vou ligar.

— Tá.

Como se estivesse entorpecida, senti meus passos irem cada vez mais para trás e Alejandro ficar mais longe, sem nunca parar de me admirar. Ele cruzou os braços, sua mala no chão, aos seus pés. O cabelo bagunçado a ponto de cair em sua testa. Tirei uma fotografia mental e um pensamento cobriu-me como uma manta quente.

Se fôssemos fazer isso dar certo, me despedir dele seria uma constante. Da mesma forma que a emoção de reencontrá-lo também faria parte da minha vida. Eu nunca me entreguei de corpo e alma para um amor, justamente para evitar a perda e o ganho, que seria frequente para uma pessoa que não tem, de fato, um lugar para ficar. Inventei desculpas, dizendo que não acreditava no sentimento, colocando as traições dos meus ex-namorados como uma barreira quando a maior traição que eu sofria era comigo mesma. Me impedir de sentir tudo isso, de me apaixonar de verdade, por causa da angústia de ter sempre que dizer adeus.

Mas, por ele... pensei, olhando para Alejandro uma última vez antes de dar as costas. Por ele, a coragem afogou o medo, como se não houvesse espaço para dúvidas, ainda que elas existissem. Por ele, eu passaria por isso cem vezes, desde que Alejandro estivesse cem vezes do outro lado, sorrindo para mim e me garantindo que tudo bem eu ir, desde que eu pudesse voltar.

Por ele, partir não seria terrível, porque a promessa de voltar para casa era a certeza de viver com Alejandro tudo o que pudéssemos viver, nos dias possíveis, nos esforçando ao máximo para isso nunca acabar.

Então, eu sorri de verdade para ele uma última vez.

Voltar para casa seria viver, em um curto espaço de tempo, a nossa própria eternidade.

Capítulo 31

Cariño: Eu odiei o cara do aeroporto.

Mensagem de Victoria para Alejandro.

Alejandro

— Você acha que vai dar certo? — minha secretária perguntou, olhando-me desconfiada.

— Alguma coisa não condiz e...

Me perdi nos pensamentos quando meu celular vibrou. Uma mensagem da Victoria. Sorri. Era uma foto. Seus cabelos castanhos bagunçados, os olhos cansados e um notebook em seu colo.

Tão linda.

Eu: E o que tá fazendo agora?

Cariño: O planejamento da minha viagem junto com a minha assistente e pensando se eu posso comer um x-burguer do tamanho da minha cabeça.

Eu: E por que você está pensando sobre o x-burguer ao invés de comê-lo?

Cariño: Eu vou te ver amanhã.

Umedeci os lábios e abri um sorriso.

Eu: Eu perdi alguma coisa? Qual é a minha relação com o hambúrguer?

Cariño: Você é gostoso demais. Se eu como qualquer coisa que tenha mais de cem gramas de carboidratos em uma única refeição, sinto que estou cometendo um crime contra você. Um crime contra seu corpo feito para o pecado.

Eu: Como seu advogado, eu a aconselho a não dizer sobre os crimes que você pretende cometer por mensagens. E acho que isso se enquadra em um dolo eventual. Mas, se te alivia, por mim, você pode comer quantos hambúrgueres quiser.

Cariño: Você é tão cretino, doutor Alejandro. Sabe que fica sexy falando esses termos. Eu quase consigo ouvir a sua voz.

Ay, carajo. Era a primeira vez que eu a via me chamar de doutor. Por mais que fosse por mensagem, meu estômago ficou gelado.

Eu: Um cretino que adoraria te tocar agora. Minhas mãos sentem saudades.

Cariño: *Elas sentem?*

Eu: *Não só elas. Meu corpo inteiro sente sua falta.*

— Hugo.

Encarei Maddy.

— Oi.

— Você voltou tão diferente dessa viagem. Aconteceu alguma coisa?

Recostei-me na cadeira presidencial, inspirando fundo. Voltar para Nova York era sair do mundo mágico em que eu e Victoria estivemos, mas, em grande parte... trazê-la para esse universo parecia ainda melhor, por mais que fosse somente por mensagens. Eu estava ansioso para encontrá-la no dia seguinte, ansioso para vê-la de novo. Falar com Vick por mensagens era sentir que nunca, de fato, estive sem ela.

— Aconteceu tudo, Maddy.

— Percebi. É segunda-feira e você não está no mesmo ritmo. Se apaixonou, foi? — brincou, sentando à mesa, roubando a minha pera e dando uma bela mordida.

Maddy era a minha secretária desde que abri com Diego o De La Vega Advogados Associados. Ou seja, ela viu a merda toda acontecer com Carlie e tentou, de verdade, me enfiar em dezenas de encontros às escuras com suas amigas. Maddy era uma alma livre, disse que nunca se apaixonou, e não entendia direito o que era o amor — palavras dela —, mas queria que todo mundo encontrasse um par. Era engraçada a busca que ela fazia pelos outros e nunca para si, e fiquei um tempo só encarando seus olhos castanhos, pensando no que falaria quando dissesse que, na real, eu tinha mesmo me apaixonado.

— Ainda bem que você está sentada, Maddy.

— Oh, meu Deus. Está falando sério? — Maddy saltou, agarrando a pera. — Me conta tudo!

Fiz um breve resumo do que vivi e suas expressões eram dignas da televisão. Choque, diversão, encantamento e, por último, angústia.

— Mas vocês conversaram depois de tudo?

— Em dois dias, trocamos quase duzentas mensagens. E sem vê-la, Maddy, é a mesma coisa. Eu sinto como se a ausência só... aumentasse o sentimento. É real.

— Mas como vão fazer quando ela viajar e se ausentar por meses?

— Vamos continuar.

— Mas você a pediu em namoro?

Pisquei.

— Não. Quer dizer, a gente combinou de aproveitar o momento.

Recebi um forte tapa no braço.

— Ai! Caralho, Maddy. O que foi?

— Deveria ter oficializado as coisas direito.

— Maddy, ela já é minha namorada.

— E Victoria sabe disso? Quer dizer, vocês eram namorados em meio a uma farsa, não de verdade. Você disse que quer aproveitar o momento, sabe como isso parece coisa de homem canalha que não sabe o que quer da vida?

— Mas Victoria quis assim.

Minha secretária ergueu uma sobrancelha ruiva.

— Não vou pedi-la em namoro. Tenho trinta e quatro anos. Não sou um moleque.

— Você tinha que encontrar uma maneira de tornar essa situação mais estável. Fazê-la sentir segurança de que você não vai sair por aí galinhando quando ela viajar. Encontre uma maneira de dizer isso. E, você tem razão, pedir em namoro? Para um cara velho como você...

Estreitei os olhos.

— Você é quatro anos mais nova do que eu, Maddy.

— Você tem uma alma velha.

Eu ri.

— Você vai marcar a reunião com o Jones ou eu mesmo vou ter que fazer isso?

Maddy rolou os olhos.

— Odeio quando você vira o meu chefe.

— Eu *sou* o seu chefe.

— Tanto faz.

Maddy saiu e encostou a porta. Peguei o celular e vi Victoria online. Ela começou a digitar no mesmo segundo que eu. Um sorriso se formou em minha boca e deixei que ela me dissesse o que queria.

Cara, eu mal podia esperar para vê-la.

Me despedir foi difícil e passou pela minha cabeça que sempre seria complicado. O que precisava focar era no nosso reencontro. Se em todas as vezes que nos reencontrássemos pudéssemos tornar o momento mais forte do que a despedida, nunca nos lembraríamos dos momentos em que tivemos que dizer adeus.

— Remarquei a reunião, Hugo — Maddy disse, entreabrindo a porta. — Você vai dar uma olhada nos casos do Diego enquanto ele está em lua de mel?

— Sim, me passe os arquivos.

— Tudo bem.

Maddy saiu de novo e eu fiquei sozinho. Meu celular vibrou.

Cariño: Te enviei meu endereço. É no décimo quinto andar, apartamento 1505. Que horas você vai passar aqui?

Eu: Tenho uma reunião amanhã cedo, às nove. Às dez, eu volto para casa e, umas onze, chego no seu apartamento.

Cariño: Ótimo. Almoçamos juntos? Vou cozinhar para você! Sinta-se importante.

Eu: Você é perfeita.

Cariño: ;)

Eu: Tenho um presente para você.

Cariño: Ah, é?

Eu: Surpresa.

Meu WhatsApp estava aberto na conversa com Victoria. Sob seu nome, apareceu: *Cariño gravando áudio.*

Assim que chegou, apertei play. Sua voz aveludada feminina e sensual fez todos os pelos da minha nuca se levantarem. Umedeci a boca, sorrindo ao ouvi-la.

— Pois eu também tenho uma surpresa para você, *mi vida*. Sabe, eu senti sua falta de verdade. Só dois dias se passaram. E aí, o que vamos fazer com isso?

Apertei o microfone para gravar um áudio.

— Nós vamos nos concentrar em nossos reencontros porque, toda vez que eu te ver, quero que se lembre do quanto é bom estar comigo, não do quanto é complicado sentir a minha falta. Vou compensar a saudade, *Cariño*. — Soltei o botão e o áudio foi para Victoria. O sinal azul duplicado surgiu, indicando que ela tinha recebido. Em seguida, ela gravou outro, me respondendo.

— Gostei dessa ideia. — Oh, bom Deus. Eu precisava um dia transar com essa mulher por telefone. — Sua voz fica tão sexy por telefone.

Gravei um áudio para ela.

— Você está brincando, né? Eu tô arrepiado pra caralho ao ouvir a sua.

A notificação de que havia outro áudio de Vick surgiu.

— Vai ser sempre assim. Eu nunca vou me cansar de você, *doutor* Alejandro.

Sorri ao ouvir o doutor e o que veio antes disso tudo. Apertei o microfone, a intensidade serpenteando em minha voz.

— Espero que nunca se canse, *Cariño*.

Aline Sant'Ana

Capítulo 32

Alejandro: Estou chegando.

Mensagem de Alejandro para Victoria.

Victoria

Eu tinha arrumado a casa inteira, inclusive deixei as caixas da mudança já organizadas em um quarto que eu não usava, para Alejandro não achar que eu era bagunceira. Querer agradá-lo estava me consumindo viva, até eu me lembrar de que ele me viu dormindo no corredor do resort.

Babando.

Jogada no chão como se estivesse bêbada.

Então, tudo ficou bem de novo e a cobrança saiu dos meus ombros.

Encarei meu reflexo no espelho: o vestido justo e vermelho, a maquiagem com um delineado grosso e um batom suave na boca. Eu queria impressioná-lo. Ainda que estivesse de dia e não fosse um encontro formal fora de casa, eu queria que Alejandro tivesse a mesma sensação que ele queria me causar.

"Nós vamos nos concentrar em nossos reencontros porque, toda vez que eu te ver, quero que se lembre do quanto é bom estar comigo, não do quanto é complicado sentir a minha falta."

Meu interfone tocou, fazendo meu coração saltar. Olhei o relógio do celular e Alejandro foi pontual. 11h. Corri até o interfone e, quando o vi através da câmera de segurança, meu coração parou de bater.

Santo. Deus.

Eu senti saudades daquele cabelo negro, daquele homem inteiro.

Ele estava lindo.

Não, lindo é pouco. Alejandro estava com uns óculos escuros, uma armação arredondada e sexy, um terno sob medida marrom, sem a gravata, e sem o colete. Apenas a calça social, o paletó e uma camisa social creme lindíssima, aberta em três botões. Engoli em seco e atendi, apertando o botão que o liberaria.

— Oi — sussurrei. — Pode entrar.

Alejandro sorriu para a câmera.

— Obrigado, *Cariño*.

Corri até a sala, verificando se eu tinha esquecido alguma coisa. O almoço estava pronto. Não havia uma almofada fora do lugar. Alisei meu vestido, por mais que não precisasse. Minhas mãos estavam suando.

A troca de mensagens com Alejandro eram ótimas, mas vê-lo pessoalmente... em minha casa...

Ele bateu na porta.

Antes que pudesse pensar, já estava com a mão na maçaneta, inspirando fundo e abrindo o melhor sorriso de todos os tempos. Um sorriso que não precisou de esforço, porque, quando meus olhos encontraram Alejandro, meu coração também sorriu, acelerando, reagindo ao sentimento que não consegui lutar contra.

Alejandro deu um passo à frente, seu perfume embriagando meus sentidos, o mesmo aroma maravilhoso que eu nunca poderia me esquecer. Havia um embrulho em suas mãos, que ele colocou no aparador, próximo à porta. Alejandro exalou com força e, como se não pudesse se conter, pegou na minha cintura, a mão firme me puxando, um sorriso torto e lindo em sua boca, embora o fogo dos seus olhos tenha se misturado ao fogo dos meus.

Ele analisou o vestido, cada centímetro do meu corpo, até encontrar meu olhar de novo.

— *Cariño*.

Não tive tempo de responder, sua boca veio na minha, me lembrando de todos os motivos que tornavam impossível resistir a esse homem. Alejandro tinha os lábios mais quentes e provocantes que já provei. Colei meu corpo no seu, os músculos duros dele me tocando inteira, apesar da roupa. Fiquei na meia ponta dos pés para tê-lo mais perto e afundei os dedos em seus densos fios negros, enquanto sua língua pedia para tocar a minha. Alejandro foi fundo, me arrepiando só com o beijo, porque, àquela altura, eu já sabia que beijá-lo nunca era apenas isso, vinha com um convite lânguido e sexual no fundo.

Gemi em sua boca, sem precisar imaginar. Alejandro foi caminhando comigo pelo apartamento, com pressa, sem tirar a boca da minha. Suas mãos desceram, aproveitando cada pedaço meu. Quando chegou à minha bunda, apertou com força, e meus dedos subiram mais por seus cabelos curtinhos na nuca e compridos em cima. A barba arranhou minha pele, enquanto eu sentia a sua língua trabalhar dentro de mim, levando tudo, tocando tudo, experimentando tudo. Alejandro mordeu meu lábio inferior, depois passou a ponta da língua por ali, para depois empurrá-la para dentro, devorando-me

Aline Sant'Ana

com vontade.

Como eu senti falta desse homem.

Desci as mãos para seus ombros, querendo sentir a temperatura da sua pele. Alejandro colocou a mão em um dos meus seios, massageando-o daquele jeito gostoso, me deixando arrepiada e pronta. Um formigamento começou na minha barriga, indo direto para minha vagina, pulsando nas batidas do meu coração, enquanto Alejandro dominava o beijo, meu corpo inteiro e...

Ele afastou nossos lábios, sua mão desceu do seio para a cintura e a outra segurou com força minha bunda, apertando-a como se quisesse se conter. Ofegou contra meu rosto, o peito largo e másculo subindo e descendo bem rápido.

— Não quero entrar na sua casa como um louco cheio de tesão e fodê-la na parede.

— Alejandro...

— Não é assim que vamos ser. Apesar de eu querer muito, muito mesmo, agora só quero estar com você. Senti a sua falta.

Ele colou a testa na minha. Acariciei seu rosto, a barba, e raspei meus lábios nos dele. Alejandro estava querendo me dizer alguma coisa com aquela recusa, alguma coisa que eu não entendia bem. Queria me mostrar que não íamos nos tornar encontros casuais de sexo na parede? Que íamos ser mais do que isso?

— Talvez eu queira ser fodida contra a parede.

Ele sorriu contra a minha boca.

— Ah, é?

— Uhum.

— A gente vai fazer mais tarde, é uma promessa. — Alejandro se afastou e ergueu uma sobrancelha. Seu olhar percorreu o meu corpo. — Você está linda, Victoria.

Observei seu rosto, seu olhar carinhoso, e então entendi. Não, nós não íamos ser apenas sexo casual. Alejandro não estava me dizendo em voz alta, mas tudo nele simplesmente gritava isso.

— Você quer fazer um tour?

— Eu adoraria. — Seu olhar finalmente saiu de mim e focou no meu apartamento. Mostrar onde era o meu cantinho me deu um frio na barriga. Por alguma razão, senti que era muito mais íntimo do que estar nua na sua frente.

Ele prestou atenção em cada detalhe, andando ao meu lado com a mão na base das minhas costas, como se não quisesse parar de me tocar. Eu sorri, lançando um olhar para Alejandro. Foquei em uma pintinha dele, que ficava bem na pálpebra. Quando ele piscava, ela aparecia. Naquele instante, soube que sempre teria alguma coisa de Alejandro para descobrir, algum traço seu que eu não tinha prestado atenção.

Não era somente eu que estava nua naquele instante.

Alejandro passeou comigo pela sala, os sofás estampados em azul royal com flores brancas e almofadas combinando. A minha decoração era ímpar, eu gostava de tudo colorido. Então, a parede atrás do sofá era de um rosa escuro e as paralelas, brancas. Eu tinha muitos quadros e porta-retratos, fotos dos lugares que visitei. No meu quarto, havia um mural com imagens minhas em cada ponto turístico e interessante que tirei pelo mundo. Alejandro conheceu pessoalmente o meu mapa-múndi e os alfinetes que eu colocava a cada lugar que ia. Ele ficou um tempo parado ali, admirando, observando onde já havia pisado.

— Você é uma desbravadora, *Cariño*.

Eu ri.

— Gosto de pensar que sim. E há sempre mais para conhecer. O nosso planeta é perfeito.

— Adoraria fazer uma dessas viagens com você.

Meu coração acelerou e eu o encarei, perplexa. Alejandro desviou a atenção do mapa e focou em mim, sorrindo largamente.

— É sério?

Ele deu de ombros.

— Por que não? Eu faço a minha agenda. Desde que seja com antecedência, sem dúvida, posso ir com você.

Se estivéssemos em um filme, uma trilha sonora estaria tocando ao fundo. Nos imaginei embalados por Sam Smith, porque aquele momento, o exato segundo em que Alejandro disse que queria estar comigo não importasse onde, me fez entender o poder de suas palavras no aeroporto.

"Em qualquer lugar do mundo que você estiver, da Oceania à América, eu permanecerei encantado por você."

— Eu adoraria.

Ele alargou o sorriso, e eu apresentei para ele a cozinha e o quarto de hóspedes, que eu fazia de escritório. Ele passou os dedos pela cadeira presidencial amarela, sorrindo, talvez pensando no quanto eu gostava de cores fortes.

— Estou pensando na cor do meu futuro quarto — pensei alto.

Alejandro sorriu.

— Você vai se mudar?

— Sim. Já estou acertando os detalhes.

— Não se esqueça de me passar o endereço novo.

— Não vou esquecer — prometi. — Quando retornar daqui a três meses, talvez já tenha uma nova casa. Minha assistente está cuidando de tudo.

— Você tem uma estante temática com os países que visita — Alejandro reparou, quando terminamos o pequeno tour e chegamos novamente na sala.

— Tenho — respondi e nos aproximei da estante, sua mão o tempo todo na minha cintura. — Esse Buda veio da Indonésia, Jacarta. A Torre Eiffel, claro, de Paris. A cidade mais romântica de todas. Sou apaixonada por lá.

— Seu último destino este ano, né?

— Sim. — Peguei o pequeno Coliseu e entreguei para Alejandro. — Itália.

Ele observou as lembranças que eu tinha de cada lugar, parecendo encantado de verdade. Alejandro devolveu o Coliseu para a estante e me veio um pensamento na cabeça. Poderia enviar para ele, de onde estivesse, um pouquinho de cada lugar que eu visitava. Postais e coisas que o fariam sentir que estava ali, comigo.

— Este é o Burj Khalifa, Dubai — apresentei. — O Big Ben, Inglaterra. Eu gosto deste aqui. É um globo com a Basílica de São Pedro dentro. Vaticano, Itália.

— E este? — Alejandro pegou outro globo. — Um conjunto de pedras em um círculo. Interessante.

— Ah, não é um lugar que eu visitei. Na verdade, o lugar em si não existe. É só um presente que ganhei da Laura. São as pedras fictícias de Craigh na Dun, da série Outlander. Ela sabe que sou viciada nos livros e na série, então...

— Acho que já vi um episódio ou dois.

Pisquei, perplexa.

— Nós vamos mudar isso.

Alejandro riu.

— Então, vou ter que te apresentar a Prison Break.

— Uma série policial? Por que não estou impressionada?

— Aguça a minha inteligência. Você vai curtir, *Cariño*.

— Então, vamos trocar séries.

Ele me puxou pela cintura, sua boca raspou na minha e eu inspirei fundo.

— Vamos trocar muitas coisas, Victoria.

Alejandro me deu um beijo suave na boca e, quando íamos aprofundar nossas línguas, meu estômago fez um barulho alto. Ele sorriu contra os meus lábios.

— Vamos almoçar, *Cariño*.

Abrimos três garrafas de vinho italiano que eu trouxe na minha última viagem. Eu tinha perdido a noção de tempo, conversando e rindo com Alejandro, descobrindo que estar com ele era como enxergar a vida por outra perspectiva, uma que jamais pensei que fosse amar, até ter tão de perto. Nós almoçamos, assistimos a um filme juntos, nos beijamos até que o ar faltasse e depois só... ficamos ali, conversando.

— Fiquei tão envolvido com você que esqueci que te trouxe uma coisa. — Alejandro se levantou e eu cruzei as pernas, confortável no sofá. Assisti-o ir até o aparador e me lembrei do embrulho que ele tinha trazido. Alejandro se aproximou e me entregou o presente. A caixa era grande, mas leve, maior que o meu colo.

Lancei um olhar para ele.

— O que é?

— Você vai ver.

Puxei o laço e ele caiu no chão. Tirei a tampa e me deparei com uma coisa que me fez sorrir. Passei o dedo pelo material, sentindo o algodão. Encarei Alejandro, que estava sorrindo.

— Fios egípcios, do mesmo jeito da minha. Você quis, então, aqui está.

— Uma toalha vermelha — sussurrei, olhando para ela de novo.

Era exatamente como a dele. Importada, sem dúvida. O material era a coisa mais macia que já vira na vida. Tirei-a da caixa. Era uma toalha bem grande. Daria milhões de voltas em mim.

Alejandro se inclinou, seu nariz passeando por minha orelha, e eu estremeci.

— Agora — sussurrou —, fico me perguntando quando vou vê-la nela.

— Nós poderíamos fazer isso acontecer, sabe.

Ele desceu o nariz da minha bochecha, baixando a cabeça quando raspou seus lábios no meu ombro nu. Fechei as pálpebras, segurando a caixa com mais força.

— Adorei o presente, Alejandro.

— E eu adorei você de vermelho.

— O vestido?

A ponta da sua língua passeou por meu ombro, subindo pelo pescoço, que inclinei para lhe dar acesso, até que ele fechasse o meu lóbulo em uma mordidinha suave.

— É — sussurrou. — Mas acho que vou adorá-la ainda mais quando estiver sem ele.

Virei o rosto e nossos narizes esbarraram quando Alejandro olhou para mim. Fiquei por uns bons segundos submersa no mel dos seus olhos, na chama que dançava nas íris âmbar, até Alejandro soltar um suspiro, fechar suas pálpebras e colar nossas bocas.

A explosão de línguas não me permitiu pensar em mais nada.

Nossas ávidas mãos também vieram em busca de sentir a pele um do outro.

A caixa caiu do meu colo, as roupas voaram, Alejandro me pegou no colo e não foi calmo quando nos colou na parede e arfou contra meus lábios, enterrando-se em mim, cumprindo a promessa que me fez mais cedo. Perdi a conta de quantos orgasmos Alejandro me deu, de quantas horas passaram, só sei que estava extasiada quando aquele homem me agarrou em seu corpo, arrematando-se dentro mim uma, duas, três, quatro vezes, antes de liberar o seu próprio prazer.

Encarando seus olhos, sentindo o carinho de Alejandro em meus cabelos enquanto me deitava em seu peito, pensei que três meses seria tempo demais sem ele, mas, quando eu voltasse...

Ah, seria divino.

Passei a perna por seu corpo, o sexo imenso, mas relaxado, na parte interna da minha coxa.

— Você quer passar a noite aqui? — sussurrei, passeando meu nariz por seu queixo, a barba pinicando a pontinha.

— Está me convidando, *Cariño*?

— Estou pedindo, na verdade. Sei que você teria que sair muito cedo amanhã, mas...

Ele riu, rouco.

— Tudo o que mais quero é ficar com você.

— Então fique.

Ele nos rolou, ficando em cima de mim. Arfei quando ele me pegou pela cintura, me colocando sentada na cama, encostada nos travesseiros. A bunda dura, nua e deliciosa de Alejandro clamou pela minha atenção, suas costas malhadas e os cabelos em uma bagunça pelo sexo. Alejandro espaçou minhas coxas, abrindo-as, e a ponta da sua língua, em meia batida de nossos corações, deu a volta pelo clitóris.

Gemi.

— Isso é um sim? — sussurrei.

Alejandro sorriu e meus dedos foram para seus cabelos, enredando-se nos fios grossos e escuros.

— É um sim, *Cariño*.

Capítulo 33

Nosso último dia juntos.

Vou sentir sua falta, Cariño.

Agenda compartilhada com Victoria, de Alejandro.

Alejandro

Estar com Victoria era perceber que o tempo corre contra nós, quando se deseja que ele nunca acabe. Passamos a terça juntos, eu a levei para passear de moto e demos uma volta por Nova York. Na quarta e na quinta ficamos separados, por nossas agendas não baterem. Victoria fez uma visita ao novo apartamento, além de se reunir com alguns clientes, e eu viajei brevemente na quarta para reuniões. Mas, na sexta e no sábado, Victoria foi novamente toda minha. No dia anterior, conheci Laura, sua melhor amiga. Divertida, espontânea, uma menina de cabelos cacheados e negros como a noite, além de olhos verdes como esmeraldas. Em um momento a sós, Laura me fez prometer que não partiria o coração de Victoria, que ela era boa demais para desacreditar no amor, como tinha feito após o último término. Garanti que faria o possível para jamais machucá-la. A melhor amiga de Victoria me agradeceu com um sorriso.

Meu celular fez um barulho: a notificação da minha agenda de que hoje era o meu último dia com Victoria antes de ela viajar por três meses. Engoli em seco, silenciando o alarme. Enquanto ainda olhava para a tela, uma mensagem dela surgiu.

Cariño: Oi, você está aí?

Eu: Sim. Bom dia, Cariño.

Cariño: Bom dia, mi vida. Ai, tenho uma coisa chata para contar. Sei que disse que estava livre esta manhã, mas preciso me encontrar com um cliente. É o que pretende viajar para o Brasil, e ele quer mudar algumas coisas e me pedir outras antes de eu ir na segunda. Marcamos um café antes do almoço. Espero que não se importe.

Dios. Este era o nosso último dia juntos, mas não havia como eu atrapalhar a sua carreira por conta disso. Então, respirei fundo e digitei rapidamente:

Eu: Não tem problema. Nos vemos quando você puder. Me avise quando estiver livre.

Cariño: Ah, que bom. Tudo bem, doutor Alejandro. ;) Não devo demorar mais de duas horas nesta reunião. Vou ter que passar no escritório e volto para casa. Te aviso quando tiver tomado banho e me arrumado.

NAMORADO POR *Acaso*

Eu: *Perfeito.*

Pensei que eu teria um tempo de comprar uma coisa para Victoria. Uma coisa que eu queria muito encontrar. Meus olhos colaram na chave da moto e saí antes que pudesse pensar uma segunda vez.

— Quer embrulhado para presente, certo?

— Sim, por favor — pedi.

Eu tinha conseguido exatamente o que queria. A loja ficava a umas cinco quadras da minha casa. Google Maps sempre salvando os caras desesperados para impressionar.

Cariño: *Cheguei em casa. Vou tomar um banho e aí você já pode vir. ;)*

Eu: *Certo. Vou levar o almoço e uma coisinha a mais.*

Cariño: *Você está me acostumando mal.*

Sorri.

Eu: *A intenção é deixá-la mal-acostumada.*

Cariño: *Você está fazendo certo.*

Eu: *É o nosso último dia antes de você viajar. Tem que ser especial.*

Cariño: *Ah, vai ser. <3*

— Aqui, senhor. Espero que ela goste — a vendedora disse, entregando-me o pacote. Agradeci mais uma vez e saí da loja. Coloquei os óculos escuros e enfiei o capacete na cabeça. Guardei o pacote do presente de Victoria no baú, ajeitando o nosso almoço, que também estava ali.

As ruas estavam muito movimentadas. Eu morava no famoso bairro onde fica a Times Square, então, caos era a palavra ideal para descrevê-lo. O que eu gostava em Midtown Manhattan era que eu tinha tudo ao meu alcance. Desde o escritório de advocacia até as lojas que eu encontrava com facilidade. Assim que subi na moto, já pensando em tirar o descanso lateral do chão, segurei o pensamento e dei uma olhada no celular, para ver se Victoria tinha falado mais alguma coisa. Mas era Diego que tinha me enviado fotos da lua de mel com Elisa. Eles estavam aproveitando, embora não fossem ficar muito tempo. Diego perguntou como estava com Victoria, e eu disse a verdade.

Eu: *Mais perfeito, impossível.*

Diego: *Ah, hermano. Eu imaginei.*

Saí do aplicativo de mensagens e fui para o Instagram dar uma olhada no feed. Passei por uma foto que chamou minha atenção e deslizei o dedo para voltar a vê-la.

Acho que meu coração parou de bater.

O nome usuário da... Victoria?

Sim, era ela. Victoria Foster. Assim como era Victoria também na imagem, abraçando um cara loiro de olhos azuis, sentada a uma mesa. O braço dele jogado sobre o ombro dela, os corpos aproximados. Mas que porra é essa? Na legenda da foto: *quando juntamos trabalho e diversão. Foi ótimo te reencontrar!*

Novamente: que porra é essa?

E não havia menção de quem era esse filho da puta.

Caralho.

Ah, os comentários.

Havia cinco, mas um deles fez meu sangue circular depressa.

kevinbanksnyc E você sempre linda, encantadora e divertida. Fico me perguntando se um dia aceitará jantar comigo. ;)

Vai se foder, Kevin Banks.

Eu vi vermelho, cara. Eu juro por Deus que uma força maior tomou conta do meu corpo. Eu sabia o que era, já havia sentido antes, mas nunca assim, dessa forma. Era como se eu não conseguisse pensar racionalmente, como se eu não conseguisse entender qualquer outra coisa a não ser a foto. Uma parte minha estava gritando: é só um cliente dela, porra! Larga de ser louco! Mas a outra... ah, a outra, que era grande parte, havia se transformado em ciúme de posse e incerteza.

Fiz a moto cantar pneu.

Pilotei pelas ruas tumultuadas, só me dando conta de onde havia parado quando vi a fachada do prédio de Victoria. Desci da moto, enfiei o capacete no guarda-volumes e peguei o presente, assim como o almoço, saindo a passos rápidos. Um morador estava passando pela portaria quando eu quis entrar, e não precisei interfonar. Aliás, se eu tivesse que parar meio segundo, talvez o ciúme fosse embora e, junto com ele, a coragem.

Bati em sua porta.

Escutei os passos do outro lado, indo para lá e para cá. A voz de Victoria ecoou quando gritou para esperar um pouquinho. Então, como se se desse conta de que não esperava ninguém tão cedo, perguntou quem era.

— Alejandro — respondi, ainda puto.

Ela abriu em meio segundo, me dando um largo sorriso, os cabelos molhados do banho, uma regata preta colada em seus peitos sem sutiã, e uma calcinha da mesma cor. Pequena, rendada, quase transparente, dando para ver até a fenda suave da sua boceta. Meu sangue, que já estava acelerado pelo ciúme, começou a correr por outra coisa.

Combinação perigosa.

— *Mi vida*, eu não esperava você tão cedo. Mas que bom que chegou. — Victoria dançou os olhos por mim, aprovando alguma coisa. Ela esticou os braços e indicou o sofá. — Pode entrar. Vou só me trocar e já venho. Sei que temos planos para andarmos por Nova York hoje.

Dei um passo à frente e coloquei o que trouxe no aparador. Victoria virou as costas para mim e foi em direção ao quarto. Fechei a porta e observei sua bunda redonda ir para lá e para cá enquanto andava, os quadris largos, a cintura estreita, o exato ponto onde a calcinha tocava entre suas pernas, arrepiando cada parte do meu corpo.

— Victoria — rosnei.

Ela me olhou sobre o ombro e só então percebeu que tinha alguma coisa errada comigo.

Desfiz o nó da gravata, e isso a fez estreitar os olhos e se virar completamente para mim. Joguei a gravata vermelha no sofá de qualquer jeito. Comecei a tirar o paletó do terno cinza, e também o deixei no sofá. Desfiz o primeiro botão da camisa branca. Victoria abriu a boca e fechou.

— Eu vou te fazer uma pergunta e quero que seja sincera. — Continuei tirando botão a botão da camisa até abri-la completamente. O olhar de Victoria mudou. De curiosidade e espanto para um visível desejo. Tirei a peça e fiquei ali, parado, na frente da sua porta, ainda com a calça, o cinto, os sapatos e a vontade por ela, que eu precisava controlar. — Você já dormiu com o Kevin?

Victoria piscou umas quatro vezes seguidas, tentando entender o que eu havia perguntado. Ela decidiu se aproximar, ficando a um passo de mim. Cruzou os braços na frente dos seios.

Estreitou as pálpebras e inspirou fundo.

— Kevin, o cliente que eu vi hoje?

— Ele. — Minha garganta ficou seca.

— Por que me perguntou isso?

Aline Sant'Ana

— Porque eu quero saber — exigi, rouco. — Já dormiu com o Kevin?

— Não.

— Mas ele quer.

Victoria ponderou. Ela apoiou o peso do corpo em um pé e, depois, em outro.

— Sendo sincera? Talvez, sim.

— E você vai dormir com ele?

Ela abriu os lábios, chocada.

— Não! Meu Deus, o que deu em você, Hugo? Eu não durmo com meus clientes e não me lembro de ter dito o nome dele... — Certo, ela estava irritada e me chamou de Hugo.

Foda-se.

— Eu vi a foto — grunhi. — A intimidade toda do comentário dele. Um cliente que quer transar com você? Sério, Victoria? E você não impõe limite?

— Espera um pouco aí — Victoria me brecou, seus olhos azuis estreitos para mim. — Quando você me viu dando intimidade para ele? Por causa de *uma* foto? Comentei sobre a minha profissão com você, que preciso entrar na mente dos meus clientes e entendê-los...

— Ele não quer que você entre na mente dele, ele quer entrar em *você*! — interrompi porque... porra!

— Eu disse que preciso conhecê-los. Eu te expliquei isso tudo. Você está *mesmo* falando do meu trabalho? Tá insinuando o quê, Hugo? Acha...

Não sei o que deu em mim, eu sou muito racional, e uma parte minha dizia que eu estava fazendo merda, especialmente depois de tudo o que eu e Vick conversamos, mas não quis escutá-la. Simplesmente não aguentei mais ficar ali. Deixei-a falando sozinha, abri a porta e saí. Já estava caminhando para longe, com um peso de mil toneladas de angústia no peito, quando ouvi o grito de Victoria vindo atrás de mim:

— Hugo!

Parei de andar, a ponta do meu indicador no botão do elevador, prestes a chamá-lo. Estava tão irado que só fui capaz de sentir duas reações: calor e ciúme. Não me importei que havia deixado todas as minhas roupas ou que ia subir numa moto sem camisa.

— Ah, mas isso não vai ficar assim não. — A voz dela estava perto de novo. — Porque você estava gritando comigo como um homem das cavernas, tirando a roupa, e me deixando falando sozinha!

— Não foi uma boa ideia ter vindo com esse sentimento dentro de mim.

— Você vai conversar comigo agora, Hugo. As coisas não funcionam assim.

— Não importa.

Importava.

— Como não importa? Você pensa mesmo que eu durmo com meus clientes?

Respirei fundo. Acho que fiquei longos minutos ali, parado, de costas para ela, sentindo raiva por um cara que nem conhecia, tentando entender o que estava acontecendo comigo.

Me virei quando o estrago já estava feito.

Os olhos de Victoria estavam vermelhos, ela estava a ponto de chorar, magoada com o que eu disse.

Então, entendi.

Havia uma ferida dentro de mim, que já tinha cicatrizado, mas não a impedia de estar ali permanentemente: a experiência. Eu estava jogando sobre Victoria algo que eu vivi no passado, e não no presente. Victoria não era Ella. Victoria não era Carlie. Apesar de ela trazer duas inseguranças que eu soterrava até o fundo, a ausência e a traição, havia uma nova pessoa na minha frente. Uma que merecia a minha confiança. Uma que, na verdade, não tinha feito absolutamente nada para eu reagir desse jeito.

Que *mierda* eu fiz?

— Você ficou com ciúmes. — Duas lágrimas desceram pelo rosto de Victoria, tardias, como se só caíssem para firmar aquele momento.

Engoli em seco.

Vê-la chorar por algo que eu disse me partiu ao meio.

— *¡Carajo, sí! Él te abrazó. Y el comentario...* — Percebi que estava falando em espanhol, e precisei respirar fundo de novo. — Eu senti ciúmes.

— Está jogando brigas passadas em cima de mim, não é? Refletindo algo que já viveu. A foto foi um gatilho para você. — E, simples assim, foi como se Victoria entendesse todo o inferno dentro de mim. Ela se aproximou, sem se importar de estarmos só meio-vestidos no corredor. — Eu não sou nenhuma delas, Hugo.

Mierda, ela não era...

— Victoria, eu...

— Não, você vai ouvir a minha explicação. Sim, eu estava abraçando um cliente que é um amigo. E, embora ele possa ser bem descarado nos comentários, eu *sei* impor meus limites. Eu também posto fotos com *todos* os meus clientes, pode olhar o meu Instagram. É uma forma de novas pessoas me conhecerem, seja por recomendação ou credibilidade. Meu Instagram é o meu cartão de visita, entende? Outra coisa importante: tenho famílias como clientes. Crianças, mulheres, idosos. Kevin é um dos poucos homens solteiros que contrata esse serviço.

— Eu vi as intenções desse cara a quilômetros de distância.

Victoria piscou e franziu a testa.

— Mas as minhas... — sua voz quebrou — você não viu.

Andei a passos lentos até ela, segurei seu rosto, e só percebi o quanto aquela discussão tinha me afetado quando me senti sufocar. Fiquei um tempo admirando cada traço daquela mulher, sequei os caminhos que suas lágrimas fizeram ao cair.

— Sinto muito. Eu fui injusto. Te magoei com as minhas palavras. Eu fui horrível. E você não merece isso, Victoria.

— Alejandro...

— Mil paranoias preencheram a minha cabeça e nenhuma delas fazem jus à mulher que você é. *Dios, Cariño*, eu realmente sinto muito.

— Sabe, Alejandro... — Ela suspirou, as palmas de suas mãos tocando meu peito, sentindo os batimentos insanos do meu coração. Então, seus olhos fixaram-se nos meus. — Uma vez ouvi que se relacionar é como dois rios que se encontram. Já viu como funciona? Dois rios que têm caminhos diferentes se misturam numa intersecção. Leva um tempo até eles unificarem esse percurso.

— Eu sei — sussurrei.

— O começo é a adaptação de duas vidas em um terceiro caminho. Está tudo bem brigarmos, desde que possamos entender o que o outro está pensando. Não fuja mais, Alejandro.

Travei o maxilar.

— Eu não vou fugir.

Andei com ela até estarmos de novo no apartamento. A briga, o ciúme, a conversa, tudo me acendeu com outra perspectiva. Fechei a porta atrás de nós e, assim que ouvi o baque, desci o rosto, minha boca dura se colando no calor e na maciez da sua. Victoria não reclamou quando minha língua escorregou para dentro da sua boca, reivindicando-a. A ponta dos seus dedos gelados na pele febril me fez rosnar no meio do beijo, e minha língua foi mais fundo. Toquei o céu áspero e doce da sua boca, no mesmo segundo em que Victoria descia a mão para minha barriga, me fazendo ondular de uma vontade nova.

Eu não vou fugir *mesmo*.

O cheiro da sua pele — rosas e jasmim — me atingiu como um gás liberado no ar, enquanto mudava o ritmo do beijo. A calma virou desespero, engolindo sua boca, oferecendo tudo da minha. Passei a mão na base das suas costas, por dentro da regata, subindo em linha reta até sua nuca, agarrando-a, para depois enredar os dedos nos seus cabelos ainda molhados do banho. Gotas geladas desceram pelo meu braço, nas costas de Victoria, seu perfume me enfeitiçando.

Ela ficou na meia ponta dos pés, a mão livre foi para a lateral do seu pescoço, subindo um pouco, até o meu polegar puxar seu queixo para baixo, abrindo a boca de Victoria. Devorei sua língua, sugando-a entre meus lábios, mordendo sua boca, para depois beijá-la lascivamente. Tesão pulsou do meu cérebro até as bolas, que estavam sendo beliscadas pela maldita cueca, mas não me importei. Era Victoria ali.

Não posso esperar.

Ela gemeu quando comecei a andar agarrado nela pela sala, sem nunca parar de beijá-la. Me abaixei um pouco, a boca na sua, e peguei-a pela bunda, colocando-a sem esforço sobre a mesa. Vick chiou, suas mãos impacientes vieram no meu cinto, abrindo-o e rapidamente o jogando no chão. Minhas mãos trabalharam na sua regata. Nos afastamos meio segundo para que eu pudesse puxá-la sobre sua cabeça e tirá-la dos seus braços, lançando-a em qualquer lugar. Grudei nós dois. Seus bicos pontudos se esfregaram no meu peito, seu quadril veio de encontro ao meu, na beirada da mesa. Ofegamos na boca um do outro, os dedos de Victoria ainda embaixo, na textura dos meus pelos, buscando desabotoar a calça, puxando o zíper para baixo. A calça caiu, formando um bolo nos meus pés, e eu chutei para longe os sapatos e a peça caída.

Me afastei apenas para ir e vir com o rosto, beijando, arrancando Victoria de órbita, suaves mordidas, sua língua para fora da boca, desesperada. Segurei-a com força pelos cabelos molhados, Victoria deixou o queixo cair, os olhos brilhando por trás das pálpebras pesadas.

Tonta, louca por mim.

— Alejandro... — ela gemeu quando meus beijos desceram para seu pescoço.

Levei uma das mãos para o meio de suas pernas, arrastando sua calcinha para o lado. Victoria estava pingando ali. Meu pau se contraiu, louco de tão pronto. A onda de choque alcançou a minha glande, retesando meu pau por inteiro.

— O quê? — grunhi.

Movi o polegar em um pequeno círculo, no alto da sua fenda, brincando com o ponto túrgido e quente. Afastei o rosto para olhar Victoria. As bochechas coradas, o maxilar relaxado, suas sobrancelhas com um vinco profundo. Ela espaçou os joelhos, abrindo-se toda para mim, e começou a rebolar o quadril no meu polegar, pedindo.

— Por... favor — verbalizou, gemendo.

— Você é minha, Victoria Foster?

— O... quê?

Acelerei o polegar e deslizei um dedo para dentro. Seus *lábios* estavam muito encharcados, molhando a minha mão. Seus músculos internos puxaram meu dedo e pulsaram em volta dele. Abri um sorriso contra seus lábios. Victoria estava perto e eu mal tinha começado a tocá-la.

— Somos exclusivos?

Victoria piscou, tentando achar um pensamento coerente, e eu roubei um beijo de sua boca, me afastando mais uma vez para observá-la. Coloquei outro dedo na sua boceta apertada, ainda brincando com o clitóris.

— Ficou implícito... não?

— Estou perguntando agora. Preciso saber antes de você viajar. Então, me responda. Esta boca. — Beijei-a, a língua rodando na sua, Victoria tonta demais para me beijar direito, enquanto ainda a fodia com meus dedos, bem lentamente. — Esta boceta — sussurrei, penetrando-a mais duro, indo e vindo depressa, ouvindo de trilha sonora os sons sofridos de sua respiração, os gemidos vazando de seus lábios e o barulho molhado ao atiçá-la. Victoria explodiu, gritando antes de buscar meus lábios com desespero, sem reprimir o orgasmo que foi liberado com fúria. Convulsões em suas coxas, na sua boceta que me apertava, em seu corpo inteiro. Victoria manteve as pálpebras abertas, mas sem realmente me ver. Esperei a neblina passar e tirei meus dedos de dentro dela. Levei-os até a boca, chupando-os. Victoria gemeu e eu me aproximei. Beijei seu queixo, desci até seus mamilos, sugando o direito, depois o outro. Quando rodei a língua no bico intumescido, vermelho e pronto, o coração de Victoria acelerou. — Este coração — murmurei contra a sua pele e me afastei longos passos. — Tudo isso é meu?

De pau duro.

Com o sangue fervendo em cada centímetro da minha pele.

Tirei a meia. Por último, me livrei da boxer branca. A ereção saltou para fora quando me vi nu. O pau reto, em seu tamanho máximo, as veias pulsando. Agarrei-o em um punho, espalhando o pré-gozo por todo o comprimento. Umedeci a boca, encarando Victoria. Suas pernas abertas, a boceta brilhando. Eu podia ver a excitação dela batendo bem ali, sua entrada fechando e abrindo de tesão, me querendo.

— Você é minha, Victoria Foster? — perguntei de novo. — Exclusivamente minha, não importa em que lugar do mundo esteja?

Comecei a me tocar, sem vergonha nenhuma. As bolas endureceram e eu sabia que, se ela dissesse sim, eu saltaria em cima dela naquela porra de mesa.

— Você vai me prometer o mesmo? — A voz veio baixa, ainda se recuperando do orgasmo. Um que, eu sabia, não foi o suficiente para sanar a vontade.

— Sim. — Ordenhei meu pau dolorosamente mais rápido, os olhos de Victoria bem ali, em mim. De pé na sua sala, exposto, me tocando para ela. Gemi quando Victoria abriu um sorriso, escorregando a atenção por cada centímetro da minha pele. — Eu sou completamente seu.

— E eu sou sua, Alejandro — murmurou.

Não levou uma batida dos nossos corações para eu ir até ela. Tomei sua boca, afundei meus dedos em seus quadris. Victoria veio para mim e me impediu até de pensar em nos proteger, quando sua boceta engoliu a cabeça do meu pau.

Ah, a sensação de tê-la livre da camisinha era boa demais. Havia tanto calor e tanta coisa molhada ali que... *oh, porra*. Agarrei seu quadril, Victoria se esfregou em mim, empurrando os mamilos no meu peito, o calor subindo quando nossos lábios se tocaram.

Victoria meteu a língua na minha boca.

Dale duro.

Meu pau chegou à metade daquele caminho apertado, aveludado e febril. Victoria ofegou, seus calcanhares afundaram na minha bunda, pedindo mais. Ela escorregou para a beirada da mesa, a bunda quase metade para fora, e eu me curvei para chupar seu mamilo, passando a língua em torno da carne rosada. Lancei meu pau na sua boceta, sem nunca parar de chupar seus seios. O cheiro salgado do sexo se misturou ao mel do meu perfume, e ao floral dela.

Agarrei a parte de trás das suas coxas, abrindo-a mais para mim. Sua boceta ficou ainda mais apertada e eu rolei os olhos, curtindo o nirvana. Travei a bunda, recuei os quadris uma vez só, apenas para penetrá-la de novo. Fundo. Veloz. A mesa balançou quando fiz isso uma segunda e uma terceira vez, e Victoria cravou suas unhas em meus ombros.

— *Yo soy tu hombre, Cariño* — chiei, encarando seus olhos.

Meus batimentos cardíacos foram até o céu quando ela me beijou com entrega, com um sim que nós dois precisávamos, o desespero de esse ser o nosso último dia dentro de três meses. Sua língua rodando na minha, suas mãos em meus cabelos, seus braços cercando meus ombros... tudo isso tirou o mundo de sua importância.

Naquele instante, só Victoria existia.

Meu pau ficou duro como ferro quando empurrei com força, cada vez mais rápido, e nunca o suficiente. Um som saiu lá do fundo do meu peito quando meus quadris aceleraram, para frente e para trás, Victoria me respondendo com seus próprios quadris que batiam em mim em um estalo agudo de peles suadas. Ela gemeu forte e senti o seu orgasmo quando o sexo ficou ainda mais molhado.

— Alejandro... assim...

Sua boceta prendeu e soltou meu pau, vezes demais para contar, meu nome saindo devagar de sua boca. Penetrei com força e pressa, os músculos da minha bunda se contraindo e relaxando, até que a pulsação diminuísse, até que Victoria pendesse a cabeça para o lado, satisfeita.

Soltei suas pernas, agarrei Victoria e tirei seu quadril da mesa. Deitei-a ali, suas costas na superfície. Ela se apoiou nos cotovelos, querendo ver.

Querendo nos ver.

Peguei suas pernas e apoiei-as em cada lado dos meus ombros. As pupilas de Victoria dilataram quando me inclinei um pouco sobre ela, meu pau ainda dentro. Ela gemeu, minha respiração ficou suspensa e me dobrei a ponto de tocar sua boca.

— Sua mesa aguenta? — rosnei.

Mulher flexível do caralho. Gostosa demais.

— Ela é forte — Vick gemeu.

Quando, quem deveria gemer, era eu.

Assim, sua boceta ficava justinha em mim, como nunca tinha provado antes. Fui mais fundo, testando. Meu quadril indo para trás e para frente, fodendo-a de leve.

Beijei-a, cego por ela.

— Forte — arfou. Obedeci. — Assim.

Tonto demais para ser qualquer coisa além do que ela precisava, meti em Victoria bem duro ali, suas pernas tremendo em meus ombros enquanto eu as agarrava para não escorregarem para fora. Encarando seus olhos, sua boca entreaberta, os cabelos bagunçados sobre a mesa, me lancei sobre ela, com força e toda a velocidade que tinha, quicando a mesa e a fazendo ranger. Ela gemeu, tateou meu rosto, buscando minha boca. Victoria queria gozar sentindo a minha língua, então, eu entreguei para ela.

Se embebeda de mim.

Vick não me decepcionou, gozou com vontade enquanto meus quadris bombeavam dentro e fora, e a minha língua rodava na sua boca, brigando com a sua. Ela estremeceu. A pressão nas minhas bolas aumentou, queimando-me por dentro, contraindo-me. Soltei suas pernas, e Vick as envolveu em volta dos meus quadris.

Quase montei na mesa quando me afundei bem no fundo, tão gostoso.

— *Mi vida...* — ela sussurrou.

Rangi os dentes, o tesão subindo da minha espinha até as coxas, pairando na cabeça do meu sexo. Victoria percebeu que eu chegaria lá, seus dedos se afundaram em meu peito, descendo para a barriga, me tocando no estreito espaço que existia entre nossos corpos molhados. Eu a encarei, a pergunta em meus olhos.

— Vem — gemeu, afirmando que eu podia gozar dentro.

Grunhi, rendido. E tudo que reprimi vazou em ondas quentes, escorregando por cada veia. O prazer se avolumou. Me fundi em Victoria, profundamente envolvido, até se tornar insustentável. Esguichei todo o meu prazer dentro dela, meu corpo rijo. O senso do meu equilíbrio se foi, fiquei tonto com o rebolar dos meus quadris, querendo mais espaço, prolongando. Ela acariciou o tempo todo a minha boca na sua, a língua rodando, como se me adorasse, sua boceta pulsando em volta de mim, também gozando.

— *Cariño.*

Ela me encarou, minutos ou horas mais tarde, e umedeceu os lábios inchados. Meu sexo ainda dentro dela.

— Você pode ficar tranquilo quanto ao sexo comigo, sobre não usar proteção. Uso contraceptivo injetável e...

Calei seus lábios, raspando os meus nos dela.

— Você me respondeu esta pergunta quando me deixou gozar dentro. Isso me mostrou o quanto confiou em mim. E sou muito grato, *Cariño*. Como você viu em cima da mesa do meu quarto naquela noite... eu estou limpo.

— Eu sei. — Seus olhos brilharam.

— Eu vou cuidar de você — prometi, ainda ofegante.

Vick sorriu.

Aline Sant'Ana

— Você já fez isso.

— Não... — murmurei.

Me senti exausto e satisfeito quando carreguei-a no colo até a cama. Eu a deitei ali, fui até o banheiro, peguei uma toalha pequena e umedeci com água quente. Observando seu corpo, sem nunca me cansar de olhá-la, me ajoelhei na colchão, entre suas pernas, e espacei suas coxas.

— O que vai fazer? — perguntou.

— Isso.

Victoria me observou, os olhos brilhando. Sem dizer uma palavra, passei a toalha de rosto por sua boceta, limpando a mistura de nossos prazeres, percorrendo seus *lábios*. Ela estava hipersensível depois de tanto gozar, talvez dolorida, então, porra, eu só fui delicado. Também me limpei e vi fogo nos olhos de Victoria, me analisando com cuidado. O meu peito, a barriga, as veias das minhas coxas, meu pau ainda duro.

— O quê? — perguntei.

— Você é tão gostoso.

Me inclinei e beijei sua boca, abrindo um sorriso contra seus lábios.

— Me espera aqui.

Minha namorada estreitou as pálpebras quando fui até o banheiro de novo e não me questionou quando a deixei no quarto. Caminhei por sua sala, lançando um olhar para a mesa. É, ela era boa. Estava intacta. Sorrindo sozinho, peguei as coisas que trouxe e as levei até Victoria.

— Deveríamos ter uma regra de, toda vez que você pisar na minha sala, as suas roupas vão embora — murmurou, me secando.

— Desde que haja uma regra de que, quando pisar na minha sala, você também esteja nua.

— Ainda não conheci o seu apartamento.

Sorri.

— Vamos fazer isso quando você voltar.

— E o que é isso tudo?

— Almoço frio e um presente. O que quer primeiro?

— O presente. — Vick se sentou, nua. — E meus olhos estão aqui em cima, Alejandro.

— É impossível não admirar...

Ela sorriu.

Entreguei-lhe a pequena sacola. Nela, havia uma caixinha. Victoria arregalou os olhos quando viu, as bochechas atingindo um tom forte de vermelho. Eu ri pelo desespero dela, e imediatamente entendi sua dúvida. Victoria pareceu chocada por eu rir, sua boca se abriu, suas mãos tremeram em volta da caixa de veludo vermelho.

— Relaxa, *Cariño*. Não estou te pedindo em casamento.

— Oh, Deus. Você me assustou!

Sorrindo, sem me importar com uma possível recusa para um pedido, beijei sua boca. Eu e ela sabíamos que era cedo demais, e tudo bem. Eu só pediria para Victoria assinar o meu sobrenome quando tivesse certeza de que estávamos na mesma página. Não tínhamos chegado lá, ainda.

— Abra — pedi.

Victoria abriu a caixinha e puxou o colar. A peça, com uma borboleta vermelha de pingente, simbolizava o que Victoria era para mim. Ela observou com uma emoção evidente, talvez se lembrando da borboleta que pousou nela e, depois, uma azul em mim. Seus olhos buscaram os meus em meio segundo, para depois irem novamente para o colar.

— Isso é tão lindo — sussurrou, encarando a peça de ouro branco e a borboleta com asas de rubi. — Alejandro, é perfeito. Muito obrigada. Eu vou usar sempre.

— Curiosamente, é assim que eu te vejo, *Cariño*. E sei que fui babaca quando cheguei aqui e me desculpa por isso. — Sorri e me aproximei dela. Peguei o colar delicadamente de sua mão, abri o fecho e Victoria se inclinou para eu colocar em seu pescoço. A peça era comprida, grande até. Ficou bem entre seus seios. Os olhos azuis de Victoria pareciam ainda mais coloridos em contraste com a peça. — Você é livre para voar pelo mundo se quiser, mas eu estarei aqui para te esperar.

Victoria me surpreendeu quando tomou meu rosto em suas mãos, me beijando lentamente, afundando a língua em torno da minha como se não fosse ter o suficiente. Senti a emoção dela ao me beijar, mais do que qualquer palavra que quisesse dizer, sobre realmente se sentir grata. Eu peguei sua cintura, trazendo-a ainda mais perto. Victoria se afastou uns segundos depois, raspando seus lábios nos meus.

— Os reencontros precisam ser melhores que as despedidas — sussurrou.

— Sempre.

Aline Sant'Ana

— Eu sou sua, Alejandro. Não disse aquilo porque eu estava com tesão. Eu só...

— Eu sei, *Cariño*. — Tirei uma mecha do seu rosto, absorvendo cada traço daquela mulher, me perguntando a razão de ela ter demorado tanto para aparecer na minha vida. — Também sou seu.

A declaração ecoou alguma coisa entre nós dois, a tensão invisível e inevitável cresceu quando admirei aqueles tons tão diferentes de azul de suas íris, brilhando sob a luz do quarto, assim como meu coração, que parecia ter vida própria, gritando em minha garganta aquilo que eu não queria evitar. Meu coração esmurrou o peito, um sentimento que eu conhecia, mas nunca tinha dito para ela. Talvez aquele não fosse o momento certo, mas talvez fosse. Eu estava nu em sua cama, com Victoria vestindo nada além do colar da borboleta de rubi.

Eu estava exposto.

Ela também.

Se aquele não fosse o momento, eu faria ser.

Acariciei seu rosto, meu polegar traçando sua bochecha. Entreabri os lábios e, por alguma razão, os olhos de Victoria ficaram molhados.

Caralho.

Ela viu isso em mim, antes que eu pudesse dizer em voz alta.

— Eu estou apaixonado por você — sussurrei. Desviei a atenção dos seus olhos para a sua boca. — Já há algum tempo.

Victoria ficou em silêncio, seus dedos passando por minha barba e meus lábios. Ela suspirou fundo, e as lágrimas em seus olhos... caíram. Sequei-as, tentando entender por que aquilo era tão surpreendente para ela, o motivo de ter se emocionado dessa forma.

Vick riu baixinho, como se lesse a pergunta em meu olhar.

— Eu estou chorando porque não me lembrava como era. — Balançou a cabeça, negando. — Não me lembrava das borboletas no estômago, o coração batendo na garganta como se tivesse vida própria, a sensação de nunca ter o suficiente. Eu não me lembrava como era estar apaixonada, Alejandro. Mas, lá no resort, isso tudo veio à tona e eu simplesmente senti. Só que, ao invés de vir suave como uma brisa de verão, me atingiu com força. Nunca foi assim, entende? Então, sim, eu estou apaixonada por você também, mas é diferente de tudo que já vivi. E me apavora.

— Te apavora porque é novo.

— Exatamente.

Seus cabelos castanhos já estavam secos e bagunçados depois do sexo. Passei o dedo por eles, abrindo um sorriso de canto de boca.

— Acho que a gente não tem que ter medo. Só precisamos saber lidar com isso quando você se ausentar. Talvez, cresça. Mas eu não sinto que vai diminuir, *Cariño*. Então, vamos descobrir isso juntos.

Tal vez usted sea la mujer de mi vida.

Não desista de nós.

— Vamos descobrir juntos — Vick concordou.

— Almoçamos e tomamos um banho... para depois sairmos?

Ela deu de ombros.

— Acho que a gente deveria ficar aqui mesmo. — Victoria me puxou pela nuca, e eu ri, rouco. — Tenho muitas ideias do que fazer com você nesse nosso último dia juntos.

— Ah, é?

— Uhum.

Para que passear por Nova York quando tudo o que mais queremos está em nossos braços?

Capítulo 34

Me despedindo de você sabendo que, no final de tudo,
eu vou poder te abraçar mais uma vez.

Bilhete escrito por Victoria, para Alejandro, durante o café da manhã.

Victoria

Eu teria que deixá-lo por três meses.

Então, o abracei forte enquanto estávamos na moto a caminho do aeroporto e não parei de abraçá-lo quando entramos lá. Me rendi às burocracias de um voo internacional e depois, já livre, ficamos juntos. Alejandro me pôs em seu colo enquanto eu esperava o voo, acariciando minha cintura, inspirando alguma parte da minha pele, os poucos sinais que ele me deu de que também sentiria minha falta.

Além de, claro, o bilhete que escrevi de manhã, e coloquei no bolso interno do seu paletó.

Porque Alejandro se esforçou para não tornar o adeus difícil demais.

Ele me beijou e riu das besteiras que eu disse. Me deu o endereço do seu escritório, para que eu pudesse enviar os postais dos países que fosse visitar. Perguntou o que eu sabia sobre o Peru, a Bolívia e o Brasil. Eu perguntei se o doutor estava tentado a comprar uma passagem em cima da hora e ele só sorriu na minha boca, dizendo que odiava ser adulto. Alejandro cuidou de mim no aeroporto como se as horas não contassem.

Nós teríamos ótimas memórias para os próximos três meses, mas era difícil pensar que o tempo que ficaríamos separados era maior do que os dias que ficamos juntos.

Quando chamaram o meu voo, ele se levantou e deu a mão para mim, entrelaçando os nossos dedos, as nossas almas. A cada passo que eu dava, meu coração ficava mais apertado. A recordação de já ter vivido isso sufocava alguma parte minha. Seus braços me rodearam, sua boca me invadiu com aquela língua quente, calando todos os traços de insegurança e saudade. Alejandro sorriu para mim, e nenhuma lágrima foi derramada, porque o que ele disse me fez entender que nem mil quilômetros nem mil dias nos distanciariam do que estávamos sentindo. Porque todo o sentimento estava acontecendo dentro de nós.

— Quando você voltar, estarei aqui, ainda loucamente apaixonado por você.

Ele me deu um beijo que faria qualquer um que estivesse nos assistindo corar.

Depois, me envolveu em seus braços, inspirou em meus cabelos e me ouviu dizer que não importava que houvesse, entre nós, a distância e o tempo. Ainda seria loucamente apaixonada por ele. Hoje, como também daqui a noventa dias.

Nos tocamos até que não pudesse fazer nada além de me dirigir para o setor de embarque. Meus pés pareciam querer cravar no chão, mas meu coração estava leve. Ele havia encontrado o seu lugar nos olhos de Alejandro, que se estreitaram, e no sorriso largo que ele me deu, antes de perdê-lo totalmente de vista.

Os reencontros, era nisso que eu precisava pensar.

Entrei no avião me sentindo meio entorpecida, e acabei dormindo durante as cinco horas de um voo de sete. Acordei quando estava longe demais de Nova York, mas com a sensação de que não havia, de fato, deixado de estar lá. Foi só quando vi o cenário indescritível de Lima, através da janela, e o aviso de que havíamos chegado no aeroporto Jorge Chavez, que entendi que estava em outro país.

E foi só quando meus pés pisaram no aeroporto, ouvindo o espanhol fluente, assim como a mistura de culturas de todos que tinham vontade de conhecer o Peru, que entendi o que se passava dentro de mim.

Eu amava Alejandro, e também amava a minha profissão. Estar sem um não anulava o amor pelo outro, mas uma parte minha se sentia incompleta. Era como se eu quisesse ter os dois ao mesmo tempo.

Percebi, assim que pisei do lado de fora, sentindo a brisa quente da cidade de Lima, que seria difícil fingir que a distância não me afetava.

Metade de mim ficou em Nova York.

Metade de mim não queria ser tão livre assim.

Capítulo 35

Cariño: Talvez a distância se resuma à falta que o seu beijo faz.

Mensagem de Victoria para Alejandro.

Alejandro

Conversávamos diariamente por mensagens, por vídeo-chamadas, por voz. Tantas vezes no dia que era como se Victoria nunca tivesse ido embora, como se o sentimento, de fato, nunca pudesse diminuir.

Ainda assim, era quando me enrolava na cama que sentia falta do seu corpo para abraçar. Era quando me chamavam de Hugo que sentia falta do seu Alejandro. Era quando eu passava o meu perfume, que percebia que o seu não estava lá... a ausência gritava em meus ouvidos, por baixo da minha pele.

Eu guardei aquele bilhete, que ela escreveu, na minha carteira.

Seis dias sem Victoria Foster contra oitenta e quatro dias que teria que esperar para tê-la de novo.

Saudade é um sentimento bem filho da puta.

Sem conseguir dormir à noite e com a cabeça agitada, me levantei antes do relógio despertar. Eram cinco horas da manhã quando terminei de vestir uma bermuda esportiva e tênis, pensando em correr para me livrar dessa energia, e fui para a cozinha. Distraído pela máquina de expresso, senti um arrepio na nuca, um aperto no peito. Peguei o celular na bancada e fui olhar se havia uma nova mensagem de Victoria. Nada. Ela deve ter conseguido pegar no sono. Teria um dia importante hoje, no hotel e centro de convenções W&W.

Mierda, eu não ia atrapalhar seu sono.

Mas a angústia não me deixou quando tomei o café na sala, nem quando abandonei o celular sobre o sofá, muito menos quando meus olhos pousaram na televisão que liguei, sem realmente vê-la.

A TV estava no mudo e eu aumentei um pouco o volume para ver se as notícias conseguiam me distrair. Na tela, a âncora estava em primeiro plano, apresentando, e, atrás dela, em um pequeno quadrado, havia uma imagem de um helicóptero, que percorria algum ponto importante da notícia.

Caos no mundo não era novidade.

Estava prestes a mudar de canal quando a voz da âncora disse uma palavra que me fez parar.

— ... no Peru, na madrugada desta terça-feira. Vou conversar com Daniel Dimitri, que está em Lima neste exato momento, para trazer mais informações. Bom dia, Daniel.

O país onde Victoria estava.

Me levantei do sofá e aumentei o volume.

— Bom dia, Kelly — o repórter respondeu. Ele estava sendo filmado em uma rua fechada, cercada por policiais, ambulâncias e bombeiros. — A capital do Peru sofreu uma série de ameaças de bombas, dias antes do presidente norte-americano visitar Lima. As ameaças foram levadas a sério pelo governo peruano, entretanto, o ataque desta madrugada não pôde ser evitado. Testemunhas afirmaram que os carros-bomba explodiram em frente a uma praça e um centro de convenções, que é onde estou agora.

Bomba?

A imagem saiu do repórter e foi para a rua que mal estava sendo mostrada. Destroços atrás deles, correria, morte. A câmera circulou por vários pontos, e parou em um letreiro quebrado, amassado, quase ilegível.

Ainda assim, eu consegui lê-lo.

E aquele letreiro fez meu coração sangrar.

W&W.

Minha caneca caiu no chão, espatifando-se.

Assim como todos os pelos do meu braço se ergueram, e meus olhos imediatamente ficaram molhados.

— Há, pelo menos, duzentos e sete mortos no local...

Parei de ouvir o repórter. Meus joelhos enfraqueceram e caí no chão. Senti frio, mas não senti o baque. Peguei o celular em cima do sofá, ouvindo meu coração nos tímpanos, batendo na garganta, enquanto olhava as mensagens de Victoria, os dedos trêmulos, pensando que meu cérebro estava pregando uma peça.

Era uma peça.

Só podia ser.

Cariño: *Vou para o W&W esta noite. Vai ser mais fácil dormir lá do que acordar cedo e ir para a reunião.*

Eu: *Se for melhor para você, seria interessante.*

W&W.

Olhei para a televisão de novo.

Eu *concordei* com ela estar ali.

Eu concordei, porra!

— E assim vemos o famoso hotel W&W em destroços... — o repórter continuou.

Liguei para Victoria, as lágrimas me cegando. O telefone caiu na caixa-postal. Liguei de novo, liguei cem vezes, ainda no chão, começando a entender a notícia. *Bomba. W&W. Peru, Lima. Victoria estava lá. Duzentos e sete mortos,* minha mente repetia, sem parar, cada vez que a chamada caía na caixa-postal. Decidi, na enésima vez, falar. Minha voz não saiu e, quando decidiu fazer, eu não estava conseguindo ser coerente, porque sentia como se estivesse me afogando.

— Me liga. Por favor. Esteja viva. Me liga. Você... Victoria. Por favor.

Abaixei o celular.

— Não, não, não, não... Porra! — gritei alto.

Com dor.

Com medo.

O acaso não a colocaria em minha vida para tirá-la da mesma maneira que entrou, certo? De repente? No susto? A vida não podia fazer isso. Não era justo. Isso não estava acontecendo... *Por favor, que isso não esteja acontecendo.*

Peguei o telefone de novo, tentando me lembrar de respirar, pensando na pessoa que poderia me ajudar. Minha secretária, Maddy, atendeu no terceiro toque, um alô sonolento, mas a minha urgência não me permitiu ser suave.

— Compre passagens para mim. Lima, Peru. Agora, Maddy. Eu preciso pegar meu passaporte.

— O quê? Você está chorando? Hugo, são cinco e meia da manhã...

— *Ahora,* Maddy, *carajo!*

— Meu Deus! O que aconteceu?

— Não posso explicar. Eu quero a primeira passagem que tiver, Maddy. Me ligue quando conseguir. Estou indo para o aeroporto. Me encaminhe a passagem por e-mail. — Desliguei o telefone, sem tempo a perder.

Continuei tentando ligar para Victoria, enquanto procurava até no inferno onde estava o meu passaporte. Seu celular desligado me deixou à beira do desespero.

Passei os dedos no cabelo, quase arrancando-os, quando me lembrei que o passaporte estava no carro. Peguei a primeira camiseta que encontrei, vestindo no caminho. Saí do apartamento completamente aéreo, sem nunca tirar o telefone da orelha. Entrei no carro, sentei, abri o porta-luvas e, quando achei o passaporte, comecei a chorar.

Não, eu não *só* chorei.

Eu esvaziei a minha alma.

O medo era tanto, que eu não consegui enxergar a esperança.

Não, Victoria. Só, por favor...

Meu celular tocou e meu coração parou de bater quando o coloquei na orelha.

— Victoria? — gritei.

— Não, sou eu. O que houve? — a voz do meu irmão ecoou, preocupada. Ele já estava de volta a Nova York. — Maddy acabou de me mandar uma mensagem e...

— Liga a TV, Diego. Eu... eu não posso falar agora, *hermano*. Preciso desligar — falei, sem cabeça para me explicar.

Não preparei uma mala, nem fazia ideia de qual roupa estava vestindo, enquanto dirigia o mais rápido que podia pelas ruas de Nova York, cortando carros, sendo imprudente, passando sinais vermelhos. A minha garganta começou a fechar e eu, irado com a vida, bati seguidas vezes no volante, sem ver nada à frente.

Meu celular não tocava.

Victoria não ligava.

A esperança não apareceu.

O medo a matou.

— Me liga, Victoria. Me diz que você está bem. Não pudemos viver ainda, você está me entendendo? Não pudemos viver tudo o que eu queria viver com você. A gente nem começou. — Deixei outra mensagem de voz para ela.

Freei o carro quando, enfim, avistei o aeroporto.

— O senhor não pode estacionar aqui — alguém me avisou.

Continuei andando.

— Eu vou multar, senhor.

— Foda-se! — gritei, sem ver o rosto de quem era. — Pode multar.

Caminhei sem rumo pelo aeroporto, até raciocinar que eu tinha que me dirigir ao balcão da companhia aérea. Olhei para o meu e-mail, e vi a passagem que Maddy mandou, para dali a duas horas. O check-in começava em trinta minutos. Liguei para Victoria durante todo esse tempo, e nada. Eu não conseguia aceitar que ela tinha ido para aquele hotel.

Eu concordei.

Tentando me achar no aeroporto John F. Kennedy, encontrei onde eu teria que entrar. Sem bagagem, sem nada além da roupa do corpo, alguns cartões e dinheiro, eu era um homem desesperado para chegar a Lima.

Meu celular tocou quando eu já tinha passado da área de embarque.

Diego, de novo.

— *Hermano...*

— Não, você vai me ouvir. Victoria *pode* não estar nesse hotel. Você precisa respirar fundo e pensar com coerência. Ela pode não estar, *hermano*.

— Ela disse que ia, porra!

— Agora você precisa acreditar que ela está bem. Precisa raciocinar antes de fazer uma loucura. Eu vou contigo.

— Eu a amo, Diego — falei, sem ouvir uma palavra do que meu irmão disse. —Eu amo essa *mujer*.

— Eu sei.

— Imagine Elisa nessa situação. Você largaria tudo.

Diego respirou fundo do outro lado da linha.

— Chegamos até aqui, *hermano*.

— *Mierda...* eu... *Victoria necesita estar viva.*

— *Yo se.* — Diego ficou em silêncio por alguns segundos. — Estou chegando no aeroporto. Por favor, não vá até eu estar aí e ter comprado uma passagem.

— Diego, porra... não precisa.

— Foda-se. Estou indo. — Desligou.

Procurei um lugar para me sentar, sentindo dor em todos os músculos do meu corpo tenso. Envelheci cinquenta anos em uma hora. Meus olhos ficaram alternando do celular para o letreiro do voo, contando o tempo que se arrastava para passar. Faltava menos de trinta minutos para o avião decolar àquela altura. Lágrimas novas vieram, descoordenadas, sem eu realmente senti-las. Estalei os dedos, tentando me distrair; a chamada de Victoria que nunca chegava me impedia de esperar qualquer outra coisa.

Talvez a mensagem nunca chegasse.

"Agora você precisa acreditar que ela está bem."

Fechei os olhos.

— Pai, mãe... — falei baixinho com eles, como há muito não fazia. — Vocês simplesmente amariam Victoria se estivessem aqui, sei disso. Mas... eu não estou preparado para perdê-la como perdi vocês. *Dios* os levou em um acidente; Ele não pode querer levá-la em uma tragédia, certo? *Mierda*, eu preciso tanto de vocês aqui...

Braços me rodearam enquanto eu ainda estava de olhos fechados. Diego. Minha família. Uma parte da minha mãe, um pedaço do meu pai. Ele me levantou quando eu sentia que não tinha energia para ficar de pé, me puxando e me abraçando com força. Só percebi o quanto estava uma bagunça do caralho quando ele acariciou minhas costas, murmurando que tudo ia ficar bem, me prometendo algo que eu não conseguia enxergar.

— Comprei uma passagem. Vamos. — Se afastou. Suas mãos vieram para cada lado do meu rosto, como se eu fosse um moleque de dezesseis anos. — Victoria está com o celular desligado porque acabou a bateria, está me entendendo?

— Ela estava no hotel. — Pisquei, minha voz carregando toda a exaustão que sentia.

— Você tem certeza?

Não, eu não tinha.

— *Vámonos.* — Ele me puxou pelo ombro, me arrastando para a fila de embarque. Fiquei com o celular na orelha, ligando para Victoria, mas caía na caixa-postal. Mostramos nossas passagens para a atendente, e comecei a percorrer o caminho que me levaria até o avião. Diego ao meu lado me deu uma força que eu não esperava conseguir àquela altura. Ele era o meu irmão, eu não queria que se preocupasse comigo, mas sua energia chegou até mim, me fazendo ter...

Esperança.

Meu celular tocou e eu parei de andar.

Perdi o ar.

CHAMADA DE CARIÑO

ACEITAR   RECUSAR

Senti as lágrimas se formando quando o coloquei na orelha, meus olhos em Diego.

— Alejandro! — arfou. — Oh, Deus. Você está bem?

Fechei os olhos, lágrimas descendo, e o primeiro pensamento que tive foi agradecer a Deus quando senti um alívio indescritível tomar meu corpo. Respirei fundo, talvez pela primeira vez em horas. Meu corpo não aguentou. Escorreguei as costas pela parede, abri as pálpebras, e me sentei no chão da passagem, sem me importar com os olhares estranhos dos passageiros. Estava perto demais da porta do avião. Diego se agachou para ficar na minha altura. Em seu olhar, havia um brilho; em sua boca, um sorriso de gratidão.

— Alejandro? — Era ela. Era realmente a voz dela.

Você está viva.

— Victoria... — sussurrei.

— Você está bem?

Engoli em seco e soltei todo o ar que contive nos pulmões.

— Diz meu nome mais uma vez, por favor.

— Alejandro... o que houve? Eu tinha cento e cinquenta e três ligações perdidas. Estava a ponto de pegar um avião para Nova York quando vi que não conseguia completar a ligação para você. Tentei te ligar também do hotel, e simplesmente não ia. Trinta minutos de agonia e desespero. Aconteceu algo? Diego, Elisa...

— Você está bem? — Minha voz mal tinha força para sair. — Porra, Victoria. *Porra...*

— Estou! Mas você claramente não está. Me conte o que está acontecendo, por favor.

— Você ligou a TV? — Umedeci a boca, subitamente seca.

— O quê? A TV? — Ela ficou perdida. — Não, não... eu acordei, fui tomar banho, desci para o café da manhã logo em seguida, mas nenhuma TV estava ligada e também... bem, não conversei com ninguém. Deixei o celular carregando, mas a rede aqui não funciona direito. Quando subi para o quarto, chegaram atrasadas todas as ligações que você fez.

— *Cariño...* você não está no W&W.

— Não, acabei não indo. Tive dor de cabeça ontem, decidi dormir onde estava mesmo e... espera, como você sabe?

— Ligue a TV. Canal de notícias.

Ela fez o que pedi. Em meio segundo, pude ouvir a voz de um repórter, dizendo em espanhol o que eu não tinha coragem de repetir. Ela soltou um suspiro de choque e disse umas mil vezes *"Oh, meu Deus"*. Então, quando entendeu o motivo do pânico que senti, ela desligou a TV.

— Ah, Alejandro... meu Deus... eu nem sei... o que você passou. Você pensou que eu estava lá... Você pensou, né?

— Comprei uma passagem para Lima. Entrei em parafuso, *Cariño*.

— Eu não fui — ela murmurou, mais para si mesma. — Por causa de uma dor de cabeça, eu não fui. Isso foi... isso foi... Alejandro...

Victoria mudou a chamada para uma ligação em vídeo. Vê-la fez todos os meus medos evaporarem, e eu nunca fiquei tão agradecido por aqueles olhos azuis, cheios de vida, estarem abertos para mim. Devo ter chorado quando a vi, e escutei alguém soluçar. Porra, deve ter sido eu. Mas não me importei nem um pouco de me expor para Victoria. Ela também chorou, levou uma mão até a boca, calando um suspiro de choque ao ver o meu estado e, talvez, ao se dar conta de que... quase... merda.

Ela não foi.

Mas poderia ter ido.

E esse pânico, esse pavor, eu li tudo em seus olhos. Em li tudo em sua expressão. Ela não disse nada, apenas me olhou, com a certeza de que eu estava ali. E eu a olhei, com meu coração inteiro mais uma vez, o sangue correndo com mais calma em minhas veias.

— Alejandro, eu sinto muito.

— Não peça desculpas. Sério. Eu só...

— Senhor, você vai embarcar? — uma aeromoça perguntou, com o cenho franzido.

— Não, não... — Me levantei e exalei fundo, saindo com Diego.

— Você já está no aeroporto? — Vick perguntou do outro lado.

— Eu estava quase entrando no avião.

— A reunião provavelmente foi cancelada. Estou viajando para a Bolívia amanhã.

O medo de saber que ela estava tão longe me fez estremecer. Mas eu não podia brecar Victoria. Não podia permitir que isso a deixasse com medo de trabalhar. O meu lado racional voltou.

— Linda, você está bem.

— Eu estou, certo? Estou bem.

— Sim — garanti. — Você está.

Desviei a câmera para Diego.

— Você deu um susto na gente, Vick. — Diego sorriu.

— Eu mesma estou assustada agora.

— Não fique — pediu. — Pode adiantar o seu voo para a Bolívia? Seria interessante sair logo de Lima, por causa dos ataques.

— Não, sim. Eu... eu vou ver o que consigo fazer.

Virei a câmera do celular de volta para mim.

— Victoria, eu estou voltando para o meu apartamento. Mas, por favor, por *Dios*... nunca mais fique longe do telefone.

— Meu coração parou com medo de algo ter acontecido com você — confessou, seus olhos brilhando. Ela estava tão linda, ela estava com tanto medo. Eu só queria abraçá-la.

— E eu morri de medo de te perder.

— A distância é...

— Eu sei, *Cariño*.

— Tudo bem. — Ela respirou fundo. — Volte para casa. Me ligue quando chegar. A gente conversa um pouco e... ai, Alejandro. Eu sinto muito ter feito você comprar uma passagem. Nada disso teria acontecido se eu não deixasse o celular carregando no quarto.

— Não peça desculpas, por favor. Eu estou tão feliz de te ver.

Ela exalou fundo.

— E eu em te ver.

Desligamos a chamada quando eu já estava no meio do aeroporto. Assim que guardei o celular, me curvei e apoiei as mãos nos joelhos, respirando fundo, como se tivesse corrido uma maratona. Diego bateu nas minhas costas, sempre ali, e esperou eu ficar ereto e encará-lo para dizer:

— Eu também estava com medo — confessou.

— Eu sei.

— Mas eu não... eu precisava ser forte por você.

— Eu sei.

— Essa distância, *hermano*. Essa distância é o maior desafio que vocês vão enfrentar. Ainda assim, vale a pena. Você realmente gosta da Vick. Não deixe que o medo seja mais forte do que o sentimento mais importante de nossas vidas, o amor.

— Não vou deixar. Eu prometo.

Capítulo 36

Alejandro: A vida é um infinito de possibilidades. Já parou para pensar nisso? Se não tivéssemos nos encontrado no resort, a gente teria se visto em Nova York? Talvez sim. Talvez não. Mas que bom que a gente se esbarrou, Cariño.

Alguns acasos precisam acontecer.

Mesmo que a distância seja tão agridoce agora, me anima o fato de saber que a cada dia eu te tenho mais perto.

Mensagem de Alejandro para Victoria.

Victoria

Depois do susto, todas as experiências coloridas que tive em Lima se transformaram em tons de cinza. Eu estava feliz avaliando resorts e estudando viagens para outras pessoas até entender que aquilo não era a minha completa felicidade. Laura falou que eu deveria reduzir a minha agenda. Você está rica o suficiente, ela disse. Mas eu não conseguiria contrabalancear os meus clientes, querendo estar em Nova York, sem perdê-los. A sensação veio com força para mim. Eu queria continuar viajando, mas também queria ter um espaço para viver, para Alejandro, para Laura, para Diego e Elisa, que, como Alejandro, não deixavam de me mandar mensagens diariamente. Para os meus pais, que, embora fossem tão independentes, eu sabia que sentiam minha falta.

Era difícil estar longe de tantas pessoas que eu amava, e eu queria criar raízes.

Por Deus, eu mal consegui ver o apartamento que comprei de Diego. Sabia que Bianca, minha assistente, estava cuidando de tudo, mas eu não tinha tempo nem para fazer a minha própria mudança? O lugar era lindo, o funcionário do Diego me ajudou a visitá-lo, e eu o comprei, mas quando teria tempo de deitar na minha própria cama? De sentir que aquele apartamento novo era o meu lar?

Fiquei angustiada.

O dono do resort abriu um sorriso para mim, trazendo-me de volta à realidade.

— Você viu realmente os pontos que faltam. Já pensou em trabalhar com isso?

Pisquei, sentindo o coração acelerar.

— Como?

— Em ajudar os resorts a criarem coisas mais atrativas. Você é boa, Victoria.

A conversa com o senhor Avila, do resort de Cancun, atingiu-me bruscamente. Como um sinal do universo, eu senti os pelos do meu braço subirem.

— Como eu poderia fazer isso?

— Bem, eu conheço alguns resorts que adorariam ouvi-la.

Era como se eu tivesse outro senhor Avila na minha vida.

Pisquei, surpresa.

E me sentei.

— Vou te passar o telefone da minha filha, Marieta. Ela é visionária como você. Talvez, se tivesse gente em cada canto do mundo, pudesse ter consultores de viagens e de resorts trabalhando para você.

— Isso parece...

Promissor?

— Vamos passear mais um pouco, sinto que ficou abalada com a ideia.

— Não é isso. É só que alguém já me falou a respeito disso antes.

O homem abriu um largo sorriso e deu de ombros.

— Algumas coisas são para ser, sabe.

Depois do cruel ataque ao centro de convenções W&W, a reunião foi remarcada para outro horário possível, no meu último dia em Lima. Eu estava me despedindo daquela cidade, naquela noite, com o tempo muito apertado. Não consegui, de toda forma, remarcar meu voo. Minha próxima viagem era para a Bolívia, que ficava com a minha menor parte da agenda. Já no Brasil, meu próximo destino, eu tinha que avaliar muitos resorts, então deixei-o com grande parte do meu tempo. Ainda assim, a conversa com o dono do resort peruano não saiu da minha mente, nem quando eu me despedi dele, muito menos quando estava no aeroporto, prestes a pegar meu voo para a Bolívia. Comecei a conversar com Laura, pelo celular, matando o tempo de espera do voo.

Eu: Amiga, você acha que seria loucura abrir uma empresa de consultoria turística?

Laura: De onde veio essa ideia?

Expliquei brevemente e ela imediatamente respondeu.

Laura: Nossa, duas pessoas falando a mesma coisa para você e parecendo tão promissor assim? Por que não começou a ver isso antes?

Eu: Porque... eu não quero deixar de ser uma consultora de viagens.

Laura: *E você precisaria deixar de ser? Pode dividir a sua agenda para fazer as duas coisas. Contratar consultores para viajarem por você. Ter seus funcionários. E, ainda assim, prestar consultoria para hotéis e resorts.*

Eu: *Odeio me lançar em algo que não sei.*

Laura: *Então, não se lance sem ter certeza. Enquanto estiver viajando, vá fazendo contatos, assim, discretamente. Eu posso tentar daqui também.*

Eu: *Como está a sua agenda?*

Laura: *Livre até o final do ano. Coisa que você deveria ter feito também. Você se afoga em trabalho, Vick. Agora que encontrou Alejandro, precisa ser um pouco egoísta, sabe?*

Eu: *Eu não sei... não quero fazer isso só porque tenho vontade de estar em Nova York.*

Laura: *Cala a boca. Olha o susto que você tomou em Lima, Vick. E se você ficará mais rica assim e tiver a chance de firmar laços pela primeira vez na vida, por que está vendo isso como algo ruim?*

Não soube o que responder. Simplesmente olhei para o aeroporto, vendo o fluxo de pessoas tão certas quanto ao seu destino, e eu sem saber o que fazer com o meu. A voz do senhor Avila veio na minha cabeça, quase como se pudesse ouvi-lo ao meu lado.

"Me avise se mudar de ideia quanto a enxergar sua profissão por outra ótica. Você mataria dois coelhos com uma cajadada só. E, sem dúvida, teria mais tempo para você, porque o dinheiro viria em dobro e, talvez, pudesse contratar pessoas para serem consultoras de viagem. Poderia capacitá-las para isso."

Eu poderia ganhar mais dinheiro, sem precisar viajar tanto?

Laura: *Amiga, você ainda está aí?*

Não sei quanto tempo passou sem eu responder, mas, quando ela enviou a mensagem, havia diversos prints. Laura conversara com vários consultores de viagem, que teriam interesse em trabalhar... para mim.

Laura: *Você é famosa por conseguir deixar todos os seus clientes satisfeitos. As pessoas sabem e respeitam isso. Acho tão legal. Nunca tinha perguntado para os nossos colegas, mas... o que você acha? A ideia ainda parece muito louca? Ter duas empresas, ao invés de uma? Poder trabalhar de Nova York e simplesmente mandar na porra toda?*

Eu: *Não sei como eu daria conta.*

Um pensamento surgiu antes que eu pudesse freá-lo. Era isso. Simplesmente... isso. Não havia dúvida.

Eu: *A não ser que tivesse uma sócia morena de olhos verdes.*

Laura: *AH, PARA!*

Eu: *Estou falando sério!*

Laura: *Eu vou te abraçar e te estrangular quando você pisar em Nova York de novo. Não necessariamente nessa ordem.*

Eu: *Fiquei empolgada, de verdade.*

Laura: *E eu? Acho que conseguimos. É sério. Eu acho que a gente consegue.*

Eu: *Vou conversar com as pessoas durante a viagem e te mantenho informada.*

Laura: *Também vou dar os meus passinhos por aqui.*

Eu: *É louco demais o que estamos pensando?*

Laura: *Eu não sei, mas sei que eu sinto que... é isso.*

Eu: *Eu também! Vamos nos falando.*

Laura: *Tudo bem. Amo você.*

Eu: *Também te amo.*

Senti meu peito apertar com uma emoção nova, algo que há muito tempo não sentia. Esperança? Esperança de me tornar uma profissional melhor, esperança de poder conciliar as duas coisas que eu mais queria? Esperança, sim, era isso. Peguei o celular novamente e liguei para Elisa, sabendo que ainda era horário comercial em Nova York.

— Elisa, querida. Oi!

— Vick! Ah, que bom que você me ligou. Advinha onde estou agora?

— Onde?

— No seu novo apartamento em Nova York. Já está tudo arrumadinho. Fizemos como combinamos e mantivemos os móveis. A sua cama nova deve chegar essa semana. Sua assistente é maravilhosa! Quase roubei ela para mim.

— Não faça isso. — Eu ri. — Não vivo sem a Bianca.

— Está tudo pronto, só esperando você chegar. — Escutei os passos de Elisa, os saltos batendo no piso do meu novo apartamento.

— Mal posso esperar para voltar — murmurei. — Escuta, estou te ligando porque me veio um pensamento na cabeça. Quando estávamos no resort, você disse que era advogada da Carlie. Mas você não é da mesma área dos meninos, é?

— Oh, não. Não sou. Eu me especializei em Direito Empresarial.

Abri um largo sorriso.

— Elisa, você gostaria de me ajudar com umas coisas? Eu quero abrir uma empresa, coligada à minha, e não faço ideia de como fazer isso. Não sei como começar, e nem sei se o que eu quero fazer já existe.

— Espera, deixa eu me sentar. — Elisa arrastou uma cadeira e suspirou fundo. — Certo, do que você precisa?

— Eu quero abrir uma consultoria para resorts e hotéis, tendo a minha melhor amiga como sócia...

Contei superficialmente a história, e ela ouviu tudo com atenção, sem fazer sequer um comentário. Quando finalizei, pude ouvir o sorriso em sua voz.

— Isso significa que você, hipoteticamente, passaria mais tempo em Nova York, caso desse certo?

— Sim, eu poderia ter uma agenda mais espaçada, viajar só algumas vezes no ano, e não o ano inteiro. Isso seria...

— Ai, meu Deus.

— Não conta para o Alejandro. Quer dizer, eu quero ver primeiro se é possível, ver quantas pessoas eu teria, o salário que elas receberiam, como isso tudo funcionaria. É muito mais do que carimbar o passaporte.

— Eu conheço um administrador fantástico, Victoria. Que poderia ajudá-la nisso. E, para a sua sorte, no final do ano ele se mudará para Nova York.

— Sério? Quem?

— Esteban De La Vega.

— O primo dos meninos?

— Sim! Ele está vindo para Nova York, sabe. Se você quiser, posso te passar o telefone dele. Vocês podem ir conversando por WhatsApp.

— Elisa, isso seria magnífico.

— Estou te enviando o número dele agora. Me passa também o da Laura. Eu vou marcar uma reunião com ela.

— Isso está acontecendo? Em poucas horas...

— É só o primeiro passo, Vick. — Elisa riu. — Acredite, vai dar mais dor de cabeça do que parece. Ainda assim, estou com você.

— Eu nem sei como te agradecer.

— Agradeça abrindo a empresa dos seus sonhos.

Sorri.

— Obrigada.

— Vamos conversando conforme vou descobrindo como vamos proceder. Esteban, sem dúvida, vai te passar uma visão mais prática da coisa. No entanto, o que eu puder fazer, estarei por aqui. Enquanto isso, vai pesquisando e estudando as possibilidades.

— Farei isso.

Elisa suspirou fundo.

— Estou feliz de ter conhecido você.

— E eu de ter conhecido você.

— Te vejo em Nova York? — perguntou.

— Sem dúvida. Estou indo para a Bolívia agora. Assim que pisar nos Estados Unidos, quero te ver.

— Vou te levar direto para o seu apartamento. Está realmente lindo. Um beijo, Vick.

— Beijo, Elisa.

Desliguei o telefone, meus dedos tremendo.

Eu sabia o que era isso.

A inevitável certeza de estar no caminho certo.

Capítulo 37

"Os Incas eram engenhosos, mi vida. Machu Picchu é divino!
Precisei te mandar um postal daqui, mesmo que soubesse que,
quando a caixa chegasse, provavelmente eu já estaria na Bolívia.
Tem uma foto minha também, lá em Machu Picchu.
Espero que não ria. Tem uma lhama do meu lado!
É surreal. E eu estou vermelha como um pimentão, culpa do sol.

Falando em sol, a moeda deles se chama nuevo sol.
Não parece mágico?

Ah, espero que goste da lembrança que te enviei.
Ele se chama Ekeko e comprei no resort em que me hospedei.
Sei que ele tem um bigode esquisito, uma bocona aberta e uma
expressão divertida, mas traz abundância e boa fortuna.
Temos que dá-lo de presente para quem desejamos que
seja feliz e que tenha muito sucesso.

Essa é a primeira lembrancinha que te mando, estou tão empolgada
por isso, espero que guarde em algum lugar especial.

Sinto sua falta todos os dias.

Sua,

Victoria Foster."

Alejandro

Receber uma carta dela, junto com um cartão postal, uma foto e uma lembrança... Cara, meu coração apertou de saudade. Victoria estava bem, provavelmente essa caixa foi a primeira coisa que ela providenciou quando chegou em Lima e, embora ela já estivesse sã e salva na Bolívia há bastante tempo, me senti aliviado ao ter uma parte dela ali, comigo.

Na foto, Victoria estava literalmente com uma lhama ao lado, o que me fez sorrir como um idiota. O cenário montanhoso e a construção ousada do monumento histórico atrás da minha mulher me fizeram suspirar. Eu queria estar com ela. E Ekeko? O cara era pequeno, com um bigode bizarro e uma boca aberta, mas era da Victoria e me traria prosperidade. Decidi colocá-lo sobre a minha mesa do escritório. A foto foi para um porta-retratos, ao lado do Ekeko.

Tirei uma foto da minha mesa e enviei para ela.

Cariño: Você me colocou na mesa do seu escritório? Meu Deus! Que lindo! Adorei o Ekeko do meu lado. ;)

Eu: Ver a sua letra, receber uma coisa sua à distância assim, me fez entender quão longe você está.

Cariño: Agora já estou na Bolívia, quase indo para o Brasil. Cada dia mais perto, lembra?

Eu: Cada dia mais perto. Vinte e oito dias, Cariño.

Aproveitei que Victoria estava online e apertei a vídeo-chamada. Ela atendeu e minha respiração ficou suspensa. Victoria estava corada, os cabelos, bagunçados, a ponta do nariz, vermelha e os olhos, mais azuis do que nunca. Victoria estava em La Paz, capital da Bolívia, e por mais que em Nova York o tempo estivesse mudando, para Victoria, ainda parecia verão. Ela abriu um largo sorriso, seus lábios clamando por atenção, pedindo a minha boca.

Depois do que passamos em relação a Lima, as ligações e chamadas por vídeo ficaram ainda mais constantes.

— Oi, *Cariño.*

— Você está tão lindo! — Ela dançou os olhos por toda a tela. — Para onde você vai?

— Tenho uma audiência hoje.

— Hum, parece importante. Adorei a gravata cor de mel.

— É?

Os olhos de Victoria brilharam com desejo.

— Uhum.

Me lembrei de uma coisa que eu queria dizer e estreitei o olhar.

— Sabe, eu assisti à sua série. Outlander.

— Mentira! Eu também estou vendo Prison Break. Michael é maravilhoso, tão determinado... — Vick sorriu. — Em qual episódio você parou de Outlander?

— Você vai se surpreender. A série instiga a nossa inteligência. — Fiz uma pausa. — Bem, onde eu parei? Eles transaram pela primeira vez. Caralho, ele era virgem e ela... porra. Estou com pena da Claire por ter que lidar com um sexo de cinco minutos.

— Ah, isso vai mudar, *mi vida.*

— Hummmm. E você, *Cariño*? Se você pudesse voltar no tempo, ia se enroscar no kilt de um escocês? — brinquei. — Juro que eu ia até o inferno atrás de você.

Victoria gargalhou.

— Amor, se o Jamie estivesse me esperando...

Meu sorriso morreu.

— Nem fodendo.

Vick riu de novo.

— Só quis te ver com ciúmes. — O olhar de Victoria se tornou carinhoso e o sorriso em seus lábios foi suave. — Estou a poucas horas, somente, *mi vida*, e já é uma tortura sem você. Imagina se duzentos anos nos separassem?

— Eu realmente iria até o inferno atrás de você — repeti, meu coração apertado pelo que ela disse.

Caralho, aquela mulher...

— E eu não me enrolaria, jamais, em um kilt escocês, sabendo que Alejandro Hugo me esperava no século XXI.

— Volta pra mim, Victoria — pedi, meu tom de voz quente.

Seus lábios tremeram.

— Eu vou voltar.

Victoria balançou a cabeça, como se quisesse dispersar a saudade, e eu deixei que ela levasse o assunto para o seu dia agitado. Ela fez eu me perder em algum momento enquanto olhava para aqueles olhos, para o seu rosto lindo, as pequenas sardas nas bochechas. Vick umedeceu a boca, e sorriu quando parou de falar.

— Você estará ocupada esta noite? — perguntei, rouco.

— Hum, estamos com uma diferença de apenas uma hora. Deixe-me pensar. A partir das sete? Acho que já estou livre. Por quê?

— Eu quero te ligar — sussurrei.

Vick exalou fundo.

— Por que isso parece um convite sexual?

— Porque é.

Seus lábios ficaram mais vermelhos, denunciando que o sangue de Victoria começou a circular mais rápido.

— Sério?

— Eu preciso fazer isso — murmurei. — Nunca fiz, então, vamos tentar juntos.

Victoria riu.

— Somos virgens de sexo por internet. Tudo bem.

— Estamos bem.

— Uhum. — Ela me encarou por um tempo, virando o rosto para o lado. — Nossa, você consegue ser gostoso através da tela de um celular. Eu quero beijar você.

Meu corpo respondeu, se aquecendo, o tesão descendo em espiral direto para... Inspirei fundo.

— Prometo que, esta noite, vai ser como se eu estivesse aí.

— Por favor, eu também preciso disso.

Uma batida na minha porta soou e Maddy entrou, tirando-me da nuvem de desejo que Victoria me envolveu, mesmo a milhares de quilômetros de distância.

— Diego está aqui. Ele disse que vocês precisam sair daqui a cinco minutos.

— Tudo bem, Maddy. Obrigado.

Ela sorriu e fechou a porta.

Voltei os olhos para Victoria.

— Você precisa ir, né?

— Preciso — respondi pesarosamente.

— Tudo bem, eu vou te deixar ir.

— Te envio uma mensagem quando sair da audiência.

Ela assentiu e eu pisquei, sentindo algo aquecer o meu peito.

Eu queria dizer que a amava, fiquei com a frase presa na garganta por segundos inteiros. Cheguei a abrir a boca para dizer, mas a fechei.

Não, eu não diria por telefone, por mais que o sentimento estivesse crescendo e me sufocando para externá-lo. Eu diria quando estivesse com Victoria em meus braços.

— Tudo bem — Vick disse, alheia ao que eu sentia.

— Um beijo, *Cariño*.

Já havia anoitecido quando me deitei na cama, esparramado, confortável. A noite estava iluminada em Nova York, como sempre. Mas, para maior privacidade, fechei as cortinas. Por mais que fosse idiota me sentir assim, eu estava ansioso. Talvez porque, caralho, eu nunca tinha feito isso na vida. Nunca precisei, para ser sincero. Mas Victoria estava longe, e a vontade entre nós dois estava latejando em cada pedaço do meu corpo. Eu precisava dela. E, pelo jeito que ela falou comigo hoje, também precisava de mim.

Quando liguei para Victoria através do Skype, minha mente foi para um cenário onde eu a teria aqui comigo. Quando havia só nós dois, o mundo deixava de existir. A imaginação é uma ferramenta poderosa, e o meu pau, antes que meu cérebro processasse a coisa toda, já estava semiereto. Observei meu corpo nu sobre o lençol vermelho e sorri.

Victoria gostaria de ser fodida nesses lençóis?

— Oi — ela sussurrou, e escutei, do outro lado, o som do seu corpo se mexendo e um farfalhar de lençóis. Sorri. Victoria estava na cama e sua voz estava carregada de uma vontade que eu tentaria sanar.

Um pouco.

— Oi — murmurei.

— Isso é tão estranho — Vick disse, baixinho. — Só de saber o que vamos fazer, eu já me sinto...

— Excitada?

— É...

Rangi os dentes e, por um segundo, pude ver Victoria diante de mim. As bochechas vermelhas, os lábios inchados dos meus beijos, os peitos para fora do sutiã. O que eu faria se a visse assim? Chuparia, com certeza, cada pontinho duro, brincando com a língua ali, me fartando do gosto de sua pele e, então, eu morderia...

Cometi o erro de abrir os olhos e perceber que estava sozinho, uma mão no celular e a outra parada ao lado do quadril. Eu nem tinha me tocado, mas só de sonhar com Victoria...

— *Cariño?*

— Oi.

— Eu preciso te ver — rosnei.

— Eu sei. Também preciso te ver.

— Não, estou dizendo que preciso te ver *agora*.

Ela ficou em silêncio por um minuto inteiro.

— Como eu vou fazer isso? — sussurrou, compreendendo.

— Apoie o celular em algum lugar e me mostre você. Eu também vou te deixar me ver. A gente só...

A respiração de Victoria ficou rasa.

— Você está nu?

— Sim.

— Deus, Alejandro.

— Por favor?

— Acho que tenho vergonha de fazer isso. — Ela soltou uma risada nervosa. — Eu nunca me mostrei assim para ninguém...

— Só estamos eu e você aqui, *Cariño* — garanti e me sentei na cama, apoiando as costas nos travesseiros. Peguei o celular e a deixei no viva-voz enquanto me organizava. — Não tem ninguém no meu quarto, além de você. E ninguém no seu, além de mim. — Acendi o abajur, e usei alguns livros de Direito Penal para apoiar o celular no pé da cama. Assim que ele ficou bem estável, sorri. Porra, não é que serviram para algo além de trabalho? Passei os dedos no cabelo, ajeitando os fios para trás. Exalei fundo e apertei o botão que ligaria a minha câmera para Victoria.

Ela não conseguiu ver do quadril para baixo, apenas o meu peito nu, a barriga e o começo do V profundo, além dos pelos pubianos. Decidi assim, para eu não ligar a câmera já com o meu pau na cara dela. Vamos com calma, certo? Abri um sorriso de canto de boca e umedeci os lábios com a ponta da língua.

— Você está me vendo?

— Sim. — A voz dela saiu do outro lado, quase trôpega. — Você, Alejandro, é uma visão. Puta merda...

— É? — sussurrei, sorrindo mais largo. — Assim você não vai precisar me imaginar. Eu estou aí, Victoria.

Ela ficou em silêncio e achei que a ligação tinha travado ou algo do tipo, mas aí...

— Você consegue me ver? — A voz dela ecoou hesitante.

Carajo... por todos los santos...

Puta que pariu!

Tudo em mim se arrepiou. Meus braços, minha barriga, o caminho de pelos do umbigo até o meu pau, minha nuca. Meus próprios mamilos reagiram à visão de Victoria, endurecendo, meu corpo inteiro rendido ao que aquela mulher era.

Meu pau pesou reto sobre o lençol, imenso e exigente. Ele latejou, me pedindo para segurá-lo, minhas bolas se retesaram e eu gemi.

Porque Victoria estava nua diante de mim.

Os seios grandes, os bicos rosados, as auréolas arrepiadas. O corpo inteiro dela também eriçado por mim. A fisionomia de Victoria era de tesão puro e o seu umbigo... *Dios*, eu queria passar a língua bem em volta, descer até o clitóris inchado e engoli-lo.

— Estou te vendo. Porra, *Cariño*. — Fechei os olhos e os abri de novo. Desci a atenção por cada pedaço da minha mulher. Assim como eu, a câmera estava até o começo dos seus quadris. — Você é deliciosa. Eu quero colocar a boca em você.

Vick suspirou, quase gemendo, e não me aguentei, agarrei as minhas bolas, acariciando-as, provocando, até subir com calma para o pau, apertando-o entre os dedos, provocando uma carícia lenta da base à ponta. Ele pulsou assim que comecei a brincar com a cabeça. Meus lábios se entreabriram e as pálpebras de Victoria ficaram mais pesadas, sua atenção fixa em mim. Fui mais para trás, querendo que ela me visse.

Os olhos de Victoria brilharam quando desceram até a minha mão, batendo uma bem lento. Sua língua apontou em volta da boca, circulando a borda dos lábios. E ela fez o mesmo, foi um pouco para trás, me deixando ver a fenda da sua boceta. Vick estava sentada com as pernas cruzadas estilo indiano e eu pude vê-la aberta ali, brilhando na câmera. Travei o maxilar, exalando forte pelo nariz.

— Lençóis vermelhos, Alejandro? — Seus pequenos dedos foram para os bicos dos seios, rodando os pontinhos. A inveja de Victoria poder se tocar me fez acelerar a mão, sem saber para onde olhar. Os cabelos castanhos ao lado do rosto, as íris azuis que eu sentia tanta falta, os mamilos que estavam sendo adorados, os lábios rosados da sua boceta gostosa e apertada. — Você quer me deixar louca?

— Quero — grunhi. Vê-la me deixou insano pra caralho. — Chupe seus dedos — pedi. — Circule eles molhados nos seus seios. — Ela obedeceu, seus bicos brilhando assim como a sua boceta. Joguei a cabeça para o lado, minhas coxas endurecendo, a bunda se contraindo. — Isso, Victoria. *Infierno*. Porra. Quero te chupar inteira.

— O que você quer que eu faça? — Ela piscou os cílios grandes para mim, o tesão a fazendo se remexer na cama. De repente, Victoria mudou de posição e ficou de joelhos, para depois se abaixar e apoiar a parte de trás dos pés na bunda, as pernas bem abertas. Sua cabeça pendeu para o lado, o cabelo longo e solto me fazendo querer enrolá-lo em um punho.

— Cacete. — Reduzi a velocidade da mão, ou gozaria rápido demais. Comecei a brincar com ele, apertando a glande quando chegava em cima. Minhas bolas se contraíram, querendo gozar. — Chupe seus dedos mais uma vez, bem molhado, *Cariño*. Escorregue a mão dos seus peitos para a boceta, passe ali, circule bem gostoso.

Ela arfou, realizando meu desejo. Assim que circulou o clitóris inchado, seus quadris vieram para frente, Victoria rebolou e imaginei como seria se meu pau estivesse dentro dela, sendo engolido por aquele espaço justinho e febril. Como seria minha boca se ocupando dos seus bicos, minhas mãos espremendo seus seios, moendo-os em mim.

— Como se fosse você? — gemeu, acelerando os dedos.

— Como se fossem as minhas mãos. A minha boca. Minha língua nos seus peitos, meu pau deslizando dentro de você.

— Oh, assim... — A respiração de Victoria falhou. Os olhos dela estavam fixos no meu pau. Havia alguma coisa tão lasciva em saber que eu conseguia excitar uma mulher só com o som da minha voz e com a imagem do meu corpo...

O poder de enlouquecer Victoria.

— Coloque três dedos dentro, com força. Porque, quando eu te foder, não vou ser gentil.

— Não seja. — Ela afundou os dedos, a boceta rosinha os engolindo. O som de Victoria gemendo alto me fez perceber que eu morreria esta noite. Eu vi seus *lábios* se contraírem, me querendo.

Olhei para baixo, sem parar de tocar no meu pau. A sensação molhada e quente do pré-gozo fez meus quadris irem para frente, em um impulso, até começarem o vai e vem. A sensação áspera dos meus dedos não era igual à boceta dela, tão macia, mas liguei o foda-se para aquilo, porque Victoria assistiu tudo, tão desejosa que eu quase rolei os olhos de tesão. Os sons gostosos que saíram da sua garganta ficaram mais altos, e seus dedos começaram a ir na velocidade da minha mão. Eu urrei, fodendo duro, encarando os olhos de Victoria.

— Isso, *Cariño*. Mais rápido. Rebola. Gostosa pra porra...

Minhas coxas tensionaram, a barriga ondulando, meu punho girando enquanto fodia a glande. Victoria sibilou. Eu sorri de lado e mordi o lábio inferior, meus olhos estreitos bem no ponto gostoso entre suas pernas.

— Imagina eu aí, te pegando pela bunda, afundando meu pau na sua boceta. Batendo tão forte, o som das nossas carnes por todo o quarto. Sua boceta escorregando de tão molhada... *Dios, mujer.*

— Tão gostoso...

— Rápido e fodendo. Duro e com pressa. Me assiste aqui, louco por você.

— Alejandro... — Ela encarou meu pau, meu corpo inteiro. — Eu queria lamber as suas tatuagens.

— Lambe, tudo aqui é seu.

Um vinco se formou entre suas sobrancelhas, a boca em um O, imaginando. O rebolar de Victoria ficou mais forte, seus dedos entrando e saindo com pressa.

— Eu queria você dentro de mim.

— Estou dentro de você. Sinta.

A imaginação me engoliu como se eu estivesse bêbado, me lembrando da textura e do calor de Victoria em volta de mim, pulsando. Dei suaves apertadas no meu pau, fingindo que era Victoria ali, meu bíceps queimando pela velocidade e o movimento. Levei a outra mão livre para as bolas, agarrando-as. Victoria se penetrou com mais força, suas coxas tremendo.

— Você está... dentro de mim.

— Todo dentro — prometi. — *Dale.*

Foi a minha vez de mudar de posição. Joguei os travesseiros no chão e só mantive uma pequena almofada comigo. Peguei-a e coloquei na boca, mordendo, porque, quando fosse gozar, ia ser duro. Victoria estava com os olhos fixos em mim quando me afastei mais da câmera, ficando de joelhos. Abaixei a bunda e abri bem as pernas.

— Vem comigo — ela pediu, os olhos brilhando e sua boca pedindo a minha.

Caralho.

— Alejandro...

Victoria tremeu por inteiro, exatamente do jeito que fazia em meus braços. Ela estava gozando, e gemendo meu nome. Aquele foi o meu fim. Acelerei os dedos, meu quadril com vida própria, minhas coxas se contraindo, duras como ferro. Senti o membro pulsar e o coloquei para cima, alcançando meu umbigo, batendo forte sem parar de olhar para Victoria. Imaginei-a exatamente do jeito que estava, mas em cima de mim, minhas mãos consumindo seu corpo, sua boceta ordenhando-me e sugando-me daquele jeito. Do jeito dela. Mordi a almofada com toda a força. A pressão nos testículos aumentou, meu pau pegou fogo, e comecei a gozar forte, ejaculando por toda a minha barriga. Gozei longa e intensamente, meus olhos permanecendo abertos, focados em Victoria, na imagem dela no meu celular, no seu corpo perfeito e em suas íris azuis.

Joguei a almofada para longe, ofegando.

— *Cariño* — chiei, meu membro impulsionando uma última vez, liberando a última gota.

— Você é lindo — ela sussurrou, um sorriso satisfeito no rosto.

— E você acaba comigo. — Meu pau começou a relaxar, embora meus pulmões ainda queimassem. — Eu sinto sua falta.

— Deu pra matar um pouco a vontade, né?

— Porra! — Ri.

Tonto de cansaço, cada músculo doendo, peguei o celular e desabei de costas na cama, me filmando por cima, completamente nu e espalhado. Fechei os olhos por cinco segundos e exalei profundamente, recuperando o fôlego. Assim que os abri, Victoria ainda estava lá, nua e deitada de lado. A câmera filmava seus peitos gostosos, e o semblante pós-sexo dela me fez sorrir.

— Eu acho que a gente pode fazer isso mais vezes — sussurrou.

— Com certeza. Isso deve ser um ritual de passagem para relacionamentos à distância. Quer dizer, todo mundo deveria fazer uma vez na vida.

— Te ver em uma câmera foi... — Os olhos de Victoria semicerraram. — Às vezes, acho que sou uma péssima namorada querendo que o mundo veja o que eu acabei de ver. Mas parece injusto. Quer dizer, eu tenho tudo isso só pra mim?

Ela riu.

— Namorada. — Minha voz saiu quase ronronando.

Victoria arregalou os olhos.

— Eu quis dizer...

— Você quis dizer exatamente isso — afirmei. — E, sim, Victoria Foster. — Movi minha mão, mostrando, pela câmera, meu corpo nu e saciado em cada canto, para depois focar no rosto. — Isso tudo é só seu.

Vick umedeceu a boca, mordendo o lábio inferior em seguida.

— Não faz assim que o seu namorado vai ficar duro de novo — avisei.

A risada dela valeu por um milhão de dólares.

— Eu bem que te queria duro de novo.

— Se você estivesse aqui, nua na minha cama, eu não ia precisar de tanto tempo, mas... como estou sozinho... Me dê uns vinte minutos — sussurrei, minha voz já esquentando. — E me conta, enquanto isso, quais são os seus planos para amanhã.

Capítulo 38

Alejandro: Quem disse que eu não estou aí? ;)
Mensagem de Alejandro para Victoria.

Victoria

Sexo por vídeo é gostoso.

Essa interessante descoberta repetimos por longos dias. Além de eu perceber que ver, em vídeo, Alejandro se masturbando, me excitava além da explicação. Cada vez ele se soltava mais, se entregando para mim. A mão pesada no...

— Vick, você está aí? — Laura perguntou do outro lado.

— Ai, desculpa. — Pigarreei. — Alejandro acabou de me mandar uma mensagem e eu me distraí.

— Uma mensagem? Com nudes? — Laura jogou.

— Não. Sem fotos. Só a minha imaginação indo longe. Sabe o que ele digitou? "Quem disse que eu não estou aí?".

— Acho que relacionamento à distância é uma tremenda preliminar. Quando vocês se encontrarem, é capaz de transarem no estacionamento do aeroporto.

Comecei a rir.

— Você é maluca.

— O quê? Eu já fiz. É uma delícia. Falando em delícia, Esteban, o primo gostoso do seu namorado gostoso, tem um cérebro tão bom quanto o corpo.

— Ah, é? — perguntei, curiosa. — E como você sabe que ele tem um corpo gostoso?

— Ele só posta foto sem camisa no Instagram.

— Hum, você está seguindo-o, então...

— Ele é o nosso futuro administrador, Vick. — Quase pude ver Laura revirando os olhos. — E está na Espanha, por enquanto.

— Curioso você dizer que relacionamento à distância é uma preliminar "tremenda", quando você tem conversado bastante com o primo gostoso do meu namorado gostoso.

Laura gargalhou.

— Só sobre negócios. E é por isso que elogiei o cérebro dele. No grupo que ele criou comigo, você e Elisa, Esteban disse várias coisas interessantes. Depois dá uma olhada.

— Eu vou ver isso agora.

Tirei o celular da orelha e coloquei no fone, deixando as mãos livres. Procurei o grupo. Assim que achei seus nomes, cliquei e peguei a conversa no meio.

Esteban: Vamos ver a parte financeira para o investimento. Tente ir falando com consultores que você conhece. Sabe que seus próprios clientes pagam o salário exorbitante que você e Victoria recebem.

Laura: O que quer dizer?

Esteban: Eu quero dizer que o salário de um consultor de viagens é bem alto, mas não é do bolso de vocês que isso terá que sair, quando abrirem a empresa. Se vocês conseguirem os clientes para eles, pedindo uma porcentagem desse recebimento, eu tenho certeza de que qualquer consultor aceitaria. Vocês não? Ter uma carteira de clientes fixos, sem precisar ficar se esforçando para encontrar um sheik árabe... caralho, parece um sonho. E o melhor de tudo: eles vão receber sempre quantias gordas. Vocês só vão precisar... do quê? Uns 20% disso? Com cinco consultores para cada uma, é como se vocês tivessem feito uma viagem sozinhas, sem precisar sair do lugar. Depois quero fazer as contas direito, mas fala sério. Nunca pensaram nisso?

Laura: Eu acho que eu quero o seu cérebro pra mim.

Esteban: Corazón, quando eu chegar em Nova York, a primeira coisa que vou fazer é me reunir com você e Victoria. ;) Tenho ótimas ideias para a consultoria dos resorts, que Victoria quer aplicar, deixa só eu ter um tempo com vocês.

Laura: Hummmm.

Acabei sorrindo e digitando.

Eu: Esteban, você está contratado.

Ele estava online e vi que começou a digitar.

Esteban: Ah, é? Meu salário é gordo, hein? Quero uma porcentagem nisso tudo também.

Eu: Se você fizer esse negócio rodar, primo De La Vega, o mais justo que eu posso fazer é te dar um salário fixo + porcentagem.

Esteban: Porra, vou fazer as contas logo.

Eu: hahaha. Não fale para o Alejandro, tá?

Esteban: Relaxa, a surpresa do meu primo vai ser por sua conta.

— E como estão as coisas em Nova York? — perguntei para Laura, ciente de que ela estava ainda esperando por mim na linha.

— Almocei com Elisa hoje; ela é ótima. E o seu namorado está prestes a ganhar um caso. Diego ligou para a Elisa, contando a novidade.

— Ah, eu sei. Morro de orgulho dele. É um sentimento tão bom, Laura.

— Deus, você tá muito apaixonada.

Ri.

— É.

— E como está o Brasil?

Suspirei, vendo o Cristo Redentor pela janela. A noite estava estrelada e tudo naquele lugar parecia o paraíso.

— Esse resort é um absurdo. Estou apaixonada. Kevin vai ficar louco quando eu contar as novidades.

— Você sabe que ele que quer dormir com você, né?

— Nem me fala. Você lembra da briga que disse para você que tive com o Alejandro?

— Sim.

— Foi por causa do Kevin.

— Mas você cortou o Kevin?

— Claro!

— Ah, mas é fofo, vai? Alejandro sentir ciúmes.

— Ele *morre*.

— Agora falta pouco para você voltar, Vick. Sei que só vai passar uma semana aqui e depois vai viajar de novo, mas... nesses três meses, já demos bastante andamento na nossa empresa. — Laura fez uma pausa. — E eu queria te fazer uma proposta.

Me sentei na cama e cruzei as pernas.

— Uma proposta?

— Sei que você está firme e forte aí no Brasil, fazendo e acontecendo, conquistando tudo o que sonhou. Mas, quando veio a ideia da empresa, eu senti... senti que era isso que você queria fazer, entende? Eu senti o seu desejo de estabilidade.

Pisquei, ainda sem entender Laura.

— Sim, mas... por que está dizendo isso?

NAMORADO POR *Acaso*

— Você vai passar uma semana com Alejandro e depois, meses fora. Voltar e ficar outra semana com ele e, novamente, meses fora. Sei que a empresa é uma ideia maravilhosa, mas ela só poderá acontecer ano que vem. Até porque Esteban não fará uma mudança definitiva para os Estados Unidos até ter tudo pronto. E a empresa também só poderá se solidificar se você estiver em Nova York. Eu já fiz a minha parte aqui, mas falta você.

— O que eu preciso fazer? Posso tentar à distância.

— Não mais à distância, Vick.

— Eu não tenho alternativa, amiga.

— Mas eu tenho.

Se meu coração pudesse parar, aquele seria o momento.

— O que está dizendo? — murmurei.

— Eu posso viajar por você. Minha agenda está livre, esqueceu? Eu faço o mesmo que você. Grécia, Jordânia e Itália, que são seus próximos destinos mais longos, eu poderia fazer e você poderia começar a abrir a empresa daqui, além de poder ficar com Alejandro. No final, ainda tem França e Inglaterra. Você pode encaixar na sua agenda. Mas precisa priorizar o que realmente importa, amiga. É a empresa e o Alejandro? Porque, se for, eu compro as minhas passagens e vou antes que você possa piscar uma segunda vez. Agora, se estiver incerta do que quer, ou se quiser continuar viajando, ainda que saiba que seu coração dói de saudade, bem, é por sua conta e risco, embora tenha certeza de que vou respeitar seu espaço. De qualquer forma, o dinheiro das viagens que eu fizer seria seu, caso diga sim. Tenho o suficiente para comprar umas cinco casas, investir na bolsa, comprar carros e viajar pelo mundo. E nem tenho onde gastar.

Eu não soube o que responder. O choque de sua proposta revirou o meu estômago. Meus dedos tremeram ao segurar o celular. Pude ouvir a respiração da minha melhor amiga do outro lado, e meu coração apertou. Ter essa profissão poderia ser cruel quando se quer criar raízes. Laura também sabia disso. Viajar pelos quatro cantos do mundo a impediu de namorar sério, e vem sendo assim desde que a conheci. Laura aproveitava a vida, é verdade, mas ela nunca teve tempo de parar e simplesmente ser a namorada de alguém. Eu tentei, e não obtive sucesso. Porque os relacionamentos terminavam antes mesmo de eu entender que tinham começado. Basicamente, ser uma consultora de viagens exigia liberdade. Uma que Laura ainda não queria abrir mão, mas eu sim. Engoli em seco.

— Você faria isso por mim?

Aline Sant'Ana

— Você faria também, se estivesse no meu lugar? — ela rebateu, e pude ouvir a diversão em sua voz.

Droga, sim. Eu faria qualquer coisa pela felicidade da Laura.

— Você sabe a resposta.

— Então, está combinado? — Laura deu um gritinho do outro lado da linha.

— Amiga, eu acho que... acho que sim.

— Então termina o que tem de fazer aí e volta para os Estados Unidos e para o seu homem. Aliás, pense em uma surpresa bem boa para ele. Não diga o horário do seu voo, diz que atrasou. Não sei, se vira!

Eu ri, emocionada. Pensar em ver Alejandro... nossa, tão pouco tempo passou e parecia um ano inteiro.

— Você vai estar aí quando eu voltar?

— Sim! Só... volte para o Alejandro, Vick.

— Amo você, Laura.

Ela suspirou.

— Você é uma irmã para mim.

— Eu sei.

— Te amo, querida. Tenha bons sonhos.

Desliguei e observei o aparelho com metade da bateria restando.

Lágrimas desceram pelo meu rosto.

Eu não fazia ideia do motivo de estar chorando, até entender que o choro veio junto com um sorriso. Eu estava chorando de felicidade porque poderia voltar para casa. Além disso, a empresa encaminhada, então...

Eu finalmente poderia ser feliz.

Aline Sant'Ana

Capítulo 39

Cariño: Que bom que chegou! Leve a caixa para sua casa e me ligue depois de abri-la! Faltam seis dias para eu te ver. <3

Mensagem de Victoria para Alejandro.

Alejandro

Victoria tinha me enviado outra caixa e me pediu para abri-la só quando eu chegasse em casa, de noite. Desta vez, havia um postal da Bolívia e um do Brasil. Ela foi esperta e mandou tudo junto: a imagem do Cristo Redentor, do Brasil, e o outro postal, com Salar Uyuni, o maior deserto de sal do mundo, na Bolívia. Junto com os postais, as fotos de Victoria nos pontos turísticos e uma carta, contando suas experiências, me fizeram sorrir. Havia também presentes. Um pequeno cofre, entalhado em sal, era uma coisa de louco que nunca tinha visto na vida, souvenir da Bolívia. E o outro, uma miniatura do Cristo Redentor, seus braços abertos, abençoando. Na caixa, havia algumas coisas em português que me arrisquei a entender. Eram do Brasil, sem dúvida. Quer dizer, espanhol não era tão diferente, e percebi que era alguma coisa relacionada à comida. Embaixo de uma caixinha que li como "leite condensado", estava uma receita.

Peguei o celular e perguntei para Victoria o que era aquilo.

Cariño: É uma sobremesa MARAVILHOSA que eu provei aqui e estou morrendo de amores. Queria que você tentasse fazer, porque não pude enviar pronto, então, mandei os ingredientes. Eu não sabia se você entendia alguma coisa de cozinha. A receita está bem fácil de compreender. E espero que você tenha manteiga em casa.

Eu: Sim, eu tenho. E sim, sou um idiota na cozinha. Minhas habilidades se limitam ao café da manhã americano: omelete, ovos mexidos ou fritos, bacon, panquecas e waffles. Ah, e eu acho que sei fazer paella. E pipoca.

Cariño: Você é um espanhol meia boca, Alejandro. Eu sei fazer paella!

Eu: Vai cozinhar pra mim quando retornar?

Cariño: Vou. Mas, primeiro, leia a receita e vá comer esse negócio, pelo amor de Deus. Eu vi a Dona Marta, aqui do resort, fazendo. Fiquei hipnotizada e aprendi tudinho.

Eu: Depois eu te ligo, então.

Cariño: Boa sorte e afaste a cortina do fogo.

Eu: Engraçadinha.

Cariño: ;)

— Tudo bem, eu consigo fazer isso — murmurei sozinho.

Peguei a receita e os ingredientes, e levei tudo para minha intocada cozinha. Só a usava para o café da manhã, o resto era na rua. Tinha um restaurante ótimo low carb que mantinha a minha dieta em dia, mas hoje eu ia quebrá-la, se isso significasse provar alguma coisa do Brasil e que, aparentemente, deixou minha mulher enlouquecida.

Lavei as mãos, arregacei as mangas e li a receita.

 RECEITINHA DE BRIGADEIRO

(O nome não é engraçado? Eu enrolo a língua para falar. Brigadeiro. Enfim, você vai se apaixonar. Eu estou. Meu coração é metade seu e metade do brigadeiro).

Eu ri. Victoria era impossível. Voltei a ler.

Você vai precisar de: uma panela pequena.
Uma colher de pau ou espátula de silicone. E suas sexy mãos.

INGREDIENTES:

* **1 colher de sopa de manteiga.** *(Pelo amor de Deus, se você não souber o que é uma colher de sopa, o nosso relacionamento está terminado. Mas, por desencargo de consciência, é a colher grande que a gente toma sopa. Ok? Acho que acabei de salvar o nosso relacionamento.)*

* **1 caixinha de leite condensado.** *(É a caixinha que te enviei. Está escrito leite condensado. Criança, cuidado com a tesoura ou a faca na hora de cortar. Tem que usar tudo, hein? TUDO!)*

* **4 colheres de sopa de chocolate em pó.** *(Também enviei. Por segurança, peguei o chocolate daqui, porque vai que é diferente. Encha as colheres generosamente, Alejandro. Enfia chocolate nessa colher!)*

* **Granulado à vontade.** *(O granulado, pelo que entendi, é opcional. Mas eu peguei. Você vai jogar em cima quando estiver pronto. Ai, já tô com fome.)*

Puta que pariu. Victoria tinha que fazer um livro de receitas para leigos. Ela provavelmente ficaria rica com esse humor foda.

Peguei o leite condensado e cortei o topo rapidamente com a faca. Abri também o chocolate em pó e separei as quatro colheres de sopa dele em uma pequena tigela. Tirei da geladeira a manteiga e separei a quantidade. Abri o armário e peguei uma panela pequena. Passei uma água, sequei, e fui ler o modo de preparo.

VAMOS FAZER?

Alejandro, você vai aquecer um pouco a panela. É um POUCO MESMO. Não precisa usar fogo alto, ou vai queimar. Faz no baixo, é mais garantido. Depois de aquecida, você vai jogar a manteiga lá. Mexe até derreter, aí joga o leite condensado. Mexe um pouco e já corre para o chocolate. Coloque as quatro colheres cheias e então, querido, não pare de mexer. Use as mãos abençoadas que Deus te deu. :D Pega a colher e meeeexe. Se quiser animar a receita, coloca Gasolina, do Daddy Yanke, para tocar. Mas coloca antes, ou seu apartamento vai pegar fogo.

Balancei a cabeça, rindo. Era como se Victoria estivesse ali, comigo. Eu quase pude ouvir a sua voz, me zoando, enquanto eu tentava fazer o tal do brigadeiro. Fiz o que ela disse, exatamente do modo que estava escrito. A mistura ficou em um tom marrom escuro e o cheiro era bom. Voltei a atenção para o papel.

Mi vida, depois de uns dez minutos, vai começar a soltar umas bolhas, como um vulcão em erupção. Calma, seu apartamento não vai explodir. Veja se a consistência mudou, se ele está mais denso e se a mistura está soltando da panela. Eu sei que o cheiro é bom, mas não vai enfiar o dedo aí, é quente. Continue mexendo até chegar nesse ponto. Desligue quando perceber que está soltando enquanto mexe. Tire da panela, coloque em um recipiente de vidro e jogue o granulado em cima. Enquanto espera esfriar, me liga. ;)

A mistura começou a ficar como Victoria descreveu, borbulhando e soltando do fundo. Desliguei. Procurei uma travessa de vidro e despejei o brigadeiro, tomando cuidado para não derramar. Abri o saquinho do tal granulado com os dentes e cobri a superfície da sobremesa.

Respirei fundo e peguei o celular, colocando o fone de ouvido. Encarei o brigadeiro, tirei uma foto e enviei para Victoria, enquanto ligava para ela.

— Ah, você está vivo! — Ela riu. — O brigadeiro está tão lindo! Que orgulho.

— Porra, Victoria. — Gargalhei. — Não é difícil.

— Porque eu te dei a receita como se você fosse um bebê. Não acredito que só sabe fazer aquelas coisas na cozinha. Ainda bem que eu pensei à frente do tempo.

— Eu como comida pronta.

— Tudo bem, saber que você não cozinha te torna mais humano. — Sua voz soou divertida. — Se você cozinhasse, Alejandro, ia ser um absurdo para o resto dos homens.

— E se eu aprender a cozinhar?

— Eu me caso com você.

Soltei uma risada.

— Você teria que dizer que se casaria comigo mesmo se eu continuasse fazendo omeletes e panquecas.

— Tudo bem, vamos tentar de novo.

Ri mais uma vez.

Falar com Victoria era bom, cara. Estar na presença dela, ainda que em sua ausência, era uma coisa que eu jamais saberia explicar. Com toda a distância e o tempo entre nós, a cada dia que passava, eu conseguia me apaixonar mais por aquela mulher. O pensamento de viver assim, pro resto da vida, veio com um raio de luz nos meus olhos.

— Então, daqui a seis dias, eu vou ter você — sussurrei.

— Uhum. E aí vamos poder fazer brigadeiro juntos. O que, na minha imaginação, deve ser ainda melhor.

Peguei uma colher e enfiei no cantinho do doce. Ainda estava quente, mas arrisquei. Coloquei na boca, e o gosto do chocolate e do tal leite condensado explodiu na minha língua, me fazendo gemer. Estava quente pra caralho, mas, porra, era delicioso. Um doce diferente do que já comi, bem denso, exótico e com um sabor de chocolate totalmente diferente.

— O que você está fazendo? — ela murmurou, a voz de Victoria mudando de brincalhona para excitada.

— Hummm... — gemi mais uma vez, o granulado dando textura para a coisa toda. — *Una pequeña cosa sabrosa aquí.*

— Você está comendo o brigadeiro?

— *Ay, Cariño.* Quero comer brigadeiro em cima de você. — Peguei outra colherada, imaginando como seria, e girei o talher, lambendo o doce todo, tirando-o da colher com a ponta da língua. — No seu umbigo, na sua coxa, em cima da sua...

Aline Sant´Ana

— Alejandro!

— O quê? — perguntei, rindo, com a colher ainda na boca.

— Você não pode misturar sexo com brigadeiro. É como se eu fosse transar com os dois amores da minha vida.

— Eu vou. — Sorri. — Ah, *Cariño*. Eu vou mesmo.

A respiração de Victoria ficou rasa.

— Você é um meio espanhol muito safado.

— Um meio espanhol, meio americano, que agora quer você com brigadeiro.

— Acho que vou comprar mais ingredientes.

Sorri, afundando a colher mais uma vez no brigadeiro, para depois, sentir aquela explosão doce na boca, tudo de novo.

— Te prometo que não vai se arrepender.

Aline Sant'Ana

Capítulo 40

Eu: Olhe essas estrelas! O Brasil é tão incrível.
Me diga se esse céu não é a coisa mais linda que Deus já fez?

Você enviou uma foto.

Alejandro: Protesto.

Eu: O quê? Por quê?

Alejandro: Você também é feita por Deus.
E isso, Cariño, é uma batalha perdida. Para as estrelas.

Troca de mensagens entre Victoria e Alejandro.

Victoria

Eu menti para Alejandro. Disse a ele que chegaria amanhã, quando, na verdade, cheguei na madrugada de hoje. Uma mentirinha boba, que não faria mal a ninguém. Segui a ideia de Laura e quis surpreendê-lo porque, meu Deus, precisava ver aqueles olhos cor de âmbar brilharem para mim.

Nossas interações à distância foram incríveis, mas... tê-lo finalmente perto fez meu coração galopar no peito.

Mal pude acreditar quando pisei no aeroporto de Nova York, quando finalmente me senti em casa. Meus olhos ficaram marejados ao ver as pessoas do meu país no aeroporto, ao ver tanta gente... a minha gente.

— Vick! — uma voz conhecida e feminina gritou.

Laura.

Não acredito que ela veio! Eram três horas da manhã!

Ela correu na minha direção até me abraçar. Inspirei nos cabelos cacheados da minha amiga; minha irmã de coração tinha cheirinho de lar. Ela, Elisa, Diego, minha assistente e Esteban eram os únicos que sabiam da minha chegada. E ainda teria que ligar para os meus pais. Não pude segurar a emoção quando os braços dela me apertaram com mais força, especialmente ao saber tudo o que Laura fez para tornar possível eu ficar com Alejandro este ano.

— Ai, que saudade!

— Laura... — sussurrei, fungando. — Ai, Jesus. Não acredito que você veio de madrugada. Eu estou de TPM, droga!

— Tudo bem, amiga. É tão bom te ter de volta. — Quando abri os olhos, vi que Diego e Elisa estavam ali também, logo atrás de Laura. Meu coração apertou. Eles também se esforçaram para me recepcionar. Elisa veio até mim, me puxando para um abraço.

— Não acredito que vieram — sussurrei para Elisa.

— Ah, para. Até parece que não viríamos. Mas escuta, Vick, você está bronzeada e emagreceu? — Elisa me afastou, segurando-me pelos ombros, do mesmo jeito que minha mãe fazia. Ela inspecionou o meu corpo. — Caramba, o que você fez nesses três meses?

— Eu comi muito, não sei por que emagreci. Devem ter sido as aventuras em que me enfiei. Caminhei demais.

— O que me leva à pergunta de um milhão de dólares: está feliz por estar de volta, cunhada? — Diego abriu um sorriso imenso para mim.

Era tão curioso ver uma cópia do Alejandro ali, na minha frente. Exceto pelos cabelos e o nariz pouca coisa maior. Ainda assim... Diego era Alejandro quase por inteiro. O caçula dos De La Vega tinha menos tatuagens que o irmão, mas o olhar era exatamente o mesmo, especialmente o sorriso debochado de canto de boca.

— Estou imensamente feliz em estar de volta — respondi.

— Você vai me abraçar ou eu vou ter que fazer isso?

Eu ri e fui até ele, sendo aninhada em braços fortes e em um perfume completamente diferente do de Alejandro. Cítrico. Diego acariciou as minhas costas e apoiou o queixo no topo da minha cabeça.

— A saudade fez um estrago em Alejandro. Ele tocou a vida, mas, sei lá, ele sente demais a sua falta. Meu *hermano* está apaixonado por você, Victoria. E embora eu não tenha dito uma palavra sobre isso, quero que saiba que você tem meu total apoio. Só tenta não ferrar o coração dele. Alejandro não aguentaria. Não vindo de você.

Me afastei de Diego e vi, em sua fisionomia, um medo genuíno: a preocupação com o irmão mais velho.

— Prometo que vou fazê-lo feliz.

Diego apertou meu queixo, como se eu fosse uma criança, e abriu um sorriso.

— Eu sei.

— Tenho ótimas notícias — Laura se pronunciou. — Você quer comer alguma coisa antes de sairmos do aeroporto? É bom porque eu conto todas as novidades.

— Sim, quero — concordei. — Mas, antes, vocês podem me dar só um minuto?

Preciso fazer uma ligação.

— Tudo bem — Elisa disse, sorrindo. Diego assentiu e Laura piscou para mim.

Peguei o celular, meu dedo pairando sobre a letra M. Pensei que ligar de madrugada era muito ruim, mas me lembrei que eles gostavam de assistir filmes até tarde. Torci para estarem acordados, inspirei fundo e, assim que iniciei a chamada, coloquei o telefone na orelha.

— Alô? — A voz não estava sonolenta.

Aquela palavra coloriu o meu coração de saudade, uma saudade que eu nunca me permiti sentir quando estava tão longe. Dizia para mim mesma que eles não precisavam de mim, da minha presença, que ficavam bem e eram independentes. Mas sabia, lá no fundo, que eu ainda dependia do amor, da aprovação e do carinho dos meus pais. Assim como sabia, em meu coração, que eles também sentiam a minha falta, apenas respeitavam minha decisão de viver como uma nômade.

— Mãe...

— Oh, filha! Deus. Já estava preocupada. Faz uma semana que você não me liga. E são três da manhã, você tem regulado o seu sono?

— Eu sei, tem sido uma loucura. E meu sono está em dia. Desculpe ligar tão tarde...

— Eu e seu pai estávamos maratonando aquela série, Grey's Anatomy. Descobrimos ela essa semana!

Sorri, porque eu também adorava ver seriados.

— Fico feliz por vocês. Mas, mãe... — Engoli em seco, fixamente olhando um ponto à minha direita. Não tinha nada ali, além do letreiro da minha companhia área. Os próximos destinos: Dubai, Paris, Londres, Tel Aviv, Amsterdã e Berlim. Eu pisquei para aquilo, porque a emoção que sentia ao olhar todos aqueles lugares não era a mesma de antes. — Eu preciso te dizer que estou voltando para casa.

— Ah, que bom! Vamos logo marcar um jantar e...

— Não, mãe. O que quero dizer é que vou ficar mais em Nova York. Estou realmente voltando para casa. Vou abrir uma empresa e...

Ela ficou em silêncio por um momento e a ouvi gritar o nome do meu pai, chamando-o, conforme eu contava a história. Fui para o viva-voz e disse tudo de novo, a emoção fazendo minha garganta coçar ao perceber o silêncio deles. Contei finalmente sobre Alejandro e a minha nova perspectiva de trabalho: viajar menos e ganhar mais. Me escutaram tranquilos, como os ótimos pais que eram. Mamãe fungou, assim que terminei o monólogo.

— Faltava uma coisinha para você entender que ter asas não significa necessariamente ser feliz, filha. A liberdade é relativa. Às vezes, o nosso coração só quer encontrar um lar para ficar.

— Mamãe...

— Vou amar te ver uma vez por semana, quando estiver aqui. E aproveitar um tempo com você. Nós não te dizemos, filha, mas sentimos sua falta — papai falou.

— Eu sei — murmurei. — Me perdoem... eu...

— Não tem que pedir desculpas, meu amor — mamãe disse, a voz firme. — Você perseguiu os seus sonhos, e continuará em busca deles. A única coisa diferente que fez foi mudar a perspectiva. Estou feliz por você e, egoistamente, por nós. Eu vou fazer o bife Wellington que você tanto adora assim que marcarmos um jantar!

— E, por favor, traga o Alejandro — meu pai pediu. — Quero um parceiro de cerveja escura e amarga, a boa cerveja inglesa.

— Pai, não sei se ele bebe isso. Quer dizer, um *tinto de verano* sim, por ser espanhol, mas...

— Não é culpa dele não ter conhecido um inglês puro sangue, filha. Podemos mudar isso. Vou trazê-lo para o lado cerveja preta da coisa. Pode apostar.

Eu ri, me lembrando a quem havia puxado.

— Acho que mencionei uma vez só que tenho descendência inglesa.

— Eu vou encher a cabeça dele com a árvore genealógica da nossa família. Não se preocupe — papai prometeu.

Eu ri.

— E ele come bife, filha? — mamãe perguntou, preocupada.

— Tenho certeza de que Alejandro não vai resistir ao bife Wellington, mamãe. Rocambole de filé mignon com massa folhada é vida! Aquela casquinha crocante em volta do bife, o creme de cogumelo que você faz, entre o presunto e o filé mignon... Hum, eu salivo só de pensar nisso.

— Pois então vamos marcar logo esse jantar! — Papai riu. — Amor, você faz para mim?

— Não. Vou fazer especialmente para a nossa filha quando ela vier com o namorado. Não seja ansioso, North.

— Droga — papai resmungou.

— Amo vocês. Podem, por favor, não ficar acordados até às cinco da manhã?

— Tudo bem, nós vamos tentar. — Mamãe pareceu feliz. — E também amamos você, querida. Mil beijinhos.

— Te amo, pequena. — Papai finalizou a ligação.

Suspirei fundo, coloquei o celular na bolsa e puxei a mala. Procurei Diego, Elisa e Laura e sorri quando os encontrei. Estavam rindo de alguma coisa, leves, amigos, parecendo que o tempo que estive fora estreitou outros laços. Fiquei parada à distância, namorando aquela interação, e pensando no que a viagem para Cancun fez com a minha vida.

Alejandro estava certo.

Alguns acasos simplesmente precisam acontecer.

— Acho que você já pode contar para o seu Alejandro quando vê-lo — Elisa apontou, com um sorriso no rosto.

— Eu definitivamente vou fazer isso.

— Venha, nós vamos te levar para o seu já mobiliado e lindo apartamento.

— Espero que goste — Diego falou. — Acho que vai sim. E o que você acha, Elisa?

— Vick vai se apaixonar! — Elisa comemorou.

Franzi as sobrancelhas.

— Tem alguma coisa que vocês não estão me contando?

— Sim — Laura disse ao mesmo tempo em que Diego e Elisa disseram "Não".

Arregalei os olhos.

— Me conta, Laura!

Ela fez um gesto nos lábios, como se estivesse passando um zíper neles.

— Laura prometeu para mim que não contaria. — Diego sorriu.

Semicerrei os olhos.

— Vocês estão roubando a minha melhor amiga.

Os três riram da minha cara, e fiquei pensando no que tinham aprontado. Quando já estava no carro com eles, na escuridão da madrugada de Nova York, rumo a Midtown, senti meu coração leve pela primeira vez em semanas.

Elisa, Diego e Laura engataram uma conversa, e eu comecei a mexer no celular. Fui verificar as redes sociais e o meu Instagram. A última foto que postei, com Kevin, me fez perceber que ainda... Droga. Eu não tinha postado nenhuma foto com Alejandro. Decidi fazer isso e escolhi uma que eu adorava. Seus lábios no meu sorriso, o beijo na boca, a borboleta no ombro de Alejandro, o cenário inesquecível atrás de nós. Pensei na legenda e imediatamente a escrevi:

"Da Oceania à América: eu e você."

Marquei Alejandro no Instagram. Ele ainda devia estar dormindo, mas, sem dúvida, quando acordasse, ia ver.

— Victoria, chegamos — Elisa avisou.

Eu já tinha visitado muito rapidamente, mas, dessa vez, pude prestar a devida atenção. Um arranha-céu estava à minha frente, tão alto que eu não conseguia ver o céu noturno sobre ele, apenas infinitos andares. O prédio era moderno, vidro misturado a uma estrutura bem clean, que as ruas iluminadas e agitadas me permitiram enxergar bem, ainda que fosse madrugada. Mas aquele edifício era a cara de Nova York. Saímos do carro. Eu me sentia meio área, Laura tagarelava alguma coisa sobre darmos festas de arromba, Diego falava das utilidades como piscina, academia, sauna... e Elisa ficou apenas em silêncio, me observando processar tudo.

Aquela era a minha nova casa.

Recebi as chaves de Diego, embora faltasse assinar alguns papéis.

Eu estava quase certa de que ele e Elisa me venderam por um valor bem abaixo do mercado, porque aquele prédio era um absurdo. Era tão difícil conseguir um apartamento em Nova York, imagine um assim.

— Vocês me venderam pela metade do preço? — precisei perguntar. Eu estava com isso na cabeça desde que o vi pela primeira vez, mas, agora, prestando atenção em tudo, era realmente... demais.

Diego deu de ombros.

— Te vendi pelo preço que paguei, nem um centavo a mais. Comprei na planta e sei que o prédio está supervalorizado agora, mas não me interessava extorquir ninguém. Eu fiz o que achei ser justo, Vick. Já tenho uma casa linda agora com Elisa, e esse dinheiro do apartamento vai para a nossa poupança.

— Estamos tranquilos financeiramente — Elisa garantiu.

— É realmente lindo aqui — Laura observou.

Fiquei sem palavras quando chegamos ao trigésimo andar. Fizemos silêncio porque era de madrugada e eu tinha uma vizinha, mas assim que entramos... Eu quase gritei de emoção. Conforme combinamos, eles deixaram a mobília, e só trocamos a cama de casal, claro. Diego tinha um gosto fantástico e exótico. As paredes eram coloridas e bem decoradas, do jeitinho que eu gostava. Inúmeras prateleiras já estavam com as minhas peças do antigo apartamento, as lembranças que eu trazia de cada lugar que visitava. O mapa-múndi estava na sala, com os alfinetes intactos.

Eu precisava aumentar o salário da Bianca ou promovê-la. As almofadas que eu gostava... tudo ela trouxe.

— Isso é tão lindo.

— Está tudo arrumadinho. — Elisa ficou orgulhosa. — Sua assistente foi ímpar, Victoria. Ela contratou os melhores. E eu indiquei um decorador. Não que ele tivesse muito o que fazer, mas ele reajustou os móveis. Espero que tenha gostado.

— Deus, nem sei como agradecer. Eu sinto que é a minha casa.

— Seja bem-vinda, Victoria. Espero que seja tão feliz aqui quanto eu fui — Diego falou.

Envolvi Diego e Elisa em um só abraço, agradecendo mil vezes por terem feito tanto por mim. Laura se jogou no sofá e abraçou uma almofada, sorrindo.

— Eu vou te visitar tanto que você vai enjoar da minha cara — prometeu.

Nós ficamos juntos por mais uma hora, conversando até o céu clarear. Elisa disse que precisava ir embora, porque Diego teria uma reunião importante de manhã. Agradeci por terem ido me buscar no aeroporto e por todo o resto. Sinceramente, a gratidão não poderia ser colocada em palavras. Laura também se despediu, com beijinhos e um abraço forte, prometendo que me visitaria no dia seguinte, porque hoje eu tinha que dar um jeito de surpreender Alejandro.

A ideia de como eu ia fazer isso ainda não tinha surgido.

Quer dizer, eu apareceria no escritório dele? Era o único endereço que eu tinha. Seria bom fazer isso, né? Simplesmente aparecer lá? Verifiquei a agenda compartilhada de Alejandro comigo, para saber como estariam as coisas para ele hoje. Seu dia estava quase livre, exceto pelas três da tarde, quando ele tinha uma reunião com um tal de Jonas.

Decidi tomar um banho. Assim que cheguei lá, vi que tudo estava organizado. Meu Deus, Bianca era mesmo magnífica. Peguei roupas limpas e itens de higiene na mala enquanto deixava a banheira enchendo. E... acho que, assim que coloquei o pé na água, caí de amores por aquela banheira com hidromassagem. Fiquei uns quarenta minutos lá, apenas submersa, sentindo cada músculo relaxar com os jatos quentes por toda a minha coluna, pernas, coxas e pés. Meu celular vibrou na borda de mármore e eu sequei rapidamente as mãos para ler o que tinha chegado.

Era um comentário de Alejandro na nossa foto do Instagram.

"Em Nova York, existe um cara apaixonado por você. Estou te esperando embarcar direto para os meus braços. Os melhores sete dias que teremos juntos. Eu prometo isso a você, Cariño."

Ele estava acordado. Sorri. E era tão bonitinho. Alejandro mal sabia que ia me ver ainda hoje e que não teríamos só sete dias.

Surpresas são tão legais.

Saí do banho, enrolei uma toalha no corpo e fui até a sala. Pensei em procurar nos armários se a minha assistente tinha me deixado pelo menos uma cápsula de café, quando ouvi uma música alta no corredor. Em seguida, uma voz masculina resmungando alto um *"Porra".*

Tipo, quase um grito.

— Elisa não disse que eu tinha uma *vizinha*? — sussurrei para mim mesma. — Talvez seja o namorado dela, ou algo assim.

Curiosa, fui pé ante pé até a porta e espiei no olho mágico.

O vizinho, ou namorado da vizinha, era alto, bronzeado e muito forte. Vi isso porque estava sem camisa, só com uma bermuda branca de tecido leve. Estava ocupado, de costas para mim, tentando colocar o celular no suporte enrolado em seu forte bíceps. Típico de quem corre ouvindo música no parque logo cedo. Pelo menos, parecia que ele ia para uma corrida. Tênis esportivos, boné, e havia uma tatuagem que pegava a parte de trás do seu ombro que...

Espera.

Eu conheço *essa* tatuagem.

Ele virou de lado, sem saber que estava sendo observado, e meu coração... parou de bater.

Arfei.

Aquele não era o namorado da vizinha.

Aquele era o *meu* namorado.

Abri os lábios, em um misto de choque e felicidade, assistindo Alejandro tão perto de mim. Meu primeiro impulso foi tocar na maçaneta, os batimentos alcançando o céu

Aline Sant'Ana

pela saudade, meu corpo inteiro respondendo à visão daquele homem, meus olhos se enchendo de emoção, mas algo me fez parar.

Porque uma nova ideia veio tão forte quanto um insight genial.

Assisti Alejandro sair, despreocupado, até sumir do olho mágico.

Peguei o celular e liguei para Elisa.

— Você esqueceu de mencionar que o meu vizinho é o meu namorado? — cochichei, por mais que Alejandro estivesse longe o suficiente.

Meu coração ainda estava trotando, e minha respiração, rasa.

Elisa gargalhou do outro lado da linha.

— Sabia que você ia adorar esse apartamento! Diego e Hugo dividiam o mesmo andar. E eu omiti porque quis te surpreender. — Ela soltou um grito, chamando Diego. — Victoria descobriu que Alejandro é, mais uma vez, vizinho dela, amor!

Escutei a risada do meu cunhado à distância.

— E aí, ela gostou?

— Você, Diego e Laura são terríveis. Se eu gostei? Fale para o Diego que eu não enfartei e, graças a Deus por isso; meu coração está em dia.

— A propósito, o seu namorado não sabe que você é a mais nova vizinha dele.

— Sério? — Meu queixo caiu.

— Escondemos tudo de vocês porque, ah, é divertido e... — Elisa se interrompeu. — Espera, por que você está me ligando justo agora? Não abriu a porta para ele e gritou um *tchadãm*?

Ri.

— Não é só vocês que gostam de uma boa surpresa. Eu tive uma ideia. E é a seguinte...

Aline Sant`Ana

Capítulo 41

Eu: Queria ter dito antes, enquanto você ainda estava nos meus braços, mas, Dios. *Acho que não aguento nem mais um dia. Eu te amo, Victoria.*

(Mensagem não enviada de Alejandro. Falha na conexão).

Alejandro

— Distraído, *hermano*?

Tentei enviar a mensagem de novo, mas a minha internet caiu. Talvez não fosse o momento. Talvez, eu precisasse dizer isso pessoalmente.

Lancei um olhar para o meu irmão.

— Falta um dia para Victoria chegar. Acho que não vou conseguir dormir esta noite. Porra, você tem noção?

— Sei que está ansioso para vê-la. — Diego se sentou à minha mesa e roubou minha maçã, abocanhando-a em seguida. Todo mundo roubava as minhas frutas, porra. — Correu de manhã? Exercícios ajudam com a ansiedade.

— Corri quase dez quilômetros, Diego. E não ajudou. Eu mal consigo ficar com a bunda nessa cadeira.

Meu irmão riu.

— A propósito, tenho uma notícia para você. Sua nova vizinha já está no apartamento. Depois te apresento a ela.

— Aham — murmurei, distraído, pegando o celular para ver se a internet tinha voltado e se Victoria tinha dito alguma coisa. Ela enviou um ponto de interrogação.

Eu: Desculpa, minha internet caiu.

Cariño: O que ia me dizer?

Eu: Amanhã eu te conto.

Cariño: Isso não se faaaaaaaz, meu Deus! Eu sou de sagitário! Aliás, qual é seu signo? Acho que nunca perguntei.

Sorri.

Eu: Escorpião com ascendente em touro e lua em leão. Elisa fez o meu mapa astral algum dia aí.

319   NAMORADO POR *Acaso*

Cariño: *Tá explicado o porquê de você ser tão intenso!*

Eu: *Hahahaha. Tá explicado, é?*

Cariño: *Ô se tá.*

Eu: *;)*

— Alejandro?

— Oi.

— Que horas você volta pra casa mesmo? — Diego perguntou, terminando de comer minha maçã. Ele jogou o que sobrou do caule na cesta de lixo e eu semicerrei os olhos.

— Você tá me devendo outra maçã, *hermano* — resmunguei. Diego abriu um sorriso sacana. — Depende da nossa reunião. Acho que vou embora junto com você, umas sete da noite. Por quê? Quer passar lá?

— Não, é só pra saber mesmo.

Estreitei o olhar.

— Precisa de mim aqui no escritório até mais tarde?

— Não, não.

— Certeza?

— Absoluta. É só a reunião mesmo.

— Tudo bem. — Me recostei na cadeira e relaxei as pernas. Um pensamento veio na minha cabeça, algo que eu queria conversar com Diego há um tempo. — Esteban te disse que já é certo que ele virá para Nova York no final do ano? Em quatro meses, o cara vai se mudar. Já conseguiu um emprego, mesmo à distância.

— Ah, eu sei. Elisa está ajudando o Esteban nisso — Diego respondeu, mas algo em sua voz soou meio... hesitante. — Ela não te contou?

— Elisa me disse algo sobre o Esteban, mas achei que ela estava vendo um lugar para ele morar, não um emprego.

— Pois é.

Observei meu irmão. Ele não estava me olhando diretamente e era típico de quando estava me escondendo alguma coisa.

— Você tá me escondendo algo, né?

— Estou. — Ele riu e foi sincero. — Mas não me peça para contar, porque não vou.

— *Carajo, hermano.*

— *Algunas cosas necesitamos descubrir por nuestra cuenta.*

Pegou o porta-retratos com a foto de Victoria em Machu Picchu e abriu um sorriso.

— Vick é corajosa. Ela tirou uma foto com uma lhama. Essa porra cospe na nossa cara.

Eu ri.

— Ela me contou que estas estão acostumadas com os turistas.

— Ainda assim... ousada — meu irmão pensou alto.

Lembrei do sexo por telefone e abri um sorriso de canto de boca.

— Ah, sim. Ela é muito ousada.

Me envolvi com o trabalho e as horas passaram mais rápido do que eu esperava, atenuando um pouco a ansiedade. Maddy me atualizou sobre alguns casos e Diego fez comigo a uma cansativa reunião, que terminou quase seis e meia da noite, estudando as leis e vendo o que poderíamos fazer no caso Downhill. Estávamos mentalmente cansados quando nos despedimos. Subi na moto, com o estômago roncando, já pensando no que ia jantar no caminho até em casa.

Parei em um lugar que gostava antes de chegar ao meu bairro. Os tacos do Senhor Germand eram maravilhosos e, o melhor, saudáveis. Comi uns três, que, graças a Deus, me deram energia para o final da noite. Antes deles, eu era um zumbi se movendo com a cabeça na lua. Revigorado, cheguei em casa, afrouxei a gravata e só então percebi que Victoria estava especialmente quieta quando não vi nenhuma nova mensagem.

Deveria estar envolvida em seu retorno.

Pronto.

Toda a ansiedade que se escondeu enquanto eu estava trabalhando veio com força. Tirei a camisa social, a calça e fui para a ducha, esperando que isso reduzisse a expectativa de reencontrar Victoria amanhã. Não deu certo. Desliguei o chuveiro, me sequei e vesti só uma boxer. Regulei o ar-condicionado e abri um bocejo, me jogando no sofá. Liguei a televisão e coloquei a série da Victoria para assistir, mas minhas pálpebras foram se fechando antes que eu pudesse perceber.

Pulei, despertando abruptamente, sentado e arfando.

— *¿Qué mierda es esa?* — resmunguei, ouvindo vozes altas demais.

Meio atordoado, demorei a entender que tinha dormido no sofá e que o som não vinha do meu apartamento. Franzi o cenho, perdido no instante seguinte que meus olhos se abriram. Jamie e Claire, de Outlander, estavam se beijando na televisão, mas, definitivamente, Claire não estava pedindo para Jamie meter fundo em lugar algum.

— *Mete fundo! Oh, sim. Oh, sim. Mais forte. Vai, vai, bem aí... Uuuuuuh* — *a voz feminina gemeu alto.*

— *Delícia de boceta* — *o cara rebateu.*

— *Me fooooooooode!* — *gritou.*

— Mas não é isso que ele está fazendo? — Balancei a cabeça, tentando entender de que lugar do inferno aquele casal havia saído.

Eles eram bem vocais e...

"*A propósito, tenho uma notícia para você. Sua nova vizinha já está no apartamento. Depois te apresento a ela.*"

Oh, merda.

Me lembrei.

Diego tinha avisado.

Literalmente, fodeu.

— *Me foooooooode!* — *urrou de novo.*

— *Engole esse pau, suga ele todo. Goza nesse caralho!*

Pisquei e bocejei. Que gente criativa. Procurei o celular no sofá, perdido entre minha bunda e o estofado. Havia só uma mensagem de Victoria.

Cariño: *Já pegou no sono, mi vida?*

Ela estava online.

Eu: *Acordei agora. Advinha? Tenho novos vizinhos e eles fodem cantarolando.*

Cariño: *Como assim?*

Segurei o botão que iniciava uma gravação.

— *Oh, sim. Sim. Sim. Fundo. Vai. Duro. Meeeeeete!*

— *Pooooooorra!* — *gritou.*

Enviei o áudio pra Victoria.

Cariño: *HAHAHAHA!*

Eu: *Você ri? Eu tinha conseguido finalmente apagar. Estava ansioso pra te ver e achei que não ia conseguir dormir. Os vizinhos são muito filhos da mãe. Porra!*

Cariño: *Ah, tadinho. Também não consigo dormir. Ansiosa para ver você. Hum, e sobre os vizinhos... Talvez devesse bater na parede e ver se eles param.*

Eu: *Vou tentar.*

Olhei a hora no celular. *Dios*, era uma da manhã. No que esses vizinhos novos estavam pensando? Que o mundo havia se partido ao meio e só restavam eles na Terra?

— *Bate, bate, bate! Assim, assim, assiiiiiiiiiiiim.*

Eles estavam fazendo um bolo ou algo do tipo? Em seguida, veio um estrondo alto, que se tornou repetitivo. Era como se... a cabeceira estivesse batendo na parede. Ou, melhor, como se o apartamento deles fosse capaz de derrubar o prédio inteiro.

— *Sim. Sim. Sim!*

— *Você é deliciosa!*

— *Não para. Não para. Fode essa boceta com força!*

Me levantei, puto da vida. Que merda, isso não ia continuar, não assim. O apartamento era de frente para o meu, só que, com a festa que estavam fazendo lá, não seriam capazes de escutar nem se a minha parede desabasse. Procurei a chave do apartamento, cacei o celular, abri a porta e fui até o corredor.

De boxer mesmo.

Foda-se.

— *Você é tão pauzudo!*

— *Oh. Oh. Oh* — o homem gemeu.

Esmurrei a parede umas dez vezes e esperei. Minutos se passaram e as vozes foram, aos poucos, cessando. Exalei em alívio, mentalmente agradecendo a *Dios* por não me fazer bater na porta ou, pior, chamar a polícia.

Virei as costas e, quando ia atravessar o corredor, o casal voltou com a corda toda.

— *Eu vou te comer de quatro agora!*

Estalei o pescoço, irado.

Peguei o celular e digitei para Victoria.

Eu: *Não vou conseguir dormir. Puta que pariu! Não deu certo bater na parede.*

Cariño: *Eu acho que você vai ter que ser o vizinho chato que bate na porta e pede para eles segurarem suas bocas.*

Eu: *Estou prestes a chamar a polícia.*

Cariño: *Tenta bater na porta primeiro.*

Eu: *Que* mierda.

Cariño: *Não fica estressado,* mi vida. *Amanhã vamos nos ver.* <3

Eu: *Aí você me anima. ;)*

Cariño: *E eu tenho uma coisa tão boa para te contar. É uma surpresa.*

Eu: *Como assim?*

Cariño: *Shhhh. ;)*

Eu: *Você acaba comigo,* Cariño.

Cariño: *A recíproca é verdadeira rs.*

— Vai fuuuuuuuuuundo — o casal voltou a me assombrar.

Rolei os olhos.

Com o celular em uma das mãos e a chave na outra, bati três vezes na porta. Franzi o cenho ao perceber que estava entreaberta e, com a batida, se abriu ainda mais. Segurei na maçaneta. Imediatamente, os gritos, os urros e a bateção safada na parede acabaram.

— Sou o vizinho da frente — gritei pela fresta. — Já é uma da manhã, vocês conseguem fazer menos barulho? — Parei e pensei se estava faltando dizer alguma coisa. — Por favor?

Eu sou educado.

Tudo estava apagado, mas, de repente, as luzes se acenderam. Meus olhos foram imediatamente para um ponto específico, à esquerda da sala dos novos vizinhos, e essa era a única coisa que eu pude ver pela fresta.

Um mapa-múndi, emoldurado em vidro, na antiga parede do meu irmão.

Estranho, franzi o cenho. *O mapa era muito parecido com o de Victoria, que ela me mostrou por foto e, depois, na casa dela.*

— Obrigado por diminuírem a bagunça aí... — Balancei a cabeça, tentando clarear a mente. O que a saudade não faz com as pessoas? — Tô indo.

Como mágica, a porta se abriu para mim.

Aline Sant'Ana

Alguma coisa fez os pelos da minha nuca levantarem, avisando que havia algo muito errado com aquele lugar. Tudo parecia familiar de alguma maneira, mas o que gritou por atenção foi a televisão. Um filme pornô, sem dúvida, com o imenso símbolo de pause no meio da tela.

Virei a cabeça, analisando tudo.

O barulho veio dali?

Em volta da TV, a antiga estante de Diego estava cheia de estátuas e coisas diferentes. Livros sobre viagens. Uma miniatura do Buda. A Torre Eiffel apoiando uma coleção de livros sobre a América do Sul. Um pequeno Coliseu. As pedras da série...

— Porra — sussurrei.

Aquelas *eram* as coisas de Victoria.

Eu estava ficando louco? Ainda estava dormindo e me enfiei em algum sonho? Por precaução, me belisquei, mas senti a dor e...

Tudo continuou no seu devido lugar.

A porta se mexeu e uma mulher saiu de trás, com um sorriso lindo no rosto, o cabelo seco; preso no alto da cabeça e íris azuis Tiffany me encarando cheias de emoção.

Não uma mulher.

A mulher.

A mesma que rastejava em meus sonhos, que se mantinha embaixo da minha pele mesmo quando estava em outro país, a mulher que tinha me feito acreditar novamente no amor e que me fez simplesmente confiar nela, porque não havia outra forma além de me jogar em queda livre. Por ela, para ela. Depois de sentir sua boca, seu corpo, seu cheiro, eu caí aos seus pés. De ouvir as suas tiradas sarcásticas, a sua vontade de viver, eu soube.

Que aquela na minha frente era a mulher da minha vida.

Não sei de onde veio aquilo, mas duas gotas salgaram meu rosto, despencaram duramente dos meus olhos até o peito, de uma só vez. Pisquei, porque a vista ficou embaçada e eu tinha que vê-la, porque meu coração parecia que ia voar para fora da garganta, porque me esqueci como é que respirava.

— O quê... — Minha voz falhou.

— É assim que você vem espantar os vizinhos? De boxer branca? — Riu.

Era ela.

— Bom, claramente eu não estava transando. Falei que um dia você ia pagar por ter me feito ficar acordada naquela noite e, então, veio a ideia e como...

Era realmente Victoria ali, molhada e enrolada na toalha vermelha que dei a ela.

Fechei a porta com um chute atrás de mim, em um baque duro.

Dancei os olhos por seu corpo, os seios brigando com a peça vermelha. Enormes, cheios, as gotas d'água em sua clavícula, a pele brilhando sob a luz.

— Diego e Elisa me venderam o apartamento...

Sua cintura naquela peça, a maneira que seus quadris eram mais largos e a coxas, torneadas e bronzeadas. Fantasiei me ajoelhar ali, deixar a toalha ir, e cair de boca entre suas pernas.

— Acabei voltando um dia antes e... Alejandro? Você não está mesmo me escutando, né?

Caralho.

— Não — sussurrei.

Não pensei em mais nada, só dei todos os passos que me impediam de estar perto dela. Não mais quilômetros. Passos. Não importa como, Victoria realmente está aqui, repeti para mim mesmo.

Victoria abriu um sorriso malicioso, e me fez um sinal para parar onde estava. Alguma coisa nostálgica aconteceu entre nós, e lembrei que foi exatamente assim que nos conhecemos. Eu precisando dizer algumas coisas, enquanto Victoria não me escutava por eu estar molhado e de toalha. A situação invertida me fez sorrir, e Victoria, porra... parecia querer reviver isso do começo ao fim.

Porque ela enroscou os dedos na toalha e a peça vermelha beijou o chão.

E ali estava aquela mulher, nua e molhada para mim. Os seios não mais através de uma câmera, mas ao vivo. Os bicos durinhos, a pele cálida, o umbigo perfeito. Cada linha daquela cintura, e a boceta sem um maldito pelo...

Como touro vendo vermelho, eu avancei.

Victoria recuou.

Estreitei as pálpebras quando ela riu.

— Você acha que isso é alguma brincadeira? — perguntei.

Em resposta, Vick desatou a correr pelo apartamento.

Rindo.

Aline Sant'Ana

Caralho de mulher difícil.

Corri atrás dela. Victoria não parava de gargalhar. A emoção de tê-la ali e acho que a surpresa que ela preparou, além da tensão dos meses sem ela, me fizeram correr com vontade, mas Vick era rápida e pequena. Ela foi parar atrás do sofá, agarrando o encosto, o desafio em seu olhar.

— Você me quer? Vai ter que me pegar.

Estalei o pescoço, balançando a cabeça de um lado para o outro, o tesão em cada músculo do meu corpo.

Sorri e passei a ponta da língua pelo lábio superior.

— Corre.

Victoria acelerou e quase escorregou quando chegou no corredor dos quartos. Ela foi para a direita e eu antecipei seu passo, pegando-a pelos dedos. Vick conseguiu escapar e, de repente, quando vi, estávamos em um dos quartos. Em um pulo, minhas mãos afundaram na sua carne, os dedos mergulhados em sua cintura, o calor molhado me comprovando, mais uma vez, que eu não enlouqueci.

— Te peguei — arfei, meus lábios ardendo de vontade de beijá-la.

Ela ergueu uma sobrancelha e, por mais que quisesse transformar tudo em uma situação para aliviar a tensão da saudade, pude ver a emoção em cada traço do seu rosto.

— Ótimo, você está exatamente onde eu queria. Agora, olha para cima.

— Eu preciso te beijar.

— Olha pra cima, Alejandro.

Engoli em seco, e fiz o que ela me pediu.

Havia uma faixa sobre a cabeceira da cama.

"EM SEUS BRAÇOS É O MEU LAR.
EU ESTOU DEFINITIVAMENTE DE VOLTA PARA VOCÊ, ALEJANDRO.
NÃO MAIS UMA SEMANA APENAS, SE VOCÊ QUISER."

— O que isso quer dizer? — perguntei, apertando-a mais contra mim.

— Significa que não vou passar o resto do ano viajando. É uma longa história e... eu vou ter que parar de falar, porque você está com aquele olhar de que vai me calar com um beijo e, de qualquer maneira, depois eu te conto...

— Não mais uma semana?

Ela piscou, afastando a emoção.

— Não mais uma semana.

Meu coração bateu como um louco. Levei uma mão até o seu rosto e soltei um som do fundo da minha garganta, um barulho rouco de gratidão e entrega.

— *Ay, Cariño...*

Meu corpo se colou àquelas curvas deliciosas, fechando os últimos milímetros que restavam. Em uma fração de segundos, puxei seu queixo com o polegar, abrindo bem sua boca, e, quando aqueles lábios de veludo tocaram os meus, o sangue virou fogo, minha boca incendiou a sua.

Eu não poderia usar outro termo.

Porque a saudade me fez devorá-la. Minha língua invadiu aquele espaço quente; depressa, exigindo, querendo, implorando pela dela, enquanto meus dedos afundavam em Victoria, querendo tudo, querendo mais.

Exatamente como eu me lembrava.

Pele com pele, *porra*.

Seus mamilos duros e ainda molhados roçaram no meu peito, Victoria empurrando-os contra mim, enviando um choque dali para a minha coluna, que desceu na velocidade da luz até o meu pau. Meu quadril foi para frente, o membro já duro e pesado como ferro, sonhando com o momento de entrar nela. Esfreguei ele coberto pela boxer na barriga de Victoria, querendo fodê-la tanto que doía em meus ossos. Uma das mãos foi para a sua bunda, agarrando a carne macia, moendo em meus dedos, com força. A outra levei até um dos bicos, espremendo suave o mamilo entre o indicador e o polegar.

Victoria se perdeu no beijo, a língua ficou mole no ritmo, e ela precisou exalar fundo contra a minha boca.

— Preciso de você dentro de mim — pediu.

Suas mãos tocaram minha cintura, as unhas arranhando minha pele, a necessidade do meu corpo a fazendo descer e agarrar com ansiedade minha bunda. Gemi, penetrei seus lábios com a língua, enlouquecido, tocando o céu áspero. Chupei sua língua e Victoria sibilou algo ininteligível. Voltei a beijá-la; eu não conseguiria ter o suficiente. Noventa dias sem ela cobraram seu preço. O gosto da sua boca, com o cheiro no ar do banho recente, me fez ir mais fundo.

Carajo, eu precisava...

Em um impulso, peguei Victoria no colo pela bunda e coloquei-a contra a parede, enquanto suas pernas envolviam meus quadris. Vick agarrou meus ombros e depois as minhas costas, afundando as unhas. Chupei seu pescoço, com tudo de boca e língua, raspando os dentes ali. Ela tremeu nos meus braços, rebolou no meu caralho, e eu...

Dios.

Mantive Victoria ali, só com um braço, porque a mão livre ficou encarregada de empurrar depressa a boxer para baixo. Enquanto isso, procurei sua boca, o desespero me fazendo beijá-la com a língua para fora, daquele jeito de quem sabe o que vem pela frente. Minhas bolas se retesaram quando finalmente agarrei meu pau, a antecipação latejando a cabeça túrgida e quente.

E, assim como prometi para Victoria no telefone, não fui gentil.

Enterrei-me nela de uma só vez, o desejo por Victoria, tão reprimido, sendo liberado com a loucura de tê-la em meus braços. Bati lá no fundo, sentindo Victoria apertar meu pau em espasmos, louca de tesão e tão molhada...

Ela chiou e eu gemi duro, rosnando contra sua boca, encarando-a bem de perto. *Fico doido quando estou dentro de você, Cariño.* Recuei o quadril, só para fazer de novo. Vick afundou as unhas, sua boceta palpitando em volta de mim.

Eu não ia aguentar. Precisava ir mais fundo. Precisava dela rendida e, especialmente, de espaço.

Uma centelha de racionalidade passou por mim.

Eu tinha que levá-la para a varanda.

Afastei Victoria da parede, sem tirar meu pau de dentro dela, beijando cegamente sua boca, e comecei a sair do quarto. Ela afastou o rosto quando percebeu que eu não ia fodê-la na cama.

Não ainda.

— Para onde estamos indo? — perguntou, lânguida de sexo.

— Para a varanda.

Vick piscou.

— O quê?

Cheguei na varanda, abri as portas de correr, com ela agarrada no meu corpo e montada em mim. Vick olhou ao redor, como se estivesse preocupada em ser pega. Sorri contra seus lábios e indiquei com a cabeça um ponto à esquerda, isolado da vista.

— O que você acha que é isso? — perguntei, mergulhando meu pau nela, em pé, bem ali, só um pouquinho.

Vick gemeu.

— Uma peça de decoração? — sussurrou.

Meti mais uma vez.

— Não — rosnei. — Eu vou te mostrar.

Deitei-a no divã nada convencional. Ele tinha uma parte mais alta e outra bem baixa. Um *m* distorcido, duas ondas e uma cavidade no centro. Victoria ficou com a cabeça na parte baixa e a bunda na alta, com as costas no estofado. Ela me observou, os olhos brilhando quando fui para a parte mais alta. Agarrei suas coxas, e trouxe seu corpo para o meu quadril. Umedeci a boca quando vi sua boceta molhada e inchada.

Encarei seus olhos enquanto Vick passava os seus pelo meu corpo, namorando as tatuagens e o quanto eu estava duro por ela.

Não levou nem meio segundo.

Afundei e gemi alto. Apertada demais, tão gostosa... Victoria arregalou os olhos de surpresa e eu sorri de lado.

— Bom, né?

— O que é esse...

— Um divã erótico — respondi, e rebolei dentro dela, indo até o fundo. — Seja bem-vinda a uma casa de um De La Vega.

— Você tem um também? — Ela abriu os lábios, choque e tesão em seu rosto.

Minha resposta foi um sorriso safado.

Acelerei os quadris.

Victoria agarrou as laterais do divã, sussurrou meu nome e eu rebati com o dela porque, *Dios*, nessa posição, ela ficava tão justinha que senti o tesão enrijecer minhas bolas. Movi a bunda, os músculos tensos toda vez que eu ia, e relaxados sempre que eu voltava. Encontrei seu olhar, afundando-me nela tão gostoso que precisei olhar para o ponto onde nos conectávamos. Meu pau estava brilhando por causa de Victoria, a umidade do seu tesão umedecendo até as bolas. Seus *lábios* abraçando-o cada vez que eu entrava nela, em uma velocidade que fez o som estalado de carne com carne abafar os nossos gemidos.

Levei a mão para o ponto inchado de Victoria. Eu queria tanto colocar a boca ali, mas não queria parar de sentir sua boceta pulsando em mim. Olhei bem em seus olhos, pensando em todas as coisas que eu queria fazer com aquela mulher, quantos orgasmos eu renderia a ela.

Rodei o polegar em seu clitóris.

Ela curvou as costas, gemendo alto, cortando o silêncio da madrugada. Bombeei mais forte, mais duro, mais rápido, com tanta força que os estalos pareciam que eu estava espancando sua bunda. Afundei os dedos em sua coxa, e isso fez Victoria cair em uma profunda onda de orgasmo. Ela gozou, me puxando para dentro, pulsando toda, os músculos tensos, as pernas me fechando em volta de si. Ver Victoria gozar nos meus braços quase me fez chegar lá também, mas não... teríamos a noite inteira e eu ainda estava com saudades.

Fodi-a de leve, alongando o prazer dela, enquanto Victoria voltava a si, ofegando, o coração batendo tão forte que seus mamilos pulsaram juntos, a olho nu.

Victoria ficou mole, mas ela também queria mais. Me surpreendeu quando virou de bruços no divã, a bunda cheia e deliciosa, toda arrebitada para mim, sua boceta ainda mais vermelha depois de gozar.

— Acho que entendi como isso funciona — ela sussurrou, os peitos espremidos no estofado. Victoria me lançou um olhar sobre o ombro.

— Você aprende rápido, *Cariño*. — Agarrei suas nádegas, meus dedos fundos em sua pele, deixando marca. Ela fez um O com a boca, seus lábios raspando no ombro dela. Eu comecei a moer sua bunda, o caminho do seu cu para a boceta, tudo ali tão molhado... a visão que deixa qualquer homem louco.

Meu pau automaticamente espaçou seus *lábios*, entrando devagarzinho.

Travei o maxilar.

Ay, Dio mio.

Não sei como, mas era ainda melhor assim.

Victoria empinou a bunda, me querendo mais dentro dela. Apertei punitivamente suas nádegas e ela gemeu.

Meti duro.

Todo dentro.

Enterrando em Victoria.

Rolei os olhos pelo tesão incontrolável que era sentir aquela mulher me espremer com sua boceta. Ela gemeu, virou o rosto para a frente e mordeu o divã, agarrando-o com suas unhas, tentando calar os gemidos que saíam como um canto safado, que eu queria ouvir.

— Grita pra mim, *Cariño* — pedi, inclinando o rosto para o lado, observando a glande ser engolida por seu calor molhado, para depois quase sair brilhando quando recuava. As veias do membro estavam saltadas, meu pau, vermelho, pulsando. — Me mostra o quanto você gosta.

— Oh, Alejandro... — gemeu alto quando entrei com tudo mais uma vez.

Agarrei sua bunda, fodi-a com vontade, rebolando os quadris para pegar tudo, ir mais fundo, tocar cada ponto. Ela tremeu algumas vezes, murmurando coisas ininteligíveis, gritando ocasionalmente meu nome, perdida no próprio prazer de ser bem fodida. Eu queria aquilo, eu queria ser o único homem que a deixava tão louca a ponto de só se render e gozar... gozar tanto que perdia a noção de espaço, tempo e equilíbrio.

A posse me fez ir mais rápido do que jamais fui, ofegando porque meus pulmões queimaram, a pele coberta de suor, meus dedos escorregando na sua bunda molhada. Me inclinei sobre ela, sem parar de embalá-la naquele ritmo. Consegui chegar com meus lábios em sua orelha, sugando o lóbulo. O corpo dela escorregando no meu pelo calor que sentíamos, o cheiro salgado do sexo e doce do seu perfume...

Victoria estremeceu mais uma vez, seu tesão me levando mais fundo, o orgasmo pulsando em volta de mim, me puxando, me instigando. Quase fui junto com ela, mais uma vez, mas havia uma parte insaciável do meu corpo que não queria acabar nunca.

Perdi a noção do tempo e virei Victoria de todos os jeitos no divã, me deitando para ela sentar no meu pau, depois deixando-a com as costas coladas no meu peito, me lembrando da primeira vez que transamos pra valer. Também perdi as contas de quantos orgasmos ela teve, de quantas vezes gritou para Nova York, e acabei sorrindo no meio de tudo porque, francamente, a gente era pior do que os vizinhos do pornô.

Eu não tinha gozado ainda quando a tirei do divã. Embora todos os meus músculos doessem, era como se meu corpo estivesse se contendo por Victoria, para tê-la por mais tempo.

Para sempre.

O ritmo mudou quando a peguei o colo, a beijei devagarzinho enquanto andava. A ansiedade de tê-la gozando em volta de mim, várias vezes, se dissipou, quando a foda virou a perspectiva de fazer amor.

Eu a levei no colo até a cama, os lençóis vermelhos me arrancando outro sorriso. Deitei Victoria e ela estava com as bochechas coradas, as pálpebras semicerradas, os olhos azuis brilhantes. Sobre nossas cabeças, a faixa que dizia que ela tinha voltado para mim pesava sobre a conversa que não tivemos.

Acariciei seu rosto.

— Você voltou pra mim.

Ela anuiu e abriu as pernas, me deixando encaixar no meio delas. Meu pau pesou duro sobre sua boceta, quando me curvei o suficiente para alcançá-la. Espacei as minhas pernas, os joelhos esparramados, Victoria se abrindo ainda mais para mim, me fazendo entrar nela. Gemi. Seus calcanhares afundaram na minha bunda, sua boca raspando nos meus lábios.

— Era essa a surpresa? — perguntei.

— Era — sussurrou, seus olhos estudando a minha reação.

— *Cariño.* — Fui mais fundo. Ela me beijou languidamente, a língua rodando pela minha. Me afastei quando precisamos respirar. — *Pierdo el control cuando tú me besas.* — Deixei claro o quanto eu perdia o controle por seus beijos.

— *Hazme el amor, mi vida...* — Pediu em espanhol que eu fizesse amor com ela.

Victoria Foster sabia como me quebrar.

Em câmera lenta, entrei mais, indo até o fundo, rodando os quadris com calma e precisão. Uma gota de suor desceu da têmpora até minha bochecha e Victoria pegou-a com a ponta da língua. Rosnei, e acelerei um pouco, estocando uma, duas, três vezes... sentindo-a receptiva e febril, seus olhos azuis me admirando, sua garganta soltando aqueles barulhinhos que me tiravam do planeta. Agarrei-a, envolvendo-a em um abraço forte e imobilizador, com todo o meu corpo, prendendo-a para que nunca mais saísse dos meus braços. Victoria chupou meu pescoço, e meu coração acelerou mais, não por eu estar transando com ela, mas pela constatação de que eu ainda...

Me afastei, fazendo com que Victoria prestasse atenção em meus olhos, nossas bocas raspando uma na outra. Desviei a atenção para o nosso quase beijo.

Senti os batimentos cardíacos na garganta.

— Victoria Foster... — sussurrei, entre um gemido e outro, tentando me concentrar para conseguir falar. Ela estava focada em mim, como se soubesse que eu tinha algo importante para comunicar. — Eu tinha algo para dizer, algo que não consegui porque uma mensagem não foi enviada. Mas, agora, você está aqui, e eu não posso perder isso. Eu tenho que dizer.

Ela segurou as laterais do meu pescoço, os olhos percorrendo cada traço meu.

Engoli em seco, meus lábios se entreabrindo, o ritmo dos meus quadris nunca se perdendo.

— Eu amo você — murmurei, rouco. — *Yo te amo mucho, mi amor.*

Vick subiu o rosto, seus lábios tocaram os meus e ela inspirou fundo, as pálpebras se fechando.

— Oh, *mi vida*. — Ela abriu os olhos. — Eu também te amo.

Ouvir aquilo, de alguma forma, fez todas as algemas que prendiam meu corpo se soltarem. Foi a sensação de liberdade que eu queria, a certeza de que eu tinha essa mulher e que Victoria não estava indo para lugar nenhum. Envolvi-a em um beijo com um significado muito duro e verdadeiro. Eu a amava, e senti muito sua falta. Meu corpo acendeu, o mundo perdeu seu propósito, e senti um orgasmo forte e maluco subir como uma dose de tequila, vindo direto da minha coluna, alcançando minhas coxas, contraindo as bolas...

— *Ay...* porra — grunhi, me afundando nela, a pélvis rolando em toda a volta, quadril subindo e descendo.

Vick também tremeu, o orgasmo dela tornando mais gostoso o fato de chegarmos nisso juntos.

A onda agonizante chegou no meu pau, cegando-me, deixando-me surdo por um momento, só os batimentos fortes podendo ser ouvidos. Meu pau latejou incontáveis vezes, ejaculando com tudo o que tinha por tempo demais. Enterrei os dentes em seu ombro, calando minha voz, que só queria gritar por Victoria.

Quando voltei à consciência, senti seus dedos afundarem nos meus fios mais compridos da parte de cima da cabeça, seus lábios enviando ondas quentes da sua respiração na minha orelha. Meu coração batendo contra o seu, o cheiro denso de sexo no ar. Exalei fundo, meu corpo todo sobre ela, eu pesava quase cem quilos... uma parte racional me avisou.

Me virei, e olhei para Victoria quando desabei ao seu lado na cama.

Ela deitou de lado, um sorriso satisfeito no rosto, o olhar no meu. Abri um sorriso preguiçoso e, por um instante, só fiquei em silêncio, processando Victoria Foster na cama.

Do Diego.

— Você vai me contar o que está fazendo no apartamento do meu irmão?

Ela balançou a cabeça, como se não fosse dizer, e cerrou os lábios.

Estreitei os olhos e meus dedos foram para a sua cintura. Victoria perdeu a diversão no rosto.

— Te fiz gozar tantas vezes que acho que posso te fazer ter uma crise de cócegas agora.

Aline Sant'Ana

Capítulo 42

Victoria

Meu coração, após tantos orgasmos, que pareciam mais como duzentos, ainda batia como um louco enquanto observava Alejandro jogado na minha cama, sobre lençóis vermelhos, com aquele rostinho de quem vai aprontar uma. Deus, valeu a pena surpreendê-lo, porque esse homem com tesão e com saudade... era uma mistura tão boa. O filme pornô foi uma ótima vingança para quem me fez ficar a noite inteira acordada no resort. E o toque da toalha... ah, digamos que eu sou um pouco criativa.

— Sem cócegas!

— Então, vai me contar?

Ele abriu um sorriso malicioso.

Umedeci a boca, já com saudade da sua.

Seus olhos cor de âmbar eram mais claros pessoalmente do que através da câmera do celular, e os seus cabelos negros foram beijados pelo suor. O corpo todo bronzeado e tatuado, com uma camada brilhosa de calor, os músculos saltados pelos exercícios que fizemos, e as veias que desciam estrategicamente para *lá*.

Ele era lindo demais.

— No resort, Elisa me disse que tinha um apartamento para vender...

Alejandro dobrou o braço e deitou de lado, apoiando a cabeça na mão para me ouvir. Ele sorriu em vários momentos, conforme ia contando que Elisa e Diego omitiram que eu tinha justamente ele como vizinho. Que me deixaram visitar o apartamento quando, claramente, Alejandro não estava por lá. Expliquei que não tive como fechar negócio indo várias vezes ao prédio, apenas uma única vez, e fiz quase tudo à distância. Contei do momento em que o vi indo correr de manhã e a ideia que tive de surpreendê-lo, da mesma forma que fui pega desprevenida.

— Voltei antes para tentar te surpreender, mas, quando vi que éramos vizinhos e nenhum de nós sabia sobre isso, veio a ideia genial de fazer uma mega surpresa.

— Então, somos vizinhos de novo — Alejandro constatou, passeando os nós dos dedos pela minha bochecha. — Só que uma vizinha de casa, já que mora aqui, não estamos mais em um resort.

— Não estamos. — Sorri.

— Isso é tão gostoso. E, cara, Diego e Elisa estavam confiantes de que isso ia dar certo. Se a gente não tivesse se rendido em Cancun, provavelmente... como vizinhos de novo... ia ser meio inevitável.

Eu ri.

— Eles são espertos.

Alejandro deu de ombros.

— Eu juntei aqueles dois quando não queriam ver que estavam apaixonados um pelo outro. Acho que *mi hermano* e Elisa quiseram retribuir o favor.

— Temos cupidos.

Alejandro abriu um lento sorriso.

— Não que a gente precise mais. — Ele umedeceu os lábios vermelhos dos meus beijos. — E sobre a faixa na sua cama?

— Laura vai viajar para os outros lugares por mim. Ela sabe que eu quero estar com você e que dói essa distância toda. Então, minha melhor amiga se ofereceu. Eu só vou tirar o final do ano para ir a Paris e Londres, mas só quinze dias fora.

— Oh. — Decepção cruzou o olhar de Alejandro. — Então, não é uma solução permanente. É só para alguns meses. Desculpa, nossa, por causa da faixa, por um momento, eu pensei...

— Tem mais coisa.

Por mais que eu quisesse criar raízes agora, jamais teria pensado nisso se não o conhecesse. Era por Alejandro que eu queria ter um futuro e foi por causa dele que eu enxerguei o resort em Cancun de forma diferente, abrindo portas para eu conseguir ver um novo ramo. Tudo o que aconteceu depois na minha vida, todas as coisas boas, vieram por causa de Alejandro. E o fato de termos um rótulo, e de ele dizer que me amava, e da sua clara decepção por me querer por mais tempo, me deu segurança de contar absolutamente tudo.

Eu sorri tão verdadeiramente que senti meu peito se iluminar.

— Enquanto estávamos em Cancun, o dono do resort disse que eu tinha uma espécie de talento para enxergar seu negócio de forma que pudesse ajudá-lo. E que isso deveria se estender para outras pessoas. Para você saber, eu mostrei os pontos que poderiam melhorar, que vi que realmente poderiam tornar o resort um sucesso. — Sorri. — Esse *insight* só aconteceu porque eu vivi aquela experiência com você e...

Foi mais uma história que Alejandro me deixou contar sem me interromper. Seus olhos brilharam conforme fui dando todo o crédito a ele, pela experiência que vivemos,

Aline Sant'Ana

e que Alejandro despertou uma coisa em mim que eu nem sabia que existia. Ele franziu o cenho quando eu disse que estava incerta se realmente era boa nisso, e meio que deixei a ideia de lado até ouvir a mesma coisa depois. Os olhos de Alejandro foram suavizando à medida que ele foi entendendo o que aquilo significava.

— Não quis te contar antes porque eu não tinha certeza se daria certo.

— Eu poderia ter ajudado você.

— Mas tive ajuda de muitas pessoas que *você* conhece. — Sorri.

Narrei toda a ajuda de Elisa e Diego, além de Esteban, que se mudaria para Nova York para administrar a minha empresa. Alejandro ficou chocado. Percebi quando ele soltou um palavrão e resmungou sobre Esteban e Diego terem escondido tudo direitinho, mas, conforme eu narrava mais, em seu olhar, eu via surgir uma felicidade genuína, um orgulho tão gostoso.

— Laura vai ser a minha sócia, e não tive tempo nem de ver como estão as coisas, mas essa empresa me permitirá ficar mais em Nova York, contratando pessoas para viajarem por mim. Viajarei ocasionalmente para prestar consultoria para os resorts e hotéis, mas em grande parte do tempo estarei aqui.

Vi a emoção tomar seus olhos. Senti o meu coração acelerar em resposta e passei a contar todo o resto com um sorriso no rosto, assistindo Alejandro sorrir largamente de volta, como se eu tivesse acabado de dizer que ganhamos na loteria.

— Você tá falando sério? Vai abrir um escritório em Nova York e permanecer por mais tempo? Eu... — Alejandro balançou a cabeça, meio rindo, meio chocado. Ele piscou várias vezes, e foi tão doce ver um homem tão gostoso confuso, que acabei rindo dele. — Porra, Cariño!

Ele subiu em cima de mim, como um leão atrás da presa. Eu ri, de felicidade pura pela reação de Alejandro, sentindo-me completa pela primeira vez em um longo tempo. Talvez, eu nunca tivesse me permitido sentir, me escondendo em tantas viagens com medo de amar, quando, na verdade, se apaixonar era a melhor coisa que poderia me acontecer.

— *Dios, mujer* — sussurrou contra meus lábios. — Você gosta de aprontar umas boas comigo. Quando disse que tinha uma surpresa para mim, eu jamais chutaria que seria poder viver uma vida com você, de não ter que passar por esse distanciamento sempre. Foi uma tortura amar você, querer você e saber que estava tão longe de mim. Eu trabalhei no automático, e tudo o que eu queria era falar com você no fim do dia, te ver através da câmera. Mas eu faria isso, *Cariño*. Se você continuasse dessa forma. Eu lutaria por você todos os dias até tê-la em meus braços.

Sua declaração me fez compreender o quanto ele se entregava quando estava apaixonado. O quanto a sua devoção era bonita, o quanto ele fazia questão de dizer, sem remorso, tudo o que sentia, sem aquela coisa de que homens são frios. Não, Alejandro era quente, sua voz era um incêndio e todas as palavras que ele dizia me atingiam direto no coração.

— A sua ausência me fez entender que eu nunca poderia ter vivido aquela experiência com você sem me envolver. Me fez entender que eu nunca havia me apaixonado dessa forma. Trinta e quatro anos, e amando como se fosse a primeira vez. — Alejandro respirou no meu rosto, seus olhos cor de mel brilhando para mim, como um doce sob o sol. — Não sei o que eu faria se você tivesse dito não quando te perguntei se continuaríamos com isso. Eu já estava envolvido àquela altura, e já sabia que era a coisa mais forte que já senti em toda a minha vida. *Cariño*, eu falei sério quando estava mergulhado em você meia hora atrás. *Yo te amo*. E saber que você quer dar esse passo por nós, de se manter em Nova York, de tentar uma nova empresa porque realmente sente...

— Que em seus braços é o meu lugar — respondi, emocionada demais para não o interromper.

Alejandro sorriu, um sorriso tão sincero e apaixonado, que eu queria guardá-lo para sempre em algum lugar.

— Você me deixa louco de felicidade.

Inspirei seu perfume e o cheiro suave de suor limpo.

— Só de felicidade?

— Digamos que meu pau também é feliz.

Eu ri.

— Alejandro Hugo!

Ele quase ronronou contra a minha pele.

— Eu te prometo algumas coisas, *Cariño*.

— O quê?

Ele piscou, malicioso, o quadril já se movendo para ficar no meio das minhas pernas.

— Eu vou te amar, todos os dias, como se fossem despedidas e reencontros. Eu vou fazer valer a sua estadia fixa em Nova York, te ajudando no que precisar, na sua vida profissional e pessoal. E, se você não conseguir dormir mais por ser a minha vizinha, eu serei o único culpado, porque certamente vou te causar insônia. Na sua cama. Na minha.

Aline Sant'Ana

— Hum... estou gostando dessas promessas.

— É o nosso novo acordo — sussurrou. Seu membro pesou entre minhas coxas, e eu gemi.

— Também vou continuar te dando presentes vermelhos. — Alejandro agarrou o lençol e, sem aviso, entrou em mim. — Embora eu queira te foder também em lençóis azul Tiffany.

Exalei fundo.

— Vamos comprar todas as cores de lençóis possíveis — prometi, arfando.

— Ah, vamos sim. Porque você fica muito gostosa de azul. E toalhas, *Cariño*. — Alejandro embalou um ritmo, arranhando meu rosto suavemente com a barba. — Um conjunto de toalhas.

— Vão todas cair no chão...

Ele me deu um meio sorriso safado, rebolando dentro de mim.

— Exatamente.

Aline Sant'Ana

Capítulo 43

Cariño: Você comprou lençóis azuis Tiffany!

Eu: Advinha, então, o que teremos esta noite? ;)

Troca de mensagens entre Victoria e Alejandro.

Alejandro

No final de semana após a chegada de Victoria, soube que tínhamos um jantar marcado com a família Foster, que descobri ser divertida, boa de papo e um casal que gostava de cerveja preta artesanal, além da mamãe Foster ser capaz de assar uma carne com um nome de uma pessoa, mas que era a melhor coisa que já comi na vida. Fui apresentado como namorado, e sua mãe me recebeu com um carinho imenso, como se me conhecesse por toda a vida, enquanto seu pai queria saber se eu apreciava uma boa cerveja e qual era a minha profissão.

No jantar, percebi que a família da Victoria era pequena, mas extremamente apaixonada, e seus reencontros eram tão bonitos quanto os que tive com Victoria. Era a certeza de um amor que existia e perdurava, não importava o quê. Ver as carícias do pai de Victoria em sua mão e o beijo na testa de sua mãe me deixou um pouco nostálgico e com saudade dos meus pais. Naquela noite, quando já estávamos sozinhos no meu apartamento, Victoria beijou as tatuagens com os nomes das pessoas que perdi, dizendo que ela os amava, mesmo sem conhecê-los, só pelo fato de terem criado homens como eu e Diego.

Isso, *mierda*, me fez amá-la sobre os lençóis como se eu nunca pudesse demonstrar o suficiente.

A empresa de Victoria começou a engatinhar um tempo depois. Fomos ver lugares para o escritório, junto com Laura, e descobrimos que o prédio em que eu e Diego trabalhávamos estava alugando salas já mobiliadas.

Fechamos negócio quando Laura disse que era perfeito. Então, as meninas conseguiram o lugar certo. A assistente de Victoria, Bianca, foi promovida logo depois a consultora de viagens, afinal, a garota fez o impossível por Victoria quando ela estava fora, incluindo arrumar o apartamento dela.

Nos tornamos vizinhos de casa, de emprego e parceiros de vida porque, por *Dios*, a gente morava no mesmo corredor. Eventualmente, uma peça de roupa minha foi para lá e a dela, para cá. Quando percebemos, estávamos quase morando juntos, usando o corredor como uma passagem para um ambiente e outro.

Três semanas depois de Victoria chegar, percebi que íamos direto para um relacionamento mais sério e rápido, porque não éramos mais crianças e tínhamos certeza do que sentíamos. Morar junto foi consequência de não aguentarmos ficar um sem o outro, o que, francamente, apimentava ainda mais as coisas.

Escolhemos, em uma reunião em particular na nossa cama, o nome da empresa de Victoria. Era algo que ela disse que segurou para poder fazer comigo. Repassando a nossa história, percebemos que havia uma palavra que nos conectava, uma constatação de que os dois enfrentaram, em diferentes áreas da vida, algo que nos trouxe um para o outro.

Liberdade.

— A verdadeira liberdade é podermos estar onde queremos estar — me contou naquela noite. — Com quem queremos estar, e, o mais importante, podendo fazer o que realmente vem dos nossos corações.

Freedom se tornou o nome da empresa dela e de Laura. Eu e Vick fomos até o escritório, colocamos o logo na porta, feito pela Creatus Design, e sorrimos, porque esse era um recomeço, cheio de esperança, expectativa e planejamento.

Esteban De La Vega mostrou que era um administrador filho da mãe de tão bom. Mesmo à distância, organizou toda a empresa até conseguir vir morar nos Estados Unidos.

É, o tempo passou entre meus dedos, como se eu quisesse agarrá-lo e não fosse capaz. Ganhei muitos casos com Diego, nosso escritório bombou e me encheu de trabalho até o pescoço. Nos dias estressantes, Victoria era o meu ponto de paz, e eu era o dela. Em incontáveis vezes, amei seu corpo. Em outras, presenteei-a com tudo o que merecia. Compramos lençóis e toalhas, e eu não sabia o que fazer quando meu coração apertou ao olhar o calendário.

Victoria tinha que ir para Londres e Paris.

Quinze dias sem ela. Eu teria que me acostumar com isso, já que passei meses amando-a, beijando-a, convivendo com Victoria, sem nunca ter o suficiente. Mas me apaixonei por ela sabendo do seu senso de responsabilidade, e eu não era um filho da puta que fazia chantagem emocional, do tipo: fica, vai ter bolo.

Nem fodendo.

Se sobrevivemos a noventa dias, quinze ia ser moleza.

Laura retornou um pouco antes de Victoria ir, e descobri que aquela menina maluca e com um coração enorme era realmente uma amiga e tanto. Agradeci o que ela fez, por cobrir a agenda de Victoria, permitindo que eu pudesse estar com ela. Laura deu de ombros e disse: Victoria faria o mesmo por mim.

Sim, ela faria.

Victoria passou todas as coordenadas para Laura antes de viajar. As duas já tinham cinco consultores no mundo, e isso só ia crescer. Eu podia ver que as duas tinham paixão pelo trabalho, por tudo que faziam, e me senti meio orgulhoso por perceber o quanto Victoria batalhava pelas coisas que amava.

Ela se vestia de liberdade e lutava com leões.

Aquela mulher era uma força na natureza.

Ajudei Vick a fazer as malas, a levei ao aeroporto, desejando uma ótima viagem e beijando sua boca intensamente e sem vergonha da plateia. Surpreendentemente, desta vez, não houve lágrimas, nem coração apertado. Então, entendi que o meu medo inicial foi muito idiota. O cenário havia mudado. Eu nunca mais me despediria de Victoria, com a incerteza dançando em minhas veias. Era a certeza, a absoluta constatação, de que aquela mulher era minha, e que eu era dela.

Não mais ao acaso.

Por escolha.

E sempre que Victoria voltasse, eu estaria de braços abertos para recebê-la.

Por mais que, dessa vez...

Sorri quando ela virou as costas para mim, acenando e desaparecendo para embarcar.

— Eu te amo, Alejandro! — gritou, sorrindo.

— Te vejo em breve — prometi.

Porque, dessa vez, as coisas iam ser, de fato, diferentes.

Novamente, eu tinha dois caminhos a seguir. Mas eu sabia exatamente qual eu queria.

Aline Sant'Ana

Capítulo 44

*Eu: Paris é a cidade dos românticos, literalmente.
Toda vez que venho aqui, vejo uma declaração de amor. É o tempo todo mesmo!*

Alejandro: Você viu uma agora?

Eu: Não.

Alejandro: Vamos mudar isso. Victoria Foster, eu te amo.

Eu: Você não cansa de ser perfeito, meu Deus. Também te amo, mi vida.

Alejandro: Volta pra mim.

*Eu: AMANHÃ! (E não estou aprontando desta vez. É verdade.
Você pode me buscar no aeroporto).*

Alejandro: Prometo que estarei lá.

Troca de mensagens entre Victoria e Alejandro.

Victoria

Soltei um suspiro, enquanto observava a Torre Eiffel da extensa varanda. Meu último destino: Paris. Já estava há quatorze dias fora, e em breve, voltaria para casa. Mas era inevitável deixar o coração bater ao ver o céu azul, sem nuvens, e aquela delicada torre, em sua silhueta única, prestigiando a paisagem.

Eu estava no antigo palácio do Príncipe Roland Bonaparte, o hotel Shangri-La, aclamado com suas cinco estrelas, além das estrelas Michelin dos seus restaurantes, a vista indiscutivelmente perfeita e o valor exorbitante — e com razão — das diárias. Astros de cinema se hospedavam ali, como Chuck Ryder e Evelyn Henley, assim como astros do rock. Fiquei sabendo que, na última turnê da banda The M's pela Europa, os meninos escolheram o Shangri-La para se hospedar.

A 10 Avenue d'Iéna estava movimentada naquela tarde, o sol não demoraria a se pôr, e eu pensei em tirar o robe e vestir uma roupa, porque queria dar uma volta antes de dizer adeus a Paris. Claro que o hotel estava aprovado para o pedido de casamento do senhor Parker. Não sei por que ele quis me mandar antecipadamente, sendo bem sincera, porque aquele lugar era o paraíso de qualquer realeza. Claro que eu fiz um itinerário para ele, e preparei toda a surpresa para sua futura noiva através dos lugares... Ah, tudo bem, eu era realmente boa no que fazia.

Meu celular tocou sobre a cama e eu corri até ele. Alejandro estava me ligando através do Skype, em uma vídeo-chamada. Atendi, sorrindo.

— Oi, *mi vida*!

— Oi, *Cariño*. — Ele sorriu de volta.

Mas havia algo diferente nele. Seus cabelos estavam mais curtos em cima e sua barba estava rente no maxilar quadrado, deixando-o ainda mais bonito. Fiquei um pouco surpresa, não acreditando que Alejandro poderia ficar ainda mais sexy e perigoso. Aquele homem não deveria estar advogando, ele deveria ser um modelo internacional.

— Uau! — Meu sorriso ficou mais largo. — Cortou o cabelo e reduziu a barba?

Os olhos âmbar pegaram fogo.

— Gostou, *Cariño*?

— Você está ainda mais bonito, e nem sei como é possível.

Ele soltou uma risada gostosa.

— É a saudade falando.

Percebi que ele estava em um ambiente fechado, mas movimentado, com luzes e pessoas andando para lá e para cá. Estreitei o olhar.

— Você está indo para onde bonitão desse jeito?

— Uma reunião importante.

— Bom, eu estou de robe, em um quarto que grita elegância, pensando em dar uma volta em Paris antes de anoitecer. Esses dias foram uma loucura.

— Eu sei, você merece relaxar hoje.

— Estou voltando para casa!

Alejandro abriu um sorrisão lindo.

— Você está. Mas sei que gosta da cidade dos românticos.

— Eu até zombo das coisas, mas é bonito. As pessoas realmente são apaixonadas aqui. A gente quase vê coração nos olhos dos turistas.

— Impossível não se apaixonar — ele sussurrou. Mas parecia que Alejandro não estava falando de Paris.

Droga, eu sentia falta dele.

Escutei uma batida na porta e Alejandro estreitou o olhar.

— Não pedi nada — disse para ele. Alejandro continuou a caminhar e parece que entrou em um corredor. — Vou lá atender. Você está chegando aí na reunião, né? Não quero te atrapalhar.

— Não está atrapalhando. Se quiser, pode ficar comigo na linha enquanto atende. Não deve ser nada de mais.

— Tudo bem.

Fui até a porta, com Alejandro no celular, deixando que ele me visse. Acabei sorrindo com a ideia daquele homem caber no meu bolso.

— Olá, *mademoiselle* Foster — um senhor gentil me saudou.

— Olá. Eu sinto muito, mas acho que errou o quarto.

Ele estava com um daqueles carrinhos elegantes do hotel, que serviam comida em porções minúsculas, com cloche de vidro. Estava na moda servirem daquela forma com uma fumaça branca em que não se enxergava o prato embaixo.

— Não, *mademoiselle*. A senhorita se chama Victoria, certo? Me enviaram direto para o seu quarto. É para a *mademoiselle* mesmo.

— Oh, é alguma cortesia? — questionei, impressionada. — Nossa, eu não esperava.

O senhor não disse nada, apenas sorriu e se curvou, fazendo uma mesura educada e se retirando com um "*Excusez moi s'il vous plaît*".

— Certo — falei para Alejandro, trazendo-o para o meu rosto. — Eu tenho um prato de alguma coisa aqui. Vou ver o que é.

— Curioso. — Alejandro sorriu. — Não te deixaram um bilhete?

— Acho que não. — Olhei o carrinho, puxando-o para dentro do quarto, e encostei a porta. — Ah, deixaram sim.

— Então, acho bom ler.

Peguei uma espécie de cartão, como um daqueles que vemos em convites de casamento. Ele tinha arabescos em toda a volta, e era nude com dourado. Assim que vi meu nome brilhando pelo reflexo da luz, algo me fez prender a respiração, meus dedos tremeram e eu pisquei, achando que estava vendo coisas, porque o último sobrenome...

Victoria Yves Foster De La Vega.

— Alejandro? — murmurei, como se não quisesse acordar os anjos. — Aconteceu uma coisa engraçada. Quer dizer, misturaram o seu sobrenome com o meu... Como saberiam que eu sou...

Olhei para a tela do celular.

— Ah, é? — Alejandro estava com um sorriso imenso no rosto, caminhando, sem nunca parar de andar. Meu coração parou quando ele afastou a câmera, mostrando mais de si. Eu vi sua roupa: uma camisa social cor de vinho, sem gravata, três botões abertos, mas ela parecia ser feita para o corpo dele. Alejandro estava de tirar o fôlego, e eu não consegui parar de piscar, porque algo me fez pensar...

Olhei além dele. Alejandro estava em um elevador. Escutei o som das portas se abrindo.

— Abra o cartão, Victoria — pediu.

Me obriguei a tirar os olhos dele e abri o cartão, os batimentos na minha garganta quando percebi que aquilo era coisa dele. Era coisa do Alejandro. Ele estava me devolvendo a surpresa, mas eu não conseguia raciocinar. A emoção me engoliu como uma avalanche quando vi a letra dele no cartão, meio inclinada, masculina. Mesmo antes de ler, já havia lágrimas nos meus olhos.

Você não leu errado.

— O quê? — sussurrei.

— *Cariño* — ele me chamou pelo telefone. Encarei-o, sem saber o que fazer, meus joelhos tremendo e uma parte minha querendo gritar. — Abra a porta.

Ele parou de andar.

E mudou a direção da câmera.

Vi o número do meu quarto de hotel.

— Você está aqui — murmurei.

Meus dedos ficaram frouxos e acho que deixei cair o celular, mas tudo em mim se moveu até a porta, na esperança de aquilo não ser uma loucura minha, na esperança de Alejandro estar realmente ali.

Toquei a maçaneta, com um misto de medo e ansiedade.

E, assim que a abri, soltei um suspiro tão alto, lágrimas molhando meu rosto. A onda me engoliu de uma só vez.

Porque Alejandro estava *ali*.

A camisa social vinho, as lindas íris âmbar, a barba por fazer, os cabelos mais curtos, o perfume de hortelã, mel e canela, em toda a sua altura e significado.

Alejandro estava em Paris.

Ele não disse nada, apenas sorriu para mim, e tudo o que vi em seguida foi como se a vida decidisse ficar em câmera lenta. Ele chegou perto da bandeja e tirou o cloche, dissipando a fumaça, que cheirava a jasmim e rosas.

O meu perfume.

Então, ele pegou o que quer que houvesse ali e se abaixou.

Em um joelho.

Seus olhos cor de mel emocionados. O sorriso imenso no rosto.

Levei as mãos à boca, querendo gritar.

Em sua mão, havia uma caixinha de veludo fechada.

Ela estava ali o tempo todo. *Meu Deus.*

— Eu nunca me ajoelhei com tanta certeza em toda a minha vida — falou, a voz rouca e grave, o sotaque espanhol dançando no inglês. Alejandro umedeceu a boca, os olhos fixos nos meus. — Uma certeza que sobrepõe a razão, o tempo e a distância. Uma certeza chamada Victoria Yves Foster. Você é o caminho que eu quero seguir, por todos os continentes que existirem, até que você esteja ao meu lado.

— Oh, Alejandro... — chorei, me agarrando ao robe, meu corpo inteiro tremendo.

— Eu quero meu sobrenome ao lado do seu, quero ter filhos com seus olhos e sua impulsividade, quero viajar com você, quero escolher lençóis e toalhas pelo resto da minha vida com você. Eu quero ser seu por todo o tempo que me quiser. — Ele engoliu em seco. Duas lágrimas solitárias caíram em seu lindo rosto. — Eu quero a eternidade, se ela significar que serei amado por você. Porque tenho certeza, *Cariño*, eu vou te amar por toda a minha vida. Victoria, você aceita ser a minha noiva por uma década?

Eu me aproximei dele, com o coração na lua, o meu pensamento nublado, como se estivesse em um sonho. Agarrei seu rosto, sentindo a barba espetar a palma da minha mão, a única coisa que me indicou que aquilo era real.

Eu me abaixei, ficando na altura dos seus olhos.

E me lembrei da razão de ele pedir que fosse uma década. No nosso jantar no resort, ele brincou comigo que não seguimos a ordem natural das coisas e que, se fôssemos ter algo pra valer, teríamos que ter um noivado de uma década.

— Alejandro Hugo Reed De La Vega — sussurrei seu nome completo e pude perceber, em seu rosto, a ansiedade pela resposta. Abri um sorriso que expôs todo o meu coração. — Sim. Eu quero me casar com você, e eu te amo perdidamente, mas será que a gente pode negociar essa década? Porque eu mal posso esperar para...

Ele gargalhou gostoso, me puxando para os seus braços, levantando comigo em seu colo, de uma só vez. Eu arfei de surpresa, e fui beijada com toda a intensidade daquele homem, que estava arriscando tudo por mim, por nós. Seus lábios, de repente, pararam, como se Alejandro lembrasse de uma coisa, e ele me pôs no chão.

— *Ay, Cariño. Usted me deja tan loco que...* — Ele olhou para baixo, a caixinha em sua mão. Alejandro a abriu, sorrindo, e senti que aquele homem nasceu para impressionar.

O anel era de ouro branco, todo entrelaçado em diamantes, e havia duas pedras principais, como se completassem uma à outra, formando um par de asas de borboleta. Uma em rubi e a outra em topázio azul.

— Escolhi essas pedras porque elas representam uma das coisas que mais amamos um no outro: as nossas diferenças e como nos completamos. — Alejandro a tirou da caixinha, pegou delicadamente a minha pequena mão, que sumiu na sua, e pairou o anel na ponta do meu dedo.

Lançou um olhar para mim, como se me desse uma segunda chance de recusá-lo.

Umedeci os lábios.

— Você também é a minha certeza. Quero passar o resto da vida te provando que, sim, você foi a melhor escolha que eu fiz na vida e que eu te amo com todo o meu coração. Mil vezes sim, eu te escolheria mais mil vezes se pudesse. Coloca esse anel aí, Alejandro!

Eu pensei que nunca poderia ser tão loucamente feliz, mas fui naquela tarde em Paris, quando Alejandro deslizou o anel no meu dedo ao mesmo tempo em que vinha em minha direção, cobrindo meus lábios com os seus. Nem uma dúvida passou em meu coração, ou incerteza sobre não estar tomando a decisão certa. Alejandro era o meu futuro e teríamos uma vida inteira para nos aventurarmos. Um acaso que deu certo, uma chance que tivemos e agarramos.

E nunca mais deixamos escapar.

Ele me amou como só um homem em Paris faria, com a promessa de que teríamos intermináveis momentos como aquele. No instante em que Alejandro cobriu meu corpo com o seu, nada mais no mundo teve importância. Me mostrou que realmente a liberdade de amar e ser amado é quando nos damos a chance para isso. Em seu rosto, eu vi todo o amor que não podíamos transmitir de qualquer outra forma.

Ele era o meu acaso perfeito, a minha melhor decisão.

Alejandro era a minha liberdade.

Epílogo

Até o sol se pôr, Cariño.

Enviado por Alejandro para Victoria, junto com um buquê de rosas vermelhas.

Alejandro

Aquele era o dia mais importante da minha vida. Eu sabia que seria desde o instante em que me ajoelhei e pedi para Victoria se casar comigo. Era o nosso primeiro passo rumo ao que tínhamos certeza, era a confirmação e a promessa de incondicionalmente amá-la. E de garantir isso a Deus e a todos os convidados.

Engoli em seco, abrindo um sorriso nervoso, encarando o meu reflexo no espelho. Eu queria surpreendê-la, então, meu terno de três peças era cor de vinho, misturado com preto. A camisa social era branca e a gravata, da mesma cor do terno, assim como o colete. Victoria gostava de mim em vermelho, então, que fosse uma variação, no dia em que prometeria amá-la para sempre.

É, eu fiz um pedido digno de Victoria Foster.

E, depois dele, levou seis meses para chegarmos até aqui. Nós simplesmente planejamos e fizemos acontecer. A escolha de como seria, de onde seria, tudo parecia já existir dentro de nós dois. Enquanto nos envolvíamos com isso, Victoria e Laura deram duro em sua empresa, que estava crescendo. Eu morria de orgulho da minha mulher por ter conseguido conquistar tantos sonhos. Tivemos que enfrentar alguns instantes de ausência por isso, Vick viajou por várias semanas, mas não da mesma forma de antes.

Era nas despedidas e nos reencontros que reforçávamos a nossa certeza.

Lancei um olhar para a vista, abrindo um sorriso pelo mar estar brilhando em contraste ao céu azul. Moon Palace, em Cancun, havia mudado um pouco desde a última vez que estivemos aqui. Os conselhos de Victoria foram bem recebidos. Ainda assim, a vibe era a mesma, este foi o lugar em que me apaixonei por Victoria, e este seria o lugar em que a tornaria a senhora De La Vega.

Eu e Victoria alugamos o espaço presidencial para o casamento, a casa de vidro seria o destino final, um que nunca tivemos a chance de aproveitar. Mas, bem, teríamos quinze dias inteiros para descobrirmos antes de irmos para a lua de mel. Ideias deliciosas sobre finalmente curtir o seu corpo naquela piscina multicolorida preencheram meu cérebro. Tomá-la em meus braços, como minha esposa, hum...

Diego veio atrás de mim, me arrancando dos pensamentos. Ele abriu um largo e orgulhoso sorriso através do espelho, e mexeu no nó da minha gravata. Meu irmão era melhor nisso do que eu. Diego desfez o que eu tinha feito e começou de novo.

— Chegamos até aqui. — Diego ajeitou meu colarinho, a gravata desfeita, e cruzou as duas partes, espiando pelo espelho para ver se fazia certo.

Inspirei fundo.

— Chegamos até aqui, *hermano*.

Diego continuou, atento a cada detalhe, cruzando e fazendo as voltas.

— Nervoso?

— Porra...

Meu irmão riu e finalizou o nó com um puxão suave. É, me observei, estava bem melhor. Ajeitei-a até chegar bem rente ao pescoço.

— Já estive na sua pele — meu irmão disse.

Virei-me para ele.

— Eu não sei se é por todas as idas e vindas que tive com Victoria, mas só vou me acalmar quando puser meus olhos nela.

— Não é pelas idas e vindas, *hermano*. Até os quarenta e cinco do segundo tempo, o medo de Elisa desistir e me deixar foi real.

Estreitei os olhos.

— Elisa jamais te deixaria.

Diego riu e me encarou como se estivesse dizendo: *sério?*

— E você acha que Victoria te deixaria? Porque eu não imagino ela subindo em um cavalo branco e fugindo com o príncipe da Inglaterra.

— Tudo pode acontecer — resmunguei.

— Não com Victoria.

— *Estoy enloquecido...*

A porta se abriu em um rompante, e meus primos entraram. Eles, junto com Diego, eram meus padrinhos. Abri um sorriso para eles quando os filhos da mãe pareceram emocionados ao me ver. Os De La Vega tinham um coração quente, ninguém poderia negar isso. Já vestidos com ternos pretos completos, estavam prontos para a cerimônia.

— Eu vou te perdoar por não ter despedida de solteiro só porque vi sua cara de apaixonado, Hugo — Esteban falou quando se aproximou e riu. — Caralho, você tá um verdadeiro De La Vega.

Aline Sant'Ana

— Ele quis dizer que você tá agradável de ver. — Rhuan abriu um malicioso sorriso.

— Ah, é. Porque ninguém aqui vai dizer que você está bonito, claro — Andrés acrescentou.

— Seus filhos da mãe. Como estão as coisas?

— Dei uma espiada na Victoria. — Esteban arregalou os olhos. — A sua noiva...

— Não fala que dá má sorte — Rhuan resmungou.

— Como ela está? — perguntei, meu coração apertado, precisando saber.

— Sua futura esposa está inacreditável — Esteban garantiu.

— Realmente linda — Andrés assegurou.

— Espetacular. Eu aposto cinquenta dólares que Hugo vai chorar. — Rhuan riu.

— Ele vai chorar porque ele é o meu irmão — disse Diego, e bateu no meu ombro. — Ver Elisa caminhando até mim foi como se o mundo finalmente fizesse sentido. É uma emoção que não dá para descrever.

— Nunca vou passar por isso — Rhuan pensou alto.

— Nem eu — Foi Esteban.

— Jamais — prometeu Andrés.

Eu e Diego rimos porque nós dois sabíamos que a gente não escolhe amar, simplesmente acontece.

— E as alianças? — perguntou Diego.

— Estão com Victoria. — Balancei a cabeça, rindo. — Ela não quis arriscar.

— Mulher esperta — Rhuan elogiou.

De repente, o silêncio imperou. Encarei meus primos e meu irmão, todos sangue do meu sangue, e dei um passo à frente.

— Obrigado por estarem aqui hoje.

— Sempre — os quatro prometeram ao mesmo tempo.

Sorri.

— Vamos casar Alejandro Hugo, *mujeres*! — Diego me puxou, tirando-me do quarto.

Estava na hora de ter Victoria em meus braços.

Victoria

— Obrigada, mãe. — Segurei a caixa que recebi dela, piscando freneticamente para não estragar a maquiagem. Alejandro foi terrível. Ele preparou presentes a cada hora durante todo o dia, até o instante em que eu sairia do quarto. — O que será que é desta vez?

— Ele não me deu nenhuma pista, querida. Só estou cumprindo ordens. — Piscou.

Laura se sentou ao meu lado, empolgada.

— É o último! Então, deve ser especial.

Abri a tampa, nervosa.

Havia uma série de cartões postais, vários destinos para todos os cantos do mundo.

Ah, Alejandro...

— Acho que ele está me convidando para viajar com ele — murmurei. — Deixe-me ver.

— Eu gosto desse menino — mamãe elogiou.

— Mentira! — Laura gritou, pegando os postais. — Que *hombre...* — brincou, em espanhol.

Sorri para elas e encontrei a carta de Alejandro, sua letra masculina e inclinada apertando meu coração.

No momento em que te conheci, eu soube que estava entrando em uma aventura, porque você é assim, Victoria. Você é uma viagem às cegas que descobri ser o melhor destino que eu poderia ter.

Hoje, e para sempre, eu escolho me aventurar.

Eu escolho viajar em você e com você.

Então, vem se aventurar comigo?

Todos esses lugares têm sabor de liberdade, têm sabor de nós dois.

As passagens estão compradas para todos os destinos que cabem nesta caixa.

A cada ano, teremos uma viagem, e eu vou me casar com você, daqui para frente, em todos os cantos do mundo que visitarmos juntos.

Seu, da Oceania à América,

Alejandro.

— O quê? — sussurrei.

— Amiga, tem várias coisas escritas atrás dos postais, em línguas distintas. Você viu? São frases. E eu acho que... — Laura se interrompeu.

As lágrimas começaram a descer assim que peguei um dos postais. Berlim, Alemanha: *Willst du mich heiraten?* Paris, França: *Veux-tu m'épouser?* Madrid, Espanha: *¿Quieres casarte conmigo?* Atenas, Grécia: *Thélete na me pantrefteíte?*

— Ele está me pedindo em casamento de novo. — Ofeguei e encarei minha mãe. — Em todos os lugares do mundo!

Vi os olhos dela, iguais aos meus, se arregalarem.

— Alejandro não fez isso!

— Ele fez. — Eu ri, em um misto de felicidade e surpresa.

— Puta que pariu! — Laura riu e se levantou. — Meu Deus, isso é...

Também me levantei, sentindo meu coração ir até o céu.

— Eu não acredito nisso...

— Não chora, pelo amor de Deus! Droga, Victoria — Laura reclamou. — Ainda bem que a maquiagem é à prova d'água, mas vou ter que reforçar o pó e o iluminador. Todo o contorno que eu fiz...

— Ele é tão...

— Ele é o homem da sua vida — mamãe disse, e pude ver as lágrimas nos olhos dela também. — Oh, filha. Isso é o que você merece. Um amor incondicional. E Alejandro realmente é tão...

— Perfeito? Insuperável? Inacreditável? — Laura sorriu, completando por mamãe e me dando uma colher de chá. Minha melhor amiga se aproximou, me abraçando. Ela beijou minha testa, tomando todo o cuidado do mundo com o penteado elaborado. — Agora faltam oficialmente trinta minutos para você entrar naquele elevador e caminhar até o espaço presidencial. Senta essa linda bunda aí, que eu preciso terminar de te maquiar.

Elisa abriu a porta, com um sorriso imenso no rosto. Ela, Laura e Maddy, a secretária do Alejandro, que se tornou uma amiga incrível, além da nova consultora da Freedom, Bianca, minha ex-assistente e amiga, eram as minhas madrinhas, e eu não poderia ter escolhido melhor. Era uma mais maravilhosa do que a outra.

— Ah, falta pouco para você descer. As meninas já estão te esperando e... — Elisa se aproximou e fez um biquinho. — Você chorou?

355   NAMORADO POR *Acaso*

— Culpe o seu cunhado. Ele me pediu em casamento em todos os lugares do mundo.

Elisa arregalou os olhos.

— Os De La Vega são uns cretinos românticos! — Riu.

— Eles são — Laura comentou, passando o pincel no meu rosto. Elisa veio para atrás de mim na cadeira, ajeitando o véu. — Mas todos os homens são assim. No fundo, há sempre romance na cretinice.

— Não posso negar, até o seu pai é assim, Victoria. — mamãe adicionou, fazendo todas nós rirmos.

A porta se abriu de novo, interrompendo as risadas, e um homem entrou. Abri um sorriso para ele porque tê-lo ali significava que as coisas tinham definitivamente se resolvido.

— Posso avisar a Carlie que a noiva não fugiu em um Mustang? — perguntou, sorrindo.

— Avise-a que estou perfeita e descerei em vinte minutos.

— O seu noivo já está te esperando.

— Não diga estas coisas porque as noivas começam a chorar! — Então, Carlie entrou, repreendendo o marido. Ela deu um beijo nos lábios dele e sorriu. — Parece que tenho que te explicar tudo sobre casamentos, como se nunca tivéssemos feito isso antes.

— Amor, é mais complicado do que parece.

— Bobagem.

Sim, ninguém leu errado. Eu quis Carlie, a ex do Alejandro, organizando o meu casamento porque, além de ser uma excelente profissional, ela nunca mais havia tratado Alejandro, em todos os encontros ocasionais que tivemos, como nada além de uma conhecida. Ela foi super respeitosa.

Pudemos fechar esse ciclo.

Carlie estava feliz, tinha conseguido salvar o casamento, e realmente amava o marido com todo o coração. Ela me contou que, após conversar com Alejandro, foi como se uma venda saísse dos seus olhos e ela enxergasse o que estava errado. Carlie me agradeceu pelo voto de confiança e a segunda chance que dei a ela. Foi quando eu disse: Na verdade, se não fosse você, *o meu* casamento não estaria acontecendo. Contei tudo. O namoro por acaso, até o instante em que percebemos que a mentira se tornou verdade. Pude ver a surpresa mudar para felicidade quando Carlie me abraçou e disse que desejava que eu realmente fosse feliz com Alejandro.

— Vamos, vamos! — Laura terminou de passar os pincéis no meu rosto. Ela deu uma boa analisada em mim, os olhos brilhando diante do vestido estilo sereia, cheio de transparência, branco como a neve, e sexy no maior estilo "vou ser a esposa do Alejandro".

É, ele merecia.

Fui me conferir uma última vez no espelho, e mamãe ajeitou o véu. Ela trocou olhares comigo pelo espelho, toda a emoção e o orgulho em seu lindo rosto. Segurei sua mão, que foi parar no meu ombro, tentando não me emocionar mais uma vez.

— Você é a noiva mais linda que eu já vi.

— São seus olhos, mamãe.

A maquiagem estava perfeita, delicada, exceto pelo batom vinho; minha maneira de ousar um pouquinho. A decoração do casamento era vinho e nude, e tão a cara do Alejandro que não poderia ser de outra maneira. Exalei fundo, me virando para elas, sentindo os batimentos tão acelerados que pensei que meu coração poderia sair do corpo. A porta se abriu mais uma vez, e papai entrou. Ele abriu um sorriso imenso, já tinha me visto de noiva, mas a cota de lágrimas ainda não havia acabado, quando o vi derrubar mais um par delas, indicando que estava na hora.

— Eu preciso entregar o meu bebê para um homem de um e noventa. Você vem ou vai fugir? — brincou, sorrindo.

— Eu vou, pai.

Ele colocou seu braço em posição.

Eu mal podia esperar para ver Alejandro de noivo.

Alejandro

Eu estava ali, parado embaixo do arco, apenas aguardando o instante em que veria Victoria. A sensação era de ansiedade e, especialmente, de amor. Um amor com gosto de novidade, a perspectiva de sentir que era a partir dali que a minha vida começaria. O sol estava prestes a se pôr às minhas costas, o céu já alaranjado e sem nuvens, me dando a sensação de que, onde quer que meus pais estivessem, eles abençoavam quem meu coração havia escolhido.

— É agora, *hermano* — sussurrou Diego.

O som do piano ecoou, e prendi a respiração. Os convidados se levantaram, assim como todos os pelos do meu corpo, se arrepiando em antecipação. A emoção formou um bolo na minha garganta enquanto eu não conseguia tirar a atenção do ponto em que Victoria surgiria. Ainda sem vê-la, eu já sentia meu coração disparar como se não fosse aguentar.

Senti a mão de Diego no meu ombro e travei o maxilar.

I Get To Love You, da cantora Ruelle, ecoou por todos os lugares.

E, então, assim como disse Diego...

O meu mundo fez sentido porque o amor se materializou, embora distante demais para tocá-lo.

Victoria Foster, de braços com seu pai, abriu um sorriso assim que se deparou comigo, e eu não pude acreditar no que estava diante de mim. Seus olhos azuis estavam brilhando, emocionados demais para não derramarem lágrimas, e eu só percebi que estava como ela quando minha mão foi automaticamente para a boca, contendo um impulso de emoção que veio com um grunhido do fundo da garganta e uma confusão de lágrimas.

— *Dios* — sussurrei, ainda com a mão na frente dos lábios. Victoria parecia um pedaço do céu com o vestido justo, rendado e sexy. Ela parecia uma princesa moderna. Aquela mulher era minha... uma parte do meu cérebro não conseguia parar de repetir isso.

Victoria não estava linda, ela estava de tirar todo o fôlego de um homem.

A pressão no meu ombro, de Diego, ficou mais forte.

Pisquei mil vezes, porque não imaginei que fosse me entregar a uma sensação tão sufocante como aquela, uma felicidade tão grande que me ofereceu uma energia de mil vidas. Eu me senti loucamente alegre, emocionado, uma centena de coisas passando pela minha mente, inclusive o futuro que eu queria que Victoria fizesse parte.

Venha para os meus braços, Cariño.

E ela estava dizendo sim àquele convite implícito porque, a cada passo que Victoria dava, era uma afirmação para nós.

Ela chegou perto o bastante e parou de caminhar.

— Eu não consigo parar de olhar para você — sussurrei.

Ela abriu um sorriso lindo.

— Ela tem asas, embora a gente não possa vê-las. — O senhor Foster pegou a mão da filha e depositou sobre a minha. — Cuide bem da minha garota, Alejandro.

Aline Sant'Ana

— A vida dela virá sempre antes da minha — jurei.

O homem assentiu.

Ele se aproximou de Victoria, segurou as laterais do rosto da filha, e deu um beijo bem no ponto entre suas sobrancelhas. Victoria cerrou as pálpebras, lágrimas descendo constantemente por suas bochechas.

Em um passo, Victoria estava diante de mim. Segurei suas mãos, dançando meus olhos por seu rosto, realmente prestando atenção em cada traço. Simplesmente... uau. Aquele batom cor de vinho acabou comigo, e seus olhos estavam brilhando como se contivessem as estrelas. Descendo a atenção, ficava igualmente impressionante, o decote delicado, as curvas do seu corpo sendo abraçadas pelo vestido, desenhando seu corpo de sereia como se nascesse para Victoria.

— Você é a mulher mais linda que meus olhos já viram.

— E você fez meu coração voar por causa desse terno. — Ela desceu a visão por mim. — E o pedido de casamento em cada parte do mundo. — Seus olhos brilharam quando encontraram os meus. — Eu digo sim para qualquer proposta que me fizer, Alejandro. Hoje e sempre, pelo resto dos meus dias.

Abri um sorriso imenso.

— Eu amo você, *Cariño*.

— Estamos aqui hoje para celebrar o casamento de Victoria Yves Foster e Alejandro Hugo Reed De La Vega...

A cerimônia começou e o padre iniciou de forma muito moderna e suave, arrancando algumas risadas dos convidados. Eu estava ciente da presença de todos, mas não pude olhá-los nem prestar atenção neles, porque o meu mundo se resumiu a Victoria e às palavras do padre, que falava sobre a importância do amor, da paciência, da perseverança, do cuidado diário e do comprometimento. Ele também falou sobre o nosso relacionamento à distância.

— Nem muitas águas conseguem apagar o amor; os rios não conseguem levá-lo na correnteza. Se alguém oferecesse todas as riquezas da sua casa para adquirir o amor, seria totalmente desprezado — o padre recitou.

Meus olhos tinham vida própria, analisando Victoria, cada traço daquele vestido complexo, cada emoção que deixava transparecer em seu rosto. Segurei suas mãos com mais firmeza quando o padre disse que aquele era o momento das alianças.

Recebi-as de Elisa, assim como Victoria. E engoli em seco enquanto deslizava sua nova aliança, para somar à de noivado. Dessa vez, o anel, igualmente em ouro branco, era mais discreto e com uma pequena pedra de topázio azul, com meu nome gravado na parte interna, junto à data do nosso casamento. Victoria mordeu o lábio inferior quando cheguei à base do anelar e, em seguida, tomou minha mão na sua, deslizando um anel idêntico ao dela, mas menos delicado, mais rústico e sem a pedra, masculino como deveria ser.

Chegou o momento dos votos.

Ele entregou o microfone para Victoria e ela soltou uma das minhas mãos para agarrá-lo em seus trêmulos dedos.

Eu sorri.

— Estou aqui, *Cariño*. Somos só eu e você — falei baixinho.

Ela exalou fundo. Não pegou qualquer papel, confiou em si mesma, da mesma forma que eu faria.

Isso me fez sorrir.

— Eu nunca fui uma garota que fantasiava sobre casamentos, sobre o vestido que eu ia usar, sobre o rosto do garoto com quem eu iria me casar. E, quando pequena, acreditava que era um defeito, porque todas as meninas queriam isso, exceto eu. — Ela piscou, com um sorriso nos lábios. — Já adulta, acreditei ser uma questão de gosto, mas aí eu encontrei você e percebi que não era o fato de não desejar isso, era simplesmente porque *você* não tinha aparecido na minha vida ainda, Alejandro. Todas as coisas que eu não entendia sobre o amor rapidamente se tornaram muito claras para mim, depois que eu me apaixonei por você.

Ay, mierda... Victoria queria me matar. Eu umedeci os lábios, encarando Victoria, e ouvindo a sinceridade de suas palavras.

— Da mesma forma que nunca pensei em me casar, também não imaginava que fosse encontrar o amor da minha vida em um resort, com uma toalha vermelha na cintura e com tanto nervosismo no meu sangue. — Ela abriu um sorriso emocionado, arrancando risadas dos convidados. — Alianças rolaram aos meus pés e, curiosamente, foi essa a primeira coisa que soube sobre você: aquele homem ia para um casamento. Também não pensei que o amor da minha vida ia se sentar no corredor comigo e me dizer: Olha, você tem baba aqui, o amor da sua vida pode passar. Você lembra disso? Era você, Alejandro. Eu te achei e te amei. Mesmo com medo do sentimento, mesmo sem saber onde iríamos parar, eu te quis profundamente. Tentei frear isso, eu tentei conter com toda a força, mas meu coração achou a liberdade em seus braços. — Sua voz estremeceu e ela fechou as pálpebras por um segundo, para voltar a respirar. Eu acariciei com o polegar o dorso da sua mão, sentindo suas palavras atingirem-me por dentro. Eu amava loucamente aquela *mujer*. — Antes, eu me sentia cercada de pessoas, de culturas, gente que dizia coisas lindas para mim e, ainda assim, nunca me senti amada. Então, você veio, e me afogou com seu amor. Eu nunca senti nada disso antes, porque nunca ninguém me amou tão profundamente como você me ama.

Comprimi os lábios, a emoção cobrindo meu rosto, mas Victoria manteve a voz firme, como se não quisesse que eu me esquecesse de suas palavras.

— Você me encorajava e me colocava em primeiro lugar mesmo antes de eu ter o seu sobrenome. Você é o meu porto seguro, o meu lar, o meu maior torcedor, a minha fonte de calmaria nos dias turbulentos e a certeza dos dias alegres serem mais radiantes e surpreendentes. Hoje, você se torna o meu marido. E eu te prometo que, como sua senhora De La Vega, farei por você tudo o que estiver ao meu alcance, de coração, durante todos os dias em que eu viver, em qualquer lugar do mundo. Prometo estar contigo na alegria e na tristeza, na saúde e na doença, na riqueza e na pobreza, amando-te, respeitando-te e sendo-te fiel todos os dias da minha vida, até que a morte nos separe. Obrigada por me fazer encontrar um amor que eu nem sabia que sentia falta, até ele chegar. Eu verdadeiramente amo você. E, sim, eu te recebo, agora e para sempre, como meu marido.

Escutei fungadas aqui e ali dos convidados. Como não poderia beijá-la em agradecimento, levei sua pequena mão aos lábios, e dei um beijo, meu coração batendo forte, como se quisesse gritar que a amava.

O microfone veio para a minha mão.

Encarando aquele mar azul dos seus olhos, o sentimento se tornou ação. Meus dedos não tremeram, eu não fiquei nervoso, só deixei o meu coração falar.

— Victoria. Hoje, eu estou aqui, de pé na sua frente, na melhor versão de mim mesmo, porque você não merece nada além do melhor homem que eu posso ser. — Sorri e Victoria mordeu o lábio inferior, contendo o choro. — Hoje, eu estou aqui, de pé na sua frente, para lembrá-la de que nós lutamos por esse amor, enfrentamos infinitos quilômetros de saudade, e vencemos. Hoje, eu estou aqui, de pé na sua frente, para me tornar alguém além de Alejandro, para me tornar o *seu* Alejandro. Você é, indiscutivelmente, o amor da minha vida, por toda a eternidade e além dela.

Vick segurou minha mão mais firme, lágrimas rolando por seu lindo rosto.

— Eu não sabia o que era o amor até você aparecer. Achei que já tinha amado, mas foi uma tolice. Você *me* mostrou isso. Você me ensinou que amor é liberdade. E que bom que a gente se encontrou, porque você é a mulher mais divertida, espontânea, corajosa, desbravadora.... Eu posso continuar isso por dias, até chegar ao ponto básico: o quão incrivelmente linda é a mulher dos meus sonhos. Seu coração, sua alma, seu sorriso quando acorda pela manhã... E ter consciência disso tudo me faz pensar na sorte que eu tenho de poder entregar o meu coração, a minha palavra como homem e toda a minha vida em suas mãos.

— Oh, Deus — ela sussurrou baixinho.

— Você é o meu amor hoje e será pelo resto dos meus dias. Eu escolheria você em outra época, em outra realidade, em qualquer lugar desse mundo, em qualquer versão sua. Eu sempre encontraria e escolheria você. Podemos chamar isso de acaso, se quisermos, que seja ele, então. Você é o meu acaso mais perfeito, Victoria, e o meu futuro mais brilhante.

Fiz uma pausa, e Victoria exalou fundo, se abanando para afastar as lágrimas. Soltei uma risada suave e curta.

— Prometo ser seu melhor amigo, seu amante, seu marido, seu parceiro. Prometo te proteger, colocá-la sempre acima das minhas necessidades. Prometo te lembrar todos os dias do quanto você é incrível. Prometo que lutarei por você. Prometo que colocarei seus sonhos em primeiro lugar e os tornarei meus também. Prometo estar contigo na alegria e na tristeza, na saúde e na doença, na riqueza e na pobreza, amando-te, respeitando-te e sendo-te fiel todos os dias de minha vida, até que a morte nos separe. Você já me deu um presente incrível, Victoria, que é o seu coração. Agora, me sinto honrado em me tornar, também, o seu marido. *Yo estoy locamente enamorado de ti... hoy y para siempre. Te amo.* Sim, eu te recebo, hoje e para sempre, como minha esposa.

— Pelo poder conferido a mim, por Deus, e pelo estado de Quintana Roo, eu, agora, os declaro, marido e mulher. Podem compartilhar o seu primeiro beijo como senhor e senhora De La Vega! — o padre declarou.

As palmas soaram altas, mas, um segundo depois, foram caladas no timing perfeito pelos fogos que explodiram pelo céu, transformando a noite em dia. Puxei Victoria pela cintura, sorrindo para ela, namorando cada traço do seu rosto, antes de levantá-la bem no alto, o que a fez rir de susto, para depois escorregá-la por meu corpo, como no dia em que dancei com ela, e terminar com a minha esposa em meus braços, sua boca direto na minha.

A saudade de um dia inteiro sem vê-la e de uma noite sem poder dormir com ela, seguindo a tradição, cobrou seu preço.

Sua boca tinha o sabor doce de mulher da minha vida e, quando espacei seus lábios com a minha língua, sentindo-a se render a mim, eu soube que seríamos assim pelo resto das nossas vidas.

Eu a amaria enquanto respirasse.

Jamais me cansaria dos seus beijos.

E seria, por todos os dias, como eu havia dito que seria, a sua melhor escolha.

Victoria

Meu coração não tinha voltado ao normal quando a festa começou. E, quando pensei que ia ter uma folguinha emocional, os discursos de Diego, Elisa, Maddy, Laura, Bianca, dos meus pais, dos tios do Alejandro, e de todos os primos De La Vega, além de nossos amigos, terminaram de arrebatar o meu coração. Não fazia ideia de como ia ficar o vídeo do casamento, quer dizer, eu chorei pra caramba, especialmente no trecho em que Diego me encarou, a emoção em seus olhos:

— Victoria, você é o tesouro da nossa família, e me sinto muito honrado em poder chamá-la, agora, de minha irmã. Depois de tantos discursos amáveis, você precisa crer que te amamos como uma De La Vega, porque você não poderia pertencer a outra família, que não a nossa. Bem-vinda!

Foi difícil, e Alejandro segurou minha mão, beijando-a, meu rosto, minhas lágrimas, sorrindo contra a minha boca, dizendo que adorava a forma como eu me derretia.

Era o meu casamento com o homem da minha vida, afinal de contas.

Depois, veio a nossa dança. Alejandro me embalando em seus braços, rebolando daquele jeito sensual comigo, sem nunca parar de me olhar e me beijar, até sermos interrompidos...

Porque aquele homem me colocou em uma cadeira.

A vivência de Elisa sentada ali foi passada para mim, transformando, talvez, a situação na nova tradição De La Vega. As luzes se apagaram, os meninos rebolaram e, por mais que eu quisesse vivenciar aquilo tudo da mesma forma que fiz da primeira vez, eu não pude. Porque meus olhos só sabiam ver Alejandro rebolando para mim e me deixando completamente louca por seu desempenho sexy de sangue espanhol.

Eu fui a noiva, sentada naquela cadeira, acredita?

Nem eu estava acreditando!

Morri e ressuscitei quando Alejandro remexeu o quadril no meu colo, me fazendo passar as mãos por seu corpo, arrancando o terno e me tirando o bom senso. E cheguei a um segundo de quase desmaiar quando ele me beijou na boca lascivamente e sussurrou no meu ouvido uma promessa que não pôde fazer na frente do padre.

— Eu vou te foder bem gostoso pelo resto da vida.

Oh, essa promessa era maravilhosa, também.

Fomos do início da noite pela madrugada, as horas correndo por nossos dedos, por toda a diversão que tivemos. Nós comemos, cortamos o bolo, joguei o buquê, dançamos com nossos amigos e familiares, felizes demais por termos cada uma daquelas pessoas em nossas vidas, que faziam parte da nossa história, e que seguiriam fazendo, porque definitivamente as amávamos.

Fui puxada, subitamente, por uma mão calorosa e conhecida. Meu corpo bateu em um peito massivo e sem camisa, todo suado. Encarei os olhos cor de âmbar, envolvidos por uma emoção nova, um desejo incontido. O sorriso perigoso me fez estremecer. Alejandro ficava bem de marido, não vou mentir.

Meu marido.

— Victoria De La Vega, você precisa vir comigo — sussurrou contra meus lábios.

Ele me levou para longe, saindo da casa de festas do resort, andando comigo até um ponto conhecido e bem isolado. Assim que entendi para onde Alejandro pretendia ir, inclinei a cabeça para o lado, observando-o, sorrindo de orelha a orelha, como uma boba apaixonada.

— Temos negócios inacabados nessa piscina — avisou, e estreitou os olhos. Ele começou a abrir o cinto, e a peça serpenteou no chão. Sua pele ficou coberta pelas luzes coloridas, brilhando pelo suor, exatamente como no casamento de Diego e Elisa.

— Ah, é? — brinquei, assistindo Alejandro tirar a calça.

— Uhum. E eu quero muito, esposa, poder fazer o que eu estava com vontade naquele dia.

Fiz um breve silêncio, os batimentos cardíacos nas alturas pela constatação de que duraríamos para sempre, de que ele me amaria por todos os meses do ano, em todos os lugares do universo, por todo o tempo que nos restasse.

Pisquei, querendo afastar a emoção, e abri um largo sorriso.

— Eu sou sua, *mi vida*. Hoje e para sempre. O que está esperando?

E ele veio até mim, louco de saudade, como se não tivéssemos nos tocando há poucos minutos. Me beijou com tanta intensidade que fiquei pronta para ele em segundos.

Alejandro tirou o meu vestido de noiva com carinho, me levou até a piscina de lingerie, afastou a minha calcinha e me mostrou, com todo o vigor que só aquele homem tinha, a intensidade da sua vontade, de pertencer a ele e a ninguém mais. Quando não aguentamos esperar, seu corpo veio sobre e sob o meu, e nós literalmente nos banhamos de luzes, água e paixão, até o sol surgir e nos mostrar o quanto as horas realmente passavam depressa quando estávamos perdidos nos braços um do outro.

Dessa vez, os ponteiros podiam correr, não havia problema.

Nós tínhamos todo o tempo do mundo.

Fim.

Agradecimentos

Esse livro foi uma aventura surpreendente. Não esperava que um espanhol batesse na portinha da minha inspiração, me instigando a escrevê-lo e a torná-lo realidade. Começou com um conto, que deu origem a uma noveleta e, posteriormente... a um ROMANCE! Que é este que vocês têm nas mãos agora.

E, da mesma forma que veio tão subitamente, Hugo De La Vega não se tornou apenas parte da minha imaginação, como também veio para a vida real. Simmm! O modelo que está na capa do livro e na diagramação é indiscutivelmente o meu personagem. Então, meu primeiro agradecimento vai para ele: Rodiney Santiago. Obrigada por me pedir que o valor da sua foto fosse convertido em uma doação para uma instituição de caridade. Obrigada por me permitir ajudar idosos que sorriram e me agradeceram com seus corações ao me ver. Houve amor ali e foi uma das experiências mais magníficas e que jamais vou me esquecer. Espero que a nossa atitude seja transmitida para os leitores. Espero que possamos transformar essa ação em um rastro de luz e consciência. Você é lindo por fora, mas insuperavelmente lindo por dentro.

Preciso agradecer a Veronica Góes por ter sido a minha coaching no enredo dessa história. Quando eu já tinha tomado mais de três xícaras de café e as nossas ligações eram uma viagem tridimensional para o universo De La Vega, a gente se entendia. Nunca vou me esquecer de você me apresentando soluções e amando esse personagem tão loucamente quanto eu amei. Te amo por isso e por suas outras mil qualidades.

Ingrid Duarte, você é meu sopro de ar fresco, a minha emoção, a minha razão. Você enxerga a vida em um panorama inacreditável. Não poderia ter feito essa história sem sentir que uma parte de você estava nela. Sei que o Hugo te bagunçou energeticamente, mas perdoa ele, o menino é espanhol! E yo te amo.

Minha família: minha irmã magnífica, minha mãe amorosa, minha avó coruja. Eu amo, amo, amo vocês elevado ao infinito. Se dizem por aí que nós escolhemos a qual lugar vamos pertencer, tenho a certeza de que vocês são a melhor escolha que já fiz. Sou grata, abençoada e sortuda por pertencer a um grupo tão forte de mulheres.

À Editora Charme por pegar os meus livros com tanto cuidado e carinho, por serem a editora mais confiável, parceira, amiga e família que eu poderia ter. Vocês são o meu lar e eu amo cada mulher superpoderosa que trabalha nesse cantinho rosa e cheio de charme.

Preciso agradecer a Vi Keeland porque, por culpa dela, essa história surgiu. Quero dizer, ela lançou o conto *Dry Spell* e eu queria conseguir fazer uma história divertida, leve e curta. Tentei. Falhei. No fim, o conto virou livro, como vocês leram lá em cima. E é... é tudo culpa da Vi Keeland. Obrigada por isso.

E, por fim, mas nunca menos importante, meus leitores. Vocês abraçam as minhas histórias com o coração aberto. Vocês são o meu combustível e o meu ar. Sem vocês, essas loucuras seriam impossíveis. Eu sempre digo que vocês são amigos que os livros me deram e, se existem outras vidas, eu tenho certeza de que amei vocês em todas elas. Obrigada por viajarem nessas páginas junto comigo e por amarem esses mocinhos como se eles fossem tão reais que... espera, eles são reais! Esqueçam essa última parte. Rs. Vamos sonhar juntos, a vida é feita de magia! Obrigada por viajarem para Cancun junto comigo e por conhecerem Hugo e a sua amada Cariño.

Nos vemos nas próximas páginas!

Com amor,

Entre em nosso site e viaje no nosso mundo literário.
Lá você vai encontrar todos os nossos
títulos, autores, lançamentos e novidades.
Acesse www.editoracharme.com.br

Você pode adquirir os nossos livros na loja virtual:
loja.editoracharme.com.br

Além do site, você pode nos encontrar em nossas redes sociais.

https://www.facebook.com/editoracharme

https://twitter.com/editoracharme

http://instagram.com/editoracharme